시간 전당포

## 시간 전당포

| | |
|---|---|
| 발행일 | 초판 1쇄 2019년 6월 14일 |
| | 초판 2쇄 2019년 7월 5일 |
| 지은이 | 현 강 석 |
| 펴낸이 | 구 충 서 |
| 펴낸곳 | 도서출판 물망초 |
| 등록 | 2014년 10월 21일 제2013-000195호 |
| 주소 | 서울 서초구 방배로13길 15, 301호(방배동, 오정빌딩) |
| 전화번호 | (02)585-9953 |
| 팩스 | (02)585-9962 |
| 전자우편 | mulmangcho522@hanmail.net |
| 홈페이지 | www.mulmangcho.org |

글 ⓒ 현강석. 2019
ISBN 979-11-87726-17-3 03810

* 이 책은 저작권법에 따라 보호받는 저작물이므로 무단 전재 및 복제를 금합니다.
　이 책 내용의 전부 또는 일부를 이용하려면 반드시 저작권자의 서면동의를 받아야 합니다.
* 잘못된 책은 교환해 드립니다.
* 가격은 표지에 있습니다.

현강석 장편소설

# 시간 전당포

도서출판 물망초

목차

프롤로그 _ 7

여행 _ 11

납치 _ 115

탈출 _ 345

에필로그 _ 389

작가의 글 _ 397

프롤로그

그를 좋아하게 된 것은
인도의 향불 때문이었다

페르시아 왕자와
아리조나 카우보이도
그를 좋아하게 도와주었고

홍콩의 밤거리에서 꽃 파는 아가씨도
거들었다

심지어
엘튼 존과 비틀즈, 이글스까지 뛰쳐나와
호텔 캘리포니아로 가자고 했다.

결국

그녀는
샌프란시스코에 가서 머리에 꽃을 꽂았다.
그와 함께.

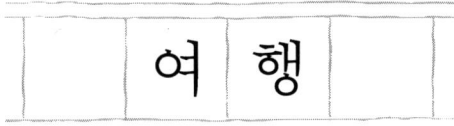

# 여행

남산 도서관에서의 세 번째 데이트 때 그녀가 말했다.
"나 오늘 생일인데 꽃 한 송이 받고 싶어."
"어, 그래?"
그는 약간 당황한 표정으로 그녀를 보았다. 뭐야, 이 표정은. 꽃 한 송이 사 줄 돈도 안 갖고 다닌다는 거야? 남산 길을 끼고 한참 걸어 그가 데리고 간 곳은 전당포.
"여기서 잠깐만 기다려."
시우는 전당포가 있는 3층 건물의 현관문을 밀며 뒤돌아보고 말했다. 아니, 이 남자가.
"꽃 사줄 돈 없으면 다음에 사주면 되지. 전당포엔 왜?"
"한 잔 해야지, 생일인데."
재희는 이 희극 같은 상황에 웃음이 터질 것 같았지만 웃지는 않았다. 시우의 표정이 너무 태연자약했기에.

"금방 내려올게."

마치 은행의 현금지급기에 돈 빼러 가듯 가벼운 목소리를 남기고 시우는 전당포 계단을 올라갔다.

이런 엉뚱한 상황에 어떻게 대처해야 할지 난감해서 전당포 건물 앞에서 서성이며 이런저런 생각을 하는 동안, 계단을 빠르게 내려오는 시우의 발자국 소리가 들렸다. 잠시 후 문을 열고 나온 시우의 얼굴엔 미소가 가득했다. 지갑이 들어 있을 청바지 뒷주머니를 툭툭 치는 제스처까지 보이며.

재희는 기가 막혀서 한마디 했다.

"돈 없으면 없다고 말하지 그랬어?"

"그래도 돈 생겼잖아. 총알 충분해."

"카드도 없어?"

"난 카드 안 만들었어. 돈 쓸데도 없고. 학생이 카드가 뭐 필요하냐?"

"하지만 여자를 전당포 앞에 세워두는 게 잘한 짓이냐?"

"실망한 거야?"

"실망까지는 아니지만 매력 있는 행동은 아니잖아."

"데리고 올라갈걸 그랬나?"

시우는 재희의 말뜻을 전혀 알아듣지 못한 듯 씨익 웃었다.

"가자."

"어디로 가는데? 또 전당포는 아니겠지?"

"꽃 한 송이 받고 싶다며? 머리에 꽃을 꽂으려면 샌프란시스코엘 가야지."

시우는 기세 좋게 재희의 어깨에 팔을 둘렀다. 전당포에서 나온 시우는 정말로 재희를 샌프란시스코로 데리고 가서 머리에 꽃을 꽂아 주었다. 하지만 재희는 샌프란시스코에 온 줄도 몰랐다.

시우는 미로 같은 이태원 뒷골목을 꼬불꼬불 걸어가 창고처럼 보이는 이층 건물로 재희를 데리고 갔다. 건물 입구에는 낡은 나무 판재에 캘리그래프도 아니고 서예도 아닌 엉성한 붓글씨체로 '상항(桑港) 첨두화(添頭花)'라고 쓰여 있었다. 앞에 크게 쓴 '상항' 두 자의 이응 받침에는 꽃들을 여러 송이 그려놓았고, 뒤의 '첨두화' 세 자는 작은 글자로 쓰여 있었다.

시우가 전당포에서 나오며 전화로 미리 예약을 했던지, 작은 창가에는 예약석이 준비되어 있었고, 장미와 안개꽃이 가득한 꽃다발도 한 소쿠리 아담하게 놓여 있었다.

"가게 이름이 상항 첨두화야? 중국집인가? 분위기는 카페 같은데?"

재희는 자리에 앉으며 카페를 둘러보았다.

"상항은 '샌프란시스코'의 한문 이름이야. LA를 '라성'이라고 하는 것처럼."

시우가 의자를 당겨 앉으며 대답했다. 아하, 그렇구나 하는 표정으로 재희가 염탐하듯 물었다.

"그럼 샌프란시스코로 간다는 게 여기를 말한 거야?"

"응."

당연하다는 듯한 시우의 대답에 재희는 기가 막혔다.

"자주 오나 봐? 예약도 하고."

"친구들이 애인 생기면 이곳에 모여서 인사도 나누고 한 잔씩 하거든."

"그럼 오늘 다른 친구들도 오는 거야?"

"부를까?"

"아냐, 아냐. 우리 둘만 있고 싶어."

"그럴 줄 알고 안 불렀어. 오늘은 네가 주인공이잖아."

얼핏 들으면 세련되지 못한 느낌인 '상항'이라는 이름의 카페 '샌프란시스코'는 이태원 뒷골목에 숨어 있는, 자그마하지만 현재로부터 과거와 미래 앞뒤 50년쯤의 시간을 버무려 놓은 듯한 멋진 감각의 카페였다. 전반적인 인테리어는 최신 감각인데, 선반과 창가 곳곳에는 클래식한 소품들과 여러 나라에서 구해온 오래된 빈티지 장식품들이 과하지 않게 놓여 있어, 후락한 근미래의 퇴폐적인 시간 감각이 담겨 있었다. 턴테이블에 얹힌 낡은 엘피판에서 지직거리며 흘러나오는 올드 팝은 허공을 맴돌며 낡은 시간들을 자장가처럼 재우고 있었다. 마치 정체불명의 마법에 걸린 파일럿 붉은 돼지가 아드리아 해를 배경으로 푸른 창공을 비행정으로 날며 듣는 마담 지나의 목소리처럼.

이야기를 나누며 카페의 실내장식을 보는 동안, 어느새 약간 고물스럽고 퇴행한 듯한 카페 이름이 오히려 신선하고 세련되게 느껴지기 시작했다. 그러면서 카페 분위기와 이름이 참 잘 어울리는구나 하고 감탄하게 되었다. 미래 감각이지만 과거로 여행한 듯한 묘한 분위기의 카페, 게다가 이름이 샌프란시스코도 아니고 상항이라니. 그 뒤에 붙은 첨두화는.

"상항이 샌프란시스코, 뒤의 첨두화를 합치면 '샌프란시스코에서는 머리에 꽃을 꽂으세요'라는 뜻이야."

재희의 머릿속을 읽은 시우의 친절한 설명을 듣지 않아도 짐작이 가는 이름. 그래, 이곳은 샌프란시스코였다. 이 카페에 들어서며 들려오던 "샌프란시스코에서는 머리에 꽃을 꽂으세요"라는 노래가 이 카페의 테마였던 것.

샌프란시스코에서는 입장하는 여성 고객들의 머리에 꽃을 한 송이씩 꽂아 주었다. 카페 안에는 모든 여성들이 머리에 꽃을 꽂고 앉아 있었다. 아름다운 광경이었다. 하지만 재희는 그 광경을 보고 웃음을 참지 못했다. 게다가 시우가 해주는 카페 이름에 대한 설명을 들을 때는 마시던 물을 뿜을 뻔했다. 물잔을 놓고는 허리를 꺾고 웃기 시작하던 재희는 소리 내지 않으려고 무척 애를 쓰면서도 웃음이 멈추지 않아 곤혹스러웠다. 거의 10분 가까이 되어서야 겨우 진정된 그녀에게 왜 그리 웃느냐고 묻자,

"보통 '머리에 꽃 꽂은 여자'라고 하면 정신이 약간 이상한 여자를 뜻하는 거잖아."

하고는 또 웃음을 터뜨렸다

"그럼 여기 있는 여자들 전부 제정신이 아닌 거구나."

"그런 뜻은 아니구…."

재희는 눈을 흘겼다. 시우는 탁자 위의 꽃다발에서 장미를 한 송이 뽑아 재희의 머리에 꽂아주었다.

"이젠 너도 제 정신이 아닌 거야."

시우가 웃지도 않고 말하자 재희는 손바닥에 얼굴을 묻고 거의 엉엉 울었다. 샴페인과 주문한 음식이 나와서야 겨우 웃음을 멈춘 재희가 물었다.

"그런데 아까 전당포에서 뭘 잡혔어? 돈이 그렇게 없었던 거야?"

"아니, 할아버지가 전당포를 하셔."

예상치 못한 답변에 재희는 또 웃음이 터졌다. 마구 웃으면서 재희는 내가 이리 웃음이 많은 여자였나 싶었다. 아마도 지금까지 20여 년을 살며 웃은 시간보다 시우를 만난 지난 일년 간 웃은 시간이 훨씬 많을 것이다.

"그럼 용돈 얻으러 간 거였구나? 괜히 걱정했잖아."

"그래도 용돈 값은 해야 해. 청소를 해드린다거나…."

"돈 굳었네."

"무슨 돈?"

"정말 뭐 잡히고 대출 받은 거라면 내가 저녁 값을 내려고 했거든. 맡겼던 물건 도로 찾게."

"안 말릴게."

"늦었어. 동정심은 여기까지."

식사를 마친 후 낡은 옥탑 마당처럼 생긴 베란다로 나가 커피를 마셨다. 외부에 놓인 탁자는 오랜 시간 비에 젖으며 군데군데 조금씩 썩어들고 있었고, 탁자에 꽂힌 파라솔도 원래의 색이 바래서 우중충해 보이지만, 이곳의 풍경에 어울리는 편안함이 느껴졌다. 대로변의 휘황한 불빛과 간판이 전혀 보이지 않고 주택가의 골목 모습만 보이는 탓에 마치 '쓰레빠' 끌고 이웃집에 놀러온 느낌이었다. 나직이 내려다보이는 주택들의 지붕은 평소의 눈높이에서는 보이지 않던 낯선 풍경을 이루고 있었다. 사람 사는 모든 풍경에는 들여다보지 않으면 보이지 않는 이면이 있는 것이다.

몇 군데는 푸른색과 국방색 낡은 텐트로 비 새는 지붕을 덮었고, 그 위에는 자동차 타이어를 여러 개 올려 두었다. 낡은 슬레이트나 기와지붕에는 도시의 흙먼지가 날아와 앉으며 풀들이 자라고 있었다. 그 중 몇 종류의 잡초에는 이름 모를 작은 꽃들이 피어 있었다. 눈여겨봐 줄 이가 있을 것 같지도 않은데.

커피를 한 모금 마시고 어깨동무를 한 주택의 지붕들을 물끄러미 보던 재회가 발을 까딱까딱 흔들며 말했다.

"나 머리에 꽃 꽂은 김에 진짜루 꽃 꽂은 여자 같은 이야기 해줄까?"

"뭔데?"

시우는 싱글거리며 물었다.

"난 생일이 매달 한 번씩 있어. 그러니까 생일이 오늘만이 아니라 다음 달에도, 다음다음 달에도 있다는 말이야. 그래서 1년에 열두 번 꽃을 꽂아 주어야 한다구."

"그래?"

생일이 열두 번이라고 하면 피식 웃거나 너무 심하잖아 하고 핀잔하는 반응이 대부분일 텐데, 시우는 사뭇 진지한 표정이었다.

"왜 그리 심각해? 돈 많이 들것 같아서?"

"아니, 너를 열두 번에 나누어 매달 낳으셨다면 엄마가 무지 고생하셨겠다 싶어서."

진지한 표정 뒤에 숨었던 시우의 천진한 장난기가 드러났다.

\* \* \*

성하의 푸르름이 더해 가는 7월의 남산 밑자락. 후암동의 조용한 주택가. 초록색 대문의 아담한 이층 주택에서 26살 청년 강시우의 다급한 목소리가 들려 나왔다.

"늦었다. 늦었어."

강시우는 잠옷 바람으로 이층 계단을 뛰어 내려오며 계단 맞은편 부엌에서 아침 준비를 하고 있는 엄마의 등뒤로 소리쳤다.

"엄마! 밥!"

"다 됐다. 어서 세수나 해라."

"예."

시우는 화장실로 들어가며 대답하고는 곧 치약 거품을 입에 문 채 얼굴을 내밀었다.

"아버지는?"

"아침 일찍 낚시 가셨다. 요즘 네 엄마는 주말 과부가 아니라 매일 과부란다."

엄마는 다 차려 놓은 밥상 앞에 시우와 마주 앉았다.

"강시우, 웬일이냐, 오늘은 늦잠을 다 자고."

"어젯밤 2시까지 월드컵 축구 보느라고 못 잤어요."

"우리나라가 졌구나. 네 얼굴에 쓰여 있다."

"초반부터 공이 우리 수비수 손에 맞는 바람에, 아오!"

아마도 수비수의 핸들링 반칙으로 인한 페널티 킥에 1점 빼앗긴 모양이다.

"그렇게 화나니?"

"화나죠. 손흥민이 치고 들어가도 패스할 사람이 없는 거예요. 다른 선수들은 보이지도 않고. 그러니 어떻게 역전을 해? 에잇."

시우는 두 손으로 머리통을 부여잡는 시늉을 하더니 한숨 쉬며 숟가락을 놓았다.

"그것만 먹니? 더 먹어야지."

엄마가 근심스레 말했지만, 시우는 기어이 일어섰다.

"다녀올게요. 밥맛도 없어요."

대문을 열고 자전거를 끌고 나가는 늦둥이 외아들의 뒷모습을 보며 엄마는 생각했다. 평소에 감정표현을 별로 하지 않는 시우로서는 저 정도면 엄청 화가 난 거야. 도대체 얼마나 못 했기에 그런 거지? 예전엔 월드컵 4강도 갔었는데…. 엄마는 '붉은 악마' 응원단이던 자기 모습을 떠올리며 미소 지었다.

그땐 참 대단했지. 붉은 악마들의 새빨간 유니폼 때문에 대한민국이 활활 타올랐었어. 조카들에게 등 떠밀려 가긴 했지만 나도 붉은 티셔츠를 입은 붉은 악마였다고. 늙은 악마였나?

"아무튼."

엄마는 주먹을 불끈 쥐고 중얼거렸다. 그해 원 없이 외쳤던 자랑스러운 그 이름.

"대한민국!"

* * *

여름 방학이 중반에 들어섰다. 지금 출근하고 있는 아르바이트도 거의 끝나 간다는 뜻이다. 강시우는 올 여름 방학에 여자친구 한재희와 함께 해외여행 갈 경비를 마련 중이다. 내년이면 졸업. 둘 다 26살. 늦깎이 졸업생이다. 시우는 2년 군 생활 후 제대하고 복학하느라 늦었고, 재희는 약대 6년 과정을 중간에 휴학하는 통에 늦었다. 졸업하면 아무래도 자주 만날 기회도 없어질 것이고, 각자 직장에 다니자면 서로 휴가 날짜를 맞추기도 만만치 않을 터. 그러자면 이번 방학이 넉넉한 기간 동안 여행 갈 수 있는 마지막 기회일지도 모른다. 언제 또 한 달이라는 기간을 함께 휴가 갈 수 있을까.

게다가 다른 사람들과는 전혀 다른 특별한 재희의 생일을 위해서도 돈은 좀 필요하다. 재희의 주장에 의하면, 재희의 생일은 1년에 12번 있다. 처음엔 그냥 웃었지만, 재희의 설명을 듣고 난 후부터는 두말없이 재희의 생일을 꼬박꼬박 매달 챙겨 주고 있다. 불만 없느냐고? 글쎄, 뭐.

생일이 많아 날짜 외우기도 어렵겠다구? 세상에서 재희의 생일보다 외우기 쉬운 생일은 없을 것이다. 이번 재희의 생일은 7월 7일이었다. 다 가오는 생일은 8월 8일이 되고, 다음 생일은 9월 9일이 된다. 10월 생일은 언제일까?

시우가 아르바이트하는 곳은 '시간 전당포'. 약간 이상한 이름이긴 한데, 할아버지가 친구 분이 하시던 전당포를 인수하며 바꾼 이름이다. 바꾸기 전의 이름은 황금 전당포였다. 이름에 걸맞게 나무판에 깊게 판 간판 이름이 황금색으로 칠해져 있었고, 작은 3층 건물 입구에도 온통 황금색을 칠했었다고 한다.

할아버지가 인수하신 후로 건물의 촌스런 황금색도 지우고 이름도 바꾸었다. 할아버지는 전당포 이름을 지을 때 며칠을 꿍꿍 궁리하더니 뜬금없이 시간 전당포라고 지었는데, 돈이 오가는 전당포 이름치고는 고개를 갸웃하게 만든다. 하긴 '시간은 돈이다'라는 격언이 있긴 하지만, 아무래도 생뚱맞은 이름이긴 하다.

시우는 이곳에서 여름방학 한 달간 아르바이트를 한다. 방학 다음날부터 7월 말까지 일하고, 8월에는 재희와 한 달간 여행을 갈 계획이다. 실은 전당포 일에 대해서는 전혀 모르는데다가 전당포에 아르바이트를 둘 만큼 일이 많은 것 같지도 않아서 편의점 알바를 구하려고 했었다.

"할아버지 가게에 들렀다 가렴. 할아버지가 전화하셨는데, 어젯밤 주무시다가 허리를 삐끗하셨다는구나. 심하지는 않다고 올 필요 없다고 하시는데, 좀 어떠신지 알아도 보고."

아르바이트 자리를 구하러 나가는 길이었지만, 안 그래도 할아버지를 자주 뵙지 못했던 차에, 방학을 했으니 할아버지가 좋아하시는 모나카를 한 상자 사들고 가서 점심때까지 할아버지와 이야기나 하려던 시우.

엄마의 말을 듣고는 전당포 가는 길목의 동네 약방에 들러 할아버지의 허리를 받쳐 줄 든든한 복대를 하나 샀다.

"할아버지가 허리를 삐끗하셨대요. 튼튼한 복대로 주세요."

시우의 말에 약간 통통하고 귀여운 느낌의 '해오름' 약방 아저씨는 신중하게 골라서 복대를 하나 집어 주었다. 홍삼 드링크도 한 박스 얹어 주고.

"이 복대는 갑옷이나 방탄복 입은 것보다 든든할 거다. 할아버지께 얼른 쾌차하시라고 전해라."

혹시 누워 계시려나 싶었던 할아버지는 평소와 다름없이 전당포의 오래된 가죽 의자에 기대 앉아 돋보기를 끼고 신문을 읽고 계셨다. 할아버지는 생각보다 많이 아픈 것 같아 보이진 않았다.

"할아버지. 허리 좀 어떠세요?"

"일어날 땐 뜨끔해서 걱정했는데, 조금씩 움직이니까 괜찮은 것 같다. 늙어 가느라 그런 거니 걱정 마라."

"하루 종일 의자에 앉아 계셔서 더 그런 것 같아요. 이젠 이 복대를 하고 앉아 계세요. 척추에 하중을 좀 덜어 주어서 편하실 거예요."

별로 비싸지 않은 복대였지만 할아버지는 기분이 많이 좋으신 것 같았다. 할아버지는 복대를 받아 들고는 겉옷을 가슴까지 걷어 올리며

"네가 채워 줄래?"

하셨다.

할아버지는 아직 스스로 몸을 움직일 수 있을 때까지는 가족들에게 짐이 되지 않겠다고 하며, 친구 분이 하시던 후암동 1호 터널 근처의 허름한 3층 상가를 구입하여 1층은 미용실에 세를 주고. 2층에는 전당포, 3층에는 옥상에 작은 꽃밭과 방을 하나 들여 그곳에서 지내고 계신다.

집하고는 걸어서 10여 분 정도의 거리라서, 어머니가 거의 매일 들러 전기밥솥의 밥도 점검하고 반찬도 묵은 것은 치우고 새 반찬으로 바꿔 놓곤 한다. 시우는 오랜만에 시간에 쫓기지 않고 간 김에 할아버지 방도 청소해드리고 전당포 청소도 깔끔히 하고는, 1층에서 3층까지 계단 청소까지 확실히 해치웠다.

"너무 힘 빼지 마라. 나중에 청소 아줌마에게 부탁하면 된다."

할아버지는 그렇게 말하면서도 청소하고 있는 시우의 모습을 흐뭇한 표정으로 보고 계셨다.

"고생했으니 맛있는 것 사주마."

"할아버지하고는 탕수육하고 짜장면 같이 먹는 게 제일 맛있어요."

이 말은 사실이었다. 이상하게 다른 음식보다도 할아버지와 함께 짜장면을 먹으면 많은 이야기를 나눌 수 있었다. 아마도 오래 전부터 할아버지에게 가면 짜장면을 자주 시켜 주었기 때문일 것이다. 그 덕에 짜장면에는 그 당시의 정서가 같이 비벼져 있는 것 같다. 거기에 군만두까지 곁들이면 추억 범벅의 한 끼가 되어 버린다. 오늘은 할아버지와 함께 타임머신을 타며 느긋한 점심을 먹을 수 있다. 시우는 중국집에 전화를 거는 할아버지에게 주문했다.

"오늘은 군만두도 시켜 주세요."

식사를 마치고 그릇에 신문지를 덮어 1층 입구 계단 밑에 내놓은 후 시우는 커피포트에 물을 끓였다.

"커피 드실 거죠?"

"그래. 오랜만에 네가 끓여 주는 커피 좀 마셔 보자꾸나."

그러고 보니 정말 오랜만에 할아버지께 커피를 끓여드리는 거라 생각되어 죄송한 마음이 들었다.

"이제 방학이니 자주 와서 끓여드릴게요."

"커피 마시고는 어디 갈 거니? 약속이라도 있니?"

"방학 동안 알바 좀 할까 하구요. 재희랑 한 달간 해외로 배낭여행 가기로 했거든요."

"한 달 동안이면 경비가 꽤 들 텐데, 어떤 알바를 하게 될지 모르겠지만 해외여행 경비가 나오겠니?"

"버는 돈만큼만 가면 돼요. 안 되면 야간 알바라도 뛰어야죠."

할아버지는 말없이 커피를 마시더니 시우를 쳐다보았다.

"그러면 차라리 여기서 일하는 건 어떻겠니? 마침 할애비가 허리도 좀 다쳐서 거동도 불편하고. 에구구구."

할아버지는 한 손에 커피 잔을 들고 한 손으로는 허리를 짚으며 의자에서 일어났다. 엄살이 섞인 소리였다.

"일당은 넉넉하게 계산해 줄 테니 고생 좀 해다오. 너 말고 생판 알지도 못하는 사람에게 알바를 시킬 수는 없지 않니."

손자와 함께 있고 싶은 할아버지의 엄살이 눈에 훤히 보이긴 했지만, 할아버지와 함께 긴 시간을 보내는 것도 좋을 것 같았다. 앞으로 사회에 나가 직장 생활을 하게 되면 이만큼 넉넉하게 할아버지와 함께 보낼 수 있는 기회도 쉽지 않을 것이다.

그렇게 시작하게 된 전당포 알바. 시우가 하는 일은 주로 전당포에 보관된 오래된 물건들을 날짜별로 확인 정리하고 깨끗이 청소하는 일, 법정 약정 기간이 지나서 판매 처분할 물건들을 분류하여 할아버지께 드리면, 할아버지는 관련된 거래처에 연락하고 물건을 흥정 판매한다. 전당품에 대해서는 할아버지 특유의 필체로 쪽지에 설명되어 있다. 전당포에 온 사람들의 인상 착의나 느낌을 적어 둔 것이다.

예를 들어 '여성 28세. 단발 파마머리 미인형. 2개월', '양복의 대머리. 고액 요구. 수상함' 등. 가끔은 '안 찾아갈 듯'이라는 할아버지의 예상을 적어 둔 메모가 있는데, 거의 대부분 할아버지의 예상이 맞았는지 그런 물건들이 적지 않았다. 주인들은 이 물건의 존재를 잊은 것일까? 아니면 고의로 포기한 것일까?

간혹 할아버지는 날짜가 상당히 오래 지난 물건인데도 처분하지 않고 보관하고 있기도 한다. 이유는 자세히 모르지만, 아마도 할아버지 취향에 맞아서 처분하기 아까워 간직하려는 것이 아닌가 짐작할 뿐이다. 그중에는 시간이 지나며 가치가 소멸되는 것도 있고, 오히려 가치가 올라가는 것도 적지 않았다. 시간이 흐를수록 가치가 올라가는 것들은 귀한 골동품이나 미술품 혹은 고급 주류들이고, 그 외의 다른 것들에 대해서는, 이유는 알지 못하지만, 시간의 흐름이 사물을 단순히 소모시키는 것만은 아니라는 걸 알게 되었다. 간단하면서도 역설적인 사실이었다.

\* \* \*

오늘은 조금 늦었다. 새벽에 느닷없이 페널티 킥으로 한 골 먹은 장면이 다시 떠올라 시우는 주먹을 부르르 떨었다. 에잇, 이제 생각을 말아야지. 괜히 잠도 못 자고 지각하게 생겼잖아. 할아버지가 문을 열기 전에 내가 먼저 열어야 하는데.

쉬지 않고 계속 페달을 밟은 탓에 숨이 턱까지 오른 시우가 1층 계단 난간에 자전거를 잠그고 빌딩 문손잡이를 잡은 채 잠시 숨을 돌리느라 헉헉거리는데, 전당포가 있는 2층에서 뭔가 둔탁한 소리가 들렸다.

그럴 줄 알았어. 할아버지가 벌써 내려오신 거야.

시우가 문을 열고 들어가려는데, 검은 옷을 입은 남자가 쏟아지듯 계단을 뛰어 내려와 왈칵 유리문을 밀치며 나왔다. 그 바람에 시우는 뒤로 벌렁 자빠졌다. 남자는 시우의 존재는 눈에 보이지도 않는 듯 쏜살같이 사라졌다. 쓰러진 채로 남자가 달려간 쪽을 쳐다보았지만, 이미 남자는 사라지고 없었다. 문손잡이를 잡고 비틀거리며 일어서는 시우의 코에 그 남자가 뛰쳐나간 뒤로 남긴 비릿한 냄새가 파고들었다. 불길한 예감이 들어 이층으로 올라가는 계단을 급히 뛰어 오르자, 반쯤 열린 전당포 문 앞에 할아버지가 쓰러져 있었다.

"할아버지!"

다급하게 할아버지를 안아 일으키려던 시우는 할아버지의 발치에 떨어진 피 묻은 칼을 보았다. 피비린내가 울컥 코를 찔렀다. 할아버지의 하복부와 양손에는 피가 흥건하게 묻어 있다. 칼에 찔렸을 때는 몸을 함부로 움직이면 더 위험하다는 글을 본 기억이 떠올라 할아버지를 그대로 조심스레 바닥에 눕혔다.

"할아버지! 괜찮으세요? 할아버지!"

시우가 다급하게 부르는 소리에 할아버지는 힘없이 눈을 떴다.

"그놈을…, 잡아야 해."

할아버지는 고통에 젖은 목소리로 겨우 입을 뗐다.

"벌써 도망갔어요."

할아버지는 잠시 시우를 쳐다보더니 눈을 감으며 다시 중얼거렸다.

"그놈을 꼭 잡아야…"

"할아버지! 범인은 경찰이 잡을 거예요. CCTV가 있으니 걱정 마세요. 지금은 할아버지가 더 급해요. 구급차를 부를 테니 이대로 잠시만 계세요."

시우는 떨리는 손으로 주머니의 핸드폰을 꺼내다 떨어뜨렸다. 할아버지의 상처에서 난 피가 묻어 손이 미끄러웠던 탓이다. 피 묻은 손을 보자 갑자기 몸이 심하게 떨리기 시작했다. 이렇게 떨리는 손으로는 핸드폰 버튼을 누르기도 어려울 것이다. 바닥에 떨어진 핸드폰은 그대로 두고 시우는 전당포 안으로 들어가 책상 위의 전화기를 들어 119를 눌렀다.

"칼에 찔렸다"는 상황을 입 밖으로 설명하면서 다시 소름이 오싹 끼쳤다. 강도일 수도 있지만, 그렇게 판단하기엔 전당포 안으로 침입한 흔적이 없었다. 이건 단순 강도가 아니라 할아버지를 노린 살인 미수일지도 모를 일이다. 시우는 119의 통화를 끊은 후 다시 전화기를 들어 112를 눌렀다. 고통으로 일그러진 할아버지 곁에 무릎 꿇고 앉아,

"조금만 참으세요. 곧 구급차가 올 거예요." 하며 가만히 지켜보면서 시우는 뒤늦게 분노가 치밀었다. 시우가 알기로는 할아버지 같은 신사가 없었다. 지금까지 할아버지가 큰소리로 다른 사람과 다투는 일을 한 번도 본 적이 없다. 물론 할아버지의 젊은 시절에 대해서는 잘 모르지만 원한을 살 만한 인품은 절대 아니라고 시우는 믿는다. 하지만 누가 알 수 있겠는가. 88살의 세월이라면 자신도 인지하지 못하는 격한 원한이 숨어 있을 만한 세월이 아닌가.

전당포에서 도망쳐 나온 검은 옷의 남자는 골목길을 여러 개 꺾어 도망가다가 뒤를 돌아보았다. 아무도 쫓아오는 것 같지 않자, 남자는 골목의 벽에 기대 가쁜 숨을 몰아쉬었다. 숨도 돌리지 못할 정도로 달려온 통에 목에서 쇠 냄새가 솟구쳤다.

"젠장, 그 영감 늘 혼자라더니, 그 시간에 출근하는 놈이 있을 줄이야."

할아버지가 늘 혼자 있다는 걸 알고 있었다는 듯 중얼거리며 얼굴에

쓴 두건을 벗고 모자를 눌러썼다. 남자는 조금 더 공원 쪽으로 걸어 올라가 큰길가의 공중 화장실에서 옷매무새를 살피고 점퍼와 옷깃에 튄 피를 말끔히 닦았다. 동그란 얼굴에 순박한 표정이지만, 길게 찢어진 눈매에는 사금파리 조각 같은 잔인함이 번득이고 있었다.

"깔끔하게 죽였어야 하는데."

신경질적으로 머리를 가다듬는 남자의 왼쪽 손목 안쪽에 바늘로 새긴 푸른 잉크색의 거미 문신이 흐릿하게 보였다. 남자는 두 손바닥으로 얼굴을 두어 번 때리고는, 거울을 보고 양쪽 입술 끝을 올리며 웃었다. 거울 안에는 순박하게 웃는 중년남자가 서 있었다.

\*\*\*

서울에서 안성 가는 시외버스 창밖으로는 초록색 논이 펼쳐져 있고, 국도변으로는 때 이른 코스모스가 드문드문 피어 있다. 국도변 버스 정류장에서 비포장 농로를 따라 잠시 걸어 들어가면 비닐하우스가 두 동 나타난다. 그 중 하나는 까만 그늘 막으로 씌워져 있고, 내부는 생활할 수 있는 일반 주택 같은 구조로 만들어져 있다.

비닐하우스로 들어가는 마당 입구에는 양쪽에 나무 기둥이 서 있다. 오른쪽 기둥에는 까만 페인트로 서툴지만 정성껏 쓴 '우리 집'이라는 글씨가 보이고, 왼쪽 기둥에는 '천사원'이라고 쓰여 있다. 마당에는 화물칸이 군데군데 녹슬어 있는 낡은 흰색 1톤 트럭이 한 대 서 있고, 5-6세 되는 꼬마부터 10대 중반까지의 아이들이 트럭 근처에 올망졸망 서 있다. 제일 어른인 30대 중반으로 보이는 남자가 트럭 운전석 문을 열고 있다. 그 뒤로 20대 후반의 여자와 재희가 헤어지기 아쉬운 듯 손을 잡고 있다. 아이들이 코스모스를 엮어 만든 화관을 재희의 머리에 씌워 주었다. 재희는 무릎을 살짝 굽혀 동생들의 화관을 받았다. 병아리같이 올망졸망한 동생들이 마당 끝까지 따라와 차에 오르려는 재희를 빙 둘러싸고 사방에서 배꼽인사를 했다.

"언니, 안녕히 가세요."

"누나. 또 오세요."

"그래, 나중에 맛있는 것 많이 갖고 올게."

재희는 12명의 동생들 머리를 일일이 쓰다듬어 주며 안아 주었다.

"언니, 그럼 갈게. 잘 있어."

"그래, 재희야. 늘 고맙다."

"고맙긴. 언니 오빠에 비하면 내가 하는 일이 뭐 있나? 내가 정말 두 분께 고맙지."

올해 스물아홉 살의 언니 김정윤은 보기에도 가냘픈 모습이다. 언제나 그녀를 보면 가슴이 저리다. 저 가냘픈 몸으로 세상의 파도와 전력으로 맞붙어 싸우고 있는 것이다. 재희의 눈에는 언니의 몸을 밀어붙이고 있는 거센 세파가 보였다. 언니의 머리카락과 옷자락은 금세라도 찢어져 나갈듯 바람에 흔들리고 있었다.

세상엔 아무도 없어. 우리뿐이야. 우리끼리 이겨내야 해. 바람은 거대한 도시에 서 있는 빌딩에는 힘도 못 쓰고, 빌딩과 빌딩 사이의 골목으로 모여들어 골목길에 떨고 서 있는 우리들에게만 더욱 거세게 불어닥치는 거야. 언니는 재희의 그런 마음을 아는지 모르는지, 재희에게 다가와 약간 삐뚤어지게 쓰인 화관을 바로잡아 주었다.

"그래, 조심해서 가. 이제 네게 신세를 좀 덜 지게 되면 좋겠다. 너도 힘들 텐데."

"또 그 소리! 난 힘 하나도 안 들어."

재희는 슈퍼맨처럼 양 팔을 들어올려 알통을 보이며 아이들을 향해 소리쳤다.

"언니는 힘이 세지? 천하장사지?"

"예."

"언니는 최고예요."

"언니는 원더우먼이야!"

"누나, 만세."

꼬마들의 합창 같은 목소리가 푸른 하늘로 울려퍼졌다. 꼬마들은 재희가 탄 트럭이 국도로 들어서서 안 보일 때까지 고사리 같은 손을 흔들었다. 돌아보니 별이 반짝이는 것 같았다. 시내버스 정류장 조금 앞에서 트럭이 멈추었다. 재희는 가볍게 뛰어내렸다.

"내리지 마. 오빠, 고마워."

재희의 만류에도 남자는 운전석에서 내렸다.

"고맙다. 네 덕분에 중장비 면허도 따고 대형 면허를 따서 트럭도 몰 수 있게 됐어. 그리고…."

"그리고 대형 10톤 윙탑 트럭도 계약했지?"

"응, 네가 계약금을 만들어 준 덕분이야. 계약금을 조금 걸어서 월부금이 많이 들어가긴 하지만, 드디어 우리 차가 생겼다."

"오빠 멋져!"

재희는 오빠의 얼굴을 눈부시게 바라봤다.

"고정 월급으로 다니는 노선 트럭을 사려다가 그냥 프리로 뛰기로 했어. 내가 열심히 일하면 일하는 만큼 돈을 더 벌 수 있는 거야."

"그러다 오빠 몸 상하는 거 아냐?"

재희는 근심스런 표정으로 말했다.

"이거 안 보이냐? 오빠가 정말 슈퍼맨이다."

35세의 홍재명은 양 팔을 들어 근육을 보였다. 이두박근이 불룩 솟았다. 재희는 미소 지었다. 오빠의 저 알통에 많이도 매달렸었다. 세상에서 제일 안전한 팔이었다. 그 팔은 재희의 인생을 망칠 뻔한 재앙을 막아 준 방패였다. 재희는 머리의 화관을 벗어 오빠에게 씌워 주었다.

"그래, 오빠 슈퍼맨 맞아. 그렇지만 너무 과로하면 안 돼. 동생들이 모두 오빠 어깨에 기대고 있잖아."

"알았어. 너도 건강 조심하면서 지내라."

"그럼 간다."

버스 정류장으로 걸어가는 재희의 뒤로 오빠가 하는 말이 들렸다.

"고맙다. 재희야."

재희는 돌아보지도 않고 오른손을 높이 들어 뒤를 향해 흔들고는 엉덩이를 삐뚤빼뚤 장난스럽게 휘둘렀다. 버스에 앉아 밖을 보니 오빠가 다리를 절며 트럭으로 걸어가는 뒷모습이 보인다. 왼쪽 발목에 철심을 박은 때문이다. 재희의 시선이 애틋해졌다. 나 때문이다. 35살의 불꽃같은 청년 홍재명의 청춘이 철심 하나에 묶인 것이다.

"고맙긴, 내가 고맙지."

오빠의 뒷모습을 향해 손을 흔들며 재희는 중얼거렸다. 버스가 흔들렸다. 창으로 흘러가는 풍경은 평화롭다. 재희는 창밖의 풍경과는 전혀 어울리지 않는 어두운 기억이 떠올랐다. 재희는 그 생각을 떨쳐 버리려는 듯 머리를 흔들며 주먹을 불끈 쥐었다. 오빠를 위해서라면 난 목숨도 버릴 수 있어.

"살인도?"

지나치게 감상적으로 흐른 재회의 감성에 제동을 거는 마음의 소리가 들렸다. 재회는 잠시 생각하다가 속으로 굳게 대답했다.
"살인도!"
재회는 버스 의자에 등을 기댔다.
"나를 위해서라면 오빠도 그렇게 할 거니까."
재회는 눈을 감으려다가 또 하나의 얼굴이 떠올랐다. 이 남자는 날 위해서 목숨까지 바칠 것 같진 않지만. 그러고 보니 목숨 바칠 남자가 또 한 사람 있었네. 어떡하지. 목숨을 두 개로 나눠야 하나. 재회는 뜬 금없는 걱정을 하며 한숨을 쉬었다.

이제 대충 재고 정리도 끝내고 매장 진열 상태도 확인했다. 점장이 어제 야간 근무를 하며 정리해 둔, 간밤에 막 유통기한 지난 싱싱한 폐기 도시락을 전자레인지에 넣었다. 3분 스타트.
대부분의 편의점 주인들은 낮에 근무하고 야간에는 주로 알바들에게 맡기는 편인데, 이 편의점 점장은 자기가 야간 근무를 하고 재회에게는 주간 알바를 시켰다. 말로는 아가씨를 야간 근무시키면 위험해서라고 하지만, 최근 최저 임금이 가파르게 올라 야간 근무를 시켜서는 지출이 너무 많아지기 때문일 것이다.
편의점은 오피스텔 건물 1층 코너에 자그마하게 자리 잡고 있어 꾸준한 매상은 유지하지만, 큰 수입이 들어올 좋은 목은 아니다. 처음 편의점 점장과 면접 볼 때 방학 동안 한 달만 하겠다고 하자, 사장은 재회의 얼굴을 보며 몹시 아깝다는 듯 중얼거렸다.
"아가씨라면 장기 계약해도 좋은데."
요즘 젊은 남성 고객들 때문에 카운터의 용모에 따라 편의점 매상이 적지 않게 차이난다는 사실을 재희도 알바 뛰는 친구들에게서 듣고 있었기에 미소로 대답했다.

"고맙습니다. 제가 졸업하고 취직 못 하게 되면 꼭 올게요."

"꼭 그렇게 되길 바래."

점장은 무심코 내뱉은 자기 말이 일종의 저주였다는 걸 깨달은 듯, 대머리가 벌건 석양빛으로 타오르도록 쩔쩔매며 미안해 했다. 재희에게 대머리도 괜찮아 보인 순간은 그때가 처음이었다. 대머리는 오랫동안 발그스레 물들어 있었다. 아닌 게 아니라 재희가 온 후로 매출이 많이 올랐는지 점장은 여간 재희를 챙기는 게 아니었다. 유통기한이 지나는 밤 12시를 기해 밤마다 정리되는 재고 도시락 중에서 제일 맛있어 보이는 것들을 꼭 따로 보관했다가 재희가 아침으로 먹을 수 있도록 챙겨 주었다.

재희는 카운터 의자에서 옆으로 돌아앉아 전자레인지에 데운 도시락을 먹으며 매장에 배경음악을 틀기 위해, 비치해 둔 미니 콤포넌트에 스마트폰을 연결했다. 그리고 유튜브의 '올디스 벗 구디스 팝'을 클릭했다. 냇 킹 콜의 '모나리자'와 비틀즈의 '미셸' 등 서너 곡이 조용하게 지나자, 재희가 좋아하는 곡이 흘러나왔다. 시우 때문에 좋아하게 된 노래. 들으면 언제나 흥얼거려지는 노래. 흐드러진 태양 아래서 머리에 꽃을 꽂고 맨발로 걷고 싶어지는 노래. 그곳은 재희가 한 번도 겪어 보지 못한 곳. 상상의 세계에서조차 허락되지 않았던 곳.

'샌프란시스코에서는 머리에 꽃을 꽂으세요.'

1970-80년대의 올드 팝, 이런 음악과 가까워진 것은 시우 때문이었다. 시우 생각을 떠올리자 재희의 입술이 삐죽 올라갔다. 태어나기 20년도 전의 노래들을 좋아하다니. 시우는 고물이야. 덕분에 나까지 고물 됐잖아.

식사를 마친 후 음악을 따라 흥얼거리며 매장을 다시 한 바퀴 점검하고는 시계를 올려다보았다. 시간은 오전 10시 5분. 이 오피스텔에 상주하는 단골 고객 아가씨들은 아직 깊은 잠에 빠져 있을 시간이고, 시대의 이단아 한대수 역시 한 시간은 더 있어야 겨우 부스스 일어나는 시간이다. 한대수라는 이름은 시우에게서 처음 들었다.

"한대수. 처음 듣는 가순데?"

"그럴 거야. 우리 또랜 아는 사람 별로 없어."

시우는 오래된 고물 가방을 열어 보이듯 입을 뗐다.

"우리 아버지와 동세대 인물인데, 요즘 말로 하자면 시대 비판적 아티스트지. 한대수, 신해철, 에픽하이의 흐름이라고 볼 수 있을 거야. 아버지의 표현을 빌리자면, 세련되지 못한 경상도 발음과 세련된 언어로 세련되지 못한 귀를 열어 준 문제아, 꼴통, 이단아. 날라리 짬뽕 가수."

"별칭들이 현란하네."

"게다가 한대수라는 이름과 동시에 떠오르는 이미지가 거지였대."

시우는 커다란 소리로 웃었다.

"그래서 아버지에게 여쭤봤어."

"인기가 별로 없었던 거예요, 아버지?"

"아니, 인기는 좋았지. 배가 고파서 밥을 구걸한 게 아니라 목이 말라서, 자유의 갈증, 평화의 갈증. 나 그냥 좀 놔두세요, 하는 갈증 때문에 '물 좀 주소'라는 노래를 만들어 '목마르요 물 쫌 주쏘오' 하고 경상도 된 발음으로 악을 써댔지."

"이단아는 이단아였네요."

"당시의 기준으로 보자면 결코 건전하다고는 할 수 없는 노래들이었어. 특히 '하루아침'이라는 노래 가사는 말이야."

하루아침 눈뜨니 기분이 이상해서
시간은 11시 반 아! 피곤하구나.
소주나 한 잔 마시고 소주나 두 잔 마시고
소주나 석 잔 마시고 일어났다.

- 중략 -

배는 조금 고프고 눈은 본 것 없어서
광복동에 들어가 아! 국수나 한 그릇 마시고
빠 문 앞에 기대어 치마 구경하다가
하품 네 번 하고서 집으로 왔다

아버지가 스마트폰으로 보여주는 가사를 따라 읽던 시우는 웃음을 터뜨렸다.

"그 당시로서는 파격적인 가사였겠네요. 싫어하는 사람들에게는 미운털이 박혔겠어요."

"한마디로 못된 놈 취급이었지. 이러니 당시의 유신 정부에서 얼마나 미웠겠어. 그런데 나는 그 거지가 좋았다. 나뿐만 아니라 내 주변의 친구들 모두 좋아했지."

"아직도 좋아하시잖아요. 가끔 노래방에 같이 가실 때면 이 노랠 부르곤 하셨죠? 알고 보니 이 노래였네요."

"그래, 아직도 좋아하지. 기타 C 코드 몇 개 배우기 시작하면서 둥당

거리던 한대수의 노래를 아직도 좋아해."

재회는 유튜브를 다시 검색하여 한대수의 음악을 선택했다. 제일 먼저 올라 있는 곡은 '행복의 나라'. 오늘의 한대수는 거지가 아니고 행복의 나라로 이끄는 건전 청년이었다.

장막을 걷어라.
너의 좁은 눈으로 이 세상을 떠보자
창문을 열어라
춤추는 산들바람을 한번 또 느껴 보자

가벼운 풀밭 위로 나를 걷게 해주세
봄과 새들의 소리를 듣고 싶소
울고 웃고 싶소. 내 마음을 만져 줘
나는 행복의 나라로 갈 테야

나도 쐬주나 한 잔 마시고 쐬주나 두 잔 마시고 11시 반까지 잠이나 푹 자볼까. 그러면 행복의 나라가 열리려나? 재회는 카운터 테이블에 턱을 괴고 노래를 들었다. 배부르니까 행복하긴 하네.

재회가 막 행복의 나라와 졸음의 나라 문턱으로 들어서려는 순간, 출입문이 열리더니 스캐너가 들어왔다. 사는 스타일에 비하여 제법 규칙적으로 살고 있는지, 스캐너가 오는 시간은 거의 매일 오전 이맘때였다.

스캐너는 재회가 첫 출근 하던 날부터 만났다. 그날 카운터에 캔 맥주를 하나 들고 온 스캐너는 계산을 하려다가 놀란 시선으로 재회의 얼굴을 잠시 보더니, 선 자리에서 서서히 재회의 온몸을 스캔하기 시작했다. 그 시선이 너무 노골적이어서 재희도 속수무책으로 란제리를 입은 빅토리아 시크릿의 모델이 되어 멍하니 그를 쳐다보고 서 있었다. 이 시선 때문에 재희는 그 남자를 스캐너라고 부르기 시작한 것.

스캐너는 30대 초반의 몹시 세련된 느낌을 주는 날랜 몸매의 남자였다. 흔히 말하는 픽업 아티스트 같은 날라리였지만, 나름 진지하고 엄숙한 느낌도 있는 특이한 분위기였다. 스캔을 성공적으로 마친 스캐너는 지갑을 꺼냈다. 5만 원짜리였다. 3천 원짜리 캔 맥주를 하나 사며 5만 원짜리를 내다니. 차라리 카드를 꺼내지. 그러나 재희는 아무 말 없이 잔돈을 거슬러 주었다. 그날은 다행히 거스름돈이 충분했다. 스캐너는 다시 재희의 몸을 쓸듯이 쳐다보고는 꾸벅 인사를 하며 나갔다. 스캐너는 점심때가 조금 지나서 다시 왔다. 그때도 5만 원권을 내밀었다. 그 후로 스캐너는 하루에 두 번씩 와서 이 짓을 한다.

그날도 그는 지갑에서 5만 원권을 꺼냈다. 설핏 보인 그의 지갑에는 만 원권도 천 원권도 들어 있는 것이 보였는데, 빳빳한 5만 원권을 검지와 중지 사이에 끼워 까닥거리며 내밀면서 스캐너는 말했다. 처음 말을 건네온 것.

"아가씨 참 기특하네."

"왜요?"

뜬금없는 말에 재희가 황당한 표정으로 응답하자, 스캐너는 그 자리에서 캔 맥주를 딸칵 따 목젖을 상하로 강렬하게 움직이며 몇 모금 마시더니, 예의 시선으로 재희를 훑었다.

주우욱 전신 스캔.

재희는 그의 스캔이 엑스레이가 아니기만 빌 수밖에.

"아가씨 정도 얼굴이면 쉽게 돈 버는 방법도 많을 텐데, 이런 힘든 일을 하는 걸 보면 세상이 아직 살 만하다고 생각돼."

"쉽게 돈 버는 방법이 뭔데요?"

재희가 스캐너의 얼굴을 빤히 쳐다보자, 스캐너는 쭈욱 들이킨 맥주 캔을 우둑 접어 쓰레기통에 던지며, 뻔히 알고 있으면서 뭘 묻냐는 표정으로 재희의 눈을 들여다보았다.

"다 알잖아. 더 알고 싶으면 알려줄까?"

재희가 말없이 잔돈을 거슬러 주려고 카운터 서랍을 열자 스캐너는

"잔돈은 됐어."

하며 뭐라 만류할 사이도 없이 등뒤로 손을 흔들며 휙 나가 버렸다. 그것이 2주일 전. 그날 이후로 무슨 꿍꿍이인지 스캐너는 계속 거스름돈을 갖고 가지 않는다. 어찌 보면 뭔가를 사러 오는 것이 아니고 재희에게 5만 원권을 주기 위해 오는 것 같은 느낌마저 든다. 뭐라고 말을 할까 하다가 괜히 말이 얽히면서 이야기를 길게 주고받게 될까 귀찮아서 말은 하지 않았다.

기가 막히기도 하고 어처구니없기도 해서, 그냥 버리고 간 돈 술이나 사먹을까 생각도 들었지만, 그런 돈으로 시우와 술을 먹는다는 건 어림없는 일이지 싶어 그러지는 않았다. 점장에게 이 사실을 말하자, 점장은 걱정스러운 표정으로 목소리를 낮추어 말했다.

"그 남자, 실장이야."

"실장이요?"

"그래, 이 오피스텔에 고정으로 붙어 있는 아가씨들이 있는데, 그 아가씨들 관리하는 실장이라구."

"예에."

재희는 눈치채고 있던 사실이지만 모른 척 대답했다. 점장은 목소리

를 더 낮추었다.

"그 여자들이 술집에 나가기도 하고 대부분 몸을 판단 말이야."

점장은 화가 난다는 듯 말했다

"그 실장 녀석이 재희가 예쁘니까 쓸데없는 수작을 부려 보는 거야. 돈으로 함정을 파놓고 기다리고 있는 거지. 절대 그런 얕은 수작에 넘어가면 안 돼."

점장은 목소리까지 부들부들 떨며 말했다. 정말로 재희를 아끼는 느낌이 들어 재희도 하마터면 마주 안아 줄 뻔했지만 점장의 눈을 마주 보는 걸로 참았다.

"걱정 마세요, 점장님. 저 이래봬도 꽤나 야무지다구요."

재희는 점장이 보는 앞에서 실장이 남겨 둔 돈을 서랍 한 켠에 차곡차곡 담았다.

"이 돈은 여기 두었다가 적당한 시기에 돌려 줄 거니까…"

재희는 점장을 똑바로 보고 말했다.

"이 돈 땜에 점장님이 나 팔아먹지 마세요."

서랍을 닫으며 점장을 쨰려보는 척하자 점장이 그제야 환하게 웃었다. 점장의 대머리가 실내등에 반짝거렸다. 긴장했던지 작은 땀방울이 송골송골 맺혀 있었다.

점장이 퇴근한 후 재희는 거울을 봤다. 입술을 마릴린 먼로처럼 삐쭉 내밀며 엉덩이를 살랑살랑 흔들어 봤다.

"내가 봐도 좀 괜찮긴 하네. 스캐너가 괜히 돈을 줬겠어?"

손으로 핸드키스를 만들어 윙크를 하며 거울을 향해 날리는 순간 편의점 문이 열렸다.

"너 음주 근무 하냐?"

시우였다. 어리둥절해서 보고 있는 시우를 보며 재희는 웃음을 터뜨렸다. 그리고는 먼로 워크로 다가가 시우의 어깨에 팔을 얹었다. 시우의 눈을 들여다보며 오른손 검지로 시우의 코를 살짝 눌렀다.

"이거 누구 꺼야?"

"니 꺼."

"맞아. 제법 똑똑한 걸. 그럼 이건 누구 꺼야?"

이번엔 자기 코를 누르며 재희가 물었다.

시우는 시시하다는 듯 대답했다.

"내 꺼."

재희가 고개를 끄덕였다.

"맞아 내 꺼."

"뭐?"

"내 껀 내 꺼구 자기 것도 내 꺼라구…. 맞지?"

"이런 엉터리."

"맞지, 맞지?"

"그래, 맞아."

"좋아. 그래야 착한 소년이지. 이뻐해 줄까?"

시우의 얼굴이 벌게졌다. 재희는 시우의 뺨에 입술을 대고 쫑알거렸다.

"웬일이야? 오늘 알바 안 해?"

"할아버지 병원에 가는 길이야."

"참, 할아버지 편찮으시다고 했지? 좀 괜찮아지셨어?"

재희가 입술을 떼며 진지해졌다.

"웅, 몸살이신가 봐. 연세가 있으시니 천천히 좋아지시겠지."

"오늘 퇴근하고 나도 병원에 같이 가볼까?"

"아냐, 할아버지는 조용히 쉬시는 게 제일 좋대. 조금 차도가 있으신 후에 가보는 게 좋을 거야."

재희가 놀랄까 봐 할아버지가 괴한에게 피습 당했다는 이야기는 하지 않고 몸살이라고 둘러댔던 것. 재희는 진열장에서 음료를 몇 개 골라 봉투에 담아 시우에게 건네줬다.

"그럼 할아버지 어서 일어나시라고 안부인사라도 좀 전해 줘."

음료 봉투를 들고 나가는 시우의 뒷모습을 보며 재희는 갑자기 얼굴이 달아올랐다. 내가 미쳤나 봐. "이거 누구 꺼야?"라니. 재희는 불처럼 달아오른 두 뺨을 손바닥으로 탁탁 쳤다. 내가 지금 무슨 짓을 한 거지.

그러나 재희에게는 지금까지 온전한 '내 것'이라고는 없었다. 모두 동생들과 함께 썼다. 비누나 로션은 물론 동생들이 크며 옷도 나눠 입었다. 하다못해 어느 동생은 속옷까지 재희 것을 슬쩍 입곤 했다. 어떤 때는 재희의 칫솔을 물고 있는 남동생을 발견하고 버럭 소리를 지른 적도 있었다.

시우만은 그렇지 않다. 시우는 오롯이 내 남자다. 물론 아직은 시우의 부모님께 속해 있지만, 연인으로서의 시우는 온전한 내 것이다. 오직 나만의 것이다. 그런 심경의 발로가 이런 행동을 하게 했을 터였다.

"다시는 이런 짓 안 해야지."

재희는 부끄러움에 몸을 부르르 떨며 카운터로 들어가 앉았다. 하지만 재희는 몰랐다. 앞으로 두 번은 그 소리를 더 하게 된다는 사실을.

한 번은 죽음 같은 절망 상태에서.

또 한 번은 최고의 환희 상태에서.

\*\*\*

할아버지는 생각보다 회복이 빨라 이틀 만에 중환자실에서 일반 병실로 옮겼다. 의사의 말로는 칼이 복부를 찌르긴 했지만, 복대 위를 찌르는 통에 복대가 방어를 해주어 다행히도 깊이 들어가지 못하고, 내장을 크게 상하지도 않았다고 했다. 예지 능력이 있는 해오름 약방 아저씨 말대로 갑옷 역할을 해주었던 것. 다만 적지 않은 연세에 충격이 컸지만, 그 연세의 노인들로서는 보기 드물게 빠른 속도로 회복중이라고 의사도 놀라워했다. 할아버지는 "우리 손자 덕분에 목숨을 구했다"며 고마워하셨다.

"그렇기도 하지만…."

하고 아버지는 손자 자랑을 하시는 할아버지의 말에 끼어들었다.

"무엇보다 갑옷처럼 두툼한 똥배 덕분이지. 피하지방도 다 쓸 데가 있단 말이야. 이게 다 우월한 우리 가문의 유전자 덕분이다. 할아버지께 감사드려라."

한 손으로는 할아버지의 배를 쓰다듬고 한 손으로는 자신의 배를 쓰다듬으며 능청스레 말하는 아버지를 보며 할아버지는 웃다가 아이구, 하며 배를 잡고 비명을 질렀다. 시우도 웃음을 눌러 참았다. 낙천적인 유전자의 3대였다. 심한 부상은 아니지만 워낙 고령이시라 당분간 입원해 계시기로 했다.

며칠 지나 병원으로 경찰이 찾아왔다. 범인은 장갑을 끼었었는지 떨어뜨리고 간 칼에서 지문을 발견하지 못했고, 건물에 있는 CCTV에 범인의 모습이 잡히긴 했으나 두건을 쓰고 모자를 눌러쓴 탓에 얼굴 윤곽도 알아보기 힘들다고 했다. 경찰의 표정이나 송구스러워하는 태도를 보니 범인을 체포하기는 쉽지 않아 보였다.

언제부터인가 국가 공권력은 국민을 보호하는 것이 아니고 발뺌과 핑계만 쌓아가는 것이 아닌가 하는 노여움이 일었다. 국민에게 발생한 문제는 국민이 스스로 해결해야 하는 것인가? 그렇다면 정부가 무슨 필요가 있나.

시우는 할 수만 있다면 자신의 손으로 할아버지를 살해하려던 범인을 잡아 응징하고 싶었다. 그가 칼로 찌른 만큼 그도 찌르고 싶다는 과격한 생각까지 울컥 치밀었다. 물론 평범한 대부분의 국민이 그러하듯 생각뿐이긴 할 테지만.

할아버지가 입원해 계시는 동안 전당포는 시우가 혼자 지키기로 했다. 엄마와 아버지는 또 괴한이 나타날까 봐 당분간 전당포 문을 닫자고 했다. 하지만 할아버지는 절대 전당포를 쉴 수 없다고 고집하셨다. 할아버지가 다치기 전 불과 며칠간의 근무 경험이었지만, 일 자체가 단순하기도 하고 그동안 보고 들은 것도 있어서, 할아버지가 안 계신다고 해서 전당포 일이 크게 어려울 건 없었다.

맡겼던 전당물을 찾으러 오는 사람들에게는 적혀진 이자대로 계산해서 원금 포함한 돈을 받은 후, 신분증과 물건을 확인하고 돌려주면 된다. 신경 쓰이는 것은 물건을 맡기러 오는 사람들인데, 고객이 찾아와 철창 밑으로 물건을 디밀어 보일 때 "얼마가 필요하세요?" 하고 물어보고는, 타당한 가격이면 두말없이 서류를 작성해서 돈을 지불하면 되고, 애매한 물건은 돌려보내면 된다. 다행스러운 것은 전당포의 철창이 낮게 가려져 있어 거절할 때 실망하는 고객의 얼굴을 보지 않아도 된다는 점인데, 고객의 얼굴을 보지 않는다는 것이 참 다행스러운 직종이긴 했다.

한번은 철창 밑으로 장미가 한 송이 들어와서 시우는 얼떨결에 "얼마가 필요하세요?" 하고 물었는데 "키스 한번이요"라는 대답이 들려 놀란 적이 있었다. 그후로도 가끔 재희는 알바 근무가 끝나거나 쉬는 날이면 초콜릿이나 음료를 들이밀며 데이트나 키스를 주문하곤 했다.

열흘쯤 지나자 할아버지는 큰 불편 없이 움직일 수 있게 되었다. 시우가 전당포 손님들을 많이 돌려보내고 있다고 하자, 할아버지는 아무래도 내가 있어야지, 하며 퇴원하겠다고 하셨다. 엄마 아버지가 극구 만류했으나, 할아버지는 손님들을 그렇게 대하면 거래가 다 끊긴다면서 고집을 부렸다. 의사 선생님도

"과격한 움직임만 아니라면 움직이는 편이 더 낫습니다. 오히려 너무 안 움직이면 빨리 쇠약해질 수도 있습니다."

라고 하여 시우와 함께 전당포에 있게 되었다. 하지만 할아버지가 무리하지 않으시도록 오전에만 전당포에 함께 있기로 하고, 오후에는 할아버지는 3층에서 쉬고 시우 혼자 근무하기로 했다. 오후에 온 손님에게는 다음 날 오전에 오라고 해서 손님들이 헛걸음치는 일이 없어져 시우도 한시름 덜게 되었다.

\*\*\*

재희와 열 번째 생일 축하 저녁을 먹는 날. 재희는 생일이 열두 번인 이유를 설명해 주었다.

"그동안 돈 많이 들었지?"

"응."

"아까워?"

"아니."

"불만 없어?"

"응."

"왜?"

"뭐가?"

"왜 불만이 없냐구."

시우는 무슨 말이야, 하는 표정으로 재희를 보았다.

"불만 있을 이유가 없잖아. 네가 비싼 선물 사달라고 조르는 것도 아니고 저녁 식사 같이하자는 것뿐인데."

재희는 맥주를 한 모금 마시며 눈치를 줬다.

"말은 그랬지만 빈손으로 넘어갈 수 없어서 매달 용돈 빵꾸나긴 했지?"

"그렇긴 하지."

"그래도 불만 없어?"

"불만 없어. 내가 데리고 살 여잔데."

재희는 말이 콱 막혔다.

"넘어가자. 프러포즈는 나중에 정식으로 할게."

시우의 말을 듣고 재희는 가슴이 뭉클했다. 아무렇지 않은 척했지만 뭉클은 뭉클이었다. 어떡하지, 나 가슴 떨리려고 해. 재희는 시우를 노려봤다.

"왜 노려봐? 불만 있어야 하는 거라면 불만 만들어 볼게."

"만들지 마. 오늘 저녁은 내가 살 테니까."

재희는 처음부터 시우가 자신의 외모에 별 반응을 안 보이는 모습이 낯설었다. 지금까지 접근해 온 남자들과는 다른 반응이어서 조금 신기하기도 했다. 재희는 그런 놈들을 비웃었다. 외모를 능가하는 자신의 지성은 볼 줄도 모르는 놈들이라는 못된 자만도 있었다. 그러다 막상 시우가 자신의 외모에 크게 좌우되지 않는 모습을 보자 슬며시 약이 올랐다. 그렇다고 해서 시우가 자신의 지성을 높게 평가하는 것도 아닌 것 같고. 뭐라고 할까. 다만 시우에게서는 재희라는 한 존재를 일관되게 좋아하고 있다는 느낌을 받는다. 그건 재희의 외모라든가 지성이라는 한 부분이 아니라, 존재 자체를 사랑하고 존중해 주는 느낌이었다. 그런 시우가 좋았다. 재희는 남자를 사랑하는 것이 이런 충일한 감정이라는 걸 처음 느꼈다. 시우도 나 같은 감정이면 좋겠다고 재희는 생각했다.

경쾌한 음악이 흘러나왔다.

"내가 신청한 거야. '샌프란시스코에서는 머리에 꽃을 꽂으세요.'"

"어쭈, 꼰대가 제법."

재희는 둘이 처음 만나던 날을 떠올렸다.

"언니, 나 좀 살려 줘, 제발."

"나 같은 노파 데리고 가서 뭐 할려구? 경로잔치 되면 망치는 거잖아."

재희는 장학금만으로는 버티기 어려워 학비와 생활비를 직접 벌어야 했다. 천사원의 가족들에게도 생활비를 줘야 했기 때문에 아르바이트를 여러 개 하느라 휴학을 밥 먹듯이 했다. 덕분에 2년 후배들과 동급생이 된 탓에 미팅이니 하는 종류의 모임에는 얼굴을 내민 적이 없었다. 그래도 후배 중에는 최수미가 붙임성도 있고 싹싹해서 재희와 말이 잘 통하는 편이었는데, 미팅에 같이 가달라는 부탁에는 간지러워서 응할 수가 없었다. 두 살이나 어린 애들하고 무슨, 허허허. 수미는 재희의 팔짱을 꼭 끼며 몸을 기댔다.

"언니, 걱정 마. 그쪽에서도 복학생 노인 한 분 오기로 했어. 군대 갔다 왔다니까 언니랑 어쩌면 잘 맞을지도 몰라. 응? 응? 응?"

"그럼 내가 그 꼰대 담당이야?"

"아냐, 언니. 제비뽑기 할 거니까, 그 노인 땜에 손해 볼 일은 없을 거야."

"근데 알고나 가자. 내가 누구 대타냐?"

수미는 잠시 재희의 얼굴을 보더니 어쩔 수 없이 비밀을 털어놓는다는 표정으로 입을 열었다.

"원래 영선이가 가기로 했는데, 걔 경찰서에 잡혀갔어."

"뭐? 왜?"

수미의 말로는 김영선이 마약 중독이 되었다고 했다. 약대생들은 약의 성분을 잘 알고 있는데다 수완에 따라 약도 쉽게 구할 수 있어서, 시중에 판매되는 약 중에서 마약 성분이 강한 약을 구분할 줄 알기 때문에 쉽게 마약을 접하게 된다. 김영선도 그런 케이스였다. 학점과 약사 시험에 대한 스트레스를 이기지 못해 시중 약품들을 남용하게 되고, 급기야 뒷골목에서 거래되는 마약에까지 손을 대게 된 것이다.

흘러 다니는 소문으로 우리나라 유흥가는 물론 신촌이나 홍대 앞 대학가에도 마약이 많이 유통된다는 소리는 들었지만, 막상 가까운 주변에서, 더구나 같은 과 동급생이 마약 사범이 되었다고 하니 두려운 생각이 들었다. 하긴 어떤 나라의 의사들은 직간접적으로 마약에 손대본 사람이 40퍼센트가 넘는다고도 했다.

"마약이 그 정도로 우리 곁에 가까이 파고들었구나."

"유흥가 쪽엔 말도 못 한대, 언니. 정말 걱정이야."

그렇게 해서 남북 군사회담하듯 마주 앉은 남자와 여자. 적군과 아군은 각각 5명씩이었다. 적군 중에는 한눈에 보아도 젊은 사병들 네 명과 늙은 군인 한 명이 앉아 있었다. 재희가 늙은 군인에게 시선을 보낸 것도, 그 늙은 군인이 노파에게 미소를 보낸 것도 아아, 너도 그렇게 끌려 왔구나 하는 동병상련의 교감이었다.

"알았어, 그럼 난 적당히 있다가 자리 떠도 되는 거지?"

"그럼. 당연하지. 그러니까 언니는 크게 부담 느끼지 말고 자리만 채웠다가 애프터 없이 그냥 가면 된다구."

라고는 했지만 문제는 늙은 군인이 아니라 젊은 병사들이었다. 함께 간 여학생들의 미모가 떨어지는 편이 아니었는데도 워낙 재희가 눈에 띄는 편이어서 '어린 것들'이 모두 재희에게 총 집중했던 것. 이래서야 자리를 뜰 수가 있나. 그럴 때 구멍가게 할머니가 파리 쫓듯, 약장사가 애들 쫓아 버리듯 "애들은 가라, 훠이." 하는 시우의 삼강오륜 설파 덕분에 '애들'은 가고 재희가 안전지대까지 도착할 수 있도록 호위를 하다 보니, 두 사람은 자연스레 약속도 하지 않은 애프터를 하게 되었다. 흠, 그러고 보니 우리가 만난 게 마약 덕분인가.

"무슨 생각하는 거야?"

시우는 자기 얼굴을 빤히 쳐다보고 있는 재희의 콧등을 건드렸다.

"오늘은 고백할 게 하나 있어서."

"나 만나기 전의 애인 이야기?"

"그렇다면?"

"그 남자가 죽었으면 이야기하고, 아직 살아 있으면 하지 마."

"우와, 현명하네."

뜻밖의 대답에 재희는 입을 가리고 웃었다

"나 업둥이야."

약간 질긴 스테이크 안주를 톱질해서 한 조각 입에 넣고 우물거리며 재희가 말했다.
"뭐?"
"엄마가 날 갖다 버렸다구."
시우는 포크에 찍어 입에 넣으려던 스테이크를 들고 놀란 눈으로 재희를 쳐다봤다.
"너도 혹시 코인 락커 베이비라는 거야?"
이 단어가 얼마나 저주스러웠는지 모른다. 동전을 넣고 물건을 맡기는 코인 락커에 아기를 버렸다는 일본 소설가의 그 소설.
"아니, 그 정도 냉정한 엄마는 아니었던 것 같고, 우리 엄마는 자상한 여자였던 것 같아. 그냥 땅바닥에 놓여 있었대. 동전 없이도 들고 갈 수 있게 말이야."
전에도 느낀 것이긴 하지만 그 말을 하면서 재희는 속으로 생각했다. 이상하기도 하지. 시우하고 이야기하다 보면 되게 비참한 이야기도 별것 아닌 것처럼 느껴지곤 해.
"그래서 어느 부잣집 대문 앞에 버려졌던 거야?"
"아주 큰 집이었지. 고아원."
재희는 냅킨으로 입을 닦았다.
"난 고아원에서 자랐어."
"와, 정말이야?"
"놀랐지? 실망했어?"
"아니, 아니."
말도 안 되는 소리라는 듯 시우는 고개를 저었다.
"난 네가 부잣집 딸인 줄 알았어. 거만하고 똑똑하고 예쁘고 당당해서."

시우는 정말 놀랐다는 표정이었다.

"그거 칭찬 맞지?"

"칭찬도 아니고 놀린 것도 아니야. 있는 그대로 말한 것뿐이라구. 지금 네 말 듣고도 믿어지지가 않아."

그럴 것이다. 재희는 자라면서 그런 티를 내지 않으려고 무척 노력했다. 고아라서, 고아니까, 하는 냄새나는 소리를 자신의 몸에서 지워 버리려고 했다. 고아의 냄새가 난다는 소리를 듣고 싶지 않았다.

"난 꿈을 많이 꾸었어. 어렸을 때 무서운 원장님에게 혼날 때나 다른 아이들이 괴롭히거나 고아라고 놀릴 때면 난 혼자 숨어서 잠을 자곤 했어. 잠을 자면 꿈을 꿀 수 있으니까. 꿈은 언제나 행복했어. 현실에서 불가능하던 것들이 모두 가능했으니까. 그러다 보니 나중엔 현실에서도 눈을 뜨고 꿈을 꿀 수 있게 되어 버린 거야. 공상은 아니야. 공상이라고 하는 것과는 조금 다른 거였어. 몽상이라고 해야 되나? 아무튼 언제나 외롭거나 힘들 때면 꿈을 꾸고, 꿈은 언제나 내게 위로가 되었지."

재희는 와인을 한 모금 마시며 목을 축였다.

"초등학교 3학년쯤 되어 어느 정도 자기 존재에 대해 자각할 나이가 되자, 혼자 생각하는 시간이 많아졌어."

고아원 뒷산에 올라 팔각지를 하고 누워 하늘을 올려다보면 하늘을 마음대로 떠다니는 구름이 보였다.

"난 다른 아이들 같은 고아가 아니야. 부모에게서 버려진 것이 아니라 구름에서 뚝 떨어졌는지도 몰라. 세상엔 기적이 많다고 하잖아."

재희가 그렇게 하늘에서 떨어졌다고 생각할 만큼 재희는 특출하게 학교 성적이 좋았다. 그렇지만 구름이 아이를 낳다니, 아무리 초등학교 3

학년의 어린 나이지만 어림도 없는 몽상이었다. 고학년이 되면서 이 몽상은 바뀌었다.

"난 박혁거세처럼 알에서 났는지도 몰라. 옛날에는 알에서 나오면 귀인이라고도 하고 왕족이기도 했지만, 요즘 세상에서는 알에서 나오면 모두 무서워하는 거야. 자기들이 감당하기 어려운 존재니까. 그래서 고아원에 갖다 버린 건지도 몰라."

그런데 배꼽을 보면 그런 상상 역시 맞지 않는 것 같았다. 알에서 났으면 배꼽이 없어야 하잖아.

"재밌다."

시우가 킥킥 웃었다

"이야기 더 해줘?"

재회는 조금 취한 목소리로 물었다.

"응, 더 듣고 싶어."

시우는 재회의 잔에 와인을 따라 주곤 귀를 기울였다.

"사실 우리 엄마는 우리나라 70년대 경제 호황기의 유명한 룸살롱 마담이었어. 엄마는 가난한 집안에서 태어났지만 영리한 여자였던 거야. 여자의 몸으로 거친 세상에서 돈을 쉽게 벌 수 있는 방법은 한 가지뿐이었던 거지. 물장사. 엄마의 미모는 상당했을 거야. 영리한 두뇌와 뛰어난 미모. 엄마는 순식간에 강남 룸살롱 계에서 명물이 되었어.

돈이 모이고 유명해질수록 엄마는 외로워졌고, 한 유부남과 사랑에 빠진 거야. 본부인에게 들켜서 남자는 이혼하며 전 재산을 빼앗겼고, 그 과정에 늦둥이인 내가 태어난 거지. 남자의 재기를 위해 엄마는 있는 힘을 다해 후원했지만, 악운은 겹쳐서 결국 재기 불능 상태가 되었어. 결국 남자는 엄마에게 몹쓸짓을 했다며 후회 끝에 자살했고. 엄마는 목숨처럼 사랑했던 단 한 번의 사랑이 떠나자, 나를 고아원 문 앞에 두고 남아 있는 전 재산이 담긴 통장을 소쿠리에 담았어. 그리고는 사랑하는 남자를 따라 자살한 거야. 그래서 결국 나를 버리게 된 거지. 많은 돈이 들어 있는 통장과 함께."

"엄마에 대한 이야기가 편지로 적혀 있었던 거야?"

"아니, 내가 지어냈어."

"거액이 든 통장두?"

"응, 그렇지 않으면 내가 너무 가엾잖아, 중학교 2학년쯤 되어서야 난 겨우 내 출신 배경에 대한 현실적인 이론을 정립하게 된 거라구. 이 이론 괜찮지 않아?"

"음. 괜찮다기보다 구름에서 떨어지거나 알에서 나온 것보다는 설득력 있네."

"나는 사랑을 많이 받고 태어났지만, 어쩔 수 없이 강하게 스스로 살아 나가야만 하는 운명이었던 거지. 엄마처럼."

재희는 술잔을 쭈욱 들이키고는 탁자에 소리 나게 놓았다.

"그래서 난 생일을 매달 지내기로 결정했지. 다른 사람보다 12배는 더 축복을 받겠다는 말이야."

시우의 시선이 깊어졌다. 재희는 자기를 보는 시우의 그런 시선이 좋았다. 단순한 동정이 아니라 깊고 온화한 감정이 실린 시선. 커다란 새가 아기 새를 품어 주려고 날개를 편 듯한 따스함. 재희는 시우에게만은 자신의 약점이라고 생각되는 점도 숨기지 않았다. 자신의 좋은 점도 언제나 자랑하고 싶은 만큼 자랑했듯이.

"그래도 나 데리고 살 거야?"

시우는 손에 든 잔을 쭈욱 비웠다.

"넌 너희 엄마가 돈 가득 들어 있는 통장 들고 너 찾아오면 나 차버릴 거냐?"

그날 두 사람은 같이 잤다. 술에 잔뜩 취한 재희를 그녀의 원룸에 데려다 주고는 시우도 소파에서 잠들었다. 아침에 눈을 뜬 두 사람은 그제야 서로를 껴안았다. 재희가 처음이었다는 걸 느낀 시우는 한동안 눈을 크게 뜨고 놀란 표정을 지었다. 그리고는 숨 막힐 정도로 뜨겁게 재희를 끌어안았다. 재희가 지금까지 자라오며 안으로 안으로만 얼어붙어 거대한 얼음 덩어리가 되었던 외로움의 빙산이 뿌리까지 녹아 버리는 뜨거운 포옹이었다. 빙하 녹은 물이 재희의 감은 눈시울로 오래 흘러내렸다. 물은 재희의 원룸을 가득 채우고 창문을 넘어 거리로 흘러나가, 온 동네가 물에 잠겨 버렸다. 두 사람은 노아의 홍수에서 살아남은 노아와 그 부인이었다.

노아의 방주 위로 눈부신 아침 햇살이 비치자 시우는 책상 위에 놓인 작은 물병에 꽂혀 있던 꽃을 뽑아 재희의 머리에 꽂아 주었다. 재희가 시우를 올려다보며 입을 삐죽 내밀었다.

"꽃은 샌프란시스코에서나 꽂는 거잖아."

시우는 눈부신 듯 재희의 얼굴을 내려다보았다.

"바보, 아직도 모르고 있어? 우리 둘이 함께 있는 곳이 샌프란시스코야."

\* \* \*

"애비가 용돈 부족하게 주는 건 아니냐? 그래서 알바하는 거니?"

할아버지가 퇴원하고 며칠 지난 어느 날 바닥 청소를 하느라 밀걸레

질을 하고 있는 시우를 보며 할아버지가 말을 건넸다. 저번에 말씀드렸지만 기억하지 못하시는 것 같아 시우는 다시 한 번 대답했다.

"아뇨. 제가 직접 벌어서 재희랑 여행도 가고 선물도 하나 사주려구요."

"선물? 그러면 이건 어떠냐?"

할아버지는 금고에서 시계를 하나 꺼냈다. 꽤나 고가의 시계였던지 고급스런 박스 안에 실크로 잘 싸여 있었다.

"이게 맡긴 지 너무 오래되어 처분할까 하다가 좋은 시계라서 그냥 보관하고 있었다."

시계는 보기에도 고급스러워 보였다.

"롤렉스네요. 비싸 보이는데요. 이거 얼마나 하는 거예요?"

"그게 여성용 '미드사이즈 화이트골드 그린 다이아몬드'라는 모델인데, 어디 보자, 대부해 준 금액이 60만 원이니까 신품일 경우엔 5백만 원에서 6백만 원쯤 할 거다."

"6백만 원이요? 말로만 들었지. 보는 건 처음이에요."

"하하, 그렇겠지. 네 친구들도 모두 학생이고, 우리 가족도 이런 고급품을 좋아하는 편이 아니니까 말이다."

"이런 시계를 맡으실 때는 신경 쓰이시겠어요. 혹시 가짜일 수도 있고 부품을 갈아 끼운 것일 수도 있잖아요."

"그래."

할아버지는 고개를 끄덕였다.

"그래서 이런 고가의 전당품들은 신경이 많이 쓰여서 아주 꼼꼼하게 살핀단다. 물론 시계 자체를 자세히 살피기도 하지만, 이걸 잡히러 온 사람을 더 면밀하게 살펴보지. 조금이라도 불안하거나 미심쩍은 느낌이 있으면, 아무리 이익이 많이 남을 것 같은 시계라도 절대 잡아 주지 않지. 혹시 장물일 수도 있으니 말이다."

"시계를 맡기러 온 사람이 할아버지가 자기 얼굴을 쳐다보면 입사시험 면접 보는 것 같은 기분이 들겠어요."

시우의 말에 할아버지는 웃음을 터뜨렸다.

"그런데 말이지…"

할아버지는 말꼬리를 이으며 낡은 나무책상에서 두툼한 카탈로그를 꺼내 몇 페이지인가를 들추더니 시우에게 밀어 보였다.

"너 파텍필립이란 시계 아니?"

"아, 예. 들어는 봤어요. 무지 비싼 시계라면서요? 몇 천만 원 한다던데…"

"몇 천만 원짜리도 있긴 한데, 이거 봐라. 사진만 봐도 귀티가 나지 않니?"

할아버지는 카탈로그의 사진을 가리키며 물었다.

"이 시계 얼마나 할 것 같으냐?"

"글쎄요. 한…"

할아버지의 장난스러운 표정으로 보아 자신의 상상을 넘는 상당한 고가일 거라고 짐작되어, 시우는 할아버지를 깜짝 놀라게 하려고 한껏 가격을 부풀려 불렀다.

"5억?"

"하하하하."

할아버지가 입을 크게 벌리고 웃었다.

"너 정말 그 가격이 현실적인 가격이라고 생각하니?"

너무 세게 불렀나 싶어 쑥스러웠다.

"아뇨, 할아버지가 물어보시니 비싼 거라고 생각되어서 좀 세게 불렀어요."

"5억은 아니고…."

할아버지는 맛있는 과자를 손자에게 줄까 말까 놀리는 표정으로 말을 이었다.

"32억이라는구나."

설마! 싶어 인터넷에 떠 있는 영문으로 설명된 파텍필립의 설명을 읽어 보았다. 32억짜리가 있었다. 모델명은 '그랜드마스터 차임(Grand master Chime)'. 7년간 설계 개발, 제작 기간 2년. 전 세계 7개 한정 생산이었다.

그래도 32억이라니. 아파트가 몇 채람.

할아버지는 카탈로그를 몇 장 넘기더니 물었다.

"이건 얼마 같으냐?"

시우는 될 대로 되라는 자조적인 기분으로

"백억 원이요."

했다. 할아버지는 껄껄 웃더니

"그래도 통이 크구나. 시계 하나에 100억을 부를 줄 알다니."

하고 말했다.

"이게 260억이 넘는다는구나."

기가 막혀서 이젠 놀랍지도 않은 기분이었다. 카탈로그의 설명을 보니 '헨리 그레이브스 수퍼 컴플리케이션'이라는 이 모델은 세계에서 가장 복잡한 시계를 만들어 달라고 주문한 주문인의 이름을 딴 것이다. 1999년에 가장 비싼 가격으로 경매에 거래되었는데, 15년 만에 경매에 재등장하여 263억 5300만 원으로 거래되었다고 한다. 경매에 관한 내용은 카탈로그에 있던 내용이 아니라, 그 옆에 볼펜으로 할아버지가 메모해 둔 내용이었다.

"옆에 쓰여 있는 메모, 할아버지가 쓰신 거예요? 어떻게 이런 정보를 다 알고 계세요?"

"그것도 몰라서야 전당포를 어떻게 하겠냐? 요즘은 세상이 좋아져서 인터넷에만 들어가면 관심 있는 정보를 다 얻을 수 있더구나. 그 덕분에 요즘은 가격을 몰라서 손해 보는 경우는 거의 없게 되었지."

"이 가격도 인터넷에서 보신 거예요?"

"그래."

"그러면 혹시 오타 아닐까요? 설마 263억이라니."

"나도 믿어지지 않아서 여러 곳의 정보를 취합해 봤는데, 정확한 사실이더라."

할아버지는 어림도 없는 소리 말라는 표정으로 말했다.

"그런데 이보다 더 믿어지지 않는 사실이 있어. 전당포에서 시계를 잡고 대출할 때 시계를 잡히려는 사람을 면접 보는 것 같다고 했지? 파텍필립이 그렇다는구나."

파텍필립이라니. 그 정도의 고가 시계를 전당포에 갖고 오는 사람도 있을까? 그렇다면 뭔가 구린 구석도 있을 법하니 철저하게 면접을 봐야겠지. 시우의 표정을 본 할아버지가

"네가 생각하는 그런 건 아니고…"

하며 입을 열었다.

"파텍필립이 사람을 면접 본다고."

어리둥절한 시우에게 할아버지가 설명했다. 파텍필립은 최저가 제품인 수천만 원짜리 시계라 할지라도, 연 45,000점만 생산하는 전략으로

희소성이 높아, 세계 각국의 유명 인사나 왕들이 차는 시계로 유명하다. 흥미로운 건 파텍필립의 독특한 몇몇 모델은 아무나 구입할 수 있는 게 아니고, 본사에 가서 면접을 보고 본인의 수준을 증명하고 파텍필립을 사려는 구매 동기 등을 면접을 통해 밝힌 후 면접에 통과되어야 시계를 구매할 수 있다는 사실이다. 할아버지의 설명을 듣고 들리지 않게 한숨 쉬는 시우를 보며 할아버지가 껄껄 웃었다.

"이 사람들은 우리와 보이지 않는 경계선을 가진 경계선 너머의 사람들일 뿐 그리 심란해 할 것 없다. 그들이 절대 가질 수 없는 우리들만의 것도 많이 있고, 우리는 알 수 없는 그들만의 고뇌도 적지 않을 테니까. 사람 사이에는 수많은 경계선이 있지. 출신 성분, 성격, 지역, 학벌, 재산, 사상 등등. 이런 경계선이 꼭 나쁘다고만 할 수는 없다. 사람들의 삶을 다양하게 만들어 주기도 하니까 말이야."

할아버지는 금고에서 꺼낸 여성용 롤렉스 시계를 내밀었다.

"우린 이 정도로 만족하자꾸나. 파텍필립 같은 시계는 줘도 불안해서 차고 다닐 수도 없겠다. 이건 보관 기간이 많이 지나서 임의로 처분해도 되는 물건이니 걱정할 건 없어."

"아니에요, 할아버지. 이것도 500만 원이 넘는 건데 너무 비싼 시계이기도 하고."

할아버지는 설명을 덧붙였다.

"너무 부담스러워할 건 없다. 이걸 전당포 물건을 매수하는 업자들에게 주면 가격을 후려쳐서 조금밖에 주지 않을 거다. 그러니 실제로 큰돈은 아니야. 그리고 잡힐 때 지불한 돈도 몇 십만 원에 불과하고."

"그래도 재회 선물 정도는 제 돈으로 사주고 싶어요."

"그럼 네 알바 봉급에서 이 시계 값을 빼고 주면 되지 않겠니?"

"예?"

"하하, 걱정 마라. 내 사랑하는 손자이니 특별 할인 가격으로 내가 서비스하마. 10만 원이면 되겠니?"

순간 하마터면 달라고 할 뻔하다가 이내 마음을 바꿨다. 아무리 고급 시계라 해도 이 시계는 우리가 알지 못하는 수많은 사연이 있지 않겠는가. 더구나 전당포까지 들어올 신세라면 평탄한 길을 걸어온 시계는 아닐 것이다. 시우는 그런 그늘이 포함된 선물을 재회에게 하고 싶지 않았다. 기왕이면 재회에게 새 시계를 사주고 싶었다.

"할아버지 마음은 정말 고맙지만."

"그래, 그렇겠지."

할아버지는 쓸쓸한 표정을 지었다.

"어떤 과거를 지닌 시계인지 알 수 없어서 조금 께름칙하지?"

"아. 꼭 그런 건 아닌데요."

"그래. 이 시계는 돈을 마련할 시간을 벌기 위해 담보로 잡혀 있는 포로야. 한번 잡혔던 포로는 불명예스럽지. 본연의 가치는 그대로 있고, 스스로는 비겁하지도 더럽지도 않았는데 그 평가 가치는 사라져 버리고 마는 거니까."

"포로라고 말씀하시니 어쩐지 공감이 가는데요."

시우는 국군 포로였던 할아버지가 지나치게 숙연해지자 송구스러운 마음이 들어 애써 웃어 보였다.

"하지만 이 시계나 돌반지, 결혼반지 등의 물건들은 하나하나마다 잊을 수 없는 시간과 잊혀서는 안 되는 추억을 담고 있는 것들이야. 그 소중함을 버려서는 안 되지."

할아버지는 전당포 철창 밖을 내다보며 변명하듯 말했다. 왠지 가슴

속에 품었던 말을 끄집어 낸 것 같았다.
"사람이나 물건이나 남에게 드러내고 싶지 않은 과거가 있다 하더라도, 그것이 꼭 흠이 되는 건 아니란다."

\*\*\*

이 오피스텔에는 술집 다니는 아가씨들이나 오피스텔을 빌려 비밀 성매매를 하는 속칭 오피녀들이 꽤 많다는 것도 편의점 근무 2-3일 만에 알게 되었다. 이제 곧 그녀들이 느릿느릿 일어나 아점을 대신할 먹거리를 사러 내려오는 시간이다. 간밤의 술기운 때문이거나 밤을 설친 탓인지 부스스한 얼굴에 화장기 없는 아가씨들이 무릎담요 같은 걸 몸에 둘둘 말거나 걸치고 문을 등으로 밀치며 들어선다. 옷을 제대로 걸치는 것도 귀찮은 듯이 보인다. 재희는 그들을 진지하게 대한다. 세상의 평가야 어떻든 그들 나름대로 치열하게 살고 있는 것이다. 그들을 향해 재희는 밝게 인사한다.
"어서 오세요."
대부분 재희의 인사를 받는 둥 마는 둥 하지만, 그 중에는 밝게 같이 인사하는 아가씨들도 있다. 그들의 용모는 실내의 조명발이나 화장 덕분에 빛을 발하고 있어서 아침의 민낯으로 보는 그들은 전혀 다른 사람 같았다. 물론 그중 몇몇은 같은 여자가 보기에도 참 예쁘다. 이런 짓을 하기엔 너무 청순하고 예뻐, 하고 탄식이 나올 만한 아가씨들도 적지 않았다.
하지만 재희는 그들에게 연민을 느끼지는 않는다. 그 길은 그녀들이 선택한 길이고 그들에게 책임이 있는 것이다. 나오고 싶으면 그들의 두 발로 걸어 나오면 그만이다. 이들과는 달리 가난이나 비참함 속에서 걸어 나오고 싶어도 나올 수 없는 사람들도 많이 있다. 상황이라는 철창은 결연한 의지가 포함되더라도, 여러 가지 변수라는 자물쇠에 맞는 열쇠를 찾지 못하면 결코 쉽게 빠져나올 수 있는 것이 아니니까. 그녀들의 선택에 대해 재희는 뭐라 할 이유도 흥미도 없었다. 그건 그녀들의 인생일 뿐이니까. 다만 재희는 결코 어떤 일이 생겨도 그런 인생을 선택하지는 않을 것이라는 걸 스스로 알고 있었다.

한 아가씨가 3분 스프와 샌드위치를 들고 카운터로 와서 재희를 보며 한숨지었다. 아가씨들 중 나이가 좀 들어 보여서 재희 또래쯤 되지 않나 짐작되는 아가씨. 종종 재희에게 말을 걸곤 한다.

"정말 이쁘다, 언니."

"언니가 더 이쁜데?"

재희는 미소로 답했다. 그러자 아가씨는 손가락으로 자기 얼굴을 쿡쿡 찌르며 아무렇지도 않게 말했다.

"이거 다 뜯어 고친 거야. 수천 들었어."

"그렇게나 많이요?"

재희는 말해 놓고 아차 싶었다. 달리 들으면 예전엔 그렇게 못생겼느냐고 들릴 수 있을 표현이었다.

"그래도 투자한 돈 벌써 건지고도 남았으니 밑진 장사는 아니야."

아가씨는 까르륵 웃었다.

"그래서 난 자연 미인만 보면 저절로 고개가 숙여지고 숭배하고 싶어져. 밝은 햇빛에서 이쁜 여자. 태어날 때부터 수천만 원의 프리미엄을 붙여서 태어나는 거잖아. 근데 언니는 정말 이쁘다."

그녀는 새삼 말끄러미 재희의 얼굴을 쳐다보다가 속상하다는 듯 짤깍

라이터를 켜고 담배를 피워 물었다. 재희는 가능한 한 그녀들의 흡연을 모르는 척해 주는 편이다. 그런 사소한 제약만이라도 그들로부터 풀어주고 싶었다. 가끔 환기만 한 번씩 해주면 될 일.

"근데 있지. 이 얼굴이면 한 달에 2천은 그냥 굴러 들어오겠어. 그 얼굴로 이런 편의점 알바만 하는 건 아깝다."

"난 잠이 많아서 다른 일은 못 해요."

"아니, 우리같이 되라는 게 아니고, 알바할 시간에 괜찮은 남자를 골라서 파고들란 말이지."

"파고들어요?"

그녀는 한숨을 쉬면서 말했다.

"이 생활 해보니 의외로 순진한 남자들이 많아. 그리고 꽤 괜찮은 남자들도 많고. 내가 이렇게 되기 전에 남자들에 대해 그런 사실을 깨달을 수 있었다면 좋은 아내가 될 수도 있었을 텐데."

그녀는 담배를 종이컵에 비벼 끄며 정색을 하고 재희에게 말했다.

"내 경험으로 말하자면 아가씨는 타고났어. 어떤 남자라도 아가씨가 원하는 대로 하게 될 거야. 그건 분명해. 그러니 기회가 왔다, 이 남자다 싶으면 호락호락 넘어가지 말고 최대한 자신의 가치를 높이도록 해. 이건 산전수전 다 겪은 실전투사의 말이라구. 절대 싸게 몸 굴리지 마. 쉽게 마음 허락도 하지 말고."

그 말을 들으며 재희는 시우의 얼굴이 떠올라 피식 웃었다. 그놈은 별 그런 것 같지도 않던 걸. 혼자 웃는 재희를 보며 아가씨가 새침하게 물었다.

"내 말이 믿어지지 않아요?"

"아뇨, 정말 실용 생활지침서 같아서 외우는 중이에요."

그녀는 까르륵 웃으며 카운터에 있는 물건을 챙겨 들었다. 나가려던 그녀는 발을 멈추고 돌아보았다.

"인생에는 한번 넘어서면 결코 다시 돌아갈 수 없는 순간들이 있어요. 자의든 타의든 한번 몸을 잘못 굴리면 예전으로 돌아갈 수 없게 되어 버려요. 아가씨는 그 선을 넘지 마. 난 이제 다신 되돌릴 수 없는 그 선 너머에 있는 아가씨가 눈물나게 부러워."

재희는 울컥했다. 저토록 침통한 자기 고백이 있을까 싶었다. 저 아가씨들은 자신이 갖고 있는 것 중에서 가장 비싸게 팔 수 있는 걸 팔고 있는 거겠지. 다르게 살고 싶어도 팔 수 있는 게 없는 거야. 아니면 자신의 가치를 개발하거나 찾는 행동을 외면했든지. 내가 갖고 있는 가장 가치 있는 것은 무얼까? 얼굴? 머리? 그리고 여기? 재희는 자신의 심장을 짚으며 중얼거렸다. 어디든 난 나만의 삶을 내가 선택하며 살 거야.

\* \* \*

타앙!

사람의 발길이 밀고 들어가기엔 너무나 거친 가시나무들이 엉켜 있는 암산자락에서 허공을 찢는 불길한 총성이 울렸다. 장작으로 사용할 수도 없고 식용으로는 더더욱 사용할 수 없는 무시무시한 가시투성이의 넝쿨이 악마의 발톱처럼 엉켜 있어 사람들이 발길도 하지 않는 곳. 자칫 스치기라도 하면 마치 살갗을 발라낼 듯이 들러붙는 가시넝쿨에 피투성이가 되고 만다.

그 가시넝쿨 더미 앞 커다란 바위에 기대어 서 있는 강영철의 눈에 시뻘건 핏줄이 불거졌다. 그의 발치에는 한 사내가 피투성이가 되어 싸늘한 시체가 되어 있었고, 강영철의 손에는 권총이 들려 있었다. 강영철과 비슷한 또래로 보이는 또 한 사내는 흙바닥에 주저앉아 애원하는 표정으로 강영철을 향해 절규하고 있었다. 그 사내의 어깨엔 총알이 관통한 상처에서 피가 흐르고 있었고, 사내는 오른손으로 그 상처를 짓누르며 고통을 참고 있었다. 주저앉아 있는 바지에까지 흘러내린 피를 보면 그 고통을 짐작할 수 있었다.

"영철아! 강영철! 쏘면 안 돼! 그 총을 달라구."

강영철은 울부짖는 사내를 향해 서서히 총을 겨누었다.

"영철아. 정신 차려! 우리는 죽어도 같이 죽고 살아도 함께 살기로 맹세한 친구잖아. 이러면 안 돼! 네, 네가 이럴 수가 있냐. 새끼야!"

"닥쳐 새끼야. 이 죽은 놈은 내가 쏜 거야. 네가 쏜 게 아니라구. 그 장면을 본 네놈도 죽어야 해."

"야, 강영철 너 돌았냐? 대체 무슨 소릴 하는 거야? 너 미쳤어?!"

강영철은 고통스러운 표정으로 피가 베어 나오도록 이를 악물고는 천천히 사내를 겨냥하고 방아쇠를 당겼다. 또 한 번의 총성이 하늘을 찢어 울리며 허공을 가로질렀다.


"어억!"

강영철은 눈을 부릅뜨며 벌떡 상체를 일으켰다.

"할아버지 괜찮으세요?"

식은땀을 흘리며 꿈에서 깬 할아버지 곁에서 시우가 근심스러운 표정으로 물었다.

"내, 내가 잠들었었냐?"

"예, 신문 보시다가 조용히 잠드셨어요. 나쁜 꿈이라도 꾸신 거예요?"

강영철은 머리를 두 손으로 쓰다듬으며 정신을 가누었다. 꿈이었구나, 꿈이지만 사실이었어. 내가 그놈을 쏘았던 거야. 전당포를 습격한 괴한의 칼을 맞고 병원에 입원해 있는 동안 그 피투성이의 얼굴은 하루도 빠지지 않고 나타나 절규했다.

"강영철! 네가 나를 쏠 수 있니?!"

"할아버지 커피 한 잔 타드릴까요?"
아무것도 모르는 손자 시우는 근심스러운 표정으로 할아버지의 얼굴을 들여다보았다.
"그래, 고맙다. 걱정하지 마라. 노인의 낮잠은 지난 세월의 사연들이 많아서 이런저런 꿈을 꾸기 마련이다. 네가 타주는 커피 한 잔 마시면 괜찮아질 거다."
강영철은 근심스러운 시선으로 보고 있는 손자의 따스한 뺨을 쓰다듬으며 그 온기에 위안을 느꼈다.
"우리 계약이 얼마나 남았냐?"
강영철은 시우가 타준 뜨거운 커피를 마시며 마음이 진정된 듯 다정한 표정으로 시우를 보며 물었다.
"3일 남았어요."
"그럼 그만 출근하고 여행 갈 준비 해야지."
"괜찮아요. 퇴근하고 집에 가서 짬짬이 준비 다 한 걸요. 나머지 기간을 확실히 채워야죠."
시우는 할아버지와 한 달의 기한을 정하고 알바를 하는 중이다. 그러니 3일을 그만 나오라는 건 할아버지의 후의이다. 하지만 시우는 한 달을 다 채우고 싶었다. 할아버지는 시우가 곧 그만둔다는 사실을 상기하자, 남은 기간이 아쉬운 듯 말을 걸었다.

"넌 할아버지가 왜 사채업 같은 전당포를 하는지 궁금하지 않니?"

"아니요. 다양한 직업 중의 하나라고 생각하고 있어요. 그리고 알바하면서 알게 된 사실인데, 법적으로 2.9퍼센트의 금리는 정해져 있고, 할아버지는 그 이상 절대 받지 않으시잖아요."

할아버지는 고개를 끄덕였다.

"물론 주인에 따라 다르겠지만 전당포라고 해서 꼭 냉혹한 이윤만을 추구하는 건 아니다. 예전엔 더욱 그랬었지. 너도 알다시피 이 전당포는 내 친구가 하던 걸 인수받은 건데 이걸 보렴. 오래전에 잡혀 놓고 아직 찾아가지 않은 것들인데."

할아버지는 책상 아래쪽에 붙은 낡은 서랍을 열어 보였다. 서랍 안에는 고무줄로 묶어 둔 명함 뭉치 같은 것이 두 개 있고 정밀한 직선자와 삼각자들이 수십 개 들어 있었다. 무엇보다 가장 눈에 띄고 숫자도 많은 것은 백 개도 넘어 보이는 손목시계들이었다.

"시계 많지? 요즘은 손목시계가 액세서리 수준이지만 당시에는 귀중품이었지. 전당포 대출 순위 1위였어."

"이게 다 할아버지 친구 분이 하시던 시절에 잡아 둔 것들인가요?"

"그래. 이젠 돈으로 환산할 가치도 없는 것들이지. 업자들에게 넘겨 봤자 아마 한 개 천 원도 안 쳐줄 거다."

시우가 그 중의 하나를 들어 태엽을 감아 보니 오래 잠들어 있던 바늘이 움직였다.

"낡긴 했어도 괜찮아 보이는데요?"

"멀쩡해 보이지? 그런데 그게 케이스 같이 시계란다."

"케이스 같이요? 그게 뭔데요?"

"하하하, 너희 세대는 알 리가 없지. 알 필요도 없고."

할아버지는 시계를 들어서 보여주었다

"이 시계 상표가 세이코 아니냐? 그런데 이 안에 있는 부속들은 다른 시계의 것들이라는 말이다. 바꿔 말하면, 유명 브랜드의 시계 케이스에 싸구려 시계 부속들을 이것저것 조합해서 만들었단 말이지. 이런 걸 케이스 갈이라고 하는 거야."

"말하자면, 짝퉁이로군요."

"그렇지. 그런데 요즘 짝퉁은 전체를 진짜처럼 만든 것들이고, 케이스 갈이는 진짜 케이스에 가짜 부속을 끼워 넣은 것이지. 당시는 짝퉁을 만들 기술도 없을 때니까."

"그럼 케이스 갈이 시계를 잡히면 전당포는 손해 보는 거네요."

"그럼. 그냥 돈 날리는 거지."

"그럼 할아버지 친구 분이 이렇게 많이 속았다는 말인가요? 전당포를 꽤 오래 하셨다면서요."

"오래 하다 마다. 거의 냄새만 맡아도 케이스 갈이인지 진짜인지 알아맞힐 정도였지. 한 마디로 귀신이었어."

"그런데 왜?"

"글쎄다…. 왜 그랬을까?"

할아버지는 시우의 얼굴을 보며 따스하게 웃었다

"내 생각이긴 하지만, 케이스 갈이인 줄 알면서도 잡아 준 이유는 사람 때문이었을 거다. 그때는 정말로 끼니를 해결할 수 없어서 전당포를 찾는 사람이 많았단다. 너무 절박해 보이는 사람. 도무지 다른 방법이 없어서 어쩌지 못해 들고 온 사람. 그 중에는 케이스 갈이 시계인지 모르고 산 사람도 있었을 게다."

"그러면 케이스 갈이인 줄 알면서도 잡아 주셨다는 말인가요?"

할아버지는 고개를 끄덕였다.

"그렇게 생각할 수밖에 없지 않겠니. 전당포라고 해도 그런 온정쯤은 있지 않았겠어? 너라도 그렇게 하지 않았겠니?"

시우는 할아버지의 말을 들으며 감동했다. 철창 안에 앉아 돈만 보고 세상을 곁눈질로 내다보는 수전노 영감들만 있을 것 같은 전당포에도 그런 온정과 아량이 있었구나. 이런 차가운 냉동 창고 같아 보이는 전당포에도 온정이 있었다면, 지구에는 이런 온정들이 보이지 않는 구석마다 숨어 있을 테지. 할아버지는 시계들 옆에 여러 개 있는 자 중에서 3개를 주섬주섬 골라 집어 들었다.

"이건 뭔지 아니?"

시우는 할아버지가 보여주는 자를 받아 자세히 들여다보았다

"정밀한 걸 봐서는 공학용 자 같은데요?"

"그래. 그 세 가지를 통틀어 티삼스라고들 불렀지. 티자, 삼각자, 스케일. 이건 공학도들에게 목숨과도 같은 것들이었어. 이것 없으면 계측도 실습도 할 수 없었으니까."

"보기엔 별로 안 비싸 보이는데…."

"요즘에야 우리나라 기술이 선진국 수준이지만, 당시엔 정밀도가 형편 없었다. 그러니 대부분 외제를 수입해서 사용할 수밖에 없었고, 가격도 당시 학생 수준으로는 무척 비쌌다. 그래서 전당포 주인들의 인기 순위 중에 티삼스가 손목시계 다음이었던 거야."

"이걸 잡히면 공부도 못했을 텐데…."

"그래서 인기 있었다는 거다, 하하. 티삼스는 회전율이 좋았으니까. 공부를 하기 위해 거의 한달 안에 다들 찾아가곤 했다니."

"그런데도 찾아가지 않은 것들이 이만큼이나 남아 있군요. 얼마나 돈을 구할 수 없었으면."

"그래. 당시의 경제 수준을 지금의 기준으로 비교하기는 쉽지 않지. 그때는 도시락을 싸오지 못해 점심을 굶는 학생들이 부지기수였단다. 그러니 한번 맡긴 티삼스를 찾기가 얼마나 어려웠겠니."

시우는 신문지로 한 바퀴 감아서 고무 밴드로 묶은, 티삼스 옆에 놓인 명함 뭉치로 보이는 뭉치를 들어 보았다.

"이건 뭐예요? 명함 같진 않은데."

고무 밴드를 풀고 신문지를 풀어 보니 색 바랜 학생증이 수십 장 쏟아져 나왔다. 시우는 눈을 둥그렇게 떴다.

"설마 학생증도 잡아 준 거예요?"

"그럼, 그랬지. 학생증이 신용카드가 되던 시절이니까. 학생증은 단순한 신분증이 아니라 그 학생의 자존심이었으니, 당연히 잡아 줬지. 명문대일수록 돈도 많이 주었고."

"하, 여긴 우리 학교 옛날 학생증도 있네요. 대선배님이시네."

학생증을 여러 개 카드처럼 넘기며 보던 시우가 반가운 듯 외쳤다.

"그런데 자존심을 수십 년간 내팽개치고 간 사람들이 이렇게 많이 있었네요."

"다 그런 것은 아니다."

할아버지는 조용히 고개를 저었다.

"친구의 말을 들어 보니 졸업 후에 번듯한 직장을 잡은 후 다시 와서 고맙다며 찾아가는 사람도 적지 않게 있었고, 바로 얼마 전까지도 다 늙어 가물거리는 기억으로 전당포를 찾아와 젊은 시절의 학생증을 들고 눈물을 흘리며 찾아간 성공한 사업가도 있었다고 하더라."

"그러면 이 학생증들은…."

"버려진 거지. 잊혀진 거야. 이곳에 포로로 잡힌 채 수십 년을 잊혀진 거지. 이 학생증의 가치는 소멸되었고, 다시 찾아간들 의미도 없기 때문에, 설혹 기억났다 하더라도 찾을 필요가 없어진 거지."

"처량하군요."

할아버지는 문득 북한에 남아 있는 국군 포로 옛 전우들을 떠올리셨는지 침울한 목소리로 말을 이었다.

"이야기를 하다 보니 이 학생증들은 나라를 위해 싸우다 포로로 잡혔지만 누구도 기억해 주지 않는 국군 포로 같은 신세로구나 허허."

할아버지는 처연하게 한숨 쉬며 학생증 뭉치를 서랍 안에 조심스레 밀어 넣었다.

"마음만 있다면, 이 학생증이 한 장도 남아 있지 않고 다 주인 따라 갔을 텐데. 이것들이…."

"찾아가지도 않을 거라면서 왜 보관하세요? 쓸모도 없는 걸."

할아버지는 복잡하고 쓸쓸한 표정을 지었다.

"나도 모르겠다. 나까지 버리면 이 학생증에 담긴 많은 사연들과 시간들이 사라져 버릴 것 같아서 그런다."

시우는 그제야 깨달았다는 듯 말했다.

"그러고 보니 전당포는 시간이 저당 잡혀 있는 거로군요. 생각보다 훨씬 길고 사연 많은 시간들이. 이제 알겠어요. 할아버지가 전당포 이름을 왜 시간 전당포라고 하셨는지."

할아버지는 쓴웃음을 지었다.

"그러냐. 그게 전부는 아니다만 내 속마음을 들켰구나, 허허허."

시우는 책상 위에 두었던 티샴스를 서랍 안에 밀어 넣다가 예리한 끝부분에 손가락을 살짝 베었다. 피가 조금 났지만 큰 상처는 아니어서 서랍 안에 있던 일회용 밴드를 붙였다. 상처가 살짝 욱신거리자 시우는 할아버지를 공격했던 괴한이 떠올랐다.

"그런데 할아버지, 그 남자 말이에요."

"그 남자? 아, 나를 찌르고 도망간 녀석?"

"예, 그 사람이 누구인지 전혀 짐작이 안 가세요?

"아주 안 가는 건 아니다."

할아버지는 잠시 창밖으로 시선을 돌렸다. 멀리서 아득한 하늘을 울리며 총성이 울려 퍼졌다.

얼크러진 가시넝쿨.

땅에 쓰러져 있는 시체.

피투성이의 친구.

억수같이 쏟아지는 빗속에서 하얀 번개가 치고, 곧이어 천둥 울리는 소리가 지축을 흔들었다. 오랫동안 창밖을 내다보던 할아버지는 뭔가 결심한 듯 입을 열었다.

"너 재희랑 해외여행 어디로 갈 거냐?"

\* \* \*

재희의 편의점 알바 끝나기 이틀 전. 지금까지 스캐너가 두고 간 5만 원권을 세어 보니 2백만 원이 넘었다. 그 돈을 돌려줄 생각은 없다. 처음엔 깨끗하지 못한 돈이라 여겨져 돌려줄까 생각도 했지만, 그런 감상적인 생각은 바보 같은 짓이라고 판단되었다. 어차피 이 돈은 나에게 준 것이고 알바 끝나면 다시는 오지 않을 거니까, 내가 갖고 가는 것이 답이지. 아가씨들에게는 어떡하지. 떠나기 전에 서비스로 캔 맥주 하나씩 쏠까? 알바 끝나기 전날 재희는 스캐너에게 아주 부드러운 목소리로 물었다.

"지금까지 안 거슬러 간 잔돈 내가 써도 되나요?"

스캐너는 그 말을 듣고 지금까지 봐온 표정과는 전혀 다른 부드럽고 친근한 표정으로 대답했다.

"어 아직도 안 썼어? 그럼, 당연하지. 그건 아가씨 돈인데."

그리고는 한 마디 더 없었다.

"돈 필요한 일 생기면 얼마든지 말해. 아가씨 정도면 3천쯤 땡겨 줄 수도 있어. 여기 내 명함이야."

재희는 명함을 받아들며 내친 김에 몇 가지 질문도 해주었다.

"오피하는 아가씨들 얼마 정도나 버는 거예요?"

실장은 직접적으로 질문하는 재희를 보고 의외의 질문이라는 듯 잠시 뚫어져라 보더니 대답했다.

"아가씨들 수입이야 수준에 따라 천차만별이지."

"그래도 실장님이 제일 많이 가져가지 않나요?"

"뭐, 그렇지도 않아. 에이스 급 아가씨가 나보다 더 많이 벌지."

일부러 찌르는 질문을 했는데도 표정 하나 변하지 않는 실장을 보고 재희는 속으로 감탄했다. 그 정도의 배포가 있으니 수많은 오피녀들을 관리하고 불법 사업을 운영할 수 있겠지.

"우리 가게 에이스 급 아가씨들은 한 달에 2-3천은 벌지. 에이스 급이라면 얼굴, 몸매, 마인드가 상위 급이란 뜻이야. 아가씨 정도면 에이스 급이라고 할 수 있지."

실장은 지나가는 것처럼 말하면서도 재희를 대화 안에 끼워 넣었다.

재희 역시 실장처럼 포커페이스로 말했다.

"아무리 그래도 실장님이 사장인데 에이스보다 못 벌어요?"

"경비가 많이 나가서 그래."

실장은 별 감출 것도 없다는 듯, 마치 재희가 이미 자기 소속의 아가씨라도 되는 듯이 술술 말했다.

"아가씨들 방이 여러 개라서 월세도 많이 나가고, 인터넷 성인 사이트에 광고도 해야 하고, 여기저기 뒷돈 대야 하는 경우도 있어서 그래."

"세상에 쉬운 일은 없군요."

"성매매라고 해서 마냥 쉽게 돈 버는 건 아냐. 일단 불법적인 일이라 늘 불안하기도 하고. 그래서 난 아가씨들에게 입버릇처럼 말해 주지. 몸 망가지기 전에 빨리 장사밑천 벌어서 뜨라고."

실장의 말을 들으며 재희는 새삼 그를 다시 보았다. 실장과 오피녀들에 대해 이야기하면 혐오스러울 줄 알았는데, 이야기 듣기 전보다 실장에게 호감이 가는 느낌이었다. 솔직한 사람이로구나 하는 느낌. 이러니 아가씨들을 모으고 관리할 수 있는 거로구나. 그리고 지금까지 갈고 닦아 온 감으로 절묘한 타이밍을 맞춰 재희에게 명함을 내민 것이었다. 명함에는 전화번호와 실장 아무개라고만 쓰여 있었다. 프로 도박꾼이 마지막 패를 던지듯 그의 입가에 엷은 미소가 스쳤다. 그건 낚시꾼의 미소였다. 재희는 명함을 두 손으로 받아들었다. 2백만 원짜리 예의였을 뿐 아무 의미도 없었지만, 실장은 일종의 굴복으로 받아들인 것 같았다.

재희는 아르바이트 하는 동안 사용했던 소소한 물건들을 배낭에 담아 메고 나오며 편의점 점장에게 공손하게 인사했다.

"점장님, 그동안 잘 돌봐 주셔서 감사합니다."

편의점 점장은 몹시 서운한 듯 재희의 손을 선뜻 놓지 못했다.

"벌써 한 달이 됐다니. 나 무척 섭섭해."

"예 점장님 저도 그만두기 섭섭해요."

"혹시 또 알바 할 거면 꼭 우리 가게 와서 도와줘야 해."

"예, 점장님, 꼭 기억할게요. 고맙습니다."

재희는 90도로 인사를 하며 고개 숙인 각도만큼 사장에게 위로가 되었으면 좋겠다고 생각했다.

원룸으로 퇴근하기 전 목욕탕에 들러 뜨거운 물에 한동안 몸을 담갔다. 자, 이제 노동의 때를 벗기고 떠나면 된다. 한 달 동안 열심히 일해서 모은 알바비를 온전히 나와 시우를 위해서만 사용하면 되는 거야. 오빠도 이젠 큰 트럭을 사서 수입이 안정될 듯하니 동생들 걱정은 접어도 될 테고, 지금껏 열심히 살아온 나에게 선물을 주자. 학비와 생활비에 찌든 알바생이 아니라 연인과 함께 해외여행을 하는 즐거운 여행객이 되는 것이다. 탕에서 나와 샤워로 몸을 헹구며 재희는 두 팔 크게 벌리고 만세라도 부르고 싶었다.

원룸으로 돌아온 재희는 편한 옷으로 갈아입고 여행 준비를 하며 새삼스레 원룸이 좁다고 느껴졌다. 하지만 누에고치 같은 이 방에서 이젠 애벌레가 아니라 나비가 되어 훨훨 날아 보는 거야. 난 이제 코쿤족이 아니야. 재희의 마음은 이미 나비가 되어 날아가고 있었다.

이 좁은 원룸이 이젠 세계를 향해 첫발을 내딛는 장소가 된다. 그 생각을 하자 재희는 가슴이 마구 두근거렸다. 내가 정말로 해외여행을 가는구나. 재희는 지금까지 해외여행을 가본 적이 없다. 아니 국내 여행조차 마음 놓고 하루라도 해본 적이 없다. 학비는 장학금으로 겨우 충당되었지만, 천사원의 동생들에게 보내줄 생활비를 벌려면 방학 동안에도 내내 아르바이트를 하지 않으면 안 되었다. 방학이 끝난 후 만난 후배나 동급생들이 해외로 배낭여행을 다녀온 이야기를 할 때면 재희는 말없이 고개를 끄덕이며 듣고만 있었다. 친구들이 어디 다녀왔냐고 물어보면 너희들 따라 다녔다고 웃으며 대답하곤 했는데, 아주 거짓말은 아니었다.

그런 날 밤이면 재희는 밤늦도록 인터넷을 켜고 그들이 다닌 여행코스를 따라 다녔다. 구글 맵을 켜고 그들이 묵은 숙소의 현관도 노크해 보고, 안으로는 들어갈 수 없지만 그들이 다녔던 카페와 술집 문 앞을 서성거리기도 했다. 그러면서 재희는 구글의 버드 뷰로 그들이 현장에서 보지 못한 전체의 절경도 볼 수 있고 돈도 한 푼 들지 않았다고 스스로를 위로하곤 했다. 처음엔 그들이 다닌 여행 코스만 따라 다녀 보았지만, 재희는 가끔 구글 어스를 켜고 멀리 멀리 우주로 올라가 위성사진을 따라 지구를 내려다보기도 했다. 까만 우주를 배경으로 떠 있는 초록색 지구를 조물주처럼 빙빙 돌리며 공전과 자전도 시켜 보고 중력과 시간을 유린하며 쏜살같이 지구를 향해 다이빙하기도 했다.

구름과 지구가 녹색의 물결로 엉켜 있는 파미르 고원에서 아프리카의 사막까지. 태평양 인도양의 짙푸른 파도를 넘어 히말라야 산맥의 눈부신 백색 설경까지. 지구의 곳곳을 날아다니면서 눈앞으로 달려오는 지구의 선명하고 장엄한 자연을 보며 태초의 지구가 이랬구나 감동하기도 했다. 지구가 가까워지면 곳곳에 그어져 있는 선들이 보이기 시작한다. 그 아름다운 초록별엔 사람들이 보이지 않는 선을 여기저기 그어 놓고 자기 것이라 우기며 살고 있다. 그 선을 경계로 언어와 풍습과 이념까지 전혀 다른 삶을 살고 있다. 땅에 그은 선이 사람들의 정신과 마음까지 갈라 놓은 것일 테지. 저 선은 누가 긋기 시작한 것일까. 지구를 갈라서 저 경계선만 한 크기의 혹성으로 만들어 뿔뿔이 흩어져 살게 해버리면 어떻게 될까. 재희는 가끔 지구를 만든 신이라도 된 것처럼 고민을 하곤 했다. 그리고 컴퓨터를 끌 때쯤 되면 짙은 갈증이 밀려들었다.

저 땅을 발로 밟아 보고 싶어.

저 카페의 문을 밀고 들어가 보고 싶어.

저곳의 커피를 태양이 쏟아지는 노천카페에서 목젖으로 느끼고 싶어.

서툰 영어로 "어 컵 오브 커피 플리즈." 하고 주문하고 싶어.

방금 구워 낸 프로방스 빵집의 빵을 손으로 뜯어 먹고 싶어.

호텔 조찬 뷔페의 치즈를 내 손으로 잘라 들고 싶어.

시우와 둘이 와인 잔을 소리 내어 부딪히고 싶어.

혼자 다니는 여행은 스스로를 위로하기 위해 현학적이기 마련인 거지. 컴퓨터를 끄며 재희는 중얼거리곤 했다.

배낭여행이라서 무거우면 고생만 할 테니, 가능하면 짐에 치이지 않게 최소한의 것들만 쌌다. 속옷도 여행지에서 필요할 때 사 입기로 작정하고 몇 개만 넣었다. 그 대신 구급약을 넉넉하게 준비했다. 알면 병이라고, 지나치게 많은 약학 지식이 과한 대비를 하게 만든 것인데, 나중에 가서야 그 약의 덕을 크게 보게 되지만 그때야 상상할 수도 없었던 일.

내일은 예약된 여행사에 비행기 표만 확인하면 준비 끝. 배낭을 다 꾸려 놓고 한숨 돌리는데 시우로부터 전화가 왔다. 둘 다 알바를 마쳤으니 내일은 오랜만에 데이트하자는 전화. 하지만 시우는 전화를 끊기 전에

"여행에 대해서 상의할 일이 생겼어."

하고 미안한 어조로 전화를 끊었다. 무슨 일이지? 궁금해 하고 있는데 또 전화가 울렸다.

"무슨 일이야. 전화로 말해 봐."

소리를 빼액 지르자 조용한 답변이 흘러나왔다.

"뱅크시야."

"앗, 사장님 죄송해요. 난 친구인 줄 알고."

재희는 시간이 빌 때면 언제나 아르바이트를 하고 있는데, 밖에서 일하기엔 너무 뜨거운 한여름이나 추운 겨울엔 편의점, 그 외의 계절엔 벽화를 그리는 아르바이트를 하고 있다. 원하는 시간에 나가서 일할 수 있어서 시간 조절도 용이할 뿐 아니라, 맡은 일만 하면 누구의 간섭도 받지 않고 일할 수 있어서였다. 돈이 필요하면 밤을 꼬박 새면서도 일을 할 수 있었다.

재희는 벽화 공사를 주문받아 아르바이트생들에게 연결해 주는 인테리어 업체인 '뱅크시'에서 페인트 공사 일부터 시작했다. 일은 힘들고 거칠었지만 다른 아르바이트보다 임금이 상당히 높아서 시작했다. 처음엔 재희가 해내지 못할 거라며 반신반의하던 뱅크시 사장은 손바닥에 물집이 터지고 여러 번 다시 잡히는 상황에서도 하루도 빠지지 않고 이를 악물고 자기 몫을 해내는 재희를 보고는

"너 정말 약대 다니는 거 맞아?"

"맞아요."

"그거 때려치우고 나하고 같이 일하자. 대학 6년 다녀 봤자 약사 봉급 얼마나 되냐. 내가 특별대우 해줄게. 나중에 자매회사로 독립할 수도 있잖아."

하고는 페인트칠보다 훨씬 수월한 벽화 그리는 일을 맡기기 시작했고, 짬날 때마다 재희를 꼬드겼다. 얼마 전엔 동업을 하자고도 했다.

"재희 씨 나 좀 도와 줘."

다급한 목소리였다.

"내일 시간 있어? 성북동 벽화 하나만 쳐줄래?"

"성북동? 부자 동네네요."

"그래서 재회 씨에게 부탁하는 거야. 눈들이 높아서 보통 알바 애들 실력으로는 어림도 없다구. 재회 씨가 꼭 해줬으면 좋겠어."

내일 시우랑 데이트하기로 했지만, 이렇게 다급한 목소리로 전화를 하면 거절할 수가 없다.

"알았어요. 현장 주소나 알려주세요."

"이건 일당으로 하지 말고 완성될 때까지 도급으로 통째로 맡아서 해줘야 돼. 두 사람이 3일이면 끝낼 거야. 다른 현장에 힘들다고 안 나오는 녀석이 둘이나 있어서 손이 딸려."

"얼마에 줄 건데요?"

"5대 5면 어때? 공평하게 반반 나누는 거야, 도와주는 애 하나 데리고 3일만 일해도 재회 씨 몫은 넉넉하게 남을 거야. 아니면 서너 명 구해서 하루에 끝내든가. 사람은 재회 씨가 알아서 구하고."

"재료는요?"

"재료도 대 달라고?"

"그러면 좋지요. 안 그러면 6대 4."

"에혀, 누가 재회 씨에게 이기겠냐? 알았어. 현장으로 재료 다 보낼게. 재회 씬 같이 일할 사람 구해서 데리고 가기만 하면 돼."

다음 날 아침 일찍 재회는 시우에게 전화를 했다.

"우리 오늘 데이트 하는 날 맞지?"

"그래, 어디 갈까? 아버지 오늘 낚시 안 가시고 기원에 가신다고 해서 차를 빌릴 수 있어."

"그럼 그리러 갈래?"

"그림? 나 못 그리는데."

"괜찮아. 내가 숨겨진 재능을 개발시켜 줄게. 작업복 하나만 배낭에 넣고 와."

재희는 약속 장소에 나타 난 시우를 성북동으로 끌고 갔다. 두 사람은 저녁때까지 성북동 고급 주택가 사이에 있는 커다란 콘크리트 축대에 벽화를 그렸다. 고급 주택가답게 큼직큼직한 규모의 주택들은 높은 담장 뒤에 숨어 있어 그 위용을 직접 느낄 수는 없었지만, 담장 위로 높이 솟아 올라 있는 귀한 정원수들이 구역 전체의 분위기를 고급스럽게 꾸며 주고 있었다. 그러한 거리 분위기에 어울리지 않는 길다란 콘크리트 축대가 주민들의 눈에 거슬렸던지, 지자체의 자금으로 공사를 하는 것이 아니라 주민들 자체적으로 돈을 걷어 제작하는 것이라고 했다.

"그런데 상의할 일이 있다는 게 뭐야?"

콧잔등에 하얀 페인트를 묻힌 채 페인트를 섞고 있던 시우는 머뭇거리며 힘들게 입을 뗐다.

"우리 유럽 가기로 했잖아. 미안하지만 여행지를 바꾸면 안 될까?"

"왜 갑자기?"

시우는 재희가 묻는 말에 뭐라고 설명해야 할지 잠시 숨을 가다듬었다.

"할아버지 때문인데."

벽화를 그리는 사흘 동안 시우가 해준 할아버지 이야기는 길고 길었다. 한국전쟁 당시로서는 그리 이른 편도 아닌 19살의 나이에 결혼하자마자 육군으로 징집돼 수십 년 동안 북한에 국군 포로로 억류되었다가 탈북한 할아버지의 사연은 직접들은 시우조차 쉽게 믿어지지 않는 놀라운 이야기들이었다. 그것은 너무 오래되어 화면에 비가 주룩주룩 내리는 낡은 필름의 비현실적인 전쟁 영화였다. 그러니 시우의 말을 한 다리 건너 전해 듣는 재희는 더욱 그 상황에 감정이입이 쉽지 않았다. 60년을 넘어 70년이 다 되어 가는 옛날이라니, 강산이 7번이나 변하는 세월이 아닌가. 더구나 티비 방송의 예능 프로그램에 나오는 화려하고 명랑한 탈북 여성들의 모습을 보면 할아버지가 이야기한 북한의 모습은 현실성이 없었다.

"할아버지 말씀을 믿지 않는 건 아니지만, 가끔 보이는 평양 사진만 보더라도 꽤 발전된 모습이잖아. 지하철도 있고 고층 아파트도 즐비하던데. 일부에서 말하는 몇 백 명이 굶어죽고 공개 총살당한다는 말은 쉽게 믿어지지 않아. 정치적으로 이용하기 위해 더욱 악선전하는지도 모를 일이고."

시우는 고개를 끄덕였다.

"그런데 할아버지는 전에 할아버지를 죽이려고 습격했던 놈이 북한에서 온 놈이 아닐까 생각하시더라구."

"설마."

재희는 깜짝 놀랐다.

"나도 지금은 북한이 달라지고 있다고 생각은 해. 하지만 할아버지가 피습당한 건 엄연한 현실이야. 60년 전에 있었던 일이 아니라 바로 며칠 전에 생긴 일이라구. 그리고 난 무엇보다 범인을 잡고 싶어. 할아버지를 공격한 녀석을 용서할 수 없어."

"북한 사람이라면 우리 힘으로 잡을 수 없잖아. 더구나 백주에 그런 짓을 저지를 정도면 특수 훈련이라도 받은 사람일지도 모를 일이고."

"그렇긴 한데."

"그런데 왜 북한 사람이 할아버지를 습격한 걸까?"

시우는 하기 힘든 말을 할 때처럼 입을 꾹 다물고 있다가 천천히 말을 이었다.

"할아버지가 탈북 직전에 누군가를 죽인 것 같다고 말씀하셨어. 게다가 한 사람은 상당히 친한 친구였다는 거야. 그 사건과 관련이 있는 것 같다고 하셨어."

"정말이야?"

재희는 너무 놀라서 말을 잃었다. 시우는 재희의 눈을 보며 말을 이었다.

"할아버지가 연세도 많으신 데다 그 사건이 워낙 충격적이라서 기억이 뒤죽박죽되신 것 같아. 정말로 죽었는지는 모르겠는데, 친구를 향해 총을 쏜 것까지는 분명히 기억하신대."

"친구 분을 왜 쏘신 거래?"

"그게 기억이 안 나신다는 거야."

재희가 곰곰이 생각에 잠기자 시우는 기어들어가는 목소리로 말했다.

"억지로 가자는 건 아니야. 꼭 바꾸지 않아도 돼."

재희는 고개를 저었다.

"난 벌써 결정했어. 1, 2주 정도는 미래의 시할아버지를 위해 투자하고, 나머지 시간은 우리의 여행을 알팡지게 즐겨 보기로."

재희는 시우의 어깨를 툭 쳤다.

"기왕 조사하러 가는 거 확실하게 한번 알아보자."

이야기하며 일을 하는 동안 어느새 벽화가 거의 다 완성되었다. 마무리 단계에 접어든 벽화를 점검하다가 재희는 벽화 끝부분에 시우가 그린 것으로 보이는 유치한 얼굴 그림을 발견했다. 거의 초등학교 2학년 수준이었다. 원본에는 없는 내용이었지만 어딘가 낯익은 얼굴이었다.

재희가 그 그림을 유심히 살피자, 시우는 얼른 흰 페인트 붓을 들어 그 그림을 지우려 했다.

"그거 뭐야? 누구 얼굴이야?"

"네 얼굴 그린 거야."

시우는 멋쩍은 표정으로 대답했다.

"내 얼굴?"

시우의 말을 듣고 그림을 자세히 들여다보던 재희는 폭소를 터뜨렸다. 눈 코 귀 입을 그리긴 다 그렸는데, 도무지 재희를 닮은 부분이 없었다. 누가 봐도 재희라고 생각할 부분이 하나도 없었다. 그런데 이상하게도 한바탕 웃고 나서 다시 그림을 들여다보니 전혀 자기를 닮지 않은 그 그림이 분명히 재희 자기를 그린 것이라는 느낌이 들었다.

머리에는 꽃도 꽂혀 있었다. 절대 잘 그렸다고는 할 수 없지만, 어찌 내 느낌을 저렇게 담을 수 있었을까 싶은 그림이었다. 재희가 생각하는 사이 시우는 그림을 지워 버렸다. 재희는 조금 아쉬웠다. 돈 받고 하는 일이 아니라면 그 그림을 그냥 남겨 두고 싶은 마음이 들 정도였다. 그 그림은 재희의 마음에 오래 남았다.

할아버지가 여행지를 바꾸게 해서 미안하다며 여행 경비를 넉넉하게 주신 덕에 재희는 벽화를 그린 임금과 실장이 남긴 200만 원으로는 천사원 동생들에게 줄 식량과 옷과 선물을 잔뜩 살 수 있었다. 시우가 빌려 나온 시우 아버지의 차에 선물을 가득 싣고 천사원으로 가서 남은 돈은 정윤 언니에게 건네주었다. 천사원으로 떨어져 나오기 전에 함께 있던 고아원이 문을 닫게 되자 그곳에 있던 원아들은 다른 고아원으로 뿔뿔이 흩어지게 되었다. 그러자 오빠와 언니가 앞장서서, 헤어지기 싫어하는 동생들을 모아 자립하겠다며 스스로 무거운 짐을 짊어진 것이다.

시우는 재희가 고아라는 말은 들었지만 실제로 천사원에는 처음 온 것이라 십여 명이 넘는 재희의 동생들에게 둘러싸여 약간 서먹해 하더니 이내 잘 어울렸다. 오빠는 일하러 나가고 없었다. 포항으로 가서 광양으로, 광양에서 서울로 올라가는 코스. 내일이나 돌아온다고 했다. 3, 4일 걸리는 장거리 운행 때는 가끔 언니가 함께 간다고도 했다. 이제 동생들이 좀 커서 자기들끼리 며칠 정도는 밥해 먹고 지낼 수 있어서 동행한다며 정윤 언니는 행복한 얼굴로 아주 재미있다고 즐거워했다. 차를 타고 천사원에서 돌아오는 길에 시우는 여행지를 바꾸어 미안하다며 또 사과했다.

"뭐가 미안해? 오히려 난 부러운 걸. 그렇게 해주고 싶어도 난 부탁하거나 들어 줄 부모님이 안 계시잖아."

재희는 정말 부러웠다. 시우는 재희의 상처를 건드렸다는 느낌이 들었는지 황급히 말을 돌렸다.

"북한 국경 근처로 가려면 백두산 관광을 신청해야 할까?"

"아니야."

재희는 고개를 저었다.

"우리 목적에는 시간과 행동에 제약을 받는 단체 관광은 안 어울려. 그냥 비행기표 끊고 우리 둘이 배낭여행처럼 떠나자."

시우는 고개를 끄덕였다.

"내가 여행 스케줄을 잡아 볼게. 북한 접경 지역도 꽤 넓잖아. 그런 정보를 얻기 위해서는 어느 쪽이 좋은지."

"고마워. 이해해 줘서."

"고맙긴. 우리 여행 계획은 한 달이야. 정보를 얻은 후 나머지 시간은 우리가 가고 싶은 곳 마음대로 갈 수 있는 거라구."

시우가 고마워하자 재희가 말했다.

"내게는 어떤 부탁을 해도 거절할 수 없는 두 남자가 있어."

"내가 두 남자 중에 하나야?"

"당연하지."

"어떤 부탁도?"

"어떤 부탁도!"

재희가 요염하게 웃었다.

"벗을까?"

차가 흔들렸다. 핸들이 흔들렸는지 시우가 흔들렸는지.

"그런 뜻은 아니고."

시우의 얼굴이 벌겋게 달아올랐다. 시우는 앞을 주시한 채 더듬거리며 물었다.

"또 한 남자는 누군데?"

\* \* \*

가을비가 추적이는 밤이었다. 그날도 알바를 마치고 돌아오는 길인데, 평소라면 큰길로 걸어갔을 테지만 오늘 따라 돌아가는 길이 아득하게 느껴졌다. 피곤에 지친 여고생이 질퍽이는 빗길을 10여분 더 걷는다는 것은 쉬운 일이 아니다. 그것이 문제였다. 지름길로 접어들자 가로등도 점점 사라지고 길가에 방치된 오래된 가로수의 어두운 그림자가 비바람에 흔들리며 아우성치고 있었다. 그럴 때마다 깜짝깜짝 놀라며 재희는 옷깃을 여미고 잰걸음으로 걸었다.

폐허가 된 공장 앞을 지날 때 그림자 5개가 다가왔다. 그 순간 재희는 잘못되었다는 걸 깨달았다. 빗속에 흔들리는 뿌연 가로등은 너무 멀어 얼굴도 알아볼 수 없었다. 그들은 용돈 없는 학생에게 돈 몇 푼 때문에 덤비는 것은 아닐 것이었다. 재희에게 남은 건 두 가지 길뿐. 될 수 있는 대로 고분고분하게 말을 듣고 최대한 육체적인 피해를 줄이고 당하느냐, 끝까지 죽을 각오를 하고 저항하느냐.

저항이다.

판단하는 순간 재희는 가방을 집어 던지고 걸어오던 길로 몸을 돌려 힘껏 내달렸다. 놈들이 쫓아오는 소리가 들렸다.

"거기 안 서?"

"잡히면 죽인다!"

재희는 달려가면서 비명을 질렀다. 달리는 와중에도 사람 살리라는 소리에는 사람들이 밖으로 나오지 않는다던 소리가 기억났다.

"불이야, 불이야!"

재희는 목청이 터져라 비명을 질렀다. 어느새 재희의 뒤에 바짝 따라온 녀석들이 재희의 머리채를 휘어잡고 뒤로 잡아당겼다. 재희는 그대로 쓰러지며 진흙탕 속을 굴렀다. 재희의 머리채를 잡아챈 녀석은 재희의 옆구리를 걷어찼다.

늦도록 재희가 오지 않자 걱정되어 마중 나온 오빠는 재희의 비명소리를 듣고 달려왔으나, 이성을 잃은 5명의 청소년들을 당해 낼 수 없었다. 도저히 재희를 구할 수 없다고 판단한 오빠는 재희를 품안에 꼭 끌어안고 손이 풀리지 않게 팔깍지를 낀 후 녀석들의 모진 폭행을 온몸으로 받아 냈다. 쏟아지는 빗속에서 낭자하게 흐르는 피를 본 녀석들은 갑자기 겁이 났던지 순식간에 도망가 버렸다. 기절한 오빠의 품안에서 빠져나온 재희는 목이 터져라 소리 지르며 구원을 요청했다. 그러나 거센 빗소리 뒤에 숨은 세상은 그 소리를 듣지 않았다.

그렇게 오빠는 불구가 되었다. 쥐꼬리만큼 모았던 동생들을 위한 학비도 병원비로 모두 날아갔다. 재희는 이때 깨달았다. 우리에겐 대부분의 사람들이 갖고 있는 울타리가 없다. 스스로를 지키기 위해서는 스스로 강해지는 수밖에 없다. 우리가 서로에게 울타리가 되어 주지 않으면 모두 무너진다. 재희는 이를 악물었다.

재희는 오빠를 대신하여 동생들의 생활비와 병원비를 벌기 위해 휴학했다. 그야말로 몸이 부서지도록 일을 해서 오빠의 병원비를 대고 동생들의 생활비를 벌었다. 그러나 재희는 하나도 고통스럽지 않았다. 코피를 쏟으며 밤샘 일을 하면서도 오빠가 살아 있다는 사실만으로도 감사할 뿐이었다. 가냘픈 정윤 언니도 식당 일도 하고 파출부 일도 하며 힘을 보탰다.

오빠가 입원해 있는 동안 재희는 잠시, 내가 오빠와 결혼해서 오빠를 평생 돌봐야 할 의무가 있는 건 아닐까 생각했다. 그러나 일을 마치고 병원에 면회 갈 때마다 오빠의 손을 꼭 부여잡고 밤을 홀딱 새워 간호하고 있는 정윤 언니의 모습을 보고는 자신이 얼마나 치기 어린 생각을 했는지 알 수 있었다. 사랑은 그렇게 시시한 것이 아니었다.

\* \* \*

중국 랴오닝 성 선양의 한 카페. 맞은편에 보이는 호텔은 새 단장을 하고 있고, 전에 하던 호텔의 경영주가 바뀐 듯 벽면 유리창에는 직원모집

공고문이 붙어 있다. 공사 현장에 어지러이 널려 있는 자재들 사이에 예전 호텔 이름이 적혀 있는 찌그러지고 깨진 입간판이 반쯤 보였다. 간판에는 이 호텔의 예전 명칭인 '칠보산 호텔'이라고 쓰인 한자가 적혀 있다.

안영민은 탁자 위의 커피를 한 모금 마셨다. 카페 맞은편 쪽의 공사 중인 호텔을 살피며 천천히 주머니에서 담배를 꺼내 불을 붙였다. 중국은 이거 하나 마음에 들어, 식당이나 카페에서 마음대로 담배를 피워 물 수 있다는 것. 안영민은 담배를 길게 뿜으며 중국으로 출발하기 전 사무실에서 데스크와 나눈 대화를 떠올렸다.

"괜찮은 건이긴 한데 웬만한 소스로는 알아내기 쉽지 않을 거야. 정확한 취재가 가능하겠어?"

국장은 정말 걱정이 되어 그러는 건지 출장비를 깎으려고 그러는 건지 다그치는 말투로 물었다.

"정확한 이유를 밝히지 못한다 해도 이 시점에 현장취재 기사가 뜨는 것만으로도 구독률이 제법 뛸 걸요. 게다가 운 좋게 정확한 취재를 할 수만 있다면 상상 이상일 거구요."

국장은 잠시 뜸을 들였다.

"어떻게 접근할 건데?"

"직접 접근은 쉽지 않을 겁니다. 하지만 북한 브로커들의 앞잡이 노릇 하는 조선인 정보원들은 좀 다르지 않겠어요?"

"어디부터 가보려구?"

"중국 랴오닝 성 선양의 칠보산 호텔이요."

"음."

신음소리를 내며 국장은 의자에 비스듬히 기대 앉았다.

"칠보산 호텔이면 북한 간첩들의 소굴이던 호텔 말이지. 그런데 거긴 폐쇄됐잖아."

"맞습니다. 칠보산 호텔은 중국 선양시 공상행정관리국의 폐쇄 요구 통지에 따라 공식 폐쇄했고, 모든 경영 활동을 중단했지요."

"폐쇄 이유는 그것만이 아니지? 동아하고 연합에서도 다루었을 걸."

국장은 서류철에서 파일을 하나 집어 들더니, 국장실을 나와 복도에서 자판기 커피를 한 잔 뽑아 안영민 기자에게 건네주고 자신도 한 잔 뽑은 후 옥상으로 올라가자고 했다.

"한 대씩 피우자구."

〈동아일보〉와 〈연합뉴스〉 등이 '칠보산 호텔'의 폐업 소식을 비중 있게 다룬 이유는 이곳이 10여 년 전부터 북한정찰총국 산하 해커 조직 121연락소의 중국 거점이라는 주장이 제기된 바 있고, 김정은 정권과 불법 거래를 하다 공산당에게 제재를 받은 '훙샹 그룹'이 소유주로 알려져 있어서였다. 게다가 2015년 1월 CNN은 2004년에 탈북한 IT 전문가를 인용해 중국 선양의 '칠보산 호텔'이 북한정찰총국 산하 사이버 부대 121국의 중국 내 거점으로, 한국을 향한 디도스 공격 등 사이버 테러를 일으키던 조직이 머무르고 있는 거점"이라고 보도했다. 그렇게 되자 북한에서는 칠보산 호텔을 폐쇄하지 않을 수 없었다. 〈동아일보〉는 "북한 공작원들의 거점으로 알려진 중국 내 대표적인 북한 호텔 '칠보산 호텔'이 전격 폐쇄됐다."고 보도했다.

"그런데 최근 그 호텔에서 인부들이 내부 수리를 위해 오가는 모습이 목격되기도 하고 영업 재개가 임박한 것으로 보인다는 말이지?"

국장은 마지막 한 모금의 커피를 다 마신 후 종이컵을 우그려 쓰레기통에 던졌다. 쓰레기통의 테두리에 맞고 튕겨진 커피 잔을 다시 주워 쓰레기통에 넣었다.

"표면적으로는 폐쇄했지만 여전히 북한 공작원들이 암약하고 있을 것이다?"

"예, 당연한 추측이지요."

"안 기자는 역시 그녀가 납치되었다고 생각하는 건가?"

"확신은 아니지만 그렇게 믿게 되는 여러 가지 징후들이 있어서요."

"흠, 나도 미심쩍긴 한데."

국장은 담배를 깊이 빨아 들여 연기를 뿜었다. 국장과 안영민은 같은 학교 선후배 사이. 국장이 개인적인 이야기를 하거나 후배 취급할 때는 이름을 불렀다.

"영민이 너 요즘 특종 없다고 너무 과민한 것 아니냐? 상황을 너무 예민하게 받아들이지 마. 사회에서는 학교 다닐 때처럼 늘 우등생일 수는 없다구. 사회에서는 예리한 면도날보다 둔탁한 도끼날이 잘 견디는 법이야."

"알아요. 그래서 더욱 잘하고 싶어요. 요즘 내 모습은 내가 아닙니다. 기회를 주세요. 내가 국장님께 자랑스러운 후배가 될 수 있도록."

한동안 생각하던 국장은 필터까지 타들어 간 꽁초를 비벼 껐다.

"일주일이면 되겠나?"

"칠보산 호텔이 폐쇄되며 그쪽 공작원들의 환경도 바뀌었을 테니, 최소한 3주는 필요할 것 같은데요. 어쩌면 더 재미있는 건이 터질지도 모르지요."

"보름으로 하지. 첫 송고는 1주일 후."

국장은 파일을 접었다.

"보름은 좀…."

"불가피하다고 여겨지면 그때 다시 늘려 주면 되잖아. 오케이?"
"그런데 한 가지 약속해주실 게 있는데요."
"비용 추가는 더 안 돼."
"국장님, 혹시 내가 북한 방송에 나와서 남한은 지옥이고 북한이 천국이라고 말하더라도, 내가 월북한 게 아니고 납치된 걸로 알고 구출해 주셔야 합니다."
"응?"
뚱딴지 같은 안 기자의 말에 국장이 껄껄 웃었다.
"그렇게 되면 인민 영웅으로 추앙 받을 텐데 왜 다시 남으로 내려오려구 그래? 그곳에서 계속 기사를 보내 주면 최고의 기자가 될 테구. 퓰리처 상을 노릴 생각은 없어?"
국장은 파일을 휘두르며 나가다가 돌아서며 매서운 표정으로 경고했다.
"북한 쪽 취재는 쉬운 일이 아니야. 호랑이 굴에 들어가다가 잡히지나 말아. 국군 포로들 상황 몰라? 60여 년 전에 강제 포로가 된 수천 명이 아직도 잡혀 있는데 역대 정부 모두 눈 감고 외면하고 있다구. 기자 한 명 잡혔다고 외교 채널이라도 돌릴 줄 알아? 각별히 조심해, 호랑이한테 물려가지 않도록."

안영민은 긴장된 표정으로 호텔을 주시했다. 위험하긴 하지만 소스를 얻기엔 최상의 장소였다. 하지만 이 부근의 주민들을 대상으로 조심스레 탐문 취재를 며칠간 해봤지만 그들 역시 제대로 아는 내용이 없었다. 다만 호텔 주인이 중국인이라고는 되어 있지만, 어떤 방식으로든 북한이 동업을 하지 않겠느냐는 일반적인 추측만 들려줄 뿐.

안영민이 어떤 방식으로 일을 풀어나갈까 생각에 잠겨 있을 때 한 남자가 다가왔다. 검은 수트로 단정하게 차려 입은 20대 후반의 남자였다. 단단한 체구에 어딘가 허무적이고 퇴폐적인 분위기를 풍기고 있었다.

"저 호텔이 칠보산 호텔 아닙니까?"

어눌한 말투였다. 마치 연변 사람 어조 같은.

"나도 잘 모르지만 칠보산 호텔이었는데 지금 바뀐 모양이네요."

남자는 몹시 실망한 표정이었다. 무엇엔가 쫓기는 듯이 불길하고 정체를 알 수 없는 분위기가 안개처럼 그의 주위를 싸고 있었다. 내 정체를 알아내려는 북한 공작원은 아닌가 하는 걱정도 스쳤다. 과민한 생각이겠지. 안 기자는 속으로 자신의 소심함에 대해 쓴웃음 짓고는, 혹시 자기처럼 북한 사람 중에 누군가를 몰래 만나고 싶어 하는 건가 하는 동병상련의 마음이 들어 한마디 덧붙였다.

"단둥에 최대 북한 음식점인 류경 식당도 폐쇄 명령 이후 문을 닫았다가 곧 영업 재개할 거라던데, 혹시 북한 사람을 찾는다면 그쪽으로 가볼 수도 있겠네요."

"단둥이요? 감사합니다."

남자는 약간의 희망을 건졌다는 듯 고맙다고 고개를 여러 번 숙이고 카페 밖으로 나갔다. 남자가 여러 번 고개를 꺾어 인사하는 모습을 보며 일본에서 온 사람인가 하는 생각도 들었다. 남자가 고개 숙여 인사할 때 설핏 와이셔츠의 목덜미 뒤쪽으로 지네발처럼 길게 꿈틀거리는 칼자국이 보였다. 그의 등뒤로 파란 섬광을 발하는 칼이 보이는 듯했다. 안 기자는 자석에 이끌리는 쇠붙이처럼 그 섬광에 이끌려 자리를 일어섰다. 어떻게 풀어 나갈까 고민하던 답을 스스로 입 밖으로 냈던 것이다.

'단둥으로 가보는 거야.'

북한에게 제일 중요한 관문은 신의주로 들어갈 수 있는 길목인 단둥이다. 110년 전에 평양을 통해서 서울과 신의주를 잇는 철도 경의선이 생겼을 때부터, 압록강 하류에 위치한 북한 신의주와 중국 단둥이라는 쌍둥이 도시는 바로 북한 무역의 기본 중심지가 되었다. 북한의 경우 통계 대부분이 비밀이거나 비공개여서 확실히 알 수 없지만, 단둥을 통해서 북한 전체 무역량의 대부분이 중국으로 통과한다고 한다. 뿐만 아니라 북한 외화벌이 회사도 많고, 외화벌이 사업을 하는 무역대표들도 엄청 많다. 또한 단둥에는 북한 노동자들이 15,000명에서 20,000명 정도 있다. 단둥은 중국에서 북한 사람들이 제일 많은 도시이니 적어도 여기보다는 정보를 얻을 가능성이 높겠지. 안영민은 떠나기 전에 데스크가 한 말이 떠올랐다.

"호랑이 굴에 물려가지 않도록 조심해."

안영민은 주춤했다. 너무 깊이 들어가는 건 아닐까? 최근에 특종이 없는 바람에 너무 조급해져서 안전 감각을 잃어버린 건 아닐까. 학교 선배인 편집장이 내 이런 심정을 알고 걱정한 것이라 짐작되긴 하지만, 나 역시 일말의 불안감이 없는 건 아니다. 잘해 나가다가 균형을 잃는 잠시의 순간에 인생은 늘 허물어지고 만다. 그 잠시의 불균형이 지금은 아닐까. 뜬금없이 작년에 안 기자를 차버리고 떠난 마지막 여자의 말이 떠올랐다.

"당신은 생각이 지나치게 많고 나약한데도 강한 척하며 지내는 타입이야. 약하면 강한 척하지나 말아. 보호나 받게."

\*\*\*

동그란 비행기 창밖으로 내다보이는 구름은 넓은 평원처럼 끝도 없이 펼쳐져 있었다. 가끔 군데군데 뚫려 있는 구름 사이로 내려다보이는 먼 바다가 하늘에 떠 있다는 사실을 상기시켜 줄 뿐이었다. 재희는 시우와 한 이어폰을 서로 꽂고 음악을 들으며 비행기를 타고 국경을 넘었다. 어떤 방식으로든 북한에 억류된 국군 포로에 대한 정보를 알아내야 한다는 긴장감 때문에 약간 겁도 나고 조금 불안했던 탓일까? 도착 직전에는 바비 맥페린의 '돈 워리 비 해피'를 골라 들었다.

재희는 올드 팝에 대해 전혀 무지했었다. 아니, 올드 팝뿐만 아니라 세상의 모든 노래들에 대해 무지했었다. 그런 음악을 들을 여유가 없던 것이다. 이중삼중으로 책임져야 할 짐들이 많았다. 동생들도 돌봐야 하고 학업도 마쳐야 한다. 장학금으로 겨우 버티고는 있지만 여러 어린 동생들을 보살피려면 돈이 필요했다. 일분일초를 아껴가며 일을 할 수밖에 없었다. 편의점에서 일할 때도 손님이 없는 시간엔 장학금을 받기 위해 책을 펼쳐 들고 있었다.

그러던 재희에게 음악과의 조우. 사랑하는 사람과의 해외여행 등은 시우와 만난 이후 일어난 작은 기적들이었다. 재희는 행복한 마음으로 옆자리에 앉은 시우의 어깨에 머리를 기댔다. 걱정할 건 전혀 없어. 돈 워리. 지금 이 행복을 누가 깨뜨리겠어. 얕은 잠에 들어 있던 시우가 팔을 둘러 재희의 어깨를 안았다. 마치 '비 해피'라고 말해 주는 것처럼.

두 사람은 인터넷을 통해 예약한 단둥의 호텔에 여장을 풀었다. 일단 중국과 북한의 교류가 활발한 곳이 정보도 더 많을 거라는 재희의 말에 단둥으로 정한 것이다. 짐을 풀자마자 정보를 빨리 취하고 싶어 하는 시우에게 재희가 제동을 걸었다. 우리가 서둘수록 브로커들은 경계심을 갖고 우리에게 접근하지 않을 수도 있다. 우리가 며칠 여기서 계속 돌아다니다 보면 누군가가 접근할지도 모른다. 북한의 정보원이든 조선족 브로커든.

"그 사람이 접선의 실마리가 되지 않겠어?"

재희의 말에 시우는 충성을 맹세하는 환관처럼 머리를 조아렸다. 그렇게 며칠이 지나고 별 소득을 얻지 못한 채 8월 8일이 되었다. 재희의 8월 생일이었다. 시우는 분위기 있는 카페를 찾아 케이크를 자르고 샴페인을 터뜨려 주었다.

"아, 행복해. 너무 좋다."

재희는 아이처럼 들떴다.

"오늘이 내 인생에 두 번째로 행복한 밤이야."

"첫 번째가 아니고?"

"내가 제일 행복했던 밤이 언제인 줄 알아?"

"언제였는데?"

"자기가 나 집에 바래다주던 첫 데이트하던 밤."

미팅에 가는 걸 좋아하지 않았지만 후배의 부탁을 거절하기 어려웠고, 자기만큼 꼰대가 나온다는 말에 우습기도 하고 얼굴이나 보자고 나갔다가 시우를 만난 재희.

"내게 그런 소문이 있었나요? 그렇다면 내가 올드 보이라는 걸 확실히 보여드리지."

시우는 꼰대라는 소리에 큰소리로 웃으며 노래방에 데리고 갔었다. 술 한 잔 걸친 시우는 별의별 듣지도 못했던 노래를 부르기 시작했다. 이건 할아버지께 바치는 노래, 이건 아버지께 바치는 노래, 하면서 굉장히 오래된 노래를 청승맞게 불러 대는 모습이 우습고 재미있었다. 재희가 올드 팝이나 유행가를 가까이 하게 된 것은 이렇게 순전히 시우 때문이었다.

노래방에 처음 들어 간 재희에게 그곳은 별세계였다. 그 작은 박스엔 시간과 국경을 뛰어넘은 세상의 모든 노래들이 들어 있었다. 짐작은 하고 있었지만 이 정도일 줄이야. 재희는 시우의 노래를 있는 그대로 받아들였다. 그 노래들은 모두 신선하고 새로운 충격으로 재희의 마음에 빛처럼 녹아들어 갔다.

재희에게는 영화 제목같이 들리는 옛날 노래들을 시우는 많이도 알고 있었다. 할아버지 덕분에 알게 된, 아버지 세대를 훌쩍 뛰어넘는 흘러간 옛 노래들. 두만강 푸른 물에 정도가 아니라 그보다 반세기는 전에 나왔음직한 노래들이었다. 하지만 재희는 노래 가사들을 들으며 감탄했다. 옛 노래라고 해서 올드할 것이란 선입견은 바보 같은 것이었다. 그 노래 가사에는 당시의 멋과 낭만이 가득 배어 있었다. 그 중에 당시의 풍취가 가득 담긴 곡을 손꼽으라면 3곡 정도를 들 수 있겠는데, 그 중 한 곡이 '인도의 향불'이라는 노래였다.

가사 속의 간디스 강, 파고다, 뱅갈사, 자르메라 등의 이국어는 해외여행이 불가능했던 당시로서는 사진이나 화보로만 접할 수 있던 꿈속의 풍경이었을 터. 그러니 이 노래를 들으면서 그 풍경 속으로 들어갈 수 있는 애청자들에게는 큰 위안이 되었을 것이다. 윤동주의 시에도 그러했듯이.

푸랑시쓰. 쨤. 라이넬. 마리아. 릴케
이런 詩人(시인)의 일홈들처럼,

해외여행을 마음대로 다닐 수 있는 지금도 외국에 대한 선망 때문에 간판 이름이 거의 외래어이고 일부러 외래어로 많이 사용하기도 하는데 당시에는 그 선망의 깊이가 어땠을까. 시우는 옛 노래를 부를 때 옛날 어른들이 부르던 창법처럼 바이브레이션을 넣어 목소리를 떨며 능청스럽게 부르곤 했다. 이런 모습에서 재희는 시우가 집안의 어른들을 얼마나 사랑하는지 체감할 수 있었다. 저런 모습은 꾸민다고 되지 않는 것들이지. 더구나 어떤 얼빠진 남자가 처음 만난 여자친구 앞에서 저런 케케묵은 노래를 천연덕스럽게 부를 수 있겠느냔 말이야.

"별들이 소근대는 홍콩의 밤거리…"

시우는 할아버지가 이 노래를 부를 때면 마도로스라는 단어가 연상되었다고 한다. 외국을 마음껏 드나들 수 있는 외항선 선원도 선망의 대상이던 시절. 하얀 양복에 백구두, 마도로스 파이프를 물고 부둣가의 불량배를 한 주먹에 처치하고는 꽃 파는 아가씨와 하룻밤 로맨스를 불태우는. 그 이야기를 해주는 시우는 마치 자신이 흰 양복을 입은 마도로스같이 으스댔다.

시우가 노래 부르는 동안 재희는 노래 가사들을 자꾸 되뇌었다. 나도 그들과 다를 게 없어. 그들도 예전엔 국내에서 나갈 수가 없었다. 우리나라가 해외여행을 마음대로 다니게 된 것은 1970년대 후반. 그전에는 일반인들의 해외여행은 꿈같은 일이었다. 기껏해야 외교관계 정부 관계자들이나 수출입 상사원 정도가 드나들 수 있었을 뿐. 좁은 한반도에 갇힌 채 이런 노래로 자기들의 인생을 위로하며 지냈던 거야. 하지만 나는 나갈 거야. 언젠가는 페르시아를 거쳐 홍콩의 밤거리에서 꽃다발을 사들고 아리조나 평원을 달릴 거야. 언젠간 나에게 길이 열릴 거야.

재희는 혼자 흥에 겨워 꽥꽥거리며 부르는 시우의 노래를 들으면서, 할아버지로부터 아버지를 이어 시우까지 도도하게 흐르는 길고 긴 시간의 흐름과 관통을 느꼈다. 시간은 끊어지는 것이 아니고 이어지는 것. 과거는 사라져 버리는 것이 아니라 현재를 뒷받침하고 있는 디딤목이라는 걸.

"가뜩이나 복학생이라 고물 취급 받는다면서 노래도 어쩌면 그렇게 올드한 것만 골라서 부를까."

집까지 바래다 주겠다는 시우와 나란히 걸으며 물었다.

"할아버지랑 아버지가 즐겨 들으시던 음악이라 나에게도 친근해. 난 옛날 노래랑 올드 팝이 좋아."

"올드 팝도 많이 알아?"

"아버지가 또 올드 팝은 꿰고 계시지."

이번엔 아버지의 영향을 받아 7080 팝송을 거의 총망라하다시피 알고 있는 시우. 비틀즈, 사이먼 앤 가펑클, 폴 앵커, 루이 암스트롱. 시대와 장르를 넘어 팝 가수들의 이름이 줄줄이 튀어 나왔다. 거기에 우리나라의 트윈 폴리오, 키 보이스까지. 그 덕분에 재희도 옛날 노래와 올드 팝을 좋아하게 되었다. 어쩌면 뿌리를 알 수 없는 자신의 단절된 시간들을 옛 노래들이 위로해 주는 것도 같았다. 옛 노래들은 "지금은 알 수 없지만 너 역시 소중하고 잊어서는 안 되는 멋진 시간들이 있단다."라고 말해 주는 것 같았다.

"그 밤이 첫 번째로 행복했던 밤이야."

"그때 노래만 부른 건 아니었잖아."

"그럼, 재미있는 이야기를 얼마나 많이 해주었다고. 그 중에 하나는 도라지 위스키였어."

"도라지 위스키?"

"응, 최백호의 '낭만에 대하여'라는 노래 중에 도라지 위스키에 대한 설명도 재미있었어. 예전에는 우리나라에 위스키가 없었고 일본의 도리스 위스키를 들여다 마셨는데, 일본 술을 수입 금지시키자 국산 위스키를 만들어 이름이 비슷하게 도라지 위스키라고 지었다는 이야기."

재희는 이야기를 하며 다시 한 번 유쾌하게 웃었다.

"위스키에 도라지라는 이름을 왜 붙였나 했더니, 아하하."

재희는 이런 옛날이야기를 누구에게서도 들을 수가 없었다. 고아라서. 시우에게서 이런 이야기를 들으면 자신이 시간 밖에 동그마니 버려진 신세가 아니라 시우를 통해 유유한 역사가 이어지는 기분이 들었다. 무언가에 소속되는 느낌이었다.

"아버지가 좋아하던 걸 이어서 좋아하게 된다는 건 참 행복한 일이야. 나는 이어 받을 전통이 없어. 말하자면 역사가 없는 존재지. 정사가 아니라 야사에나 겨우 끼어들 역사의 엑스트라일 뿐이야."

"뭔 엑스트라? 우리 둘이 주인공이 되면 되잖아."

"오늘 이야기의 주인공은 할아버지와 아버지 같은데?"

"넌 나보다 우리 할아버지나 아버지가 더 좋은 거야?"

시우는 질투했다.

"세 남자 다 사랑해."

"내가 대통령이 되어도?"

"뭐?"

시우는 쿡쿡 웃었다. 시우는 큰기침을 두어 번 하더니 대통령이 되려고 했던 어린 시절 이야기를 해주었다.

"우리 어린 시절엔 어른들이 아이들에게 '너 커서 뭐 될래?' 하는 질문을 잘 하셨지. 할아버지와 아버지도 그러셨어. 그럴 땐 큰 목소리로 '대통령이요.' 하고 대답하곤 했는데 나만 그런 줄 알았더니 온 동네 아이들의 희망이 거의 대통령이었어. 어깨에 별이 번쩍거리는 장군 정도는 약간 담이 작거나 겸손한 아이들의 희망이었지.

꼭 대통령이 되고 싶다거나 대통령이 되어야 할 이유는 거의 없었지만, 핑계를 대자면 선생님도 은근히 그런 대답을 하도록 간접 세뇌를 시키셨고, 또 그렇게 대답하면 할아버지와 아버지 친구 분들이 기특해 하고 머릴 쓰다듬어 주신다든가 했지. 맛이 정해진 커피를 스위치만 누르면 한 컵씩 덜컥 꺼내 놓는 커피자판기처럼 '뭐 될래?' 하는 스위치를 누르기만 하면 늘 '대통령이요.' 하는 커피를 냉큼 내놓곤 했지. 다른 자판기들도 거의 그렇지 않았을까 싶어.

그런데 하루에도 대여섯 번씩 그런 커피를 접대하다 보니 은근히 진짜로 대통령이 되고 싶기도 하고, 어느 날은 그까짓 대통령이 되는 것쯤이야 하는 마음도 슬며시 생기는 바람에 혼자 잠시 대통령이 되기로 결심했던 적도 있었지. 어느 날 밤에는 온 동네 아이들이 모두 대통령이 되어서 동창회를 하는 꿈을 꾸었는데 당시엔 한 학급이 40여 명 정도 되는 통에 대통령 40여 명이 교실 가득 득시글거리니까 꿈속이지만 대통령 자리는 한숨이 나올 정도로 한심한 자리여서 대통령 된 것이 너무 후회스럽기도 했었어. 잊을 수 없는 악몽이었지. 이유는 다르겠지만, 지금 대통령이신 분도 아마 그런 후회를 하고 있지 않을까 싶기도 해."

"하하하, 재밌다. 그러고 그만이었어?"

재희는 까르르륵 웃었다. 시우는 쑥스럽게 웃으며 말을 이었다.

"세월이 좀 흘러 초등학교 4학년 정도의 어른스러운 나이가 되고 보니, 대부분의 아이들 역시 그랬겠지만, 대통령이 되겠다는 결심이나 대답이 여간 쑥스러운 것이 아니었다. 대통령 자리가 탐이 나지 않게 되었다거나 싫어져서가 아니라, 생각보다 대통령 되기가 만만치 않다는 걸 어렴풋이 예감하기 시작했던 탓이야. 그리고는 현실을 직시하고 냉큼 바꾼 희망이 택시 기사였지. 꼭 돈벌이에 눈을 일찍 떠서라기보다는 그 수많은 계기판을 동시에 왔다 갔다 조작하면서 키릭키릭 기어를 넣고 핸들을 돌리고 담배를 피워 물며 백미러도 보는 그 동시다발적인 초능력에 매료되지 않을 수 없었기 때문이었어. 그때는 이순신 장군만큼 멋져 보였지."

재희는 허리를 꺾으며 웃었다.

"그럼 이제 택시 기사 되는 거야?"

"기사 봉급으로 널 먹여 살릴 수가 있을까."

"걱정 마. 부족한 돈은 내가 벌어서 채울게. 꿈을 이루도록 해."

"좋아 진지하게 고려해 볼게."

피실피실 웃으며 대답하는 시우에게 재희가 말했다.

"나도 반성해야 해."

"너도 대통령되려고 했었니?"

"대통령까지는 아니지만 뭔가 거창한 인간이 되고 싶었어. 다행히 빨리 생각이 바뀌었지만."

사실이었다. 재희는 거물이 되고 싶었다. 그래서 어린 시절의 상실감을 채우고, 더 나아가 세계 평화와 이웃들에게 크게 기여하는 인물이 되는 것을 꿈으로 알고 열심히 공부했다. 그런데 시우를 만나고 나서 소위 자기가 비웃고 경시하던 사소한 것들의 소중함을 깨닫기 시작했다. 그 사소한 것들이 사실은 가장 위대한 것들이 아닐까 하는 어렴풋한 느낌도 받았다. 그것은 큰 고목나무 한 그루를 올려다보는 것이 아니라, 작은 싹을 소중히 내려다보는 시선에 눈을 뜨는 것이기도 했다. 재희는 시우의 팔짱을 꼈다.

"자기 만나고 나서 소박하고 사소한 것들이 소중한 것이라는 걸 조금씩 깨달아 가고 있거든."

아직 할아버지를 위한 정보를 얻지는 못했지만 두 사람은 즐거웠다. 단둥 거리를 걸으며 마치 타임머신을 타고 수십 년 전으로 돌아 간 시간 여행자의 기분이 들었다. 두 사람이 얻으려는 국군 포로에 대한 정보를 제외한다면, 그야말로 느긋한 시간 여행이었다. 재희가 쫑알거리는 말 그대로였다.

"여기는 사람들의 생활 양식이나 거리 풍경이 사진으로만 보던 우리나라 60년대 풍경 같아…."

재희의 말을 기다렸다는 듯 갑자기 멀리서 한국의 옛날 노래가 흘러나왔다. 두 사람은 자신도 모르는 사이 음악소리가 들려오는 쪽으로 발길을 옮겼다. 음악소리는 강변의 한국식 포장마차에서 흘러나오고 있었다. 포장마차 이름이 그대로 '한국식 포장마차'였다.

"와, 여기도 한국식 포장마차가 있었네."

재희가 신기한 듯 소리쳤다.

"하긴 여기도 한국 관광객들이 꽤 많이 올 테니까."

"들어가 볼까?"

"그냥 갈 순 없지."

두 사람은 천막 자락을 젖히고 안으로 들어갔다. 내부는 그야말로 완벽한 한국식 포장마차였다. 천막 벽에 걸린 메뉴판도 그렇고 음악도 계속 한국의 흘러간 옛 노래였다. 아마도 옛 고향을 멀리서나마 보고 싶어 단둥에 들르는 한국의 나이 든 실향민 관광객들을 대상으로 영업하는 곳 같았다.

포장마차에서는 의자에 앉은 채로 압록강 쪽을 볼 수 있었다. 소주와 파전을 시켜 한 잔 마신 시우가 턱을 괴고 강을 물끄러미 바라보았다.

"저 강 건너가 바로 북한 땅이라니 기분이 묘하네."

"바로 코앞인데 한번 건너가 볼까?"

"총 맞아 죽으려고?"

시우는 재희의 잔에 소주를 따라 주었다.

"한번 건너가면 그걸로 끝이야. 다시는 못 나올 걸."

"뭘, 그렇지도 않잖아. 탈북자들 이야기 들어 보면 몇 번씩이나 들락거린 경우도 있던데."

"그건 아마 브로커들을 끼고 해서 가능했을 거야."

"우리도 브로커 끼면 되잖아."

"난 건너갈 생각은 전혀 없지만, 북한 땅을 직접 보니 할아버지 말씀이 다시 생각나."

"무슨 말씀?"

"우리보고 북한 근처에 가줄 수 없느냐고 부탁할 때 하신 말씀."

시우는 주변을 조심스레 살피고는 목소리를 잔뜩 낮춰 재희에게 이야기해 주었다.

할아버지는 힘들게 입을 열었다.

"내게는 19살 때부터 같이 군대 생활을 한 친구가 있었다. 한국전쟁 때 같이 군대에 징용 갔었지. 게다가 같이 북한군에게 국군 포로가 되기도 했는데, 그 친구 소식을 좀 알고 싶다. 만약에 나를 누군가가 죽이려고 한다면, 그 친구일 게다."

"친구 분인데 왜 할아버지를?"

"내가 그 친구를 죽이려고 했기 때문일 테지."

시우는 깜짝 놀랐다.

"그런데 내가 왜 그 친구를 죽이려고 했는지. 기억이 나질 않아."

할아버지는 고뇌에 찬 표정으로 머리를 감쌌다. 시우는 할아버지의 모습을 보며 어쩌면 할아버지에게는 그 기억을 되살리는 것이 두려운 일일지도 모른다는 생각이 들었다. 어떤 이유인지는 모르지만 목숨이 오가는 긴박한 상황이었던 것은 분명한데, 당장 목숨을 지켜야 하는 순간에 당시의 긴박한 정황을 기억하는 것이 가능한 일이었을까. 더구나 할아버지는 지금 90이 다 된 나이가 아닌가.

"그분이 아직 살아 계실까요?"

"나도 그 친구가 그때 죽었을지도 모른다고 생각하고 있었다. 나이 탓인지 당시의 기억이 마치 안개 속처럼 흐릿하고 잘 기억되지가 않아. 그랬는데 브로커를 통해 수소문했더니 살아 있다는 거야. 그래서 브로커를 통해 매달 얼마씩 보내고 있었지."

"그게 제대로 전달이 되었을까요?"

"수수료를 많이 떼더라도 전달은 되겠지. 북에 송금하고 있는 다른 탈북자들의 이야기를 들어 보니 전달은 된다고 하더라. 브로커가 반만이라도 전달해 주면 고마운 일이지."

"언제부터 보내기 시작하셨는데요?"

"내가 자리 잡고 수입이 생기기 시작하면서부터 보냈으니, 십년이 넘었다."

"송금 브로커는 어떻게 알게 되신 거예요?"

"전당포에 물건을 맡기러 온 손님 중에 연세 지긋한 탈북자 분이 있었어. 북으로 매달 송금하는데, 그 달엔 돈이 부족해서 금반지를 잡히고 돈을 채워서 보내려고 왔다고 하더라. 이야기를 들어 보니 탈북자 중에는 이북의 가족에게 송금하는 사람들이 적지 않다고 하더구나. 그분에게 가장 믿을 만한 브로커를 소개해 달라고 했다. 그 브로커는 탈북자들 사이에서 꽤 유명하다더라."

시우는 머리를 정리했다.

"그렇다면 친구 분은 돈도 별로 없고 탈북할 수도 없는데 어떻게 할아버지를 죽이려고 할 수 있겠어요? 그렇지는 않았을 거예요."

"글쎄다. 내가 습격을 받은 후로는 그 브로커와 통화도 되지 않는다. 내 친구 주변에 무슨 일이 생긴 건지, 브로커가 자기 신분이 발각될까봐 잠적한 건지, 도통 짐작할 수가 없구나."

할아버지는 이런저런 생각을 하다가 말을 이었다.

"가능성이 낮은 소리이긴 하지만, 중국과 북한 국경 근처에 브로커들이 있을 테니, 그들에게서 이북에 아직도 내 친구가 살아 있는지 좀 알아봐 달라고 할 수 없겠니? 돈을 달라고 하면 비용은 할아버지가 얼마든지 보내줄 테니."

"북한이라고 하면 너무 막연하잖아요. 송금 브로커가 친구 분이 어디쯤 계신다고 말도 안 해주던가요?"

"아마도 검덕 광산에 있을 거다. 나와 함께 있던 곳이다."

"수십 년이 지났는데 다른 곳으로 옮기지는 않았을까요?"

"그곳은 한번 들어가면 나올 수 있는 곳이 아니야."

할아버지는 슬픈 표정으로 고개를 저었다.

"친구 분 성함은요?"

"서남현이다. 꼭 기억해 둬라."

시우는 그 이름을 잊지 않도록 몇 번 되뇌어 외웠다.

"국경 근처에서는 너도 조심하고, 절대 위험한 행동은 하지 말거라. 그냥 친구 소식을 알아낼 수 있으면 고마운 일이고, 그렇지 않더라도 위험한 행동은 절대 해서는 안 돼."

할아버지는 시우의 두 손을 꼭 잡았다.

"혹시 실마리가 될지 몰라 이야기해 주는데, 나를 공격했던 놈의 왼쪽 팔목에는 잉크 색 거미 문신이 있었다. 그런 놈을 발견하거든 근처도 가지 말고 피하도록 해라. 알았지?"

"거미 문신?"

재희가 되묻자 시우가 입술에 손가락을 댔다. 재희는 아차 싶어 즉시 입을 다물었다. 시우는 더욱 목소리를 낮췄다.

"나는 그 거미 문신이 이 사건의 열쇠를 쥐고 있다고 생각해. 어떻게 해서든 그놈을 찾고 싶어."

하지만 강 건너 풍경은 거미 한 마리 찾기엔 턱없이 넓고 황량해 보였다.

"할아버지가 국군 포로가 되어 저 강 건너 땅에서 인생의 대부분을 잡혀 있었다는 사실이 믿어지지 않아."

재희는 신중하게 입을 열었다.

"사람 사는 사회는 우리 눈에 잘 보이지 않는 그늘이 있기 마련이야. 천사원 같은 경우도 그랬어. 사회에서 돌본다고는 하지만, 어느 사람이 복지 담당자인가에 따라 그 결과는 천양지차가 되고 말아. 전체 시스템이 훌륭하다고 해도 힘을 가진 담당자가 어떤 사람이냐에 따라 시스템이 천당이냐 지옥이냐가 정해진다구. 단 한 사람 때문에 말이야."

"그건 좀 예외적인 상황이겠지."

"그것이 일반적이라는 말이 아니야. 매달 감사도 하고 관련된 사람들이 많이 점검하는 우리나라 시스템에서도 그런 문제가 발생하는데, 북한은 더 폐쇄적인 나라이니 우리가 상상할 수 없는 일들이 자행될 수도 있다는 말이지. 더구나 전에 방송에 나온 걸 보니까 북한은 저항하거나 순응하지 않는 사람은 담당 보위부원들이 즉결로 총살시킬 수도 있다고 하잖아."

"나도 그 부분에서 헷갈리긴 해. 할아버지와 아버지는 전쟁을 직접 겪으신 분들이고, 나는 군대를 다녀왔지만 직접 겪은 건 아니잖아. 하지만 수십 년이 지난 지금까지 북한이 정말 그럴까. 국경에서 가끔 북한군을 망원경으로 보면 우리하고 똑같아. 내 또래나 비슷한 녀석들이 우리하고 비슷한 생각을 하고 있는 것처럼 보인다구. 한 민족이니 같은 핏줄이잖아. 그런데 서로 총을 겨누고 있으니."

시우는 잠시 말을 끊었다.

"어느 날 초소에서 망원경으로 북한군 초소를 살피는데 북한군도 나를 향해 망원경을 마주 보고 있더라구. 내가 무심코 손을 흔들었더니 북한군도 마주 손을 흔드는 거야."

"와, 북한이 그렇게나 가까웠어? 기분 묘하겠다."

"응, 가깝지. 망원경으로 보다 보면 바로 눈앞에 있는 것처럼 착각하고 깜짝 놀랄 때도 있어."

시우는 하하 웃었다.

"저 강 건너에도 그런 군인들이 지키고 있을 것 아냐?"

"그렇겠지. 그들이라고 뭐 다르겠어?"

"우리 북한으로 직접 들어가 볼까?"

팔에 턱을 고이고 압록강을 바라보던 재희가 툭 던졌다.

"궁금하잖아. 대체 무슨 비밀이 그리 많은지. 그냥 강 하나 건너일 뿐인데 말이야. 브로커들에게 돈 안 줘도 좋고."

재희는 한 잔 들이키며 쿡쿡 웃었다.

"혹시 알아? 우리도 임수경처럼 민족의 꽃이 될지? 아니면 이중간첩으로 맹활약도 하고 좋잖아. 어때? 우리 한번 들어가 보자."

"나도 끼워 주십시오."

어디선가 재희의 말에 맞장구치는 소리가 들렸다. 깜짝 놀라 돌아보니 언제 앉았는지 단단하지만 자그마한 체격의 남자가 시우 옆자리에서 약간 떨어져 앉아 소주잔을 들고 쳐다보고 있었다.

"아니, 언제 여기 앉으셨어요? 전혀 느끼지도 못했는데."

"내가 좀 그래요. 별명이 투명인간이거든요."

"투명인간이요?"

"깜짝 놀랐지요? 다들 그래요. 내가 그렇게 존재감이 없어요. 두 분은 내가 갑자기 끼어들었다고 생각하겠지만, 난 두 분 오기 전부터 이 자리에 앉아 있었어요."

"그럴 리가요."

시우는 믿을 수가 없어 피식 웃었다.

"그뿐 아니라구요."

자칭 투명인간은 진지한 표정으로 말했다.

"비행기에서도 내가 두 분 옆 좌석에 앉아 있었어요."

그는 엉덩이를 들어 시우 옆으로 바짝 다가앉았다.

"이젠 잘 보이나요?"

비행기에서도? 재희는 얼굴이 달아올랐다. 그러면 우리가 하던 이야기도 다 들었단 말인가? 주로 할아버지에 대한 이야기를 했지만 간지러운 이야기도 제법 했는데.

"정말 비행기 옆 좌석에 계셨어요?"

"우리보다 먼저 와 있었다구요?"

재희와 시우가 동시에 물어보자 그는 하하하 웃었다.

"내가 이렇게 존재감이 없어요. 식당에 들어가 빈자리에 앉아 있으면 아무도 주문받으러 오질 않을 정도예요."

"왜요?"

"내가 들어와 앉아 있다는 걸 못 느끼는 거죠."

재희가 크게 웃었다. 술이 좀 들어간 탓이기도 하지만 너무도 터무니없는 이야기를 너무도 진지하게 이야기하는 남자의 말 때문이었다. 그러나 남자는 아랑곳 않고 자기 이야기를 했다.

"사람만 나를 인식하지 못하는 게 아닙니다."

남자는 술을 쭈욱 들이켰다.

"건물에 드나들 때 자동문도 날 인식 못 하는 경우가 많아서 다른 사람이 들어갈 때 따라서 들어가기도 해요."

재희는 아예 탁자에 엎드려 흐느끼듯 웃었다.

"그만! 그만하세요. 너무 웃겨, 아하하하."

재희가 너무 거리낌 없이 웃자 투명인간도 함께 따라 웃었다. 셋이 크게 웃으며 마시는데 안 기자가 다가왔다.

"안녕하세요? 한국에서 온 분들이죠? 나도 한국에서 왔습니다."

낯선 사람이 다가오자 일순 좌석이 긴장했으나, 안 기자가 명함을 꺼내 시우와 재희에게 건네자 조금 안심하는 표정이 되었다. 명함을 두 사람에게만 주고 안영민은 마치 투명인간을 보지 못한 것처럼 투명인간의 옆 자리에 앉았다. 재희의 눈이 커다랗게 변했다.

"저, 혹시 옆에 앉아 계시는 분은 보이지 않는 거예요?"

"예? 두 분 말고 누가 또 있었나요?"

안영민은 투명인간이 앉은 자리를 보며 아무것도 안 보인다는 듯이 둘러보았다. 시우와 재회는 깜짝 놀랐다.

"지금 기자님 옆에 또 한 분 앉아 계시다구요."

"그래요?"

안영민은 투명인간에게 시선을 고정시키더니 느릿하게 말했다.

"잘 보입니다. 세 분 이야기가 재미있어서 안 보이는 척했을 뿐입니다. 하하하."

폭소가 터졌다. 혹시 북한 공작원이 접근한 건 아닌가 싶어 긴장했던 사람들은 얼굴이 풀어지고, 유쾌한 기분으로 합석하여 술잔을 함께 기울였다.

"저 담배 한 대 피워도 될까요?"

"잘됐네. 나도 담배 생각났었는데."

투명인간의 말에 안영민도 주머니에서 부스럭거리며 담배를 꺼냈다. 안영민과 투명인간은 다정하게 서로 담뱃불을 붙이고는 맛있게 연기를 허공으로 뿜었다.

"바로 이 맛이야. 중국에서 좋은 것 딱 하나."

"역시 술자리에서는 담배를 꼬나물고 이야기를 해야 제 맛이지요."

골초 두 사람은 신이 났다.

"그러고 보니 제 이름을 아직 말씀 안 드렸군요. 제 이름은 반후명입니다."

"반 씨? 희성이시네요."

"예, 이래 뵈도 전 유엔 사무총장과 종씨입니다."

"앞으로 잘 부탁드려요, 하하하."

안 기자와 담배를 나눠 피며 반후명은 흥이 나서 자기 이야기를 했다.

"초등학교 시절 내 별명은 투명인간이었습니다. 내 별명도 이름하고 비슷한 반투명이구요. 누구의 눈에도 보이지 않는 유리로 만든 인간. 나는 그만큼 존재감이 없었습니다. 체육 시간에 운동장에도 나가기 싫었지요."

"그러면 교실에 몰래 숨어 있었나요?"

"그럴 필요도 없었어요. 교실에 내가 가만히 앉아 있어도 아무도 몰랐으니까요."

재희는 또 폭소를 터뜨렸지만 시우는 웃을 수 없었다. 초등학교 시절 학급에 한 명 정도는 유리로 만든 아이들이 있었다. 난 그런 아이들에게 손을 내밀지도 않았고, 다른 아이들과 함께 그 아이를 투명인간으로 취급했었다. 재희는 웃고 나서 미안한 듯 곧 정색했다.

"우리가 제대로 기억하지 못해서 그렇지, 일상생활에도 주변에 투명인간이 많잖아요. 우리가 다른 사람을 투명인간으로 만들기도 하고. 예를 들어 친구들과 택시를 탔을 때 택시기사의 존재를 전혀 인식하지 못한다든가. 어떤 일에 집중하면 눈에 보이는 것조차 인식하지 못할 때도 많구요. 오랜만에 만난 친구가 반가워서 한참 선 채로 수다 떨고 돌아서면, 그 친구 옆에 서 있던 사람의 모습은 전혀 기억하지 못하구요."

재희가 진지하게 위로하고 흥미 있는 반응을 보이자, 투명인간의 어조에 점점 힘이 들어가며 열정적으로 변했다

"존재감 없기는 사회에 나와서도 마찬가지였어요. 그러다가 우연히 지역 보건소에서 금연 강좌를 하는 걸 보고 담배도 끊을까 싶어 하루 들으러 나갔다가, 내가 더 잘할 수 있을 것 같아서 강사로 지원했지요."

"금연 강사로요? 그럼 지금 담배는 끊었다가 다시 피우시는 거예요?"

"아뇨. 그때도 피웠어요."

"골초가 금연 강사를…"

재회는 또 웃음을 참지 못하고 큭큭큭 어깨를 들썩이며 웃음소리를 눌렀다.

"그렇지 않아도 금연 교실에 오는 사람들이 적어서 실적 걱정을 하던 보건소는 한번 해보기나 하라고 기회를 줬어요. 그런데 담배도 피워 보지 않았던 강사가 하는 강의보다 흡연자의 심리를 잘 알고 있는 내가 강의를 하자 호응이 좋았어요."

투명인간이 이야기한 내용은 완전 단편영화 같았다. 장면 장면이 눈에 선하게 떠오르도록 설명하는 투명인간의 스피치는 일품이었다. 그가 명강사였다는 것이 확실했다. 그의 이야기는 바로 풀 칼라 영화 장면이 되어 세 사람의 눈앞에 펼쳐졌다.

"지금 제 입으로 고백을 하면서도 새삼스럽게 많이 부끄럽네요. 내가 얼마나 가식적으로 위선 속에서 살아왔는지…."

조용한 태도로 말을 마친 강사를 보며 사람들은 입을 다물고 있었다. 시우가 옆에서 담배를 한 대 권하고 불을 붙여 주며 격려하듯 말했다.

"자기가 흡연을 하고 있으니까 흡연자의 심정을 잘 알고 있어서 호응도가 높았을 겁니다. 어쩌면 경찰도 범죄자 기질이 있는 사람이 더 능력 있을 수 있구요. 자책하지 마세요."

"아, 재미있어요. 정말 영화 한 편 본 것 같아요."

재회가 맥주잔을 채워 주었다. 반후명은 쓴웃음을 지었다.

"아마도 강사로서 수강생을 집중시키려고 재미있는 이야기를 만들다 보니, 실제보다 자꾸 과장되게 말하는 습관이 생긴 것 같기도 해요."

일행은 웃을 수가 없었다. 반후명의 말을 믿는다기보다 믿을 수 없는 말을 너무 진지하게 하기 때문이었다. 그럴 때 안영민이 박수를 치며 큰 소리로 웃었다.

"멋져요 ! 반후명 씨는 시인이고 평론가이고 정치인이야. 정말 통렬한 메타포야. 골초 흡연자가 금연을 권장하고, 사기꾼이 사기꾼을 꾸짖고, 개돼지들이 멀쩡한 사람을 개돼지라 칭하는 세상! 이보다 더 강렬한 은유가 있을까? 멋져! 브라보!"

안영민의 웃음소리에 좌중은 다시 시끄러워졌다. 그럴싸해서 그런지, 반후명은 소리 높여 이야기를 할 때 보니 점점 존재감이 강해지더니, 이야기를 마치자 존재감은 안개처럼 스러졌다. 반후명이 맥주를 마실 때는 맥주잔 혼자 공중에 떠올라 맥주가 사라지는 것 같았다.

"그런데 여긴 왜 혼자 여행오신 거예요?"

재희가 궁금한 듯 물었다.

"여기는 우리나라와 가장 치열하게 대립하고 있는 북한이 있는 곳이잖아요. 그래서 여기 오면 적개심이나 애국심 같은 것으로 자존감을 강력하게 느낄 수 있지 않을까 싶어 와봤습니다."

"효과는 있는 것 같아요?"

시우가 묻자 반후명은 고개를 저었다.

"아직은 모르겠어요. 혹시 북한으로 들어가 보면 달라질지."

뭔가 깊이 생각하던 재희가 뜬금없이 말했다.

"근데 그거 혹시 초능력은 아닐까요?"

"뭐가요?"

"투명인간 되는 거 말이에요. 자신이 조절할 수만 있다면 북한에도 얼마든지 들락거릴 수도 있고. 우리 한번 시도해 볼까요?"

좌중에서 다시 폭소가 터졌다. 그러나 마치 앞을 내다본 듯 꺼낸 재희의 이 말이 어떤 형태로 다가올지는 말을 꺼낸 당사자인 재희도 알지 못했다. 재희의 생일이라는 말을 듣고 사람들은 이렇게 유쾌한 자리도 쉽지 않을 테니 오늘은 실컷 마시고 취하자며 술과 안주를 거하게 더 주문했다. 반후명이 안영민에게 잔을 부딪히며 외쳤다.

"우리가 이렇게 만나게 된 게 단순히 우연일까요? 마치 운명의 신이 준비해 둔 인연의 덫에 걸린 것 같지 않으세요?"

"맞아, 하하하. 그렇지 않으면 생면부지의 우리가 어찌 이 자리에서 만날 수 있었을까. 우리는 운명의 거미줄에 걸린 공동 운명체란 말이지요?"

시우가 술잔을 들고 끼어들었다.

"우리 기왕 만난 김에 의형제를 맺을까요?"

"좋지. 복숭아밭이 없으니 도원 결의는 아니고 국경 결의? 어때?"

"좋습니다!"

네 사람은 왁자하고 흥겨운 분위기에서 즉시 주민증을 꺼내 나이를 확인하고 서열을 정한 후 의형제를 맺었다.

안영민 기자 33세. 맏형

반후명 강사 29세

강시우 학생 26세

한재희 학생 26세

취기가 오르며 자리가 점점 무르익어 갔다. 연신 이어지는 주문에 심부름하는 아줌마 혼자로는 바빠지자, 포장마차 주인도 안주와 술을 번갈아 내오느라 들락거렸다. 술이 취하면서 시우는 포장마차 주인을 보면서 낯익은 느낌이 들었다. 어디선가 본 얼굴도 아니고 만난 적도 없는데, 왜 자꾸 어디선가 만난 것 같은 기분이 들지? 이상해. 시우의 앞에 안주 접시를 두고 가는 주인의 왼손 팔목에 잉크 색 거미 문신이 얼핏 보였다. 그러나 시우는 소주잔을 기울이느라 보지 못했다. 일행은 대화에 빠져 거미 문신 따위는 보이지도 않았다.

# 납치

**온통 잿빛** 세상이었다. 앞으로 발을 내딛으면 발이 푹푹 빠져들어 갔다. 앞으로 걸어갈수록 발은 점점 더 깊이 빨려 들어가 무릎까지 빠졌다. 언제 걸어 들어왔는지 시우는 개펄 가운데를 걷고 있었다. 눈길이 닿는 곳은 사방에 개펄만 펼쳐져 있었다. 고개를 돌려 주변을 살피다 앞으로 쓰러지자 팔꿈치까지 개펄에 빨려 들어갔다. 빠져나오려고 몸부림칠수록 팔 다리는 점점 더 깊이 빠져들어 갔다. 가슴까지 빠져들자 숨이 가빠 오며 머리통이 빠개지는 듯 아팠다.

　시우는 비명을 지르며 눈을 떴다. 눈을 떴는데도 사방은 온통 회색 천지였다. 잿빛의 시멘트 블록으로 사방이 둘러싸인 창고 같은 공간이었다. 여기가 어디지. 분명히 어젯밤에 포장마차에서 술을 마셨는데. 재희는 어디 간 거야. 정신을 차리려고 머리를 흔들자 발 아래로 쥐 두 마리가 쏜살같이 도망갔다. 신고 있는 운동화가 다 뜯어져 있었다. 밤새 쥐가 물어뜯은 것 같았다. 이놈들이 먹을 것이 없어서 신발 가죽을 물어뜯었나?

눈을 비비고 정신을 차리자 주변이 서서히 눈에 들어왔다. 시우 바로 옆에 재희가 누워 있고, 그 옆으로 안영민과 반후명이 쓰러져 있었다. 그제야 어젯밤에 이 사람들과 함께 술을 마셨고, 그들이 모두 함께 이곳에 있다는 판단이 들었다. 사람들 주변에는 아직도 술 냄새가 진동하고 있었다.

"재희야, 재희야. 일어나."

시우는 조심스레 재희를 흔들어 깨웠다. 재희를 깨우는 소리에 다른 사람들도 부스스 눈을 떴다. 재희는 물론 모두 여기가 어딘지 영문을 몰라 겁에 질린 표정이었다. 다시 살펴본 실내는 마치 군대 막사 같은 구조였다. 갑자기 일행의 마음속으로 전율스런 공포가 휩쓸고 지나갔다. 혹시 우리가 북한에 납치당한 건 아닐까? 모두 말을 잃고 주변을 불안한 표정으로 살피고 있는데, 문이 열리며 부드러운 표정의 약간 통통한 남자가 들어섰다.

"이제 정신들 좀 나는 모양이지?"

남자는 일행을 둘러보며 웃었다. 동그란 얼굴에 순박한 표정의 남자는 어젯밤에 술을 마시던 한국식 포장마차 주인이었다. 일행은 잠시 안도했다. 우리가 술이 너무 취해서 이 사람이 창고에서 재운 모양이로구나. 안 기자가 아직도 지끈거리는 머리를 누르며 물었다.

"여기가 어디죠?"

"여기가 어딜까요?"

포장마차 주인은 일행을 놀리듯 약간 비웃는 표정으로 천천히 되물었다.

"여기는 동무들이 그렇게 갈구하던 위대한 조국 조선민주주의인민공화국입니다."

순간 실내 공기가 얼어붙었다. 전부 얼굴이 창백하게 질렸다. 어젯밤 일을 되살리느라 필사적으로 눈을 찡그렸다. 어제는 낯선 곳에서 만난 사람들끼리 이상하리만치 의기 투합하여 평소보다 더 많이 마셨다. 거기까지였다. 그리고는 머릿속을 지우개로 지워 놓은 듯이 더 이상 생각나지 않았다. 그러나 아무리 취했다 하더라도 무모하게 국경을 넘었을 리가 없다. 혹시 이 사람이 술에 약을 타서 우리를 납북한 건 아닐까. 포장마차 주인인 이 남자가 북한 공작원이었다는 말인가? 그렇다면 그곳은 이 천연덕스럽고 선량해 보이는 웃음으로 대한민국 국민들을 납북하기 위한 전초 기지 역할도 한다는 건가?

"우리가 왜 여기 있어요?"

"왜 여기 있냐니? 동무들의 소원이 이루어진 거지. 동무들 모두 북조선으로 오고 싶어 했잖아."

남자는 미소를 띠며 대답했다. 모두들 굳게 입을 다물었다. 이 남자의 말이 사실이라면 우리는 납북된 것이 확실하다. 일행이 혼란스러워 하는 것과는 달리 남자의 행동은 이미 이런 상황을 여러 번 겪은 것처럼 자연스러웠다.

"나는 전일봉이라고 한다. 필요한 것이 있으면 내게 말하면 돼. 이제 잠을 깼으니 세면들 하고 식사를 해야지."

일봉은 역시 부드러운 표정으로 밖으로 나가라는 듯 문을 열었다. 시우 일행은 시키는 대로 천천히 몸을 일으켜 문밖으로 나갔다. 몸을 움직이면서도 현실 같지 않았다. 누군가가 우릴 놀라게 하려고 몰래카메라를 찍는 것 같았다. 정말 그랬으면 좋겠다고 생각했다. 문만 열면 눈에 익은 우리 동네나 학교 모습이 보일 것만 같았다. 아니면 최소한 어제 밤에 보았던 그 포장마차라도 좋겠다.

그러나 밖으로 나가자 군대 막사로 보이는 블록 건물이 있었고, 넓은 마당에는 허름한 단체 세면장 같은 곳이 보였다. 그것은 마치 영화에서나 보던 1950~1960년대의 배경이었다. 풍경도 건물도 그랬지만, 운동장을 느릿느릿 움직이고 있는 군인들의 행동이나 표정들도 그러했다. 막사 밖에는 정말로 총을 멘 북한 군인들이 서너 명 다니고 있었다.

분명히 시간은 현재 진행형의 상태인데도 이곳은 현대문명과는 동떨어진 과거의 시간이라는 게 느껴졌다. 강 건너의 시계와 이곳의 시계는 다른 시간을 달리고 있는 것이다. 문명과는 그만큼 먼 시간과 거리에 떨어져 있었다.

여기저기 깨어져 나간 시멘트 세면대에서 쪼그리고 앉아 찬물에 세수를 하자, 머리는 혼란스러웠지만 정신이 조금 드는 것 같다. 함께 세수하고 있는 사람들은 안영민, 반후명, 강시우, 한재희 4명, 어제 함께 술 마시던 사람들 전원이었다. 세수를 마치고 다시 실내로 들어온 네 사람은 낮은 목소리로 서로 머리를 맞대고 이야기를 나누었다.

"이거 설마 몰래카메라는 아니겠지? 외국에서 하는 몰래카메라는 규모가 엄청나다던데."

"설마."

시우는 그럴 리가 없다는 투로 고개를 저었다.

"몰카가 아니라면 우리에게 어떻게 이런 꿈같은 일이 벌어진 거지?"

물론 그리 믿진 않았지만, 혹시라도 시우가 몰래카메라라고 답해 주었으면 했던 재희는 별안간 히스테릭하게 소리 질렀다.

"어떻게 이런 상식적이지 못한 일이 현실에서 벌어질 수가 있는 거야? 그리고 왜 하필 우리냐구?"

시우도 자신들이 납치되었다는 사실이 믿어지지 않아 재희 말마따나 혹시라도 몰래 카메라가 숨어 있는지, 여기저기 구석구석 살피기 시작했다. 안 기자도 반후명도 주변을 두리번거렸다. 그러나 역시 카메라는 없었다. 확실히 몰래카메라가 아닌 것이다. 갑자기 사방에 문이 하나도 없는 강철 벽 속에 갇힌 것 같은 압박감이 밀려왔다.

"정말 싫어! 이런 상태."

재희가 울먹이자 모두 새삼스러운 공포가 솟아올랐다. 그와 함께 모두의 마음속에는 '왜 하필 우리였는가' 하는 무책임한 원망까지 뭉클뭉클 피어올랐다. 60억이 넘는 인류 중에서 왜 하필 우리인가?

안영민 기자는 일행과 조금 떨어진 곳에서 벽에 등을 기대고 앉아 혼자 뭔가를 생각하고 있었다. 우리가 어떻게 이곳에 오게 됐을까. 같은 동행도 아닌데 함께 납북되었다는 건 우리 중에 누군가가 북한 측에 밀고하거나 납북을 원한다는 메시지를 전달한 사람이 있다는 뜻이 아닐까. 그렇다면 우리 중에 북한과의 접촉을 원하는 사람이 누구였나. 사실 그럴만한 동기는 모두에게 조금씩 있다.

강시우- 왠지 조선인 브로커를 찾는 분위기였다.

한재희- 강시우를 위해 함께 정보를 얻고 싶어 했다. 더구나 북한을 그렇게 두려워하는 것 같지도 않았다.

반후명- 유리인간 같은 자기 존재에 대해 깊이 좌절하고 강렬한 존재 가치를 찾고 싶어 애쓰는 그에게 북은 그럴싸한 곳이다.

그렇다면 그들이 보기에 나는? 역시 동기가 있다. 어쩌면 이들 중에 가장 강한 동기라고 할 수도 있다 특종을 위한 집념 같은 것. 안영민은 머리를 가로저었다. 우려했던 호랑이 굴로 들어와 있는 것이다.

현실을 받아들이기 어려워 신경질적인 반응을 보이던 재희가 어느 정도 현실을 받아들인 듯 약간 차분해진 목소리로 물었다.

"여기가 어디쯤일까?"

"압록강 건너편에 있던 국경 수비대 같아."

군대를 다녀온 남자답게 시우가 주변을 살피며 대답했다. 안 기자도 시우의 말을 수긍했다.

"우리가 어제 늦게 마취되어 납치된 것 같은데. 북한의 교통 상황으로는 하룻밤 사이에 우리를 멀리까지 이동시키지는 못했을 테고, 아마도 국경 근처일 거야."

"그 말이 맞습니다. 여긴 북조선 국경 수비대 막사요."

안 기자의 대답이 끝나기도 전에 문이 열리며 신사복의 사내가 나타났다. 안 기자는 그 남자를 보고 깜짝 놀랐다.

"당신은!"

"구면이지요. 결국 북조선 땅에서 다시 만나게 됐군요."

안영민의 얼굴이 굳어졌다. 이놈이야말로 우리를 밀고한 가장 그럴듯한 후보이다. 이놈은 역시 북한 공작원이었나. 아니면 어눌한 말투로 보아 조총련계일지도 모른다.

"영민 형님. 아는 사이세요?"

시우가 물었다.

"아니. 칠보산 호텔 근처에서 한번 봤을 뿐이야."

"당신 누구지?"

안영민은 적개심을 감추고 물었다.

"조철구라고 합니다. 일본에서 온 사람이요."

"일본 사람? 그런데 한국말 아주 잘하네요?"

아무것도 모르는 재희는 새로운 사람이 나타나자 같은 입장의 동료의

식을 느끼는 듯 친근하게 말을 걸었다.

"난 일본 사람이 아니라 조선 사람입니다. 조총련계 학교를 나왔으니 어버이 조국의 말을 잘할 수밖에."

"당신도 납치된 건가요?"

"아니요, 나는 자진 입북한 겁니다."

자진 입북이라는 말에 재희는 깜짝 놀랐다. 북한에 자진 입북하는 사람도 있단 말인가. 그러나 금세 생각을 바꾸었다. 하긴 그렇다. 한국인이 아니라 일본인이라면 관광 비자를 얻어 북한에 들어올 수 있을 터이다. 그런데 왜 경비대 막사에 있는 걸까? 조철구는 별다른 나쁜 뜻이 없다는 듯 입을 열었다.

"사실은 주중 북한 대사관에 얼마 전 북조선으로 망명 신청을 했는데 안 받아 주더군요. 고민하다가 단둥까지 왔더니 포장마차 주인이 방법이 있다고 하더라구."

"포장마차 주인이?"

"한국인 4명이 불법 월경을 하려고 하는데, 자기를 도와 북으로 데리고 가면 나도 입북하도록 도와주겠다는 거요. 그래서."

"포장마차 주인이 우리 대화를 들을 수도 없었을 텐데 우릴 어떻게 알고."

"포장마차 주인 말로는 며칠 전부터 네 사람의 행동을 살피고 있었던 것 같던데."

"그래서 예스 한 거예요?"

"거절할 이유도 없고."

"나쁜 자식. 우리를 납치하는 데 동조하다니."

안영민이 울컥 화를 내자 조철구가 날카롭게 쏘아붙였다.

"그런 건 아니오. 당신들은 곧 풀려날 겁니다. 당신들도 당신들 입으로 북한에 가보고 싶다고 하지 않았나요? 이 사람들이 필요한 건 당신들이 아니라 돈입니다. 당신들이 여기서 납북 당했다고 집에 전화해서 돈을 보내준다고 하면, 돈을 받는 즉시 풀어주겠대요. 이 사람들 목적은 돈이라구. 돈을 잘 주면 당신들이 원하는 정보도 얻을 수 있을지 모르잖아."

조철구의 표정을 보니 거짓말하는 것 같지는 않았다.

"그 포장마차 주인이 그랬어요?"

정보 이야기가 나오자 시우가 솔깃했다.

"자기 말로는 자기가 이 근처 탈북 브로커들 중에 최고로 발이 넓다고 하더라구."

"그런데 왜 그 사람이 직접 우리에게 말하지 않고."

"이런 내용은 자기들이 직접 말하는 것보다 자유 여행객으로 들어온 내가 말하는 것이 마음 편하게 받아들일 수 있을 거라고."

"그 말이 정말일까? 그럼 우리 풀려날 수 있다는 거잖아."

재희의 얼굴이 밝아지며 시우에게 소근거렸다.

"나도 들은 대로만 이야기하는 거야. 그러니 저 사람들이 한국의 당신들 집에 전화해서 돈 보내라고 지시하면 그대로 듣는 게 좋을 거야. 그러면 즉시 당신들은 풀려날 거라구."

"…"

"뭐, 이 사람들이 말하는 지상낙원인 이곳에서 살고 싶다면 그런 전화 안 해도 될 거구. 북조선도 그리 나쁠 것 같지 않던데."

조철구는 큰 걱정 할 것 없다는 태도로 벽에 기대 앉았다.

"너무 걱정할 것 없어. 이 사람들 생각보다 신사적이더라구."

"그런데 왜 여기 앉아요?"

재희가 묻자 조철구는 무표정하게 대답했다

"군인들 숙소에 같이 있게 할 수 없다고 여기 있으라더군."

조철구의 말을 듣고 난 후 일행들 사이엔 약간 안도의 분위기가 떠올랐다. 일단 돈만 주면 집으로 갈 수 있다는 희망이 생겼고, 잘만 하면 시우가 원하는 할아버지 친구에 대한 정보도 얻을 수 있을지도 모른다. 안영민의 눈에서도 취재 정보에 대한 기대의 빛이 떠올랐다.

"저 말을 그대로 믿을 수 있을까요? 정말 돈만 주면 우릴 풀어 줄까요?"

"하긴, 그런 말을 들은 적이 있어."

시우의 말에 안 기자가 입을 열었다.

"요즘 북한 경제가 점점 힘들어지면서 보위원 중에서도 그나마 낫다고 여겨지는 국경 지역 보위원들까지도 어려워졌다는군. 그래서 요즘은 국경 지역 보위원들도 밀수하는 집들을 찾아다니며 밀수를 도와줄 일이 없는지 묻고 일감을 달라고 하는 판이라고 했어."

"그러니 국경 수비대에서도 단속하기보다는 돈을 받고 풀어 주면 후환도 없으니, 그 방법을 선호할 거라는 이야기군요."

"긍정적으로만 생각하면 그렇긴 한데 이놈들을 믿을 수가 있나."

"그런데 정말 믿어지지 않아요. 어떻게 사람을 납치할 수가 있어요. 이건 정말 소설이나 영화도 아니고 있을 수가 없는 일이예요."

재희가 울분을 토했다.

"크고 작은 납북 사고는 많이 있었어."

안 기자가 말했다.

"우리처럼 이렇게 말이에요?"

"국제적으로도 큰 센세이션을 일으킨 납북 사건도 있었지. 우리나라 최고의 여배우인 최은희 씨와 그 남편 신상옥 감독의 납치 사건."

시우가 고개를 끄덕였다.

"아, 두 분 납치 사건은 아버지에게서 들었어요. 아버지에게서 들을 때는 그런가 보다 했는데, 우리가 납북된 상황에서 그 말을 들으니 소름 돋네요."

"유명한 분들이면 주변의 이목도 있었을 텐데, 어떻게 부부가 동시에 납북당한 거예요?"

재희는 그 사건을 모르는 것 같았다. 안 기자가 천천히 신상옥, 최은희 납북 사건에 대해 요약해 주었다.

그들이 북한 공작원들에 의해 납치된 시점은 1978년. 당시 영화 '양귀비' 제작을 협의하기 위해 홍콩을 방문한 최은희 씨는 지인들과 함께 해변을 산책하던 중 괴한들에 의해 마취제를 맞고 보트에 옮겨졌다. 최은희 씨가 항해 8일 만에 도착한 곳은 북한의 남포항. 최은희 씨를 직접 마중한 사람은 김정일이었다고 한다. 그때 김정일은 38세의 나이로 '김일성주의' 세뇌를 위해 당 조직부와 선전부를 북한 권력의 핵심 부서로 규정하고 그 사업에 주력하던 때였다.

최은희 씨의 실종 소식을 접한 신상옥 감독은 바로 홍콩을 비롯해 프랑스, 일본, 동남아 등 세계 각국을 6개월 동안 돌아다니다가, 다시 홍콩으로 되돌아와 북한 공작원들에게 납치된다. 그러나 신상옥 감독과 최은희 씨가 북한에서 재회한 것은 납치된 지 5년 후인 1983년의 일이었다. 북한에 협력할 것을 요구하는 김정일의 지시를 거부했기 때문이다.

마침내 북한 영화 발전에 기여하겠다는 서약서를 받아낸 1983년 여름, 두 사람은 평양에서 재회를 하고 김정일의 신임으로 국제 무대에서 활동할 기회가 생긴다. 1986년 베를린 국제 영화제에 신 감독 부부가 북한 영화인 자격으로 참가했을 때, 오스트리아 빈 공항을 향해 달리던 택시가 미국 대사관을 지나는 순간, 그들은 택시 안에서 구르듯이 뛰쳐나와 대사관에 정치적 망명을 요청했고, 미국은 워싱턴에 망명처 제공을 약속했다. 납치된 지 8년 만의 탈출이었다.

시우와 재희는 손에 땀을 쥐고 안영민의 이야기를 들었다. 지금 자신들의 현실이 점점 더 심각하게 다가왔기 때문이다.

"이런 크고 작은 납북 사건은 지금도 일어나고 있어. 우리들 경우처럼."

"소름끼쳐요. 우리가 지금 그런 식으로 납치된 거로군요."

재희는 얼굴이 창백해지며 몸을 떨었다.

"그런데 우린 그분들처럼 유명하지도 않고 소용가치도 없을 텐데 왜 납치했을까요?"

"글쎄, 전일봉의 말대로 돈만이 목적이라면 간단한데, 워낙 믿을 수 없는 사람들이라 어찌될지는 예측할 수가 없겠네."

시우가 재희 곁에 슬며시 오더니 어깨를 가볍게 안아 주었다.

"너무 걱정 마. 잘될 거야."

시우가 어깨를 두드리며 말했다. 하지만 재희는 시우처럼 낙천적이 될 수는 없었다. 하지만 시우 특유의 느긋한 표정을 보니 마음이 훨씬 안정되었다.

식사 시간이 되어 블록으로 지어진 식당으로 인솔되어 가자 식판에 밥을 담아 주었다. 보리와 옥수수가 섞인 밥에 된장국이 전부였다. 그러나 식사 후에는 커피가 나왔다. 어쩌면 잠시 구금한 포로들에 대한 예우였을지는 모르겠으나 커피 맛은 형편없었다. 식사를 마치고 막사로 돌아오자 곧이어 일봉이 들어왔다. 일봉은 잠시 일행을 찬찬히 훑어보았다. 시우 일행이 자신에게 의구심을 갖는 것처럼 보였는지, 부드러운 미소가 사라지고 날카롭게 찢어진 그의 눈에서 교활한 빛이 스쳤다.

"근데 동무들. 정말로 동무들이 간첩이 아니라고 믿어도 될까? 동무들이 간첩이면 동무들 도와준 나도 총살형이라구."

일봉은 차가운 시선으로 일행을 돌아보았다.

"동무들 도와주려다가 내가 죽는 것보다는 동무들이 죽는 게 낫지. 안 그래?"

시우 일행은 전일봉의 갑작스런 변화에 공포심이 일어났다.

"정말로 우린 간첩이 아닙니다."

"우릴 돌려 보내주세요."

전일봉이 빈정거렸다.

"무슨 소리야? 어제만 해도 북조선에 들어오고 싶어 안달을 하더니 그새 마음이 변했나? 지상낙원인 북조선에서 평생 살아야지 가긴 어딜 가?"

"제발, 은혜는 잊지 않겠습니다. 우릴 집으로 보내주세요."

"은혜? 은혜를 어떻게 갚으려구? 지금 알몸뚱이밖에 없는 너희가 은혜를 갚을 방법이 있나?"

안 기자가 신중한 표정으로 입을 열었다.

"혹시 우리에게 남한의 사무실이나 집으로 연락할 방법을 제공해 준다면, 당신이 원하는 만큼 송금하라고 할 수 있소."

일행이 제대로 미끼를 물었다고 생각되었는지, 일봉의 표정이 눈에 띄게 부드러워졌다.

"하, 이 동무 말이 좀 통하는군. 그렇게만 한다면 나도 동무들 편에 서서 적극적으로 도와줄 수는 있겠지."

"당신은 군인이 아닌 것 같은데 우릴 어떻게 풀어 줄 수 있소?"

"맞아. 난 군인이 아니라 브로커야. 압록강 일대에선 내가 브로커들 중 우두머리라 할 수 있지. 압록강 국경 경비대하고는 상부상조하는 막강한 사이라구. 나를 만났으니 당신들 운 좋은 거야."

"일개 브로커가 군관을 좌지우지할 수 있단 말이요? 군관이 우릴 죽이겠다면 그걸 만류할 힘이 있다는 거요?"

"이거, 이거, 하나만 알고 둘은 모르는구만."

일봉은 주변을 둘러보는 척하며 목소리를 낮췄다.

"우리하고 저 군관하고는 나눠먹기 하는 공동 운명체라고. 전에는 우릴 단속하느라 서로 개하고 원숭이 같은 앙숙 원수지간이었지만, 이젠 한 배를 탄 운명이 된 거지."

"원수지간에서 어떻게 금세 동지가 될 수 있소?"

"시대가 그렇게 만들어 준 거지. 예전 같으면 어림 반 푼어치도 없는 일이라구. 어찌 보면 동무들은 운이 좋은 거야."

그가 하는 말은 이랬다. 북한 당국은 최근 휴대폰 가진 사람들이 늘어나고, 그 때문에 탈북에 관한 정보나 탈북 브로커들과의 접선이 쉬워지자, 최근 휴대폰 전화 통화를 감시하는 신형 전파 탐지기를 대량 구입했다. 이로 인해 북한 주민들의 국외 통화가 상당히 어려워졌으며, 전화 통화가 감청으로 인해 발각되는 경우 무조건 체포하여 그 자리에서 총살하라는 지시가 내려왔다는 것이다.

특히 함경북도 무산과 양강도 혜산을 비롯한 국경 지역 일대에서는 휴대전화를 소지했다는 이유만으로도 보위부에 체포된다. 도보위부로 이송 후 심한 고문을 하고 엄벌에 처하는데, 이렇게 강력한 단속을 하여 탈북자들이 줄어들자 국경 경비대들이 곤란해졌다.

"왜 곤란해져요? 탈북자가 줄어들었는데."

전일봉은 바보 같은 소리한다는 표정으로 시우를 힐끗 쳐다봤다.

"국경 경비대들은 탈북자들을 발견하면 즉시 사살하라는 명령을 받았지만, 탈북자들을 사살한다고 해서 그들에게 돌아오는 것은 아무것도 없지. 오히려 탈북자들을 체포한 뒤 그들이 가진 돈을 빼앗거나 그들의 탈북을 도운 남한에 있는 친척들에게 송금하라고 한 후, 그 돈을 탈취하고 탈북자들을 보내주는 것을 선호한다 이 말이야."

그제야 시우는 전일봉의 말을 어느 정도 믿을 수 있게 되었다. 그렇다면 집에서 송금만 해준다면 정말로 풀려날 수도 있겠구나. 강렬한 희망이 솟구쳤다. 하지만 내색은 하지 않고 마음을 숨겼다. 혹시라도 너무 반색하면 지불하기 어려울 만큼 터무니없는 금액을 요구할지도 모를 일이었다. 재희의 몸값도 함께 지불하려면 만만치 않은 금액일 텐데, 될 수 있는 대로 표정을 감추어야 한다. 시우는 그 짧은 순간에 이런 생각을 하며, 자신에게 이런 기질이 있었다는 사실에 스스로 놀랐다. 일행도 비슷한 생각이었는지 조용히 일봉의 말을 듣고만 있었다.

"아직도 내 말을 못 믿겠나?"

전일봉의 말에는 설득력이 있었다. 그의 말대로 국경에서 제일 발 넓은 브로커라는 소문도 있고, 줄도 여러 곳으로 닿아 있는 듯 했다. 이 정도 능력이라면 어쩌면 군대의 고위급과 줄이 닿아 있을 수도 있을 터이다. 안 기자는 고개를 끄덕였다.

"남한에서도 그런 소릴 들은 적 있소이다."

"그럼 서로 시간 끌 필요 없이 신뢰를 갖고 일을 시작해 보실까? 그런데 다시 말하지만 이 일은 흥정할 일이 아니야. 삐끗하면 동무들 전부 총살해 버리면 그만이니까."

그는 오른손의 검지와 중지를 곧게 펴고 총 모양을 만들어 안 기자의 이마에 방아쇠를 당기는 시늉을 했다. 재희는 그 모습을 보며 몸서리를 쳤다.

"집에는 어떻게 연락하지? 우리 소지품은 모두 압수해 갔는데."

안 기자는 신경질적으로 전일봉의 손을 옆으로 밀치며 물었다.

"물론 자기 핸드폰으로 연락을 해야지. 그래야 집에서도 믿을 것 아닌가? 까딱하면 목소리를 흉내 낸 보이스 피싱이라고 오해할 수도 있고 말이야."

협상이 끝났다는 듯이 전일봉은 자리를 털고 일어섰다.

"잠시 기다려. 내가 군관 동무하고 이야기해 볼 테니. 그렇지만 군관 동무가 자칫 기분이라도 상해서 동무들 전부 즉결 총살시킨다고 해도 난 어쩔 수가 없어."

"잘 부탁합니다."

안영민은 공손하게 고개를 숙였다. 일봉은 히쭉 웃으며 밖으로 나갔다. 제법 시간이 흐른 후 일봉은 뭔가 들어 있는 보자기를 들고 들어왔다.

"이야기가 잘됐어. 군관 동무가 화끈한 데가 있어서 말이야."

일봉은 짜고 치는 것이 뻔히 보이는데도 잘도 그런 소릴 하고 있었다. 하긴 그것이 브로커로서의 자질일지도 모르지. 일봉이 펼친 보자기 안에는 일행의 소지품과 휴대폰이 들어 있었다. 일봉은 그 중의 하나를 들고 물었다.

"이건 어느 동무 건가?"

"내 겁니다."

안영민이 손을 내밀었다. 일봉은 휴대폰을 흔들면서 다짐했다.

"쓸데없는 소리는 지껄이지 말라우. 그랬다간 당장 군관 동무가 그대로 직결 총살시켜 버릴 테니까. 어쩌다 실수로 북한에 들어왔는데, 돈을 보내면 돌아갈 수 있다. 이 계좌로 송금을 해라. 딱 이 말만 하라우."

일봉은 계좌번호가 적힌 쪽지를 건네줬다.

"알겠소. 그런데 돈은 얼마를 보내라고 하면 되는 거요?"

"2천만 원."

"한국까지?"

"여기서 강 건너 주는 것만."

"강 하나 건너는 데 2천만 원이면 너무 비싼 거 아니요? 우리를 안전한 곳까지 데려다 주면 몰라도."

일봉의 눈꼬리가 살짝 올라갔다. 부드러워 보이던 그의 표정이 날카로워졌다.

"2천만 원이 뱃놀이하는 값인 줄 아나? 그건 동무 목숨 값이라구. 나라와 나라를 건너는 불법 월경이잖아."

"…"

안영민이 입을 꾹 다물자 일봉이 다시 표정을 풀고 웃었다.

"내 커미션도 있고 말이야. 군관 동무가 갑자기 변심해서 나 쏴 죽여 버리면 나도 끝장이라구. 개털이야. 나도 목숨 걸고 하는 일이니 챙길 건 좀 챙겨야 하지 않나 말이야. 날래 전화하라우."

일봉은 스피커폰으로 이야기하라며 전화기를 안 기자에게 넘겼다. 안 기자는 국장의 전화번호를 눌렀다.

"국장님, 영민입니다."

"어, 안 기자, 안 그래도 걱정했어. 연락도 없고 어떻게 된 거야?"

국장의 놀란 목소리가 스피커폰에서 터져 나오자 안 기자의 목소리가 잠겼다.

"국장님. 저 풀리처 상 타게 됐습니다."

"뭐라구?"

전화기에서 잠시 침묵이 흘렀다. 무거워진 국장의 목소리가 들려왔다.

"설마 납북된 건가?"

일봉이 전화기를 가로챘다.

"목소리를 들었으니 알겠지? 내가 불러주는 계좌로 2천만 원을 송금하면, 입금 확인되는 대로 이 사람을 풀어 주겠다. 받아 적어."

일봉은 또박또박 계좌번호를 불러주고는 상대방에게 확인하라며 불러 보게 한 후 차가운 목소리로 덧붙였다.

"당장이라도 입금하면 즉시 풀어 줄 수 있다. 기다리게 하면 협상은 끝이야. 이 사람들 어떻게 되는지 알지?"

그 목소리엔 날카로운 살기가 뿜어져 나와 듣는 사람들은 진저리를 쳤다. 새삼 목숨이 경각에 달렸다는 걸 실감했다.

반후명도 친구로부터 송금 약속을 받았다. 일봉은 시우에게 전화기를 건네주었다. 무심코 전화기를 건네받던 시우는 전일봉의 왼쪽 팔목에 새겨진 파란 잉크 색 거미 문신을 발견했다. 순간 시우는 온몸의 피가 머리로 솟구치며 몸이 경직되었다. 머릿속으로는 필사적으로 태연해야 한다고 외쳤으나 굳은 몸은 풀리지 않았다. 전화기를 잡고 손을 떨고 있는 시우에게 재희가 다가왔다.

"가족들 걱정할까 봐 그래? 내가 전화 걸까?"

"아, 아니야. 내가 할게."

시우의 긴장된 행동을 보면서도 일봉은 별다른 의심을 하지 않았다. 납치된 상태에서 집으로 전화를 거는 어린 대학생이 긴장하는 건 당연하다고 여기는 것 같았다. 집으로부터 꾸지람 들을 생각에 걱정되기도 하겠지.

시우는 이를 악물고 마음을 다잡았다. 전혀 의도한 것은 아닌데, 뜻밖에도 할아버지를 습격한 범인을 찾아내게 되었다. 잘만 하면 할아버지의 걱정과 의문을 모두 해소할 수 있는 기회가 된다. 하지만 지금은 이놈에게 생명을 담보 잡히고 있다. 내가 수상한 행동을 하면 이 녀석은 나뿐만 아니라 재희도 죽일 수 있을 것이다. 그렇게 생각이 미치자 마음이 싸늘하게 가라앉았다. 우선은 이놈에게 최대한 협조해야 한다.

할아버지에게 전화를 걸려던 시우는 잠시 생각하다가 아버지의 전화번호를 눌렀다. 할아버지에게 전화를 걸었다가는 자칫 우리가 북한에 오게 된 이유를 스피커폰으로 언급하게 되면 끝장이다. 시우는 천천히 아버지의 휴대폰 번호를 눌렀다. 전화를 받은 아버지는 의외로 차분한 음성이었다.

"알았다. 걱정 마라 즉시 보내마."

다른 질문도 한 마디 하지 않고 즉시 대답한 아버지는 시우가 더 말을 잇기도 전에 재희 이야기를 꺼냈다.

"재희도 함께 있니?"

"예."

"재희 몫도 함께 보낼 테니 재희도 걱정하지 말라고 해라."

아버지 말에 시우는 목이 꽉 메었다. 뭐라고 작별인사를 하려는데, 일봉이 전화기를 빼앗아 계좌번호를 불렀다. 일행이 차례로 전화하는 모습을 조철구는 묵묵히 지켜보고 있었다. 돈을 보내 달라고 할 곳도 없고, 어차피 자신은 북조선으로 망명하려던 몸이었다.

"자네 전화기는 어떤 거지?"

"내가 협조하면 북조선에 귀화하게 도와준다고 하지 않았소?"

"아, 그랬었나?"

전일봉은 금시초문이라는 표정으로 딴전을 피웠다. 그런 전일봉의 표정을 보고 조철구는 한 토막 한 토막 말을 끊듯이 나직이 내뱉었다.

"내가 야쿠자라는 걸 잊지 마. 나는 군관 동무에게 직접 말할 테니 개인 면담을 시켜 주시오."

조철구의 단호한 반응을 본 일봉의 얼굴에 엷은 미소가 떠올랐다. 두 마리의 야수가 서로 마주 보았다. 표정은 냉엄했으나 전일봉의 입으로는 부드러운 말이 나왔다.

"개인 면담? 오호라, 동무는 일본인이었지."

"말했다시피 조총련이었소."

"그렇다면 위대한 조국의 품으로 잘 돌아온 거구만."

"그러길 바라고 있소."

"알겠어. 군관 동무랑 잘 이야기해 보지."

일봉은 조철구에게 가벼운 미소를 짓고는 전화기 보따리를 챙겨 들고 밖으로 나갔다. 나가면서 잠그는 둔탁한 자물쇠 소리가 크게 울렸다. 그 자물쇠 소리는 새삼 그들이 납치당해 있다는 사실을 절실하게 일깨워 주었다.

시우는 벽에 등을 기댄 채 쪼그리고 앉았다. 할아버지를 죽이려던 거미 문신을 찾았다. 지금부터 어떻게 해야 하는 걸까. 나는 지금 내 몸조차 마음대로 움직이지 못하는 상황인데. 머리를 감싼 채 벽에 기대 있는 시우 곁으로 재희가 다가와앉았다.

"무슨 걱정 있어? 이제 돈만 오면 풀려날 거잖아. 돈 걱정 때문에 그래? 돌아가게 되면 내가 어떻게 해서든 갚을게."

돈이라니. 그건 당연히 우리집에서 내야지. 우리 집안일 때문에 네가 이런 고생을 하는 건데. 시우는 재희의 얼굴을 어루만졌다.

"아냐, 돈은 걱정 안 해."

"그럼 왜?"

시우는 가만히 주변을 살폈다. 모두 자기 앞일을 걱정하느라 생각에 잠겨 있었다. 시우는 목소리를 잔뜩 낮춰 재희에게 말했다.

"그 거미문신을 찾았어."

"뭐?"

재희의 목소리가 높아졌다.

"쉿, 조용히 해. 앞으로 어떻게 될지 모르니까 우리만 알고 있어야 해. 다른 사람이 알게 되면 상황이 어떻게 변할지 모른다구."

재희는 말없이 고개를 끄덕였다.

"전일봉이 바로 그 거미 문신이야. 할아버지를 공격했던 놈."

재희의 눈이 튀어나올 만큼 휘둥그레졌다. 시우는 재희의 손을 꼭 잡고 더욱 목소리를 낮췄다.

"이건 꼭 마음속에만 담아 둬야 해. 그리고 행여 저놈이 친절하게 대하더라도 절대 속으면 안 돼. 알았지?"

재희는 다시 한 번 고개를 크게 끄덕였다.

통화를 마친 일행은 며칠이 지나도록 그 방에 계속 구금되어 있었다. 특별히 괴롭히거나 고생스러운 일은 없었으나 불안한 마음은 여전했다. 온갖 생각이 머릿속을 질주했고, 두려운 느낌 중에서도 시우는 혹시 할아버지의 친구 분 소식을 알아볼 수 없을까 궁리했다.

"벌써 송금은 했을 것 같은데 왜 소식이 없을까요. 설마 돈만 받고 우릴 안 보내지는 않겠지요?"

재희가 안영민에게 물었다.

"아마 시간이 좀 걸릴지도 몰라. 북한 은행으로 직접 입금 받을 수는 없을 테니까, 중국 은행을 거쳐 다시 자신들이 직접 빼오든가 하수인을 사용해야 할 테니까."

"그런데 도대체 왜 우릴 납치한 걸까요? 정말 돈 때문이었을까요?"

"어쩌면 나 때문이었는지도 몰라."

시우의 한탄하는 말을 듣고 안 기자는 망설이다가 입을 뗐다.

"실은 내가 며칠 전 칠보산 호텔 근처에서 탐문 취재를 좀 했거든."

"그게 왜 납치당할 일인가요?"

"그 칠보산 호텔이 북한 공작원들의 본부였어. 지금은 아니라고 하지만."

일행의 얼굴에 긴장하는 빛이 떠올랐다.

"그럼 영민 형이 국정원 정보원이세요?"

반후명의 질문에 안 기자는 쓴웃음을 지었다.

"나는 기자일 뿐이야."

안 기자는 자신을 국정원 직원이라고 생각하는 게 부담스러웠던지 취재 나온 이유를 설명해 주었다.

"너희도 탈북한 여자 중에 임소연이라는 사람 알지? 방송에도 나오고 하던."

"예 알아요. 그 예능프로도 가끔 봤어요. 그 여자 다시 북한으로 들어갔다면서요."

"그래. 그걸 취재하기 위해서 왔어. 탈북자 중에서 방송인으로 활약하던 임소연이 재입북했다는 건 믿기 어려웠지. 북한방송에 나와서 스스로 재입북했다는 방송을 할 때, 얼굴의 부운 모습이라든지 부자연스러운 행동을 보면 믿을 수가 없었어. 그래서 취재를 오게 된 거지."

"임소연이 자진 월북한 것이 아니었어요? 간첩이었다는 설도 있던데."

시우가 물어보자 안영민은 고개를 저었다.

"나도 확실한 사실을 알고 싶어서 취재를 나온 건데, 난 임소연이 운이 나빴다고 생각해."

안 기자는 자신이 취재했던 이야기를 들려주었다.

임소연은 중국 입국 이후 3일 만에 랴오닝 성 선양에 위치한 칠보산 호텔에 들어갔다. 불행히도 이 호텔은 반탐국 소속 요원을 포함해 중국 동북 3성에서 활동하는 북한 해외 공작원들의 비밀 아지트였다. 임소연은 호랑이굴에 제 발로 들어간 셈.

"처음부터 선전효과를 노리고 납치한 것 같아. 자진 월북한 경우라면 간첩으로 만들어 다시 한국으로 보내기도 하는데, 그럴 땐 방송에 얼굴을 드러내지 않는 법이거든. 더구나 동영상을 자세히 살펴보면, 임소연의 눈언저리나 얼굴에 심하게 맞은 것 같은 고문 자국도 보였고."

"그럼 우리도 그렇게 되는 걸까요? 무섭다."

"아니, 임소연은 원래 북한 사람이었기에 우리하고는 경우가 다르긴 하지. 우리는 돈만 주면 별일 없이 풀려날 것 같기도 한데."

"어쨌거나 임소연이 이중간첩이 아니었던 건 확실하네요."

"하지만 그런 가능성도 아예 무시할 수는 없어. 공작원의 세계는 실로 교묘하거든."

"이중간첩의 가능성도 있다는 말인가요?"

"우리나라에도 그런 이중간첩 사건들이 있었나요?"

"있었지. 그 중에서도 이선실 사건은 남북 첩보사에서도 가장 완벽하고 드라마틱한 사건이었지."

안영민이 이야기하는 이중간첩 이선실의 이야기는 흥미진진했다. 이야기를 듣는 장소가 북한이었기에 더욱 몰입되었을 것이다.

할머니 남파간첩 이선실. 반세기에 걸친 남북 첩보사에서도 그는 가장 완벽했고, 또 드라마틱한 인물로 기억되고 있다. 그는 약 30년간 한국과 일본을 오가며 공작 활동을 전개했다. 실수는 단 한 번도 없었다. 1917년 제주 서귀포에서 태어난 이선실의 본명은 이화선. 그도 처음엔 가난한 여염집 소녀와 다를 바 없었다. 이선실이 월북하게 된 결정적 계기는 그의 이복동생 이창하의 죽음 때문이다. 이창하는 1948년 제주에서 발발한 4·3 사건으로 억울한 죽음을 당한다.

사건 직후 정부에 환멸을 느낀 이선실은 남로당에 가입했고, 부산 등지에서 여맹(북한 최대의 여성 조직) 활동을 이어 갔다. 그리고 상황이 여의치 않자, 한국전쟁 발발 직전 자신의 남편과 양녀를 남겨두고 월북했다. 이선실은 북한에서 사망 후 '애국열사릉'에 안치됐다.

"나도 조금은 들어 알고 있었지만, 대단한 분이로군요."

반후명이 고개를 끄덕였다.

"그런데 70대 노파가 어떻게 간첩 노릇을 계속할 수 있었을까요?"

재회가 눈을 반짝이며 물었다. 시우는 그 표정에 쓴웃음이 났다. 재희는 이중간첩이라도 되고 싶은 걸까?

"나도 〈일요신문〉에서 읽은 내용인데, 그녀의 무기는 다른 스파이나 간첩과는 달리 다정한 할머니 역할의 연기력이었다고 하더군. 그뿐 아니라 남한에서 공작 활동을 한 기간에도 90세가 넘은 어머니와 단 한 번도 만나지 않을 정도로 본업에 있어선 냉정하고 철저했다고 해."

이중간첩 이선실의 이야기를 들은 재희는 혼자 깊은 생각에 빠졌다. 시우가 걱정되어 재희 곁에 다가가 앉았다.

"우리가 만약 못 가게 되면 여기서 이중간첩 노릇을 하게 되는 건 아닐까?"

하하, 시우는 웃었다.

"너무 앞질러 가지 마. 그렇게 될 이유가 있겠어? 잘될 거야."

재희의 어깨를 토닥여 주는 시우를 보던 반후명이 근심스런 표정으로 말했다.

"조철구 저 친구가 의외의 변수가 될지도 몰라."

"변수라니요."

"저 친구 때문에 우리가 풀려 나갈 가능성이 훨씬 낮아질 수도 있겠다구."

반후명의 미간에 근심이 서렸다.

"만약 우리가 돈 주고 다 풀려난 다음에 저 친구만 달랑 입북하게 되면, 보위부 조사 과정에서 우리와 함께 넘어왔다는 게 들통날 텐데, 그렇게 되면 돈 받고 우리를 풀어 준 경비대 군관은 제대로 살아남을 수가 없지."

"그러면?"

"저 친구가 끝까지 안 나가고 입북하겠다고 하면 우리도 어쩔 수 없이 무더기로 붙잡혀 있게 될지도 모른다구."

"북한에 잡혀 있게 된다구요?"

"말이 나왔으니 하는 얘긴데…"

안영민이 침울하게 입을 열었다.

"1978년 루마니아의 여류 화가가 납북 당했는데, 북한에 살던 미군인 드레스 눅과 강제 결혼해서 살다가 1997년 폐암으로 사망했어. 훗날 일본으로 탈북한 다른 탈북 군인 젱킨스와 친하게 지내며 '내가 죽으면 화장해서 꼭 바다에 뿌려 주세요. 그렇게라도 내 조국에 돌아가고 싶어요. 이 저주받은 북한 땅에서는 죽어서라도 머물고 싶지 않아요.'라고 유언을 했어. 젱킨스는 그녀의 소원을 들어 주려 했으나, 그나마 골분을 북한 당국에 빼앗긴 사건이 있었지."

모두 입을 꾹 다물었다.

"그러면 우리가 돈을 다 송금했는데도 이곳에 잡혀서 평생 살 가능성도 있다는 말인가요?"

시우가 떨리는 목소리로 물었다.

"그러지 않기를 바라지만."

안영민은 어차피 다가올 현실에 맞서서 사실을 알고 있는 것이 나으리라 여겨 이야기했다고 변명하듯 말했다. 한 치 앞도 보이지 않는 암울한 이야기였다. 안 기자의 이런 이야기를 들으면서도 일행은 아직 현실을 실감하기 어려웠다. 그건 남의 일이었고, 우리는 어떻게 해서든 집으로 돌아가는 길이 있으리라 믿었다. 그렇게 믿고 싶었다. 안영민은 조금 떨어져 앉아 묵묵히 고개를 숙이고 있는 조철구를 향해 물었다.

"포장마차 주인이 우리를 며칠 전부터 살핀 것 같다고 했지요? 그러면 칠보산 호텔에서부터 우리를 살핀 건 아닐까요?"

"그건 잘 모르겠소."

조철구는 자신의 행동으로 인해 일행이 갇히게 되었다는 걸 알게 된 후로는 입을 꾹 다물고 시선을 마주치지도 않았다. 조철구는 진심으로 일행이 금세 풀려날 거라고 믿은 것 같았다. 조철구는 벽에 기대앉은 채 생각에 잠겼다. 조총련계 조선학교 시절부터 귀가 닳게 들어오던 우리의 어버이 조국. 그 어버이 품 북조선까지 천신만고 끝에 찾아왔는데,

북조선이 자신을 받아 주지 않는다면 나는 어떻게 해야 하는 걸까? 철구의 어깨 깊이 파인 칼자국이 욱신 짧은 경련을 일으켰다.

어찌된 일인지, 어린 조철구에게는 엄마가 없었다. 엄마에 대한 추억조차 한 조각 없었다. 어린 철구는 아버지 혼자 자기를 주물럭거려 만들어 냈다고 생각했다. 세상에 하나밖에 없는 피붙이인 아버지는 술주정뱅이에 노름꾼이었지만 어린 철구는 지극정성으로 모셨다. 때로는 밥을 얻어다 끼니를 해결해 주기도 하고, 술을 원할 때는 구멍가게에서 훔쳐다 주기도 했다. 조금 더 자라 몸집이 커지자 또래 아이들을 골목길로 유인해 두들겨 패고는 돈을 빼앗아 애비의 노름 돈을 대주었다. 돈을 대주면 술에 찌들어 몇 개 남지 않은 누런 이빨을 드러내며 파안대소하는 애비의 얼굴을 보는 것만으로도 철구는 흐뭇했다. 물건을 훔친다거나 돈을 빼앗는 행위가 나쁜 짓이라는 생각 따위는 애초부터 없었다.

철구가 16살이 되자 애비는 야쿠자 야마구치조의 하부조직에 철구를 팔아먹었다. 어린 철구는 직접 폭력 행위에 가담하기엔 어렸던 탓에 파친코 가게에서 일하게 되었다. 손님들의 팁도 받고 조금씩이나마 돈을 만지게 되자 철구는 애비와 함께 살려는 목적으로 한 푼도 쓰지 않고 저축했다. 철구를 야쿠자 조직에 팔아넘긴 애비는 그 후에도 파친코 장에 찾아와 철구의 주머니를 탈탈 털어 돈을 뜯어갔다.

하루는 줄 돈이 없어 돈을 주지 못하자 철구의 자취방 문을 뜯고 들어가 통장을 훔쳐 도망갔다. 밤샘 근무를 하고 자취방으로 돌아간 철구는 통장이 사라진 것을 발견하고 직감적으로 애비 짓이라는 걸 알고 도박장으로 찾아갔다. 애비는 돈을 몽땅 걸었다가 모두 잃자 시비를 벌여 처참한 시체가 되어 쓰러져 있었다. 파친코 장으로 돌아와 선배 야쿠자의 칼을 몰래 훔쳐 들고 나온 철구는 애비를 죽인 녀석을 살해한 후 경찰서에 자수했다. 부친의 복수를 위한 살인이라는 사회적인 동정 여론도 있었고 미성년자였기에 5년 형을 받고 중간에 가석방되어 풀려 나왔다.

20세가 된 철구는 청년이 되며 조직의 행동 대원이 되었다. 단 하나의 혈육인 아버지를 잃은 철구는 잃을 것이 없어 세상에 두려운 것이 없었다. 오야붕으로부터 꼬붕의 잔을 받아 애비와 자식의 인연을 새로 잇게 된 철구는 새로운 아버지인 오야붕을 목숨처럼 옹위했다. 오야붕의 명령이라면 목숨을 아끼지 않고 상대방 야쿠자의 근거지를 습격해 일거에 몰살시키고 냉혹하게 해치웠다. 같은 야쿠자는 물론 자위대 탱크 앞에 서도 눈 하나 까딱 않고 담배를 피워 무는 조철구에게 '얼음의 늑대'라는 별명이 따라 붙으며 명성을 떨치자 오야붕은 자신보다 막강해지는 철구와 수하들을 경계했다.

오야붕의 갑작스런 호출에 홀몸으로 달려간 철구는 오야붕의 직속 수하들에게 기습 당해 온몸에 칼침을 맞았으나 그들의 칼을 빼앗아 오야붕의 목을 쳤다. 그러나 차마 그의 목숨을 끊지는 못했다. 온몸이 피투성이가 되어서도 칼을 맞대고 덤비는 철구의 기세에 눌려 오야붕의 수하들은 뿔뿔이 도망가고, 오야붕의 보복으로 자신의 수하들에게 피해가 갈까 봐 철구는 홀로 그날 밤 늦게 중국행 비행기를 탔다. 그리고 들어선 조선땅. 어버이 조국 북조선의 품은 언제나 우리를 따스하게 반겨 줄 것이다. 그가 어린 시절부터 들어 온 어버이의 품 북조선에 대한 이야기였다.

조철구는 텅 빈 시선으로 천정을 올려다보았다. 과연 북조선은 나를 반겨 줄 것인가? 지금까지 두 번의 아버지로부터 버림을 받았다. 세 번째 마지막 어버이인 북조선은 나를 어떻게 대할 것인가. 아니 세 번째 아버지가 아니라 마지막 아버지로구나.

조철구는 입술을 지그시 깨물었다. 내 입북을 허락해 줄 것인가? 아니, 그렇게 나약한 마음으로는 안 된다. 꼭 입북해야만 한다. 처음엔 나를 믿지 않겠지만 오야붕에게 했던 만큼의 충성을 한다면 이곳에서도 내 충심을 받아 줄 것이다. 조총련계 초급학교를 다닐 때부터 들어 온 어버이 조국의 품에 안겨야 한다던 조총련 간부의 목소리도 기억났다. 북조선은 우리의 어버이, 부모님 같은 존재일 테지. 그렇게 믿고 싶다. 지금까지의 진행 상황과 시우 일행들 이야기를 들어 보니 조총련에서 교육받을 때처럼 북조선이 인민을 품어 주는 따스한 부모의 품이 아닌 것 같긴 하지만, 아무리 북조선이 지옥이라 해도 야쿠자 세계보다야 못하겠는가.

며칠이 지나도 일봉으로부터 아무런 소식이 없었다. 그동안의 구금은 자유롭지는 못했지만, 크게 억압하는 것 같지는 않았다. 오히려 일행을 따로 떼어 두지 않아 대화도 자유롭게 나눌 수 있었다. 아마도 돈이 올 것이 분명하니까 억압할 필요도 간섭할 이유도 없기 때문이 아닐까 막연히 짐작만 할 뿐이었다.

일주일이 지났을 때 의외의 사건이 터졌다. 일행이 구금되어 있는 방을 박차고 낯선 군인들이 밀어닥친 것. 소대장급으로 보이는 군인 뒤에 국경 경비대 대장이 포승에 묶인 채 끌려 들어왔다. 보위부 긴급 감찰에 적발된 것이다.

"이 사람들은 뭔가?"

어깨를 가로 걸쳐 작은 갈색 가방을 메고 허리에는 권총을 찬 소위 계급의 군인이 물었다. 불쑥 솟아 오른 광대뼈 위에서 길게 찢어진 눈이 생쥐처럼 반짝였다.

"예, 조선민주주의인민공화국에 투항한 남조선 사람들입니다."

국경 경비대 대장이 떨리는 목소리로 대답했다.

"투항? 밀파된 간첩들이 아니고?"

"아. 아닙니다. 간첩이라면 제가 즉석에서 총살시켜 버렸지요."

"그렇다면 왜 이리 붙잡고 있는 건가? 송금하라고 시켰나?"

"아. 아닙니다, 소위님."

"불법 송금은 국가 반역죄라는 건 잘 알고 있지?"

"잘 알고 있습니다. 절대 그렇지 않습니다. 저놈들을 지금 당장이라도 총살시키겠습니다."

"이 새끼, 어디서 거짓말을 하는 거야. 제 정신이 아니로구만."

소위는 무릎 앞에 꿇어앉아 애원하는 경비대장의 얼굴을 걷어찼다. 소위가 폭행하자 함께 온 군인들이 무차별로 경비대장을 폭행하기 시작했다. 경비대장은 순식간에 피투성이가 되었다. 처음엔 쇼를 하는 것이 아닐까 생각하던 일행은 차원이 다른 폭행에 기가 질렸다. 그야말로 이곳이 북한이로구나 하는 실감이 찬물을 뒤집어쓰듯 덮쳐 왔다.

"어서 불어. 어디로 입금하라고 했나? 통장은 어디 있어?"

"그렇지 않습니다. 통장 같은 건 없습니다."

경비대장의 얼굴은 공포에 질려 하얗다 못해 푸른색이 돌았다. 경비대장은 통장의 존재를 알려 주기 싫어서가 아니라, 통장이 있다고 말하면 죄를 인정하게 되는 것이라 공포에 질린 상태에서도 결백을 유지하기 위해 버티는 것으로 보였다.

"이 새끼 봐라! 아주 악질 반동이로구만. 이미 첩보를 다 입수하고 온 거야."

소위는 허리춤의 권총을 뽑더니 1초도 망설이지 않고 바닥에 쓰러져 있는 경비대장을 향해 발사했다. 총알은 경비대장의 얼굴 바로 옆 흙바닥에 틀어박히며 경비대장의 얼굴로 흙먼지를 튀겼다.

정말로 쏘는 건 아니로구나, 하는 생각이 일행의 머리에 떠오르는 순간, 또 한 발의 총성과 함께 경비대장의 처참한 비명이 터져 나왔다. 연이어 발사한 소위의 권총이 경비대장의 허벅다리를 관통했다. 그러나 소위는 표정 하나 변하지 않고 경비대장의 이마에 서서히 총을 겨눴다.

"총알이 점점 네 머리통으로 가까이 가고 있네. 세 번째 총알은 어디로 갈 것 같나?"

"사. 살려 주십시오."

"통장은?"

"내 책상. 서랍에."

"열쇠는?"

경비대장은 다리에서 흘러나오는 피를 막으려고 움켜쥐었던 손으로 주머니 속의 열쇠를 꺼내 건네주었다. 열쇠를 쥔 손끝이 난파선의 돛대처럼 떨고 있었다.

"이 반동 새끼! 역시나 공화국에 반역죄를 지었군."

소위는 경비대장의 이마에 다시 권총을 겨눴다.

"또 뭐 감추는 것 있나?"

"어. 없습니다. 제발 살려 주십시오."

소위가 눈짓하자 옆의 군인이 열쇠를 낚아채 들고 나갔다. 경비대장의 책상을 확인하러 가는 것일 터였다.

"살고 싶나? 이런 뻔뻔한 반역죄를 저지르고도?"

"예, 예. 다시는 이런 짓을 하지 않겠습니다. 살려만 주십시오."

"다른 죄가 없는지 더 조사해 보고 결정하도록 하지. 끌고 가!"

소위는 권총을 옆구리에 차며 옆의 부하들에게 명령했다. 부하들이 세 명 달려들어 경비대장을 거칠게 끌고 나갔다. 질질 끌려 나가며 다리의 총상을 건드렸는지 경비대장의 처참한 비명이 또 한 번 울려 퍼졌다. 실내는 죽음 같은 정적이 흘렀다. 소위는 서서히 몸을 돌려 일행을 차갑게 내려다보았다.

"이것들 아무래도 냄새가 나는 걸. 이렇게 무더기로 공화국에 월경을 하다니."

소위는 안 기자 앞에서 허리를 굽혀 안 기자의 눈을 노려보았다.

"두세 놈이 잡히더라도 한 놈만 빠져나가면 공화국에 잠입 성공이라는 거겠지."

말이 끝남과 동시에 소위는 안 기자의 얼굴을 걷어찼다. 안 기자는 피를 뿜으며 뒤로 넘어갔다.

"우리는 간첩이 아닙니다. 정말입니다."

다급한 목소리로 시우가 외쳤다.

"뭐야? 이 간나 새끼."

소위는 뚜벅뚜벅 걸어와 시우의 얼굴을 걷어찼다. 으적, 시우의 입술이 찢어져 터지며 피가 튀었다. 재희의 비명소리가 들렸다. 소위 옆에 서 있던 병사가 재희에게 다가가 재희의 머리채를 휘어잡고 배를 걷어찼다. 재희는 비명도 못 지르고 옆으로 쓰러졌다. 소위는 쓰러진 시우의 목덜미를 다시 걷어찼다. 뒤로 구르는 시우의 얼굴을 재차 걷어차고, 두 손으로 얼굴을 막는 시우의 배를 걷어찼다. 말 한 마디 없이 짐승을 도축하듯 묵묵히 행해지는 폭력은 상상을 뛰어넘는 잔혹한 행위였다. 소위는 고통에 경련하는 시우의 쓰러진 몸을 비웃듯이 내려다보며 부하에게 지시했다.

"이놈들 당장 포박해서 압송하라우. 이렇게 먹을 것 다 먹이면서 귀족 대접해서야 이놈들이 자백을 하겠나? 내가 직접 이놈들로부터 간첩이라는 자백을 받아야겠어."

시우는 정신을 잃으며 이제 지옥의 시작이구나 하는 생각이 머리를 스쳤다.

경비대장의 사무실 책상 의자에는 서른 살 정도로 보이는 단단한 체격의 보위부 감찰 대위가 앉아 있었다. 경비대장으로부터 압수한 피 묻은 열쇠를 들고 사무실로 들어온 병사가 벽에 걸린 낡은 수건을 걷어 열쇠의 피를 닦아 대위에게 건넸다. 대위는 말없이 열쇠를 받아 책상 서랍을 열었다. 시우 일행의 숫자보다 훨씬 많은 통장 수십 개가 서랍에 들어 있었다. 시우 일행이 오기 전부터 국경 경비대장은 납북자로부터 송금한 돈을 받아내는 부정을 상습적으로 저지른 것으로 보였다. 제일 위에 놓인 통장을 들추자 시우 일행에게 남한에서 보내온 돈이 입금되어 있었다. 통장 옆에 놓인 시우 일행의 신분증을 집어서 송금해온 숫자와 대조해 보던 대위의 얼굴에 엷은 미소가 떠올랐다.

"흠, 남녀 대학생에 기자까지. 재미있군!"

신분증 옆에 놓여 있던 일행의 핸드폰을 하나씩 들어 이것저것 눌러보며 살피던 대위의 얼굴에는 뭔가 좋은 생각이 떠올랐다는 표정이 조용히 번져 나왔다. 대위는 방금 문을 열고 들어온 소위에게 서랍 안의 핸드폰과 통장, 시우 일행의 소지품을 집어 건네주었다. 소위는 절도 있고 공손한 태도로 통장을 받아 어깨에 메고 있던 작은 가죽가방에 넣고 나머지 짐은 부하에게 보관하도록 지시했다. 대위는 시우 일행의 신분증을 자신의 주머니에 넣으며 소위를 보면서 보일듯 말듯 차가운 미소를 지었다.

"이건 좀 특별대우를 해줘야겠는 걸."

소위는 대위를 향해 마주 미소 지었다. 먹이를 발견한 사냥개같이 섬뜩한 미소였다.

그동안 시우 일행이 갇혀 있는 곳에서는 가차 없는 폭행이 가해지고 있었다. 군인의 손에 들린 몽둥이가 사정없이 안 기자의 몸을 내리쳤다. 안 기자의 입에서 고통을 참다 터져 나오는 짐승의 울부짖음 같은 비참한 비명소리가 터져 나왔다. 조철구의 얼굴에도 군인의 군화발이 날아왔다. 입술이 터지며 피가 튀었다. 뒤로 쓰러지는 조철구의 몸이 벽에 부딪히자 연이어 군화발이 배를 걷어찼다. 참혹한 비명소리와 흩날리는 피범벅 속에서 재희는 이미 초죽음이 되어 실신 직전이었고, 반후명은 이미 기절해서 바닥에 쓰러져 있었다.

이런 장면들이 영화의 스틸 컷처럼 눈앞에서 번쩍이며 시우의 눈을 송곳처럼 찔러 들어왔다. 이젠 날아드는 몽둥이와 발길질에도 고통이 느껴지지 않았다. 다만 이렇게 죽어 버리는 건가 싶은 암흑 같은 절망이 시우를 짓눌렀다. 내가 대체 왜 이런 곳에 있지? 어느 날 눈을 떠보니 모든 것이 달라져 있었다. 꿈에서나 일어날 법한 일이 바로 나에게 일어나고 있었다. 중간 중간에 보이는 재희는 기절한 것 같았다. 차라리 다행이다 싶었다. 이 지옥 같은 순간을 피하는 방법은 기절밖에 없다. 나도 얼른 기절하고 싶다. 하지만 이 짐승을 때리는 듯한 무차별 폭력은 기절한다 하더라도 멈출 것 같지 않았다. 멀어져 가는 의식 속에서 반복적으로 들려오는 소리.

간첩이라고 자백하면 멈추겠다. 어서 불어.

우린 간첩 아닙니다.

이 새끼들 지독하네. 죽을 때까지 버텨 봐라.

정말 우린 간첩이 아닙니다. 살려 주세요.

억울하냐?

아. 아닙니다.

안 억울하면 간첩이란 말이지?

하지만 우린 간첩은 아닙니다.

이때 멀리서 다른 군인의 목소리가 들려왔다

"대위님께서 이놈들은 악질분자 같다고 교육대로 이송하랍니다."

소위가 히죽 웃는 모습이 뿌연 시야 속에서 안개가 되어 흐트러졌다.

"아무래도 네놈들은 고이 풀려나기 틀린 것 같다."

\* \* \*

온몸이 분해되어 버릴 것 같은 고통에 눈을 뜨니 재희가 걱정스러운 표정으로 내려다보고 있었다.

"많이 아프지?"

오래 전부터 지켜보고 있었는지 재희의 눈에 고였던 눈물이 시우의 얼굴로 똑 떨어졌다.

"괜찮아."

몸을 일으키려다가 신음이 터져 나왔다. 이렇게 온몸이 안 아픈 곳 없이 아플 수가 있을까. 재희가 부축하여 시우가 벽에 등을 기대고 앉자, 다른 사람들의 모습도 눈에 들어왔다. 안 기자도 반후명도 기가 다 빠져 나간 모습으로 벽에 기대어 멍하니 천정을 보고 있었다. 조철구는 두 무릎을 세우고 무릎에 팔깍지를 한 채 고개를 푹 숙여 바닥을 보고 있었다. 무엇엔가 패배한 느낌의 얼굴을 보이고 싶지 않은 듯이 보였다.

말없이 시선을 돌려 눈빛만으로 서로의 안부를 걱정하고 있는데, 문이 소리 없이 열렸다. 전일봉이었다. 시우는 일봉의 모습을 보는 것만으로도 소름이 끼쳤다. 일봉은 잠시 피투성이의 일행을 내려다보더니, 말없이 주머니에서 담배를 꺼내 하나씩 돌리고 라이터로 불을 붙여 주었다. 일행은 거절할 기력도 없어 말없이 담배를 피워 물었다. 침묵 사이로 담배연기가 일행의 마음속처럼 서로 흔들리며 혼란스럽고 불안하게 허공을 맴돌았다.

"우리는 어떻게 되는 거지요?"

일행의 입에 담배를 물려주고 자신도 한 대 피워 물고 있는 일봉에게 안 기자가 힘없이 물었다. 일봉은 담배연기를 길게 허공으로 뿜으며 조철구를 보았다.

"저놈처럼 너희가 북조선에 망명한 것이면 받아들일 것이고, 간첩으로 북파된 것이라고 파악되면 사형이야."

"그럼 우린 사형이네요."

재희의 날카로운 소리가 울려 퍼졌다. 일봉이 재희를 쳐다보았다.

"너희 간첩이가?"

"간첩일 리가 없다는 걸 잘 알잖아요. 이미 우리가 하는 말은 아무 의미도 없잖아요. 돈도 다 받아 챙겼겠다. 당신들이 간첩이라 정하면 그대로 간첩이 되어 버리는 거 아니에요?"

적개심 가득한 재희의 히스테리컬한 반응을 시우가 안아 주며 말을 멈추게 했다. 그래도 재희는 말을 멈추지 않았다.

"우리가 망명도 아니고 간첩도 아니라는 게 판명되면 어떻게 할 건데요?"

재희의 입을 막으며 시우는 일봉의 심사를 거스르지 않게 신경 쓰며 조심스레 물었다.

"우리 돈이 분명 들어왔을 텐데 왜 우릴 이렇게 간첩 취급하는 거예요?"

"나도 몰라."

일봉은 담배를 바닥에 던져 발로 비벼 끄며 대꾸했다.

"나도 모른다. 어떻게 정보가 새나갔는지 갑자기 보위부 검열이 나왔으니, 나도 돈 한 푼 건질 수 없게 됐어. 어쨌거나 목숨을 부지하려면 지금부터 저분들에게 고분고분 복종하는 게 좋을 거야. 보위부원들에게 잘못 보이면 이유 여하를 막론하고 즉석에서 총살당하는 게 상식이야. 내가 해줄 말은 그것뿐이네."

일봉은 주머니에 손을 넣어 부스럭거리며 담뱃갑을 꺼냈다.

"자, 여기 담배 두고 갈 테니 마음 가라앉히고 잘들 생각해 봐. 기왕 이렇게 된 거 귀화해서 북조선에서 잘살아 보는 것도 나쁘지 않은 선택이라구."

아무도 대답하지 않았으나 일봉의 부드러운 한 마디가 일행의 마음을 흔들었다. 어쩌면 부자유스러운 삶이라 할지라도 죽는 것보다는 나을지 몰라.

일봉이 문을 닫고 나간 후에도 실내엔 정적만 흘렀다. 사방이 벽밖에 없는 암흑 속에 갇힌 것과 다름없었다. 도대체 어떻게 해야 할지 짐작조차 할 수 없는 상황에서 일행은 침묵할 수밖에 없었다. 정적을 깨고 안 기자가 침중한 목소리로 입을 열었다.

"아무래도 일봉이 저놈 보위부하고 결탁한 사이 같아."

재희가 맞장구쳤다.

"나도 그런 생각이 들어요. 그렇지 않으면 어찌 이렇게 타이밍 맞춰서 보위부가 들이닥칠 수 있겠어요. 정보원이나 앞잡이 노릇을 하는 것 같아요."

"그래. 기껏 국경 수비대의 백으로는 이렇게 국경을 제 마음대로 들락거릴 수는 없겠지. 그리고 국경 수비대와 같은 편이라면 함께 처벌을 받아야 하는데 안 받잖아."

시우가 꽉 물고 있는 어금니 사이로 말했다.

"어쩌면 저 사람은 우리 생각보다 훨씬 더 잔인하고 교활한 사람인지도 몰라요."

저녁 식사시간이 되어 식당으로 가는 길에 둘러보니 국경 수비대 병력들은 기죽은 모습이 확연했고, 보위부에서 온 군인들은 위세가 등등했다. 일행이 함께 이동하는 중에 반후명이 주변을 두리번거리며 약간 걸음이 처지자, 보위부 군인이 다가와 군화로 걷어찼다. 예전 같으면 식당으로 걸어가는 길도 좀 자유로웠는데 오늘은 달랐다. 식당에서도 식후에 마시던 커피는 기대할 수도 없었다. 식사를 마치자마자 식당에서 쫓겨나듯 돌아오는 일행의 귀에 보위부 병력들이 수군거리는 소리가 들려왔다.

"저놈들을 이송한다던데."

"악질분자들이니 수용소에 잡아넣겠지. 남조선 공작원들이라잖아."

막사로 들어온 일행은 눈앞이 캄캄했다. 수용소라니. 주변에서 들은 소문만으로도 그곳의 참상이 필설로 표현하기 어렵다는 건 익히 알고들 있는 편이라 모두 표정이 침통했다. 무언가 말을 하고 싶었지만 할 말이 생각나지 않았다. 앞으로 어찌될 것인지 짐작도 되지 않았고, 이 상황을 해결할 방법은 더더욱 떠오르지 않았다. 보이지 않는 그물망으로 온몸이 칭칭 묶여 있는 느낌이었다.

"우리 탈출하자."

시우는 고개를 들어 소리 난 쪽을 보았다. 반후명이었다. 반후명의 입에서 탈출이라니. 언제나 있는지 없는지 모를 만큼 의견도 주장도 없고 존재감 없던 그가 지금은 확연한 존재감을 드러내고 있었다. 하지만 탈출하자는 말에는 모두 대꾸가 없었다. 말도 안 되는 소리지. 이 삼엄한 경계 속에서 어찌 탈출한다는 말인가. 더구나 이 살기 등등한 보위부 군인들은 만약 탈출하다 잡히면 그대로 총살시킬 것이 아닌가.

"탈출하자. 기회는 지금밖에 없어."

후명은 다시 한 번 낮은 목소리로 말했다. 그리고는 천천히 일어나 막사 뒤쪽에 달린 작은 창으로 밖을 내다보았다.

"아까 식사하러 갈 때 뒤로 처지면서 놈들이 경비 서는 모습을 관찰했는데, 막사 뒤쪽으로는 아무도 없었어. 문제는 이 막사를 들키지 않고 빠져 나가는 것뿐이야. 막사만 빠져 나가면 그 다음엔 탈출할 수 있어."

"그래서 아까 식당 갈 때 처졌던 거야?"

안 기자가 후명의 말에 반응을 보였다.

"예, 보위부 사람들 말을 들으니 우리를 더 깊이 끌고 들어갈 것 같던데, 그러면 끝이에요. 여기가 그나마 탈출하기 쉬울 거예요. 막사를 빠져 나가 강만 건너면 되지 않겠어요?"

잠시 정적이 흘렀다. 일행의 시선은 누구라 할 것 없이 조철구에게 쏠렸다.

"나는 가지 않아."

말없이 듣기만 하던 조철구는 나직하게 중얼거렸다.

"난 너희들과 다른 입장이야. 난 내 발로 걸어 들어왔어. 지금은 너희와 함께 있게 되어 간첩이라는 오해를 받고 있지만, 오해가 풀리면 나는 이곳에서 귀화해 살 수 있게 될 거라구."

"그럼 우리가 탈출하면 밀고할 거예요?"

재희가 물었다. 뭐라고 더 말하려는 재희를 시우가 말렸다. 조철구는 보일듯 말듯 고개를 저었다.

"아니. 그런 짓은 안 해. 너희가 성공하면 좋겠어. 너희가 본의 아니게 북조선에 들어오게 된 것도 내가 일부 책임이 있으니까. 난 이렇게까지 상황이 악화되리라고는 생각지도 못했어."

조철구의 표정에는 진심이 엿보였다. 안 기자가 부스스 일어나 그런 말 말라는 듯 조철구의 어깨를 툭 쳤다. 조철구는 말없이 고개를 숙였다. 조철구의 앞을 지나 후명이 서 있는 창가로 다가간 안 기자가 조심스레 창밖을 내다보았다.

"보초가 있어요?"

시우가 물었다.

"안 보이는데."

안 기자는 창틀에 매달려 옆쪽을 보며 대답했다.

"후명이가 관찰한 것이 옳았어. 그 짧은 순간에 관찰하다니, 후명이의 눈썰미가 대단하네."

시우도 따라 일어나 창밖을 살폈다. 창밖으로 내다보이는 정면은 막사 뒤 풀숲이었다. 조금 더 발뒤꿈치를 들고 내다보니 숲 사이로 멀리 강물이 보였다. 압록강이다. 저 강만 건너면 살 수 있다. 갑자기 심장이 마구 뛰었다. 그러면 그렇지, 우리가 이대로 북한으로 끌려 들어가 죽는다는 건 말도 안 되는 일이야. 어떤 절망 상태에서도 이렇게 살아날 구멍은 나타나는 거야.

"어때? 갈 거야?"

후명이가 물었다.

"가야지요."

시우의 음성엔 흥분이 담겨 있었다.

"영민 형은요?"

"가야지."

후명은 재희에게 다가갔다.

"재희는 무서워? 갈 수 있겠어?"

"다른 방법이 없잖아요."

재희가 긴장하여 창백해진 얼굴로 대답했다. 이미 겁에 질려서 입술을 달달 떨고 있었다. 시우는 재희의 어깨를 꼬옥 안았다.

"그러면 더 어두워질 때까지 조용히 기다렸다가 놈들이 피곤해졌을 때쯤 한밤중에 탈출하도록 합시다."

사람들은 각자 벽에 기대 앉아 밤이 깊어지기를 기다렸다. 창밖의 어둠이 짙어질 때까지 무한의 시간이 흐르는 것 같았다. 저녁나절의 빛이 스러지며 서서히 푸른색의 어스름이 피어나자 일행의 눈길에는 더욱 긴장의 빛이 떠올랐다. 재희는 잠시 진정되었던 떨림이 다시 시작되었다. 시우가 재희의 떠는 모습을 보더니 옆으로 다가와 재희의 어깨를 둘러 주었다.

"무서워?"

재희는 말없이 고개를 끄덕였다.

"걱정 마. 우리에겐 아무 일도 없을 거야. 탈출에 성공하고 나서는 잠시 꿈같은 경험을 한 거라고 기억하게 될 거야."

창밖의 어둠이 서서히 짙어지기 시작했다. 낮에는 그렇게 흐르지 않던 시간이 어둡기 시작하자, 결행의 순간을 재촉하듯이 무자비하게 빠른 속도로 흘렀다. 일행의 얼굴도 점점 더 굳어졌다. 침 삼키는 소리까지 들릴 정도로 신경이 곤두섰다. 초긴장 상태였던 재희는 시우의 목소리를 듣고는 가볍게 눈을 감았다. 재희의 눈감은 모습을 지켜보던 시우가 재희의 귀에 대고 속삭였다.

"지금 갑자기 생각난 건데."

재희가 가늘게 눈을 떴다.

"전일봉이 거미 문신한 녀석이라고 말했었지?"

"응."

시우의 긴장된 말투에 재희의 눈이 또렷해졌다.

"네가 눈감고 있는 동안 생각해 봤는데, 저 녀석을 그냥 두고 가야만 한다는 게 마음에 걸려."

"뭐라구? 미쳤어? 그럼 이 생지옥에 남겠다는 거야?"

쨍하고 외치는 재희의 목소리에 사람들의 시선이 쏠렸다. 시우는 사람들의 시선이 다시 사그라질 때까지 조용히 있었다. 잠시 후 다시 모두들 벽에 기대어 때를 기다리며 눈을 내리감았다. 조금의 체력이라도 아끼고 집중하여 탈출에 성공해야만 한다는 절박감이 실내에 가득했다. 시우는 아직도 노려보고 있는 재희의 얼굴을 마주 보았다.

"그런 표정 짓지 마. 나도 정말 무섭다구. 1분 1초라도 빨리 이 땅을 벗어나고 싶어. 하지만 이번 할아버지 말씀은 마치 마지막 유언 같았어. 어쩌면 할아버지는 스스로를 단죄하기 위해 전당포를 시작했는지도 몰라. 그리고는 자신이 만든 철창 안에 들어가 여생을 보내려고 하시는 것 같아. 그게 가슴 아파. 돌아가시기 전에 감옥에서 나오게 해드리고 싶어. 하지만 실은 그것도 마음뿐이야. 실제로 그렇게 할 용기가 내게는 없어."

시우는 고개를 떨궜다. 복잡한 표정으로 시우의 기죽은 모습을 보던 재희가 시우의 어깨를 쳤다.

"너 정말 바보냐? 일단 중국으로 탈출한 후에 그 한국식 포장마차를 운영하는 전일봉에 대해 정보를 구해 보면 되잖아. 경우에 따라 정면으로 만나서 부딪혀 볼 수도 있고, 이곳에선 아니야."

재희는 시우의 손을 꾸욱 잡았다.

"그러니 일단은 탈출 하는 것이 우선이야. 우리가 자유로워져야 뭔가를 할 수 있는 거라구."

재희의 말을 듣고 수긍하면서도 시우는 말도 안 되는 이 상황을 극복할 능력이 없는 자신에 대해 실망하고, 실망은 분노로 변했다.

"우리는 왜 이렇게 무력한 거지? 우리 정부는 왜 수십 년 동안이나 가만히 있는 거야? 이런 부조리한 상황에 처한 국민들을 왜 몇 십 년씩이나 외면하고 있는 거냐구."

이번엔 재희가 시우의 머리를 감싸안아 주었다.

"어쩔 수 없지. 이제 우리 문제는 우리 스스로가 풀어 갈 수밖에. 이 기회가 우리에게 마지막 탈출 기회일 것 같아. 그야말로 위기의 순간에 나타난 구원의 동아줄인 거지. 눈앞에 보이는 줄이니 꼭 잡아 보자."

"썩은 동아줄은 아니겠지."

"아닐 거야. 그렇게 믿어 보자. 그리고 일단 강 건너로 탈출 한 후 차분히 다시 생각하기로 하자."

두 사람의 곁으로 다가 온 후명이 거들었다.

"여기서 탈출해야 해. 더 끌려들어 가면 탈출은 꿈도 못 꿀 테고, 간첩으로 몰려서 죽을지도 몰라."

고인 물처럼 흐르지 않던 시간이 순식간에 흘러 밤이 깊어졌다. 연병장 안쪽을 조심스레 내다보니 보초병 두 명이 벽에 기대어 졸고 있었다. 안 기자가 일행을 창문 아래쪽으로 모이라고 손짓했다.

"지금이야. 다들 마음 굳게 먹고 꼭 탈출에 성공하자."

시우는 침을 꿀꺽 삼켰다. 침 삼키는 소리가 천둥처럼 고막을 두들겼다. 심장도 걷잡을 수 없이 뛰었다. 긴장해야 할 순간에 오히려 손발에서 힘이 빠지는 것 같았다. 재희는 더 심하게 긴장했는지 등을 벽에 기댄 채 시우의 한쪽 팔을 꼭 움켜쥐고 있었다. 얼마나 꼭 잡았는지 시우는 팔이 아팠지만 가만히 있었다.

"창이 좁으니 한 사람씩 차례로 나가야 해. 순서를 정하자."

"내가 먼저 나갈게요."

후명이 나섰다.

"아무래도 내가 눈에 잘 띄지 않는 편이니 먼저 나가서 주변을 확인하고, 내가 신호를 할 때 다음 사람이 나오는 게 좋겠어요."

"좋아. 그럼 후명이가 제일 먼저 나가고, 그 다음이 재희. 다음에 시우. 내가 제일 마지막에 나가지."

"아뇨, 내가 맨 나중에 나갈게요."

시우가 안 기자의 말을 끊었다.

"나중에 받쳐 줄 사람이 없을 테니 영민 형이 창틀에 올라서긴 쉽지 않을 거예요. 아무래도 내가 나중에 나가는 게 좋겠어요."

"나보단 낫겠지만 창이 꽤 높은데, 평상시라면 몰라도 보초에게 들키지 않게 소리 내지 않고 올라서기가 쉽지 않을 텐데."

"내가 도와줄게."

구석에 앉아 일행의 움직임을 보고만 있던 조철구가 앉은 자리에서 말했다.

시우의 등을 딛고 어깨를 밟고 반후명이 창밖으로 넘어 나갔다. 창틀에 매달려 조심스레 뛰어내리는 소리가 나고 아무 소리도 들리지 않았다. 재희가 시우의 어깨를 딛고 창틀에 올라가 밖을 보니 후명이 어서 나오라는 듯 조용히 손짓했다. 재희가 넘어가고 안 기자가 넘어갔다. 시우가 돌아보자 조철구가 천천히 다가왔다. 조철구는 시우가 어깨를 딛고 올라서도록 말없이 두 손을 벽에 짚었다. 시우가 등을 타고 창에 올라서자 조철구는 나직이 인사를 했다.

"조심해서 가. 꼭 성공해라."

막사 밖으로 나온 네 사람은 한동안 그 자리에 엎드려 움직이지 않았다. 주변에서 조금이라도 이상한 소리가 나면 몸이 돌처럼 굳어졌다. 재희는 심장이 입 밖으로 튀어 나올듯 쿵쿵거렸고, 눈앞도 뿌옇게 흐려지는 것 같았다. 이제 우리는 되돌릴 수 없는 상태가 되었어. 막사 안에 있으면 당장 죽지는 않을 텐데 이젠 들키는 순간 우린 죽는 거야. 재희는 방금 뛰어내린 창문을 올려다보았다. 창문에서 흘러나오는 희미한 불빛이 무척 안전하게 느껴졌다. 다시 들어와 여긴 안전해. 불빛이 속삭이며 재희를 불렀다. 불빛을 올려다보는 재희의 눈앞에 시우의 얼굴이 커다랗게 다가왔다.

"무서워?"

재희는 말없이 고개를 끄덕였다. 시우의 얼굴이 더욱 가까이 다가왔다. 시우의 입술이 재희의 입술에 가볍게 닿았다.

"무서워하지 마. 잘될 거야."

시우는 재희를 깊이 안았다. 시우의 품안에 파고들자 쿵쿵거리는 시우의 심장 박동이 느껴졌다. 시우의 몸이 떨리는 진동도 전해져 왔다. 너도 떨고 있는 거잖아. 너도 무서운 거지? 이 거대한 짐승 같은 공포

앞에서는 너도 아이처럼 무서운 거지? 재희는 시우를 마주 안았다. 재희의 떨림이 멈추었다. 그리고는 뜨거운 것이 가슴 밑바닥을 치고 올라왔다. 이 남자를 안전하게 해주면 좋겠다. 이 남자가 떨지 않게 해주면 좋겠어. 이 남자도 나를 안으며 그런 생각을 하고 있겠지. 재희는 있는 힘을 다해 시우를 끌어안았다.

숲이라고 부르기도 민망한 숲이었지만 낮은 풀 더미들이 있어 몸을 가릴 수는 있었다. 네 사람은 몸을 최대한 숙이며 강을 향해 천천히 이동했다. 조금이라도 이상한 소리가 나면 몸을 납작하게 엎드려 꼼짝도 하지 않았다. 그럴 때마다 숨을 죽이느라 심장이 터질 것 같았다. 그러나 조금씩 조금씩이라도 강은 가까워지고, 탈출에 성공할 것이란 희망이 커졌다. 거리로 보면 불과 100미터 정도. 저 거리만큼의 간격이 자유와 절망의 간격인 것이다.

"쉬잇."

갑자기 앞장서서 길을 트던 후명이 입에 손가락을 댔다. 일행은 순식간에 몸을 엎드렸다. 막사 쪽에서 군인들의 고함소리와 부산한 움직임이 보였다.

"들켰어."

"최대한 자세를 낮추고 강을 향해 뛰어!"

일행은 풀숲을 헤치며 필사적으로 강을 향해 달렸다. 하지만 몸을 숨기며 자세를 낮추어 달리는 시우 일행들과는 달리 거침없이 빠른 속도로 달려오는 군인들과의 거리는 점점 좁혀지고 있었다. 일행의 마음속에 이젠 틀렸다는 절망이 피어올랐다. 그 순간 후명의 외치는 소리가 들렸다.

"내가 저쪽으로 달려갈 테니 너희는 강으로 최대한 빨리 달려!"

일행이 만류할 사이도 없이 후명은 허리를 펴고 풀숲 위로 상체를 드러내고는 일행과는 반대 방향으로 달리기 시작했다.

"저기다!"

"저쪽이야!"

후명을 발견한 군인들의 목소리가 들리고, 곧이어 후명을 향해 쏘는 총소리가 들렸다. 후명이가 위급하다는 생각을 하면서도 일행은 스스로의 목숨이 경각에 걸린 판이라 아무 생각 없이 동물적인 본능만으로 강을 향해 있는 힘을 다해 달렸다. 풀숲이 끊어지며 드디어 달빛에 뒤척이는 강물이 눈앞에 펼쳐졌다. 강물은 눈부셨다. 강물에 잠긴 달빛은 희망의 등댓불이었다. 이제 자유와 절망의 간격은 강물 하나뿐이다. 강폭은 기껏해야 백 미터 정도밖에 안 되어 보였다.

"저놈들은 후명이에게 쏠려 있어! 이럴 때 얼른 뛰어!"

안 기자가 앞서 달리며 소리쳤다. 이젠 죽으나 사나 강을 향해 달리는 길뿐. 시우가 벌떡 일어서며 재희의 손을 잡고 달렸다. 그러나 재희는 몇 발짝 뛰지도 못하고 앞으로 고꾸라졌다. 다리에 힘이 풀려 달릴 수가 없었다. 아니, 공포에 질려 서 있을 수도 없을 지경이었다. 재희가 쓰러지자 시우가 다시 달려와 재희를 일으키려 했다. 그 순간 시우와 재희를 향해 총소리가 들렸다.

재희가 또 다시 쓰러졌다. 시우는 재희를 들쳐 업었다. 풀숲을 벗어나 강변으로 달려가자 강가의 자갈밭에 미끄러지며 시우는 앞으로 고꾸라지고, 재희는 시우의 등에서 앞으로 날아가 자갈밭으로 쓰러졌다. 시우는 이를 악물고 또 일어섰다. 쓰러진 재희에게 다가가 재희를 다시 안고 일어서려는 순간 총소리가 들렸다. 시우는 재희를 덮쳐누르며 엎드렸다.

"잡았다!"

납치

멀리 앞쪽에서 군인들의 목소리가 들렸다. 앞서 달려가던 안 기자가 이 근처 지름길을 꿰뚫고 있는 국경 경비대 군인들에게 잡힌 것이다. 고개를 들어 소리 난 곳을 보려는 시우의 머리통으로 군화발이 날아왔다.

"간나 새끼 여기까지 잘도 도망 왔구나."

사정없이 발길질이 날아왔다. 시우는 까마득하게 정신을 잃었다.

\* \* \*

온몸이 갈가리 찢어지는 통증이었다. 군인들의 구타에 부풀어 오른 눈이 잘 떠지지 않았다. 겨우 실눈이 떠진 시우의 눈에는 탈출하기 직전의 막사 실내가 들어왔다. 탈출하기 전의 모습과 변한 것은 아무것도 없었다. 온몸이 찢어지는 통증 외에는.

정말로 탈출을 시도하기는 했었던가? 뿌연 안개 속을 헤매는 머리를 흔들어 정신을 차리며 고개를 돌려보니 재희가 쓰러져 있었다. 그 옆에는 안 기자가 심한 폭행으로 인해 피투성이가 되어 쓰러져 있는 모습이 보였다. 그리고 후명의 모습이 보이지 않았다. 그 순간 막강한 공포가 시우를 덮쳤다. 후명은 총에 맞아 죽었는지도 모른다. 재희가 고통의 신음을 내며 눈을 떴다.

"나 살아 있는 거야?"

재희가 물었다.

"응, 우리 살아 있어."

시우는 재희의 얼굴을 쓰다듬어 주었다.

"영민 오빠는?"

재희는 상체를 일으켰다.

"나도 안 죽었어."

재희가 묻는 소리에 안 기자의 대답이 들려왔다. 안 기자는 방금 정신을 차린 듯 쓰러진 채 재희와 시우를 보았다.

"다행이야. 너희도 살아 있었구나."

"후명이는? 후명 오빠는 왜 안 보이지?"

재희의 눈에 공포가 서리며 큰 소리로 물었다.

"아까부터 안 보였어. 우리보다 먼저 잡힌 것 같던데. 다른 곳에서 고문 받고 있는지도 몰라."

"죽진 않았겠지? 총소리도 났었잖아."

재희는 몸을 사시나무 떨듯 떨었다.

"걱정 마, 사람이 그리 쉽게 죽나? 지금 다른 방에 갇혀 있을 거야."

"그렇지 않은 거 같은데."

두 사람의 대화를 뒤로 하고 몸을 질질 끌며 창가로 다가가 연병장을 내다보던 안 기자가 굳은 얼굴로 말했다.

"후명이는 당한 것 같아."

시우와 재희는 안 기자가 내다보고 있는 창가로 다가가 밖을 내다보았다. 그리 넓지 않은 연병장 가운데에 가마니로 덮인 시체가 한 구 누워 있었다. 가마니 한 장으로는 다 덮여지지 않아 시체의 하반신이 그대로 보였다. 후명의 옷이었다. 시체가 신고 있는 신발이 시우의 눈으로 뛰어 들었다. 시우의 등을 밟고 올라 무등을 타고 창밖으로 탈출할 때 신었던 그 신발이었다. 나머지 한 쪽은 달릴 때 벗겨져 나갔는지 맨발이었다. 핏기 없이 창백한 발바닥이 처참해 보였다.

후명의 시체를 본 재희의 눈에서 눈물이 샘물처럼 흘러나왔다. 소리 내어 울지도 못하고 꺽꺽 소리만 내며 눈물을 끝도 없이 흘렸다. 시우가 할 수 있는 일은 재회의 어깨를 감싸 안고 가만히 옆에 있어 주는 일뿐이었다. 숨도 제대로 쉬지 못할 것같이 소리 죽여 흐느끼던 재회는 울음을 멈추고 딸꾹질을 하며 시우에게 물었다.

"저, 있지. 후명이 오빠, 죽은 게 아니고 사라진 건 아닐까?"

"그게 무슨 소리야?"

"후명이 오빠 시체를 봤는데도 믿어지지가 않아. 방금 전까지 우리 옆에 살았던 사람이 어떻게 저렇게 죽을 수가 있어?"

재회는 다시 눈물을 줄줄 흘렸다.

"내 눈으로 후명이 오빠의 피 묻은 시체를 봤는데도. 내 생각엔 그 옷 속에 오빠가 없었을 것 같아. 오빠가 말하던 그 초능력. 사람 눈에 안 보이는 초능력. 그 초능력으로 어디론가 살아서 도망갔을 것 같아. 꼭 그랬으면 좋겠어."

시체의 발이 보였는데도 그렇게 말하는 재회를 시우는 따뜻하게 안아 주었다.

"그럴지도 몰라. 이런 말도 안 되는 상황이 현실로 벌어진 걸 보면, 후명이 형의 초능력도 실제로 가능한 것일지도 모르지."

"그런데 조철구는 어디 갔지?"

안영민이 그제야 느낀 듯 혼잣말처럼 중얼거렸다. 모두 입 밖에 내지는 않았지만 상황이 짐작되었다. 조철구는 우리가 탈출하고 난 후 자신에게 불이익이 올까 봐 밀고를 했으리라. 하지만 조철구를 원망할 수는 없다. 아침이면 발각될 일. 우리라 하더라도 아침이면 곧 자신에게 닥칠 엄청난 고문과 협박을 앞두고 입을 다물 수 있었을지 장담할 수 없는 일이다. 그러나 아무도 입 밖으로 그 말을 하지 않았다. 너무나 자명한 사실이지만 인정하고 싶지 않았다.

시우는 재회를 안고 재회의 머리에 코를 묻었다. 아무 말도 하지 말자. 하지만 우리가 이대로 끝나지는 않을 거야. 그렇게 믿자. 한동안 시우의 품안에 있으면서 재회는 조금 진정된 목소리로 시우에게 말했다.

"있잖아."

"응."

"다음에 혹시 또 탈출할 기회가 생기면 내가 쓰러지더라도 구해 주지 말고 혼자 도망가. 알았지? 나 땜에 자기가 위험해졌다는 자책감을 나한테 갖게 하지 말라구."

"…"

"어서 대답해."

"알았어."

"정말?"

"응."

"내가 아무리 불러두?"

"그래, 네 목소리 안 들릴 때까지 있는 힘을 다해서 도망갈게."

"나쁜 자식."

재회는 시우의 품에 코를 묻었다. 아, 이 냄새. 시우 냄새. 언제까지나 이 냄새와 함께하고 싶어.

\*\*\*

깊은 밤. 한 대의 선도 지프 차와 두 대의 트럭이 어두운 밤길을 달리고 있다. 지프 차에는 운전병과 대위. 소위 등 간부들이 타고 있고, 맨 뒤 덮개를 씌운 트럭에는 군인들이 탑승하고 있었다. 지프 차 바로 뒤를 달리는 트럭 짐칸에는 국경 경비대에서 후송되고 있는 시우와 재희, 안 기자가 포승줄에 묶인 채 실려가고 있었다.

시우 일행은 국방색 천막으로 덮개를 씌운 트럭에 태워져 밤새 달렸다. 어디로 가는지는 몰라도 국경과 점점 멀어지고 있는 건 모두 느낄 수 있었다. 국경과 멀어진다는 건 그만큼 집으로 돌아갈 가능성이 줄어든다는 것. 일행은 살아 있어도 이미 사망의 고개를 넘어간 듯한 절망감에 빠져들었다. 깊은 밤 불규칙한 엔진 음과 차의 덮개를 훑으며 지나는 바람소리는 불길한 장송곡 같았다. 트럭은 일행을 태운 채 한 치 앞도 짐작할 수 없는 무저갱의 암흑 속을 달려가고 있었다.

차량의 성능이 좋지 않은 건지 길의 포장 상태가 나쁜 건지, 엄청나게 거친 엔진 소리에 비해 트럭이 달리는 속도는 무척 느렸다. 몇 시간 달렸을 텐데도 거리는 그리 멀리 온 것 같지 않았다. 한국이었다면 서울에서 부산까지는 갔을 것 같은 체감 거리였다.

새벽 먼동이 틀 때쯤에야 트럭이 멈춰 섰다. 비포장에 가까운 길을 몇 시간씩 트럭 짐칸에 타고 있던 일행은 온몸에 쥐가 나는 것 같았다. 트럭이 멈추자 짐칸의 덮개가 열리고 새벽녘의 주변이 눈에 들어왔다. 도착한 곳은 국경 수비대와는 달리 규모도 훨씬 크고 질서가 확실하게 잡힌 부대였다.

뒤의 트럭에 탔던 군인들이 뛰어 올라 우악스럽게 어깨를 휘어잡고 고개를 숙이게 한 후, 각자의 양손을 뒤로 묶은 채 검은 수건으로 눈을 가렸다. 트럭에서 끌려 내려 어딘가 실내로 들어가는 듯 문 여닫는 소리가 나고, 복도 같은 곳을 조금 걷더니 다시 문소리가 나며 안으로 밀쳐졌다. 철창 안에 들어와서 눈을 가린 검은 수건을 풀자, 피투성이가 되어 고문당한 조철구가 힘없이 벽에 기대 앉아 있는 모습이 보였다. 조철구는 일행이 들어오는 걸 보고 깜짝 놀랐다.

"너희들이 왜 잡혔어?"

일행은 조철구의 상심하는 표정을 보고 잠시나마 조철구를 의심했던 경박함이 부끄러웠다. 조철구의 고문 흔적을 보면 그가 얼마나 심한 고문을 당했는지 한눈에 알 수 있었다. 조철구의 태도로 보아 그는 밀고하지 않으려고 그 고통을 다 참아 냈다는 걸 알 수 있었다. 일행은 부끄러워 조철구에게 아무 대답도 하지 못했다.

"우리 때문에 이렇게 당한 거예요?"

재희가 미안한 목소리로 조철구에게 물었다. 조철구는 아무 대답도 하지 않았다. 일행은 조철구의 의리에 감동했다.

"철구 형은 일본인이라 북한에서 귀화를 받아 준다고 했잖아요. 그런데…"

말을 해놓고 시우는 아차 싶었다. 조철구는 시우 일행의 탈출을 알면서도 밀고하지 않았다는 죄로 귀화는커녕 탈출자들과 한 패이며 간첩이라는 죄명을 얻게 되었을 것이다. 그럼에도 조철구는 한 마디도 원망의 말을 하거나 원망의 표정도 짓지 않았다.

"미안해요, 형. 우리 때문에."

조철구는 시우를 향해 무표정하게 대답했다.

"밀고 안 한다고 했잖아."

그제야 시우의 머리에 떠오른 생각. 우리는 탈출할 생각에만 치우쳐 남아 있는 사람의 입장은 전혀 고려하지 않았구나. 차라리 철구 형을 형식적이라도 입을 막은 채 묶어 놓고 우리가 탈출했으면, 한 패라고 이렇게까지 당하지는 않았을 텐데. 어쩌면 철구 형은 그런 생각을 했을 수도 있지만, 성격상 말을 안 하고 있었는지도 몰라. 철구 형은 나름대로 우리를 납치하는 데 일조했다는 죄책감에 입을 다물었을 수도 있겠지. 하지만 자신의 안전을 뒤로 하고 그런 결정을 내린다는 건 결코 쉬운 일이 아니다.

시우는 생각할수록 몸이 쪼그라드는 죄스러움이 밀려들었다. 사람은 자신의 안위가 우선이라고는 하지만, 이렇게까지 우리를 위해 한 사람을 위험에 빠지게 하다니. 내가 깨닫거나 느끼지 못했던 이런 실수가 지금까지 얼마나 많았을까? 그리고 앞으로도 이런 실수를 또 얼마나 하게 될 것인가?

4명이 구금당한 후 한밤중이 되어서야 군인 두 명이 들어왔다. 그 시간까지 일행에게는 어떤 식사도 주지 않았다. 군인들은 알약을 두 개씩 일행에게 나눠 주며 먹으라고 했다. 무슨 약이냐고 묻자 군화발이 날아왔다. 그들의 태도로 보아 마약이건 독약이건 먹지 않을 수 없었다. 군인들은 한 사람당 두 알의 약을 주며, 그릇에 피마자유를 부어 약과 함께 마시라고 했다. 독약은 아니었다. 하지만 일행은 독약을 먹은 것보다 더 큰 고통을 당해야만 했다.

약을 먹은 지 한 시간도 지나지 않아 일행은 설사를 시작했다. 화장실이 없는 공간에서 동시에 설사 증세를 느낀 일행은 다급하게 군인들을 불렀으나 아무도 반응하지 않았다. 이를 악물고 설사를 참던 일행 중에 안 기자가 견디지 못하고 방 한구석에 가서 바지를 내렸다. 요란한 소리와 함께 설사가 나왔고 동시에 냄새가 진동했다. 안 기자는 고개를 푹 숙이고 있었지만, 그 수치감과 모멸감을 모두 느낄 수 있었다. 조철구도 다른 방구석에 가서 바지를 내렸다.

재희의 이마에 핏줄이 불거져 올랐다. 이마에는 식은땀이 송골송골 맺혔다. 입술에서 피가 날 정도로 이를 악물었다. 참을 수 있는 데까지 참으려고 하지만, 도저히 참을 수 없는 상태가 된 것 같았다. 시우는 재희의 앞을 가로막으며 다급하게 재희에게 속삭였다. 내가 가려 줄 테니 더 이상 참지 마. 그 말을 마침과 거의 동시에 재희는 바지를 내렸다. 시우 역시 더 이상 참을 수 없었다.

설사는 한 번으로 그치지 않았다. 한 번의 배설 후 잠시 후에 또 변통이 왔다. 변통은 그치지 않고 계속되었고, 일행은 내장까지 훑어 내리는 고통에 시달렸다. 그들의 입에서는 이를 악물고 참으려는 처참한 신음 소리가 새어나왔다. 네 사람은 한 마디도 하지 않고 연이은 설사의 변통에 굴종하며, 그들이 배설해 놓은 오물과 악취 속에서 짐승으로 전락한 인성 파괴의 모멸감에 빠졌다. 지금까지 그들이 지켜 온 인간의 존엄성과 최소한의 체면, 교양, 염치 등이 송두리째 파괴되는 순간이었다.

도저히 멈출 것 같지 않던 설사가 멈추자, 모두 탈진하여 앉아 있을 기운도 없을 지경이 되었다. 서로에 대한 미안함과 수치심 때문에 고개를 들 수 없었지만, 그들이 배설해 놓은 오물로부터 조금이라도 멀어지는 방법은 함께 방 가운데로 모이는 길뿐이었다. 네 사람은 묵묵히 오물로부터 떨어져 방 가운데에 등을 대고 둘러앉았다. 재희는 울 기운도 없어 고개를 꺾고 죽은 듯이 시우에게 기대고 있었다. 사람 사는 문명 사회에서 어떻게 이런 일이 벌어질 수 있단 말인가. 재희는 냉혹한 현실에 몸서리 쳤다.

"이제 기억났어."

안 기자가 힘겹게 입을 열었다.

"예전에 취재했던 내용인데, 이놈들은 처음 수용소에 끌려오면 설사약을 강제로 먹여서 설사가 나오게 한다고 했어. 입으로 삼켜서 숨기거나 여성의 경우 질에 숨긴 귀중품을 죄다 토해 내게 하려고. 만약 귀중품을 숨긴 것이 적발되면 자신이 싼 똥을 하나도 남김없이 입으로 핥아서 다 먹게 만들었다는 얘기도 있었어."

재희는 상상만으로도 헛구역질이 올라왔다. 이 악마 같은 놈들.

"그나마 우린 다행이네요. 비밀 칩도 귀중품도 없어서."

조철구가 냉소적인 말투로 중얼거렸다. 그 상태로 밤을 새고 새벽이 되서야 군인들이 방을 열었다.

"아유, 냄새. 이 똥간나 새끼들!! 많이도 퍼질러 쌌군."

"전부 나와."

일행은 수치스러움에 고개를 들 수 없었다.

"빨리 기어 나와 이 새끼들아!"

군인들은 방에 들어오기도 싫다는 듯 문밖에서 소리쳤다. 밖으로 나온 일행을 군인들은 화장실로 데리고 갔다.

"냄새나지 않게 다 씻고 나오라우!! 꾸물거리지 말고."

화장실 끝에는 샤워장이 있었다. 샤워장이라고 해봐야 아무것도 없는 벽에 샤워 꼭지만 10개쯤 달려 있었다. 비누도 수건도 아무것도 없었다. 일행은 재희가 먼저 샤워할 동안 벽을 향해 서서 기다렸다가 샤워를 했다.

재희가 샤워를 마친 후 남자들이 샤워할 때 조철구의 온몸에 새겨진 문신이 드러났다. 야쿠자들의 문신에 대해서는 이야기도 많이 듣고 인터넷에서 사진도 많이 보았지만, 실제로 보니 그 위압감이 대단했다. 철구는 대중탕에 갈 때마다 나는 야쿠자요 하고 외치는 듯한 문신을 보이는 것이 싫었다. 한 순간도 방심할 수 없는 야쿠자 생활에서 간절했던 것은 평범한 사람들의 삶이었다. 자신이 야쿠자라는 사실을 잠시라도 잊고 싶었다. 생각해 보니 북조선에 발을 딛으면서 자신이 야쿠자라는 사실을 까맣게 잊고 있었다. 이것은 행복한 것인가? 지금을 행복하다고 할 수 있는 걸까? 시우와 안 기자도 말이 없었다. 철구도 묵묵히 몸을 씻었다.

아무리 씻어도 비누 한 장 없는 터라 밤새 몸에 잠겼던 냄새는 쉽사리 사라지지 않았다. 악취는 악몽처럼 몸에 들러붙어 있었다. 온몸의 세포 구석구석까지 악취가 배어 있는 느낌이었다. 입고 있던 옷도 최대한 발로 밟고 손으로 비벼 가며 빨았지만 다시 걸치자 악취가 진동했다. 군인들이 빨리 나오라고 소리쳤다.

샤워를 마치고 나오자 밖에서 기다리던 군인이 식당으로 인솔했다. 식당에는 대규모 부대답게 여러 개의 식탁이 나란히 놓여 있었다. 그러나 그들 앞에 놓인 군인용 식판에는 맑은 된장국과 소금에 절인 배추 조각, 보리가 거의 대부분인 밥이 한 그릇 올려졌을 뿐이다. 속은 빌대로 비어 견딜 수 없이 배가 고팠다. 그러나 밥을 앞에 두자 헛구역질이 올라왔다. 재희는 수저도 들지 못했고, 안 기자 역시 가만히 앉아 있기만 했다. 조철구와 시우는 어떻게 해서라도 기운을 차려 보려고 겨우 수저를 들었으나, 역시 한두 수저 들다가 구역질을 참으며 수저를 놓았다.

일행이 식사하는 동안 군인들은 오물 검사를 마쳤는지 일행에게 큰 물통을 하나씩 주고 방 청소를 하라고 했다. 시키지 않아도 얼른 청소를 하고 싶었던 일행은 있는 힘을 다해 방 청소를 했다. 군인들이 그만하라고 할 때까지 계속 물을 쏟아 부으며 청소를 했다. 지독한 설사를 한데다 식사도 제대로 하지 못한 상태에서 물청소를 하고 난 일행은 모두 기진맥진하여 벽에 기대 가쁜 숨을 몰아쉬었다. 그렇게 닦아 냈는데도 실내에는 악취가 남아 있었다.

"저 사람들에게도 지독한 냄새가 났을 텐데, 변 검사를 하려면 차라리 뒷마당에 보라고 하지 왜 실내에 하라고 했을까?"

"난 그 이유를 좀 알 것 같아."

시우가 혼잣말처럼 중얼거리자 조철구가 대답했다.

"저 사람들이 정말로 변을 검사하려면 벌써 할 수 있었을 텐데, 변 검사는 제대로 하지도 않고 우리를 하룻밤 동안 더러운 상태에서 고통스럽게 지내게 만들었잖아. 우리는 그동안 거의 더러운 짐승이 되어 버린 기분이 들고 말이야."

"아, 정말 죽고 싶었어. 인간으로서의 내 자존감이 완전 망가진 기분이야."

안 기자가 다시는 생각하기도 싫다는 듯 고개를 저으며 말하자, 시우는 문득 재희는 오죽했을까 싶었다. 재희를 위로하고 싶었으나 아무 말 안 하는 것이 나을 것 같아 입을 꾹 다물었다. 조철구가 친구 삼촌으로부터 들은 이야기라며 말을 이었다.

"제2차 세계대전 당시 일본군이 미군 정보 장교들을 포로로 잡았을 때, 그들에게서 정보를 빼내기 위해 아무리 심한 고문을 해도 실토를 하지 않더라는 거야. 워낙 애국심과 정신 교육이 투철하게 자리 잡은 군인들인데다, 장교라는 자존심이 모진 고문을 이기게 한 거였지. 그러다가 어느 심리학자의 조언을 듣고 작전을 바꾸었대. 고문도 일체 하지 않고 식사도 전시 장교들이 먹을 수 있는 고급 음식으로 바꾸어서 간식까지 제공했다는 거야. 처음엔 무슨 약이라도 탄 줄 알고 안 먹던 미군들이 차츰차츰 음식을 먹게 되었지. 한동안 제대로 된 식사를 못 했던 차에 고급 음식을 먹으니 모두 양껏 먹었지."

"고문 대신 좋은 음식을 줘서 회유했다는 거예요?"

"아니. 음식을 준 이유는 따로 있었어. 음식을 제공함과 동시에 철창 안의 화장실을 폐쇄해 버린 거야."

"그럼, 우리처럼!"

조철구는 고개를 끄덕였다.

"그리고 미군 장교 여러 명을 한 방에 몰아서 가두었어. 미군들은 그제야 일본군의 음모를 깨달은 거지. 하루 이틀은 이를 악물고 변을 참았지만, 그 후로는 지옥이 된 거야. 시간이 지날수록 인간으로서는 견딜 수 없는 상황이 되어 버린 거지."

조철구의 이야기를 듣던 재희가 헛구역질을 하자, 조철구는 말을 끊었다.

"그렇게 인간의 자존감과 지성이 파괴되면서 미군 장교들이 허물어졌단 말이네."

안 기자가 자조적으로 중얼거렸다.

"그렇다면 이 사람들이 우리에게 경고를 한 거로군."

"무슨 경고?"

재희가 묻자 안 기자가 대답했다.

"그들이 마음만 먹으면 언제든지 우리를 짐승 이하로 취급할 수 있다는 경고."

\*\*\*

한낮이 되자 군인 3명이 일행을 군인 막사 본관으로 끌고 갔다. 본관 건물 왼쪽의 방으로 들어가니 긴 책상과 의자가 놓여 있었다. 일행이 긴 책상 앞에 놓인 의자에 나란히 앉자 잠시 후 스마일 배지처럼 얼굴 전체에 미소가 가득한 군관이 손에 서류철을 들고 들어왔다. 군인들은 군관에게 거수경례를 붙인 후 벽 쪽으로 비켜섰다. 군관은 일행의 맞은편에 놓인 의자에 앉아 미소 띤 얼굴로 일행을 마주 보았다. 군관은 들고 온 서류철에서 볼펜과 백지를 꺼내 일행에게 몇 장씩 나눠 주었다.

"그 백지에 너희의 자서전을 쓰도록."

"자서전이요?"

안 기자가 물었다.

"그러니까 태어났을 때부터 간첩으로 교육받고 조선민주주의인민공화국에 넘어올 때까지의 일을 하나도 빠짐없이 기록하란 말이야."

일행은 백지와 볼펜을 받아들고 어찌해야 좋을지 몰라 서로 눈치만 살폈다. 태어났을 때부터의 자서전이라니, 대체 뭘 요구하는 것일까? 백지를 들고 한참 생각하던 안 기자가 입을 열었다.

"대체 우리가 무슨 죄로 잡혀온 겁니까?"

군관 얼굴의 스마일 배지가 사라졌다.

"간첩! 더 이상 변명 거리가 있나? 너희가 구린 데가 있으니 도주하려 했을 것 아닌가."

"우린 죄가 있어서가 아니라…."

"입 닥쳐."

군관이 소리 질렀다. 스마일 배지의 입가에 양끝으로 올라간 미소가 반대쪽으로 휘어져 내렸다.

"더 이상 질문 금지! 여기서 첫째 조항이 너희는 이유를 묻지 말라는 것이다. 자신이 저지른 죄도 모르는 철면피 같은 새끼들."

군관은 백지 뭉치를 책상 위에 올려두고는 한 시간 뒤에 다시 오겠다며 밖으로 나갔다. 옆에 서 있는 군인들은 미동도 하지 않고 일행을 지키고 있었다. 일행은 잠자코 군관이 요구하는 자서전을 쓰기 시작했다.

처음엔 각자 심각하게 생각을 짜내며 썼지만, 군관이 나간 후로는 조금씩 낮은 목소리로 상의해 가며 나름대로의 자서전을 써나가기 시작했다. 출생부터 지금까지의 성장 과정을 하나도 빠짐없이 기록하라고 했지만, 소소한 기억들을 일일이 들추어내는 것은 불가능한 일. 일행은 우선 생각나는 대로 쓸 수밖에 없었다. 하지만 그것은 큰 실책이었다.

한 시간쯤 지난 후 돌아온 군관은 한쪽에 쌓여 있는 자서전 종이를 보고 만족한 듯 입 양쪽 끝이 다시 올라가며 일행의 자서전을 서류철에 넣었다. 군인들에게 지시해 일행에게 물도 한 잔씩 나눠 주고 마시게 했다. 그리고 다시 종이를 나눠 주며 조금 전에 쓴 자서전을 다시 쓰라고 했다. 일행은 불필요한 반복 행위를 시키는데도 항의할 엄두도 내지 못하고, 기억나는 대로 조금 전에 썼던 자서전을 다시 써서 군관에게 제출했다. 그때부터가 고통의 시작이었다.

군관은 먼저 써서 제출한 자서전과 두 번째 써서 준 자서전을 들고 대조해 나가면서, 한 가지 틀린 점이 발견될 때마다 옆에 서 있던 군인에게 폭행을 지시했다. 20-30년 전에 태어난 일행들이 어찌 시시콜콜 모든 행동에 대한 정확한 일자와 시간을 기억할 수 있을까? 하지만 아무리 사소한 내용이라도 단어 하나만 틀려도 구타가 계속되었다.

군관의 결론은 두 개의 자서전에서 단어와 순서가 틀리는 부분이 있으면 자서전 모두가 거짓이라는 것이었다. 몇 시간이고 계속된 터무니없는 자서전 고문 때문에 네 사람은 상처투성이가 되어 밤늦게야 방으로 돌아와 그대로 정신을 잃었다.

자서전 고문은 계속되었다. 며칠을 계속하며 자서전이 거의 틀리지 않게 되었을 때는 일행 모두 구타와 고문으로 탈진 상태가 되어 있었다. 고문에 의한 자서전이긴 했지만 어쩌면 지금까지 안개처럼 불투명하게 인식조차 하지 않던 지난 시간들이 명료하게 머릿속에 정리되는 수확은 있었다. 언제 내가 지난 시간들에 대해 이렇게도 깊은 보살핌을 베풀었던 적이 있었던가? 그러고 보면 지난 시간들은 어쩌면 내가 소비하고 버린 폐기물 취급을 받았던 것 같다.

하지만 다시 돌아본 시간들은 순간순간 가슴 아프고 행복하고 빛나던 보석들이었다. 이제 그 보석들은 엉뚱한 동기로 인해 다시금 각자의 마음속에 반짝이며 틀어박혔다. 하다못해 당시에는 지옥 같던 순간들조차 지금 이 상황에서 돌아보니 천국에서의 일이라 불러도 좋을 만큼 행복한 시간들이었다. 이 자서전은 쉽사리 지워지지 않을 만큼 혹독한 동기로 인해 쓰였지만, 그 수확은 경이로운 것이었다.

자서전이 어느 정도 그들에게 인정이 되었는지, 자서전 고문은 끝났다. 그 후로는 취침 시간을 제외한 하루 종일 꼼짝 없이 무릎 꿇고 앉혀 놓거나 정좌를 시켰다. 이때 허리는 반드시 펴야 했다. 조금이라도 움직이거나 소리 내면 철창 밖으로 손등을 내밀게 한 다음 손등을 몽둥이로 마구 내려치거나, 발바닥을 내밀게 한 다음 회초리로 발바닥을 마구 내리쳤다.

그날 역시 일행이 정좌를 하고 앉아 꼼짝도 않고 있는데 복도에서 고통으로 울부짖는 소리가 들려왔다. 이어 무자비하게 둔탁한 둔기로 두들기는 소리가 이어졌고, 두들기는 소리가 날 때마다 짐승의 울부짖음보다 더 처참한 비명소리가 터져 나왔다. 일행 말고 다른 사람이 또 새로 체포되어 온 것 같았다. 일행이 복도 쪽으로 신경을 곤두세우고 있을 때 군인이 다가와 철창문을 열었다. 그 뒤로 두 명의 군인이 방금 전에 비명을 지른 듯한 청년을 질질 끌고 방으로 밀어 넣었다. 청년의 얼굴은 멍과 상처로 엉망진창이 되어 있었다.

"너희와 같은 반동 새끼니까 잘들 지내 보라우."

군인들은 뭐가 재미있는지 킬킬 웃으며 복도 끝으로 사라졌다. 군인들은 비웃으며 나갔지만, 시우는 그들의 말에서 약간의 변화를 느낄 수 있었다. 자서전을 쓰기 전만 해도 이들은 시우 일행에게 간첩 새끼들이라고 불렀었다. 그런데 오늘은 반동이라고 불렀다. 그 두 단어의 차이가 뭔지는 자세히 알 길 없었으나, 적어도 간첩이라는 누명은 벗을 수 있을 것 같다는 희망을 안겨 주는 변화였다.

네 사람은 쓰러져 있는 청년을 둘러쌌다. 옷에는 온통 피와 먼지가 얼룩져 있어, 어디에 상처가 있는지 얼마나 아픈지 가늠할 수가 없어 섣불리 손을 댈 수도 없을 지경이었다. 네 사람은 가만히 지켜보다가 시우가 말을 걸어 보았다.

"여보세요. 좀 어떠세요?"

청년은 대답이 없었다. 하지만 가슴을 헐떡이며 숨을 쉬는 걸로 보아 생명에는 지장이 없어 보였다. 아마도 모진 고문 끝이라 대답할 기력도 없는 듯이 보였다. 그 모습을 가만히 지켜보던 안 기자가 혼잣말처럼 중얼거렸다.

"이 친구는 북한에서도 귀하게 자란 듯하네. 상처와 흙투성이라 거칠어 보이지만 험한 일을 한 손이 아니야. 이 나이라면 대부분 군에 입대하여 고생하거나 노동하는 바람에 손이 거칠 텐데. 만일 군인이라면 장교였거나 귀한 집 자제였을 거야."

"군인이 왜 잡혀왔을까요?"

"글쎄, 무슨 죄인지는 모르겠으나 군인이든 민간이든 이 친구를 반동이라고 하는 걸 보면, 이 친구 가문이 연좌제로 모두 처형되거나 수용소로 가게 될지도 모르지. 우리 신세보다 더 가혹하게 됐군."

안 기자가 안쓰럽다는 표정으로 청년을 내려다보았다. 재희는 안 기자를 보고 삐쭉거렸다.

"지금 우리 상황이 누구를 안쓰러워할 상황인가? 우리도 당장 죽을지 살지 모르는 형편에."

재희의 투정에 안 기자는 쓴웃음을 지었다. 반박할 수 없는 옳은 소리였다.

청년은 날이 저물고 밤이 깊어가자 조금 정신이 도는 듯 일행을 보고 눈을 마주치곤 했다. 그러나 말할 기운이 없는지 그대로 잠이 들어 다음날 이른 아침이 되어서야 겨우 정신을 차리고 벽에 기대 앉았다. 청년은 자신을 근심스러운 표정으로 돌보고 걱정해 주는 일행에게 고맙다고 인사했다. 청년의 이름은 하우진이라고 했다. 하우진은 탈북했다가 중국 공안에게 잡혀와 수용소에 있다가 또다시 탈북했는데, 이번엔 국경도 넘지 못하고 잡혔다고 했다. 다행인지 불행인지 탈북 자금으로 숨겨 둔 돈이 있어 뇌물로 주고, 수용소로 보내지만 말아 달라고 했는데 어떻게 될지 모르겠다고 했다.

"그럼 어디로 가는데요?"

안 기자가 물었다.

"교화소나 광산 같은 곳에 가서 노동하게 되면 다행이구요."

하우진은 어두운 표정으로 말을 이었다.

"수용소에 다시 끌려가게 되면 혀를 깨물고 죽어야지요."

"수용소가 그렇게 무서운 곳인가요?"

시우를 향해 얼굴을 돌린 하우진은 천천히 대답했다.

"수용소는 지옥이에요. 이 정도 맞는 건 아무것도 아니에요. 이 정도 폭행은 얼마든지 참을 수 있어요."

조철구가 물었다.

"우리는 어떻게 될 거 같아요? 간첩이 아니니까 풀어 줄까요? 아니면 수용소나 탄광으로 가게 될까요?"

"알 수 없어요. 순전히 이 사람들 마음에 달렸어요. 풀어 주고 싶으면 내일이라도 당장 풀어 줄 수도 있고, 몽땅 수용소로 보낼 수도 있구요."

일행의 얼굴이 다시 절망으로 어두워졌다. 하우진이 다시 입을 열었다.

"앞으로 어떻게 될지는 이 사람들의 태도를 보면 짐작은 할 수 있긴 한데…"

"어떤 태도인데요?"

"우리를 트럭에 태우고 어디론가 호송해 간다면 수용소로 가는 것이고, 그냥 이곳에서 사상 교육이나 정치 학습을 시키면 수용소에 가지 않을 가능성이 높아요. 말하자면 정신개조 교육을 해서 개조가 가능하다는 생각이 들면 우리에게 정치 학습을 시킬 것이고, 그렇게 할 수 없는 인간 쓰레기라고 생각되면 가차 없이…"

하우진은 말을 머뭇거렸다. 시우와 재희가 동시에 질문했다.

"쓰레기라니요? 그들의 의사에 맞지 않는다면 말인가요?"

"그러면 어떻게 되는 데요?"

"수용소로 보내거나 즉결로 총살이에요."

"수용소로 가면 어떻게 되는데요? 무서운 곳이라고만 말하지 말고 구체적으로 좀 알려 주세요."

하우진은 머뭇거리다가 수용소의 참상을 이야기해 주었다.

"수용소는 여러 곳이 있는데 주로 탈북자. 남한 방송 듣거나 미국, 일본 영화나 애니메이션 보는 사람. 종교 믿는 사람. 그리고 당신들 같은 사상이 불확실한 월북자들이 주로 대상이에요. 제일 무서운 건 수용소에 한번 끌려가면 자기 발로 걸어서 나올 수가 없다는 거예요. 죽은 후 시체로 나오거나 탈출해야 나올 수가 있어요. 그러니까 수용소에 끌려갔다 나온 사람은 거의 전부 탈출을 통해 나온 것이라고 보면 정확해요. 그냥 내보내는 일은 없는 거죠. 시체가 된 후라면 몰라도."

하우진은 이 말을 해야 하나 하는 표정으로 재희를 힐끗 보더니 입을 열었다.

"남조선에서도 이런 저런 정보들이 많아 대충 아시겠지만, 관리소에는 간부 초대소라는 것이 있어요. 이곳은 평양에서 부부장 급이 내려오면 숙식하는 일종의 특각입니다. 평양에서 간부들이 내려오면 여성 수감자 중에서 얼굴이 반반한, 스물한 살에서 스물다섯 살 사이의 처녀들을 선발하여 목욕을 시킨 후 간부들에게 바친대요. 간부들은 이런 여성들을 온갖 성적 노리개로 삼은 후 비밀 유지를 위해서 '도주 분자'로 몰아 비밀리에 죽인다고 하더라구요."

재희의 얼굴에서 핏기가 사라졌다.

"그리고 수용된 사람들은 하루 종일 철창 안에 가두고 일주일에 30분씩만 햇볕을 쬐게 해요. 이때 풀을 뜯어 먹기도 하는데 들키면 그대로 총살을 당합니다."

"너무 배가 고파서 풀을 뜯어 먹는 사람을 쏴 죽인다는 건가요?"

우진은 고개를 끄덕였다.

"경비원들이 키우고 있는 경비견이 어린 소녀를 잡아먹어도 사납게 잘 길렀다며 칭찬받는다는 이야기도 있어요."

재희는 이야기를 들으며 몸서리 쳤다. 수용소에 끌려가면 자기는 하루도 못 버티고 죽을 것 같았다. 다 포기하고 이대로 자살하고 싶었다.

재희는 눈앞에 크게 입 벌리고 있는 공포의 암흑 속으로 삼켜지는 것 같았다. 몸을 마구 떨었다. 시우가 재희의 어깨를 안았다.

"미안해요. 난 그냥 있는 그대로 설명하느라고."

우진은 미안한 표정으로 말을 멈췄다. 일행은 이야기를 듣는 것만으로도 수용소 생활을 하고 나온 듯 기력이 다 빠져나갔다. 어떻게 해서든 수용소로 가는 건 피해야 한다. 일행 사이에 긴 침묵이 흘렀다. 우진의 말을 조용히 듣고 있던 안 기자가 우진을 향해 질문했다.

"내가 보기에 하우진 씨는 북한에서도 잘사는 집 자제 같은데 왜 탈북하려고 했어요?"

목소리는 부드러웠으나 기자다운 날카로운 질문이었다. 하우진은 그 말을 듣고 난감한 표정으로 잠시 침묵했다. 그리고는 결국 말해야겠다고 생각한 듯 입을 열었다.

"사실 우리 아버지는 육군 중장입니다."

일행은 깜짝 놀랐다. 북한군 육군 중장의 아들이라면 출세도 보장되었을 것이고 북한에서 부러울 게 없이 지내는 특권층일 텐데, 왜 탈북을 시도한 걸까?

"아마 모두 똑같은 생각을 하고 계시겠지만, 사실 난 이곳에서 부족함 없이 모두 누리고 살았어요. 일반적인 관점으로 보자면 탈북할 이유가 전혀 없지요."

"그런데 왜?"

"단 한 가지 북한에 없는 것."

저 정도의 권력을 가진 집안에서 더 부족한 것이 무엇이었을까?

"자유 때문이에요."

일행의 얼굴에는 깊은 공감의 빛이 떠올랐다. 가진 것이 별로 없는 사람에게도, 뭐 하나 부족할 것 없는 사람에게도 역시 가장 소중한 것은 자유였다. 안 기자가 고개를 천천히 끄덕였다. 자유가 없다면, 자유를 누릴 수 없다면 다른 그 무엇이 가치 있겠는가.

햇살이 더 넓게 퍼지며 밖에서 군인들이 활발하게 움직이는 소리가 들려왔다. 잠시 후 멀건 된장국과 쌀이 거의 보이지 않는 잡곡밥으로 아침식사를 마친 일행은 바짝 긴장했다. 이제 혹시라도 자신들을 실으러 오는 트럭 소리가 들려오면 수용소 행인 것이다. 제발 트럭 소리가 들리지 말아라, 두 손 모아 빌고 싶었다. 그러나 잠시 후 트럭의 엔진 소리가 연병장을 울렸다. 그리고 부산하게 움직이는 군인들 소리도.

일행의 얼굴이 모두 창백해졌다. 이젠 틀렸구나. 온몸의 피가 빠져나가는 듯 기운이 빠졌다. 조철구가 몸을 일으켜 벽 위에 붙은 작은 철창으로 밖을 내다보았다. 트럭에는 수십 명의 군인들이 탑승하고 있었다. 군인들이 모두 탑승한 후 트럭은 거친 엔진 소리를 내며 연병장 밖으로 나갔다. 조철구를 따라 옆에서 밖을 내다보던 하우진이 중얼거렸다.

"이제 살았어요."

털썩 벽에 기대며 주저앉은 하우진은 혼잣말처럼 중얼거렸다.

"적어도 오늘은 수용소로 갈 것 같지는 않네요. 저 군인들은 아마 농군들을 도우러 민간 지원 나가는 걸 거예요."

"어떻게 알아요?"

"나는 며칠 전에 잡혀와서 상황을 보면 알아요. 요즘 농촌이 가뭄이라 물을 길어다 나르는 일을 도우러 나가더라구요."

"그럼 이제 정치 학습시키러만 오면 우리는 수용소로 안 끌려가는 거네요?"

재희가 안도하는 표정으로 물었다.

"그런 셈이지요. 그런데 아직은 몰라요. 오늘은 농촌 지원 나가느라 차량이 없어서 못 가는 걸지도. 정치 학습시키러 들어오면 수용소에 안 끌려가는 거고, 정치 학습이 안 들어오면 내일이라도 수용소로 끌려갈 수 있어요."

그러나 아침 식사 후에도 정치 학습을 하러 들어오지 않자 모두 불안해졌다. 목이 탈 것 같은 기다림으로 오전이 지나고 점심식사를 마친 후에도 정치 학습은 들어오지 않았다. 일행의 가슴속에 서서히 공포의 그림자가 드리우기 시작할 무렵 군인들은 일행을 본관 건물로 끌고 갔다. 정치 학습의 시작이었다.

사상 학습이 시작되자 일행은 뛸 듯이 기뻐했다. 세뇌 작업의 시작이라는 걸 알면서도 반가운 마음이 드는 건 씁쓸한 일이지만, 최소한 당분간은 생명의 위협을 느끼지 않아도 되는 것이다. 교육은 짐작할 수 있었던 것처럼 북한 체제의 우수성과 김정은 영도력에 대한 찬사, 사상 학습, 삼부자에 대한 숭배심 고양 등이었다. 재희는 가엾을 정도로 학습에 몰두했다. 그것이 구원 얻을 수 있는 유일한 길인 것처럼. 사이비 종교를 믿으며 휴거를 꿈꾸는 신도처럼. 그러나 시우는 재희에게 아무 말도 할 수 없었다. 적어도 지금 이 순간은 사상 학습에 전념을 다하는 것이 재희에게 가장 안전하고 분명한 보장이 되는 것만은 확실했다.

하루 일과는 눈뜨고 있는 시간 동안 계속 교육이었다. 교육이 반복되는 사이 일행에게는 평화가 유지되었다. 그러는 사이 일행은 안전만 보장된다면 이 교육이 오래오래 계속되어도 아무 불만 없을 것 같은 마음이 되어 버렸다. 그동안 일행은 사소한 것들을 상의하고 도우며 더욱 친숙해졌고, 새로 만난 이를 포함하여 다시 의형제를 맺기로 했다. 우리 외에는 누구도 도와줄 사람도 없고 보호해 줄 사람도 없으니, 우리끼리 서로에게 울타리가 되어 주자. 국경에서 맺었던 4명의 의형제 중 반후명은 떠나고 조철구와 하우진이 더하여 5명의 의형제가 되었다.

안영민 33세. 맏형

하우진 30세

조철구 28세

강시우, 한재희 26세

차이가 있다면 국경에서 의형제를 맺을 때는 축제 기분이었으나, 이곳 북한에서 맺는 의형제는 처연하고 비장한 느낌이라는 것. 재희는 모두 오빠가 되어 몹시 든든해 했다. 시우는 좋아하는 재희의 모습을 보며 가슴 아팠다. 다시 한 번 속으로 재희를 끝까지 보호해 주어야겠다는 결심을 했다.

정치 학습을 받는 기간이 길어지면서 보초 서는 군인들의 얼굴도 조금씩 낯익어 갔다. 보초들의 표정도 부드러워졌다. 화장실 인솔하는 시간이 되었을 때 재희가 철창 밖으로 나가다 발이 걸려 앞으로 쓰러지려고 하자, 군인이 황급히 재희를 부축해 주었다. 재희가 고맙다고 인사하자 군인은 금세 굳은 표정으로 먼 곳을 보았다. 하지만 그의 얼굴에 스친 순간적인 수줍음이 일행의 눈에 들어왔다. 그것은 지금까지 보아 온 흑백 화면같이 무미한 이곳의 풍경 속에서 유일하게 색조가 느껴지는 모습이었다. 그것은 찰나였고 보일듯 말듯 미약한 색조였지만, 일행의 마음에 미미한 온기를 남겨 주었다.

학습을 마치고 취침 시간이 되어 아늑한 어둠속에서 한 자리에 모여 이야기를 나눌 수 있게 되자, 시우는 낮에 있었던 그 어린 군인의 표정을 떠올리며 입을 열었다.

"아버지에게서 들은 이야기인데요. 아버지는 월남전 참전 용사였어요.

월남 파병되기 전 강원도에서 정글 전투 대비 특수훈련을 받고, 월남 도착하면 그곳에서 또 실전 적응 훈련을 4주간 받아요. 그때 교관이 이야기해 주었다는 실전 교칙 중의 하나가 기억나요. 정글 전을 하다 보면 정글 속에서 혼자 낙오될 때가 있는데, 간혹 홀로 된 적군과 일대일로 딱 마주치게 되는 경우가 있다고 해요. 각자 총을 들고 겨눈 채 언제라도 발사할 수 있는 상황에서 말이지요."

일행의 시선이 시우에게 쏠렸다.

"그럴 때 상대방의 눈을 보지 않아야 한대요. 상대의 눈을 보면 방아쇠를 당길 수가 없대요. 눈을 보지 않고 먼저 방아쇠를 당기면 살고, 상대의 눈을 보게 되면 차마 당기지 못하다가 상대방이 쏘는 총에 맞아서 죽는다고 해요."

하우진이 흥미로운 표정으로 물었다.

"그럴 때 먼저 당기는 사람이 살아남는다?"

시우는 고개를 끄덕였다.

"이 이야기를 처음 들었을 때는 당연히 먼저 방아쇠를 당겨서 살아남아야지 하고 생각했는데, 아까 저 어린 군인을 보니 만약 저 군인과 내가 그런 상황에서 마주치게 되면 난 방아쇠를 쉽게 당기지 못할 것 같아요. 나와 비슷한 나이, 비슷한 길이의 인생을 살고, 전장에서 죽으면 슬퍼할 비슷한 가족을 갖고 있을 존재."

"그럼 총 맞아 죽겠다는 뜻이야?"

재희가 힐난하듯 물었다.

"나와 똑같은 생각을 하고 있기를 바라야지. 아니 똑같은 생각을 할 거야. 그래서, 서로 총을 겨눈 채 한 발씩 물러서는 거지. 서로의 눈을 들여다보며 조심스레 한 발씩 물러서. 그리고 정글에 서로의 모습이 가려졌을 때 있는 힘을 다해 도망가는 거지."

일행은 가만히 있었다. 자기가 그 경우라면 어땠을까 하고 생각하는 표정들이었다.

"난 쏠 거야."

재희가 말했다.

"현실은 그렇게 낭만적이지 않은 거야. 물러서는 척하면서 언제라도 쏠 수 있는 거라구. 아니, 오히려 적군이 한 발 물러섰을 때가 더 무서울 수도 있어, 방심했을 때니까."

재희는 총알같이 빠른 속도로 말하고는 안영민에게 물었다.

"영민 오빠는요?"

"쉽지는 않겠지만 쏠 거 같은데."

"철구 오빠는?"

"쏴야지."

생각할 것도 없다는 투였다.

"나도 쏠 것 같아."

하우진도 대답했다. 재희가 시우에게 답답하다는 듯 다그쳤다.

"그것 봐 정답이 뭔지 알겠지? 그 상황은 상식과 도덕이 유지되고 있는 평상시가 아니라 전쟁터라구. 죽이지 않으면 죽는 전쟁 중이란 말이야. 평시의 가치 기준이나 도덕심으로 판단할 상황이 아니라구."

시우는 느릿하게 대답했다.

"저 군인들을 보면 우리를 구타하고 고문하긴 하지만, 저 사람들도 명령이니 어쩔 수 없이 하는 걸 거야. 나도 군대 있을 때 정당치 못한 명령이라도 복종할 수밖에 없었으니까. 군대에서는 명령 불복이 가장 큰 죄거든. 그러니 군인 개인의 자유의지로 행해지는 행동이 아니라는 거지.

아니, 사실은 상대를 죽일 생각이 없을 거야. 저 군인들을 보면 나보다 어린 군인들도 있는데, 막상 마주치면 총을 쏘지 못할 것 같아."

아직도 시우는 현실을 이해하지 못하고 있다. 난 이해한다. 재희는 생각했다. 지금까지 부모님이 모든 현실의 파도를 막아 주는 방파제가 되어 주었기 때문이겠지. 현실의 냉엄함과 비정함을 모르기 때문이야. 그러다가 어느 순간 시우가 각성하듯 깨닫게 되겠지. 그때가 너무 늦은 때가 되지 않기를 빌 수밖에.

"시우는 낙천주의자예요."

재희는 답답해 죽겠다는 표정으로 말했다.

"조폭이 회칼 들고 달려들어도 생선회 서비스하러 온다고 생각할 걸요."

일행은 재희의 터무니없는 비유를 듣고 정말 오랜만에 소리 죽여 킥킥대며 웃었다.

\* \* \*

정치 학습은 2개월간 진행되었다. 그 중에 가장 학습 효과가 뛰어난 사람은 단연 재희였다. 김일성 교시 등 암기 과목은 물론 사상 교양까지도 완벽하게 이해하여, 학습을 지도하는 군관들도 혀를 내두를 지경이었다. 재희의 견인 때문이었을까. 다른 일행들 역시 학습에 관한 한 여느 군관 못지않은 지식을 갖게 되었다. 일행은 다시 태어났다. 적어도 그들의 눈에는 그렇게 보여야 했다.

어느 정도 정치 학습에 대해 만족했는지 식사의 질도 좋아졌다. 한동안 반복되는 내용을 며칠간 교육하더니 군관이 나타났다. 일주일 후 방송에 인터뷰하러 나갈 테니 마음의 준비를 해두라는 것. 그리고 각자 앞에 얇은 서류철을 하나씩 나눠주었다.

"방송에서 이런 질문을 할 거니까 여기 기록된 대로 답변만 하면 되는 거야. 그러면 방송이 끝난 후 너희에게는 여러 가지 혜택이 주어질 거다. 잘하면 남조선으로 보내줄 수도 있을 테고."

지금까지 들은 것 중에 가장 희망적인 말을 듣고 일행의 얼굴에 화색이 돌았다. 군관이 나가자 일행은 황급히 자기 앞에 있는 서류철을 들고 읽기 시작했다. 잠시 후 서류를 다 읽은 사람들의 표정은 다양했다. 여러 내용이 있었으나 일행의 마음에 가장 부담이 되는 내용은 스스로 자진 입북했다고 말한 후, 북한 체제의 우월성을 칭송하고 남한에 대해서는 터무니없이 부정적인 내용을 답해야 한다는 것이었다. 인터뷰 내용에 부담이 없는 조철구가 가장 먼저 인터뷰에 응하겠다 했고, 재희 역시 인터뷰에 응하겠다며 일찌감치 타협했다. 하우진은 신분의 특성상 내용이 조금 달랐지만 역시 인터뷰에 응하기로 했다. 하우진은 변명 삼아 말했다.

"일단 살아남아야 다음을 도모하지 않겠어?"

끝까지 마음을 정하지 못한 것은 안 기자와 강시우였다. 정치 학습 도중에는 어쩔 수 없이 앵무새처럼 따라 하긴 했지만 남한에서도 볼 수 있는 방송에까지 나가서 북한을 칭송하고 조국을 폄훼한다는 건 마음이 허락되질 않았다. 일행들이 일단은 수그리고 살아남아야 한다고 설득했지만 두 사람은 쉽게 고개를 끄덕이지 못했다.

두 사람은 따로 불려 나가 모진 고문과 폭행을 당했다. 시우는 연일 고문과 폭행이 이어지고 어떤 상황에서도 희망이 보이지 않자 죽어 버려야겠다고 마음먹었다. 재희를 지켜 줘야 하는데 이 상태로 살아나 봐야 재희는커녕 자기 자신도 지킬 수 없을 것이라 생각되었다. 재희는 어쩌면 이곳에서 잘 적응하고 살지도 모르겠다는 생각이 들었다. 그렇게까지 생각이 미치자 시우는 곡기를 끊었다.

이틀째 끌려 나가 모진 고문과 폭행을 당하고 하루 종일 아무것도 먹지 않는 시우를 보고 재희는 억지로라도 밥을 먹이려 했다. 그러나 시우는 입을 앙다물고 거부했다.

사흘째 되는 날 아침엔 걸어갈 수가 없어서 군인들이 질질 끌고 가다시피 했다. 그 모습을 보며 재희는 눈물을 철철 흘렸다. 아침에 끌려 나간 시우는 한 시간도 지나지 않아 도로 끌려 들어왔다. 시우의 상태가 너무 좋지 않아 그날은 고문이나 폭행을 하지 않은 것 같았다

일행이 잠시 안도하며 시우를 돌보는 동안 점심시간이 되었으나 식사를 주지 않았다. 그때부터 놈들은 일행에게 모두 식사를 주지 않았다. 말하자면 연좌제였다. 일행 중에 한 명이라도 거역하면 전체가 벌을 받는 연좌제. 급식이 중단된 채 하루가 지나고 이틀째 되던 날은 모두 기운이 없어 바닥에 누웠다. 일행의 모습을 보며 시우는 앙상한 얼굴에 눈물을 흘렸으나 아무 말도 하지 않았다.

사흘째 되는 날, 사람들의 모습이 눈에 띄게 수척해지고 배가 고파 고통스러워하는 모습이 보이기 시작했다. 재희는 헛구역질을 했지만 물조차 올라오지 않았다. 나흘째 되는 날 널브러진 일행들을 보다 못한 시우가 밥을 달라고 했다. 군인들은 큰 통에 밥을 담아와 철창 밖에 두고는 위대한 수령 동지 만세를 부르라고 했다. 시우는 시키는 대로 위대한 수령 동지 만세를 외쳤다. 군인들은 재미있다는 듯 또 한 번 시키고는 밥을 주기는커녕 밥통을 그대로 들고 나갔다. 시우는 군인들이 들고 나가는 밥통을 보며 능멸 당한 수치감에 처절한 비명을 질렀다. 일행들

역시 능욕당한 처참함에 소리 없이 눈물이 흘러나왔다. 비참한 순간이었다.

다음날 아침이 되자 군인들이 다시 밥통에 밥을 담아 왔다. 밥통에서는 뜨거운 김이 오르고 있었다. 밥 냄새를 맡은 사람들의 눈에 고통이 서렸다. 군인들은 의외로 아무런 요구도 하지 않고 밥을 담아 주었다. 바로 눈앞에서 김이 솟아오르는 밥그릇을 시우는 떨리는 손으로 재회에게 건네주었다. 재회는 눈물 흘리며 밥을 입에 넣었다.

시우도 밥을 입에 넣었다. 철창 밖에서 군인들의 비웃는 소리가 들렸다. 결국 그렇게 할 걸 왜 버텼냐며. 첫 술에는 구역질이 났다. 너무 오래 허기져서 그런 것 같았다. 또 밥을 퍼넣었다. 숟가락으로 밥을 퍼넣는데 눈물이 밥그릇으로 뚝뚝 떨어졌다. 산다는 게 아무것도 아니었다. 산다는 게 결국 줄이고 줄이자면 밥숟가락 하나에 달린 것이다.

그 사건 이후로 며칠간 평온했다. 식사도 제대로 나왔다. 일행이 방송 인터뷰에 나올 때 얼굴의 상처가 보이거나 얼굴 나빠 보일까 봐 대접하나 보다 생각했다. 식사의 수준은 엉망이었으나, 고문도 폭행도 없이 이 정도의 대접만 받아도 살 것 같았다. 다른 불만도 없고 오늘 같은 일상이 주욱 계속되어도 행복할 것만 같았다.

결국 일행은 한 사람씩 나가서 방송 인터뷰를 했다. 어떻게 편집되어 방송될지는 알 수 없지만, 내용은 천편일률적으로 위대한 수령 동지의 칭송과 썩어 빠진 남조선 당국에 대한 까 내리기였다. 시우와 안 기자는 인터뷰를 마친 후 자존감이 완전히 허물어졌다. 이것이 내 모습이었던가. 지금까지 친일파 매국노를 욕해 왔지만, 내가 그들과 다를 것이 무엇인가. 안 기자는 임소연에 대해 다시 생각을 떠올렸다. 내가 그녀와 다를 게 뭐 있겠는가. 그녀도 나와 같은 과정을 거쳐 왔을 것이다.

한바탕 파도가 휩쓸고 지나가고 평온이 계속되자 일행은 다시 불안해지기 시작했다. 우리는 이제 어떻게 되는 걸까. 인터뷰도 끝났으니 용도 폐기하고 수용소로 보내는 걸까. 아니면 우리를 정말 집으로 돌려보내 줄까. 그럴 리가 없지. 방송에서 우리 발로 북한으로 들어왔다고 했으니 집으로 돌려보낼 것 같지는 않다. 애초에 우릴 되돌려보낼 생각이 아예 없었던 거지.

보위부에서도 일행의 거취에 대해 여러 의견들이 갈리는지 한동안 변화 없는 나날이 지속되었다. 일행이 그렇게나 기다리던 평온한 나날이었지만, 폭풍 전야의 불안감이 깔려 있었다. 무료함과 불안함과 안도감과 긴장감이 뒤섞인 나날이었다. 어느 날 문득 창문을 통해 하늘을 올려다보던 시우가 중얼거렸다.

"치맥하고 싶다."

시우의 목젖에서 꼴깍 침 삼키는 소리가 났다.

"난 프라이드."

재희도 벽에 기댄 채 벽에 치킨을 그리는 시선으로 주문했다.

"치맥이 뭔데?"

조철구의 물음에 안 기자가 대답했다.

"치킨에 맥주."

"아!"

조철구의 눈이 커다랗게 떠졌다.

"난 가츠톤."

"까스통?"

하우진이 놀리듯이 되물었다.

"까스통이 아니고 돈까스 우동이에요. 아, 정말 먹고 싶어졌어."

조철구는 험상궂은 얼굴에 어울리지 않게 귀여운 표정으로 침을 삼켰다.

"영민 오빠는요?"

재희가 안 기자에게 물었다.

"나? 난…"

안 기자는 맛있는 음식을 아껴 고르듯이 머릿속에 메뉴판을 펼쳤다.

"난 짜장면."

일행의 입에서 동시에 안타까운 탄식이 터져 나왔다. 그 맛있는 음식을 내가 왜 고르지 못했을까?

"난 짜파게티라도 좋아. 스프를 넣고 비빌 때 올라오는 그 냄새."

재희는 두 주먹을 쥐고 부르르 떨었다. 그 후로는 엉망이 되었다. 모두들 아우성치듯 먹고 싶은 음식을 꺼냈고, 그들이 펼쳐놓은 상 위에는 산해진미가 가득 올랐다. 김치찌개는 보글보글 끓어올랐고, 재희가 부치는 부침개 소리가 치지지직 침샘을 자극했다. 조철구가 차린 독상에는 생선회와 초밥이 모양도 예쁘게 나란히 올려졌고, 안 기자 앞에는 위스키와 슬라이스 연어와 캐비어가 놓였다.

행복해진 일행은 샴페인을 터뜨리기로 했다. 샴페인이라면 단연 돔페리뇽이지만, 너무 비싸니 모엣샹동 정도로 할까? 그러나 일행의 아우성으로 기왕이면 돔페리뇽으로! 우선은 샴페인부터 한 병 따자! 시우는 힘차게 마개를 땄다. 거품이 허공으로 치솟고, 샴페인 터지는 소리에 일행은 현실로 돌아왔다. 사라진 샴페인 거품 뒤로 우울한 회색빛 실내와 쇠창살이 눈에 들어왔다. 일행의 욕심은 순식간에 소박해졌다.

"난 짱구 한 알만 먹고 싶어. 사무치게 그리워."

꿈에서 깨어난 재희가 벽에 털썩 기대며 중얼거렸다.

"난 초코파이."

시우가 뒤 따랐다.

"난 쫀드기."

안 기자의 말에 조철구만 빼놓고 모두 웃었다. 조철구는 알 수 없는 전설 속의 쫀드기.

"난 호떡."

하우진이 말을 끝내자마자 철구가 뒤를 이었다.

"난 라멘, 도쿄 뒷골목의 작은 라멘집 라멘이 먹고 싶어."

일행은 화장실 가는 시간이 되어 군인의 인솔 하에 화장실을 다녀와서도 먹는 이야기를 멈추지 않았다. 몇 시간 동안 그 이야기를 하면서 그들은 서울 거리와 일본 거리를 마음대로 활보했다. 명동칼국수집도 갔고 유명한 수제돈가스집도 갔다. 별다방도 가고 아구탕 집도 갔다.

"난 마카롱 하나만 줘도 시키는 대로 다 할 거야."

"난 피자 한 조각."

"지금 통닭을 준다면 난 하느님이라 부를 거야."

"시원한 맥주 한 잔 마시면 소원이 없겠다."

"이런 아무것도 아닌 것이 이렇게 사무치게 그립고 절실할 줄이야."

시우는 탄식했다. 그들의 한은 끝없이 계속되었다. 그렇게 소박하고 달콤한 감정들이 극에 달했을 때, 갑자기 연병장에서 트럭 엔진 소리가 들렸다. 순간 실내엔 죽음 같은 정적이 흘렀다. 일행은 직감했다. 수용소로 끌려가는 것이다.

철창문을 열고 군인들이 들어와 모두 눈을 가리고 트럭에 태웠다. 일행은 갑작스런 변화에 어찌할 줄 몰라 한 마디 말도 못 한 채, 짐승처럼 시키는 대로 몸을 맡기고만 있었다. 몸은 굳을 대로 굳어 막대기같이 뻣뻣해졌다.

트럭은 일행을 싣고 꽤 오랫동안 달렸다. 얼마나 달렸을까. 트럭은 커다란 건물 앞에 멈추어 섰다. 군인들이 일행의 눈가리개를 풀어 주고 차에서 끌어 내렸다. 그들의 앞에는 고즈넉한 정원이 딸린 커다란 건물이 서 있었다. 재희와 시우가 서로 마주보며 손을 꼭 잡았다. 수용소로 보이지는 않았다.

규모가 커 보이긴 했으나 특별한 장식이 없는 검소한 집이었다. 문 앞에 보초가 서 있는 것만 빼면 남한의 큰 저택 같은 느낌이었다. 군인들은 현관문을 열고 일행을 저택 안으로 밀어 넣은 후 밖에서 문을 닫았다. 현관에서 어찌 할 바를 모르고 서 있는 일행 앞으로 실내와 연결된 중문이 열리며 얌전하고 단정해 보이는 20대 후반의 여인이 나왔다.

북한 여성이라고 보기엔 무척 세련된 복장을 갖춘 여인은 남한의 여느 도시 여인과 다를 바 없어 보였다. 칙칙하고 음울한 환경에서만 지내던 일행의 눈에는 마치 전혀 다른 세계로 들어선 듯한 착각마저 들게 했다. 여인의 뒤에는 그녀보다 신분이 낮아 보이는 여성이 두 사람 서 있었다. 이들 역시 복장이나 용모가 뛰어난 편이었다. 일행은 상상조차 하지 못했던 상황이 눈앞에 펼쳐지자 혼란스러웠다. 도대체 한 치 앞을 예측할 수 없는 일들이 연이어 벌어지고 있어서 머리가 터질 지경이었다.

"나는 최은아라고 합니다. 놀라셨지요? 어서들 들어오세요."

여인은 친절하게 그들에게 인사했다. 문을 열고 들어서자 거실 내부는 놀라울 만치 호화스러웠다. 최은아의 옆에 서 있던 여인들이 목욕가운과 속옷을 일행에게 한 벌씩 나눠 주었다.

"우선 목욕부터 하고 나오세요."

그 말을 듣고 일행은 순간 움찔했다. 자신들은 느끼지 못했지만 지금 우리의 몸에서 나는 악취는 이루 말할 수 없을 지경일 것이다. 그동안 목욕은 물론이고 납북되었을 때 입었던 복장 그대로 지금까지 입고 있으니 몰골과 행색이 기가 막혔을 터이다. 그러나 최은아는 전혀 싫은 기색 없이 부드러운 미소로 일행을 대했다. 그 교양의 깊이로 보아 그녀가 일반 여성은 아닐 것이라고 일행은 짐작했다. 저택에는 손님들이 평소에 많이 와서 묵는지 욕실 달린 방이 여러 개 있었다. 최은아는 남자들에게 인사하고는 재희를 다른 곳으로 데리고 갔다. 재희는 조금 떨어진 방에서 목욕하도록 배려하는 것 같았다.

시우가 들어간 방의 욕실에는 작은 욕조에 수도꼭지가 두 개 달려 있었다. 설마 온수가 나오랴 싶었는데, 꼭지를 트는 순간 온수가 쏟아져 나왔다. 가을의 초입이었지만 북쪽은 쌀쌀했다. 여름에서 가을이 될 때까지 차가운 시멘트 바닥에서 지내고 더러운 옷 한 겹으로 버티다가, 몇 달 만에 손끝에 와닿는 뜨거운 물의 촉감은 세상에 없던 새로운 물질을 만지는 느낌이었다.

시우는 욕조에 물을 받으며 옷을 벗었다. 납치된 이후로 한 번도 갈아입을 수 없었던 옷은 이미 섬유로서의 부드러움은 느낄 수 없고, 땀과 흙과 먼지에 절어 굳어진 비닐 같았다. 서걱거리는 옷을 벗자 때투성이의 몸이 보였다. 오물 때문에 한번 씻긴 했지만, 비누도 없던 터라 씻으나마나 변함없이 더러운 몸이었다. 샤워 꼭지를 틀자 축복 같은 물줄기가 머리에서부터 몸을 타고 흘러내렸다. 이 뜨거운 열기, 부드러운 흐름, 야외 탁자에 놓인 여름 햇살 밑의 버터처럼 몸이 녹아 내렸다. 목욕이 이렇게 행복한 행위였던가. 시우는 한동안 물의 온기에 몸을 맡겼다. 몸의 세포가 다 녹아 내려 세포 사이사이의 때와 먼지가 풀어져 내릴 때까지.

그리고 머리부터 감았다. 눈을 감고 샤워의 물줄기를 맞으며 시우는 집을 꿈꾸었다. 여긴 우리집이야. 난 긴 악몽을 꾸었고 눈을 뜨면 우리 집 욕실일 거야. 정말로 여기가 북한이라면 이렇게 뜨겁고 행복한 샤워를 할 수 있을 리가 없어. 머리의 샴푸를 다 헹궈 내고도 시우는 눈을 뜨지 않았다. 눈을 뜨면 다시 악몽이 이어져 이곳은 북한이 될 것이다. 시우는 오래 눈을 감고 있다가 서서히 감정을 조율했다. 현재의 시간과 머릿속의 시차를 조율하고, 현재의 지역과 머릿속의 공간을 천천히 일치시켰다. 고통스러운 일이지만 눈을 뜨지 않을 수는 없었다. 시우가 눈을 뜨자 그곳은 북한이었다.

몸을 구획으로 나누어 발끝부터 천천히 밀기 시작했다. 물에 불은 몸엔 탈피 동물의 허물처럼 두터운 껍질이 흐물거렸다. 시우는 천천히 그 먼지를, 그 오물을 기도하는 수도승처럼 경건하게 밀어냈다. 악귀처럼 눌어붙어 있는 악몽을 지우려는 듯이.

거실로 나오자 조철구와 안영민은 벌써 목욕을 마치고 소파에 앉아 있었다. 언제 준비했는지 여인들은 깔끔한 옷을 한 벌씩 일행에게 나눠 주었다. 딱 맞지는 않았지만 대체적으로 크기가 맞았다. 누군가 우릴 지켜보다가 옷을 준비해 둔 것일까? 여인들이 옷을 갈아입은 일행을 커다란 방으로 안내했다. 방 안에는 큰 원형 식탁이 놓여 있었다. 식탁 위에는 놀랍게도 그들이 철창 안에서 먹고 싶다고 말했던 그 과자들이 거의 대부분 쟁반에 담겨 있었다. 짱구도 있고 초코파이도 있고 마카롱도 있었다. 일행은 꿈을 꾸는 것 같았다.

"하나 들어 보세요."

시우가 멍하니 과자를 보고 서 있자 최은아가 미소 지으며 권했다. 시우는 짱구 봉투를 들어 포장을 찢고 한 알 깨물었다. 바사삭 소리와 함께 마법이 일어났다. 과자 조각이 미각을 건드리자, 칙칙하고 음울하던 주변에 갑자기 생기가 살아났다. 마치 월트 디즈니의 애니메이션 효과처럼 칼라로 변하고 음악이 들려오는 듯했다. 오전에 철창 안에서 사라졌던 파티가 되살아났다. 다른 게 있다면 망상과 현실의 차이였다.

지금은 현실이었다. 입에 넣으면 씹혔고 손을 뻗으면 잡을 수 있었다. 지구상에 이런 것들이 아직 존재하고 있었다니. 시시한 것들이 얼마나 행복한 것이었는지 알 수 있었다. 그 시시한 것들을 지켜 오던 더 시시하다고 느꼈던 것들에 대해 감사와 미안함이 동시에 스쳤다. 경멸하던 가치. 비웃던 노력들에 대해.

잠시 후에는 여인들이 음식이 담긴 접시들을 들고 들어왔다. 음식이 차려져 나올 때쯤에야 재희가 목욕을 마치고 왔다. 재희도 식탁 위의 과자와 음식을 보고 놀라더니 급변한 이 상황을 그냥 받아들이기로 마음먹은 것 같았다.

"아직 우진 오빠가 안 나왔네. 어떻게 여자보다 더 걸리냐."

"오랜만에 목욕하니 아주 마음먹고 불리고 나오는 모양이지."

안 기자는 이제 농담하는 여유까지 생겼다. 여인들이 각자 앞에 놓인 와인 잔에 와인을 따라 주었다. 북한에서 와인을 마시다니. 와인의 향기가 실내에 감돌았다. 꿈같은 향기였다.

"시장하실 텐데 어서 드세요."

그러나 일행은 하우진이 나오면 같이 먹으려고 음식에 손을 대지 않고 기다렸다. 안 기자가 와인 잔을 기울이며 최은아에게 물었다.

"그런데 여긴 누구의 집인가요?"

"보위부 중장님 관사입니다."

일행은 깜짝 놀랐다. 수용소로 가는 줄 알았더니 보위부 중장의 관사로 오다니.

"너무 놀라지 마세요. 중장님이 오실 때만 관사로 사용하시고, 평소에는 장교들 휴양소로도 사용하고 있습니다."

"그래서 목욕탕이 여러 개 있었군요."

일본에서 태어나고 자라 목욕을 좋아하는 조철구의 표정엔 만족스러운 홍조가 가득했다.

"그런데 우리가 왜 여기 오게 된 거죠?"

시우가 물었다.

"여러분은 특별한 초대를 받으신 거예요."

"특별한 초대요?"

"누가 초대했는데요?"

일행이 동시에 묻자 현관 쪽에서 목소리가 들렸다.

"내가 했습니다."

대위 계급장을 말끔하게 단 북한 군인 정복을 입고 미소 지으며 나타난 사람은 하우진이었다. 그 모습을 보고 최은아는 가볍게 고개 숙여 목례했다. 일행이 하우진을 보고 경악하는 짧은 순간, 재희는 최은아의 눈에서 아주 순식간에 지나간 느낌이지만 하우진을 흠모하는 여자의 시선을 느꼈다. 여자만이 알아챌 수 있는 보일듯 말듯한 아지랑이였다. 하우진은 의자에 앉기 전에 일행에게 깍듯이 고개 숙여 인사했다.

"영민 형 죄송합니다."

그리고 나머지 일행에게도 고개를 숙였다.

"내 정체를 감췄던 점 사과한다. 미안하다."

그러나 일행은 아직도 어안이 벙벙한 채 하우진을 보고만 있었다. 하우진은 자리에 앉았다.

"나를 믿어 달라고 하지는 못하겠지만, 난 너희에게 진심으로 다가가고 싶었다. 그래서 잠시 너희와 같은 입장이 되어 너희에게 접근한 것뿐이야. 이 말에는 한 치의 거짓도 없다."

하우진은 앞에 놓인 와인 잔을 스스로 채웠다.

"이젠 깨달았겠지만 난 국경 경비대를 기습 감찰한 보위부의 지휘관이야. 정보를 입수하고 감찰을 나간 거지."

시우는 입안이 타는 것 같아 와인을 한 모금 마셨다. 우진은 시우를 향해 와인 잔을 마주 들고 입을 축였다.

"그럼 우리를 처음 만날 때 고문당했던 흔적들도 전부 가짜였던 거예요?"

재회가 긴장한 얼굴로 물었다.

"아, 그거."

우진은 미안한 표정으로 팔뚝을 걷어 올려 보여주었다.

"일부는 물론 상처가 더 커보이게 과장된 분장을 하긴 했지만, 대부분의 상처는 진짜야. 내가 이마로 벽을 들이받거나 부하들에게 몽둥이로 치라고 했지."

말끔하게 목욕을 했지만 하우진의 이마에는 아직도 시퍼런 멍이 남아 있었고, 걷어서 보여주는 팔뚝에도 몽둥이로 인해 터진 상처와 멍자국이 꿈틀거리고 있었다. 그런 상처와 폭행을 자행할 만큼 하우진은 냉혹한 남자라는 건가. 시우가 믿어지지 않는다는 목소리로 물었다.

"그렇게까지 하면서 우리에게 접근할 필요가 있었어요? 우린 정말 간첩도 아니고 공작원은 더더욱 아닌데."

"내 말을 믿어 줄지 모르겠지만, 솔직히 말하자면 너희들의 신분이 너무 완벽한 균형이었어. 환상적이었지. 신문기자 한 사람, 남조선의 명문

대학생 남녀 한 명씩, 그리고 재일교포까지. 일부러 그렇게 짝을 맞추려고 해도 쉽지 않은 밸런스였지. 우연이라고 하기엔 너무 완벽했어."

우진은 잔에 남은 와인을 홀짝 마시고 잔을 탁자 위에 놓았다.

"물론 영민 형을 포함해서 너희를 고문하고 괴롭힌 것은 진심으로 미안하지만, 우리 나름대로 너희가 간첩이 아니라는 확신이 필요했다. 이젠 너희가 간첩이 아니라는 걸 확신하면서 이렇게 홀가분하게 내 정체를 드러내는 거야."

우진의 행동에는 힘 있는 자의 여유도 보였지만 나름 진정성이 보이기도 했다.

"오늘은 정말 우리가 맺었던 의형제 사이로 허심탄회하게 제대로 의견을 나눠 보자. 자연인으로서의 너희와 함께한 시간들이 나에겐 정말로 소중한 시간이었어. 아, 변명하느라 말이 많아졌는데, 우선 먹으면서 이야기할까?"

우진은 안영민을 향해 미소 지으며 식사를 권했다.

"영민 형, 너무 굳은 얼굴 하지 마세요. 나름 정성껏 차린 겁니다. 입맛에 맞을지는 모르겠지만 먼저 드시지요. 그래야 우리도 따라서 먹지요."

하우진은 맏형으로 정했던 순서를 잊지 않고 안영민에게 먼저 수저를 들기 권했다. 안 기자는 말없이 수저를 들었다. 철구도 시우도 재희도 조용히 수저를 들었다. 긴장 속에서 든 첫 수저는 그러나 일행의 미각으로 젖어들며 순식간에 얼음을 녹이듯 마음을 녹이고 행복감이 혈관을 타고 온몸으로 퍼져나갔다. 그 이후로는 여기가 북한인지 남한인지 생각할 틈도 없이 음식에 취하듯 맛있게 먹기 시작했다. 식탁에는 그들이 그렇게 먹고 싶어 하던 치킨과 생선회와 돈가스도 있고 스테이크와 불고기도 있었다. 그리고 상상 속에서도 아끼던 돔페리뇽이 실제로 나타나 시우의 식도를 타고 넘어갔다.

다시는 맛볼 수 없을 것 같던 음식들이 바로 눈앞에 내 손에 내 입으로 들어가 내 몸을 채우고 있는 것이다. 하우진이 일행의 푸념을 듣고 그대로 준비한 것 같았다. 일행은 음식을 먹으며 자신도 모르는 사이에 자신들을 납치한 북한 군인인 하우진에게 자연스레 정감을 느끼고 있었다. 두어 달 만에 꿈에서나 가능했던 목욕도 하고, 꿈에서나 먹을 수 있었던 음식을 먹고, 꿈에서나 취할 수 있었던 술을 마시고 긴장이 풀리자, 분위기가 부드러워졌다. 사상과 이념과 적대감들로 팽팽했던 정신들이 몇 접시의 음식과 몇 잔의 술로 누그러진 것이다.

"모진 고문과 죽음조차 불사하던 인간이 따스한 우유 한 모금, 부드러운 빵 한 조각으로 눈물을 흘리거나 무너지기도 하는 법이지. 인간은 그렇게 모순되고 모호한 존재야. 그런 우리 앞에 빵 한 조각 정도가 아니라 이런 산해진미가 나타나다니."

안 기자는 와인 잔을 벌컥 들이키고는 자조적으로 중얼거리다가 갑자기 고개를 숙인 채 웃음을 터뜨렸다. 자신의 흔들림을 다잡으려는 듯 울음 섞인 비참한 광소였다. 안영민의 웃음이 멈추자 하우진이 차분한 목소리로 입을 열었다.

"영민 형, 나는 그런 뜻에서 음식을 마련한 건 아니에요. 그리고 철창 속에서 다 함께 의형제를 맺을 때도 그런 마음은 없었어요. 내 정체를 감추고 며칠 함께 지내다 보니 정말 좋아져서 의형제를 맺자고 한 거였어요. 물론 나도 북조선의 군인이니까 마음 밑바닥엔 어느 정도의 복선이 본능적으로 깔렸던 건 어쩔 수 없었겠지만요."

우진의 말을 듣던 재희가 입을 열었다.

"의형제라고 말해 주시니까 아직도 오빠라고 불러도 되나요?"

"그럼 당연하지."

"우리끼리 모여서 먹고 싶은 음식을 이야기한 지 몇 시간도 되지 않았는데 이렇게 짧은 시간에 준비를 하다니, 북한에서도 이런 음식을 쉽게 구할 수가 있어요?"

우진은 껄껄 웃더니 어떻게 설명해 줘야 할지 잠시 생각하는듯했다.

"너희들 앞에서 솔직히 이야기하자면, 물론 대부분의 인민들은 굶주리고 있지. 하지만 모두가 그런 건 아니야. 여기는 작은 지방도시라서 한계가 있지만, 평양에서는 서울처럼 명품이 넘쳐나고 있어. 통일거리 시장이나 락원백화점에 가면 외국산 명품 브랜드를 쉽게 찾을 수 있다구."

우진은 잠시 말을 끊었다가 이었다.

"더 솔직히 말하자면, 요즘 미국의 대북 제재로 사치 생활을 못 하게 된 부유층의 불만을 달래고, 민간이 보유한 달러나 외화를 끌어내기 위해 당국이 사치품 판매를 장려한다는 분석도 있긴 해. 하지만 어쨌거나 평양에도 신세대가 즐겨 찾는 '로데오 거리'가 생겨났지. 모란봉 구역 안 상택 거리, 창전 거리, 미래과학자 거리, 려명 거리가 대표적이야."

일행은 하우진의 말을 듣고 놀랐다. 북한의 일부 고위층이 호화 생활을 한다는 내용은 이미 알고들 있었지만, 서울에 버금가는 번화가가 이렇게 여러 곳에 생성되어 있을 거라고는 생각지도 못했던 것이다.

"북한이 그 정도였나?"

시우가 놀란 표정으로 물었다.

"그뿐인 줄 알아? 남조선에 '배달의 민족' 같은 배달 앱이 있듯이 북조선에도 '옥류'라는 배달 앱이 있어서 냉면, 통닭, 맥주를 배달시켜서 먹을 수도 있다구."

우진은 껄껄 웃었다. 분위기가 부드러워지며 서울 거리와 평양 거리에 대한 이야기가 나오고 자연스레 웃음소리도 터져 나오기 시작하자, 우진이 본심을 토로하듯 입을 열었다.

"이제 마음도 좀 서로 열린 것 같고, 영민 형이 말머리를 터준 김에 나도 단도직입적으로 말할게. 나는 이 방에 있는 사람들이, 그러니까 내 의형제들이 북한에서 함께 살며 나와 함께했으면 좋겠어. 그러면서 함께 북남통일을 이끄는 주역이 되었으면 좋겠네. 내가 바라는 건 그거야. 조국을 사랑하는 마음은 똑같잖아. 방식만 조금 다를 뿐."

웃음소리가 뚝 그쳤다. 일행들의 표정에 현실의 냉엄함이 내려앉았다. 이곳은 대한민국의 레스토랑이 아니고 북한의 장교 휴양관이었다. 그리고 지금 입을 연 사람은 의형제라고는 하나 자신들의 목숨을 좌지우지하는 북한군 보위부 장교인 것이다. 표현은 부드러웠지만, 북한으로 귀화하라는 말이 아닌가.

"내가 말문을 열었으니 내가 질문을 해야겠군."

안 기자의 눈에는 핏발이 서 있었다. 오랜 만에 했던 뜨거운 목욕과 그 목욕으로 인해 더욱 뜨겁게 올라온 술기운이 그에게 정도가 지나친 용기를 선사했다.

"하우진. 네가 정말 우릴 의형제로 생각하나?"

"물론입니다. 영민 형. 난 정말 우리 의형제가 같이 지냈으면 좋겠습니다."

"만약에…."

안 기자는 딸꾹질을 했다.

"우리가 네 의견에 반대한다면 우릴 어떻게 할 거야? 그 지옥 같다는 수용소로 보낼 건가?"

우진은 잠시 안 기자를 마주 보더니 대답했다.

"거기까지는 생각해 보지 않았습니다."

시우가 조용히 끼어들었다.

"우진 형. 이건 아닌 것 같아요. 형이 정말로 우리의 결정을 존중한다면 형과 함께하겠느냐 수용소로 가겠느냐 하고 물을 게 아니라, 형과 함께하겠느냐 남으로 돌아가겠느냐 하고 물어야지요."

하우진의 눈썹이 꿈틀거렸다. 자신의 마음을 알아주지 못한다는 안타까운 표정이었다.

"무슨 말인지는 알겠다. 하지만 나에게 주어진 권한에는 한계가 있어. 너희를 풀어 주고 싶어도 그건 내 권한 이상의 일이야. 그 한계를 어기면 나는 명령 불복으로 총살형이지. 너희도 마음을 돌리지 않는다면 총살형이나 수용소 행이야. 지금 이렇게라도 너희 입장을 이해하고 음식을 대접하면서, 수용소에 가는 고생을 하지 말고 나와 함께 지내자고 설득하는 것이 내가 베풀 수 있는 최대한의 권한인 거야. 왜 그걸 몰라 주나."

실내에는 정적이 흘렀다. 양쪽 모두 답답했다. 어떻게 이야기를 풀어 나가야 적절한 답변을 찾을 수 있을까? 재희가 입을 열었다.

"그러니까 결국 우리에게 남은 선택은 수용소로 가느냐, 우진 오빠가 제시하는 길을 선택하느냐 둘 중의 하나로군요."

"그런 셈이지."

"우리에게 원하는 것을 좀 더 구체적으로 설명해 줄 수 있어요?"

"한마디로 말하면 협조야. 너희 방식이 아닌 우리 방식에 대한 협조."

우진의 답변에 재희는 굳은 얼굴로 입을 다물었다.

"더 직접적으로 말하자면 서구화된 자본주의 방식이 아니라 우리 방식의 민주주의 사상으로 서로 뭉치자는 이야기야."

"우리 방식의 민주주의가 아니라 너희 방식의 공산주의겠지."

우진의 부언에 안 기자가 날카롭게 반응했다. 우진이 처음으로 영민에게 냉소를 지었다.

"영민 형의 그런 반응은 모든 행위에 우선하여 자유라는 깃발이 가장 앞장서야 한다는 거겠지요? 우리와 다른 점이라면 바로 그 자유라는 것이라구요. 맞나요?"

"한마디 더하자면 평등이라는 말도 추가되어야겠네요."

재희가 대답했다.

"그럴 테지."

우진이 재희를 향해 엷은 미소를 지었다.

"그럼 먼저 범위를 좁혀서 자유라는 것에 대해 이야기를 해볼까? 자유? 스펙트럼의 차이일 뿐이야. 남조선은 자유롭고 다양해 보이지만 스펙트럼이 넓은 것뿐. 그것이 좋은 것만은 아니지. 너희 자본주의엔 쾌락과 타락과 방종이 범람하고 있어. 그런 타락을 너희는 자유라고 오해하고 있는 거지. 그건 파괴야. 모든 자유에는 질서가 우선되어야 해. 그 질서는 규율에 의해 유지되고, 규율은 힘에 의해 만들어지는 거야. 그 통치력. 우린 그걸 갖고 있어. 나도 자유를 중요시하지만 그건 통치력을 바탕으로 한 자유라야 한다는 거야."

"통치력? 짐승을 조련하는 채찍 말인가?"

이번엔 안 기자가 냉소하며 분위기가 급랭했다. 묵묵히 술만 마시던 조철구가 입을 열었다.

"나도 한 마디 해도 될까? 난 사실 너희들과는 조금 다른 입장이라서 그런지 모르겠지만, 왜 이렇게들 골치 아프게 이야기하는지 이해가 안

가. 내가 보기엔 너희가 갖고 있는 애국심은 실은 사이비 종교 같은 건지도 몰라."

조철구의 말에는 씁쓸함이 배어 있었다.

"내가 몸담았던 야쿠자 조직도 마찬가지였어. 야쿠자 조직도 국가나 종교도 모두 구성원들에게 사기 치는 거지. 애국심이니 충성심이니 신앙심이니 하는 간판을 앞세우고 힘 있는 자들이 나머지 인간들을 조종하는 것뿐이야. 너희는 애국심만 있으면 국가가 너희를 보호하고 구해 줄 거라고 믿고 있는 것 같은데, 그건 신앙심만 있으면 천국갈 수 있다고 믿는 광신도하고 똑같이 얼빠진 짓이야. 너희 나라 정부가 너희를 구해 줄 것 같아? 국군 포로들을 보면 모르겠어? 포로가 된 지 60년이 넘어가는데, 너희 국가는 신경도 안 쓰고 있잖아? 너희는 휴거를 기다리고 있는 사이비 종교 광신도들일 뿐이야. 국가는 물론 어떤 조직이든, 소수의 힘 있는 자들이 우리가 목숨 걸고 지키려는 것들을 함께 지킬 의지가 없으면 그건 사기야. 너희 스스로 현재를 이길 궁리를 해야 해.

너희는 법치국가라면서 법이 너희를 지켜 준다고 믿고 있지? 천만의 말씀이야. 법은 힘 있는 자들을 지키기 위해 존재하는 거야. 이유를 알려줘? 사회 집단에는 나름대로 사용하는 은어들이 있어. 양아치들 언어, 10대들 언어, 형무소에서 사용하는 범죄자들의 언어. 법률 용어를 왜 그리 이해하기 어렵게 배배 꼬아 놓은 줄 알아? 그들만의 은어라서 그래. 행간에는 그들만이 사용할 수 있는 무수한 구멍과 함정들을 만들어 놓고 해설마저 그들이 해주잖아? 한마디로 너희는 그들이 하려고만 하면 언제라도 그들만의 언어를 사용해서 구덩이에 처박아 넣을 수 있는 아웃사이더일 뿐이야."

철구의 예상치 못한 발언은 묘하게 설득력 있었다.

"난 부모에게 세 번 버림받았어. 마지막, 위대한 조국이라고 조총련계 학교에서부터 들어온 내 어버이 조국 북조선은 나를 간첩으로 몰아 버리네. 이렇게 나를 버린 내 부모들. 이젠 내가 목숨 바쳐 사랑할 수 있는 가치가 없어져 버렸지, 허허허."

과묵하던 철구의 몸 어디에 이렇게 많은 말이 담겨 있었을까 싶을 만치 철구는 말을 계속 이어갔다. 평소에 속으로만 담고 있던 한 같은 안타까움이 그의 말에 굽이굽이 스며 있었다.

"너희 배부른 줄 알아. 무슨 공산주의니 민주주의니, 모두 오야붕이나 정치인이나 교주들이나 일부 엘리트라는 인간들에 의해 조작된 허상일 뿐이야. 부모가 너희를 버리듯 너희도 부모를 버릴 수 있는 거야. 난 세 부모로부터 버림받았어. 버림받는다는 게 어떤 건지 알아? 있는 힘을 다해서 사랑하고 싶은데 사랑할 대상이 없다는 뜻이야. 난 목숨 걸고 믿을 수 있는 무언가가 필요해."

철구는 스스로 잔을 채워 하우진을 향해 잔을 들었다.

"난 북조선이 아니라 우진 형을 따르겠어. 나에겐 아무것도 달라질 것도 없으니까. 적어도 현재보다 더 나빠지진 않겠지."

우진이 철구를 향해 마주 잔을 들었다.

"고맙다 조철구. 덕분에 말하기가 좀 수월해지겠네. 방금 철구가 말한 것처럼 인간이 만든 어떤 시스템도 완전할 수는 없어, 다 알잖아. 공산주의, 민주주의, 사회주의, 자본주의, 그 외 숱한 종교니 집단이니 무슨 무슨 이념들 다 그렇지. 문제는 사람이야. 어떤 시스템도 엘리트라고 불리는 소수의 인간들이 끌고 나가기 마련이지. 완벽한 평등이란 없어. 이 의견에는 이의 없겠지?"

우진은 일행을 부드럽게 둘러보았다.

"사람들은 본능적으로 그걸 알아. 그래서 좋은 학교 좋은 회사 높은 자리를 향해서 질주하고 있는 거지. 소위 엘리트 혹은 기득권이라고 할 수 있는 그 무리들, 사실은 지배층이라고 해야 정확한 표현일 테지만, 너희들 역시 그 기득권의 무리에 속하기 위해 공부하고 노력하고 투쟁하는 거잖아. 그러나 쉽지 않지. 기득권의 자리는 철옹성이야. 그 자리의 맛을 알기에 그들 역시 목숨 걸고 지키고 있기 때문이지."

우진은 일행 앞에 한 잔 한 잔 와인을 따라 주며 건배의 몸짓을 했다. 일행은 우진의 말을 새기며 천천히 와인을 넘겼다. 틀린 말이 아니었다. 자본주의만이 아니라 공산주의 역시 같은 딜레마를 안고 있을 테지.

"지금 너희는 남조선이냐 북조선이냐의 선택 앞에 있는 것이 아니라, 한 시스템의 기득권에 진입하느냐 거부하느냐의 기회 앞에 있는 거야. 남조선에서는 수십 년을 걸려야 진입할 수 있는 위치가 바로 너희들 코앞에 있는 거라구. 다가오는 세대는 우리가 주역이야. 나와 손잡기만 하면 우린 순식간에 역사의 주인공이 될 수 있어. 지금의 남조선에서 그런 꿈이나 꿀 수 있나? 소시민으로 가끔 해외여행이나 다니며 스스로 중산층이라 위로하며 지내는 신세라도 되면 다행일 테지. 세상엔 지배층과 피지배층밖에 없어. 선인과 악인으로 구분하는 게 아니야. 아무리 지능이 높은 원숭이라 해도 인간을 능가할 수는 없어. 너는 원숭이에게 총을 맡길 수 있나? 안 될 일이지.

마찬가지야. 피지배층에 있어야 할 인간들이 지배층이 되면 순식간에 질서는 붕괴되고 말아. 그리고 너희같이 감상적인 휴머니스트가 그들을 계몽한답시고 프로메테우스처럼 불을 줘봐. 문명은 순식간에 불바다가 되고 말아. 우리 같은 엘리트는 지배층으로서 그걸 보호하고 이끌어 나갈 의무가 있는 법이라구."

잠시 침묵이 흘렀다. 안 기자가 와인 병을 들고 우진 앞으로 걸어가 따라 주었다. 두 사람은 말없이 잔을 마주쳤다.

"옳은 소리야. 나도 그 중의 하나이지만 현대인에게는 신분 상승의 욕구가 있지. 누구나 피지배층보다는 지배층이 되고 싶은 욕구가 있고 그 야망이 발전의 원동력이기도 하지. 그러나 정말 좋은 세상은 야망이 필요 없는 세상이야."

안 기자는 와인 잔을 빙글빙글 돌렸다.

"네가 속한 사회나 우리가 속한 사회에는 똑같이 프로크루스테스의 침대가 있어. 자신의 침대보다 키 큰 사람은 침대 길이에 맞춰 잘라서 죽이고, 작은 사람은 몸을 늘려서 죽이는 프로크루스테스의 침대. 하지만 사용 방법이 다른 것 같아."

"어떻게 다른가요?"

"그 차이는 너도 이미 알고 있잖아. 침대의 길이에 맞게 측정하는 기준이 다르다는 걸. 너희의 잣대는 힘이지만, 올바른 잣대는 도덕심이라야 하는 거지. 내가 보기에 하우진 너는 참 뛰어난 인재야. 너에게는 지능도 지성도 실행력도 다 갖춰져 있지만 도덕심이라는 것이 결여된 것뿐이야."

안영민은 와인 잔을 들고 잠시 하우진을 노려보았다.

"하지만 그 도덕심 하나가 인간과 짐승을 가르는 기준이 되는 것이거든."

"나보고 지금 짐승이라고 한 건가요?"

공기가 순식간에 얼어붙었다.

"이념이 아니라 개개인의 주권이 중요한 시대라고 말하는 거야. 네가 재희나 시우를 보고 아까운 인재라며 곁에 두고 싶어 하듯, 나도 네가 정말로 아까워."

하우진의 입가에 차가운 미소가 스쳤다. 안기자는 체념한 태도였다.

"나도 이 상황이 무섭고 두렵다. 지금도 몸이 떨리고 있어. 마음 한 구석에는 얼른 네 말을 듣고 너와 함께 안전하고 일상적인 생활리듬으로 들어가고 싶다는 유혹이 있어. 이 대화가 끝나고 나면 어떻게 될지 모르는 이 상황이 나는 두려워. 하지만 네가 사소하다고 여기는 것들이 인간에게는 정말로 소중한 덕목이라는 건 참으로 안타까운 일이야"

하우진은 아무 반응도 보이지 않고 조용히 있었다. 재회가 입을 열었다.

"선과 악의 기준은 바뀌게 마련이에요. 생각보다 훨씬 빠른 속도로 바뀌곤 하지요. 자라면서도 마찬가지였어요. 수많은 선과 악의 기준들이 순식간에 바뀌었어요. 고등학교 때까지 배운 모든 선의 기준이 대학 신입생 엠티 하룻밤 사이에 처참하게 박살나버리는 것처럼요. 마치 밤기차를 타고 하룻밤 자고 나면 바뀌는 풍경같이 말이에요."

재회는 뭔가 결심한 태도로 침을 삼켰다.

"지금은 선과 악의 기준으로 판단할 때가 아니에요. 죽느냐 사느냐의 순간이에요. 난 살고 싶어요. 이 길밖에 안보이니 이 길을 선택할 거예요. 평범한 다른 사람들은 모두 지나간 시간들의 무언가와 연결되어 있어요. 그런데 나는 그런 과거가 없어요, 나에겐 기억하고 보관해야 할 만한 지난 추억이나 시간들이 없어요. 마치 누군가가 갑자기 만들어 낸 로봇 같은 느낌이 들 때가 있어요. 나를 만든 것이 우연인지 기적인지 실수인지 모르지만.

나는 지금 내 의지로 시간과 기억을 만들어낼 수 있는 기회가 온 거라고 생각해요. 철구 오빠를 그래서 난 이해할 수 있을 것 같아요. 앞으로 내가 만들어 낼 이 기억들이 옳은 길로 갈지 아닐지는 시간이 판단해 주겠지요. 어느 길이든 그것이 내 역사이고 내 과거로 기억되어질 거라 소중하다고 생각해요."

시우는 재회의 말을 듣고 가슴이 아팠다. 재회의 개인사정을 제일 잘 알고 있는 시우로서는 재회의 말이 가슴을 파고드는 비수와도 같았다. 그리고 지금의 재회에게 아무 도움도 주지 못하는 자신의 무기력함이 부끄러웠다.

"난 삭제할 만큼 소중한 기억이 없어서, 상실할 게 없어서 새 시스템에 적응하기 쉬울 거야. 그리고 내 신분으로 남한에서 기득권에 진입한다는 건 불가능해. 그러나 여기선 우진 오빠가 도와준다면 가능하리라 생각되네. 앞으로 잘 부탁해."

우진은 미소 지으며 고개를 끄덕였다. 그리고 재회는 시우를 향해 이해를 구하는 표정으로 농담처럼 말했다.

"알 수 없잖아. 나를 버린 엄마가 갈 곳이 없어서 실은 북한으로 월북했는지. 이곳에서 찾을 수 있을지도 모르잖아?"

억지로 웃으려고 했지만 웃음이 되어 나오지 않는 재회의 표정을 시우는 멍하니 보고 있었다.

재회의 말에 고개를 끄덕이며 듣고 있던 우진이 입을 열었다.

"역사의 흐름이라는 것은 개인의 노력이나 의지로는 바꿀 수 없는 것이지. 하지만 자본주의가 성숙해지면 사회주의로 가는 것이 코스라고 할 수 있지 않을까? 살벌하고 치열한 생존 경쟁에서 골고루 나눠 갖는 사회로 말이야. 난 지금의 남조선은 바로 그 시기가 되었다고 생각하는데, 안 그래?"

일행은 이미 자신들의 의견을 피력한 후라 묵묵히 듣고만 있었다.

조철구와 한재희는 하우진의 의견에 동조, 안영민은 반대. 이제 시우의 차례였다. 사람들의 시선이 시우를 향했다. 뭔가 만류하고 싶어 눈짓하는 재희의 시선을 받으며 시우가 입을 열었다.

"난 군대 생활을 최전방에서 했어요. 산에서 마주보면 북한군의 초소가 보이는 곳에서. 한겨울 DMZ에 매복 나갔을 때의 일이에요. 매복 나가 본 사람은 알겠지만, 최전방의 겨울 날씨 속에서 밤새 매복을 한다는 것은 정말이지 힘들거든요. 그래서 보통 이등병들은 안 데리고 가고, 일병 진급할 때쯤 되어 처음으로 데리고 나가요. 그런데 간혹 휴가나 인원 변화로 인한 병력 부족 때 이병을 데리고 나갈 때도 있어요."

시우의 시선이 멀어졌다.

"정말 얼어 죽을 것 같은 차디찬 땅속에서 숨소리조차 크게 내지 못하고 보온 팩 하나 부여잡고 긴긴 겨울밤을 보내노라면, 어머니의 사랑이나 두고 온 애인이나 이런 것들을 생각할 여유도 없어요. 그런 호사스런 여유는 상병이나 되어야 부릴 수 있지요. 어쨌든 이병을 데리고 매복 나갔다가 동트는 새벽녘에 철책을 빠져나와 부대로 돌아오면, 다들 하나씩 붙어서 밤새 고생했다고 무장 해제시켜 주고, 관물대도 정리해 주고, 계급에 상관없이 상전 취급을 해주곤 합니다.

그런데 유독 매복을 처음 다녀온 이병은 고참들이 괴롭히기 시작하는 거예요. 별의별 꼬투리를 잡아서 무장 해제도 안 시켜 주고, 영하의 날씨에도 땀을 비 오듯 흘리게 굴립니다. 같이 근무 들어갔던 일행이 다들 목욕하고 따뜻한 밥을 다 먹을 때까지 괴롭히지요. 게다가 같이 매복을 들어갔던 고참들마저 목욕하고 밥 먹으러 들어가면서 더 조지라고 한마디씩 부채질을 해요. 그리고는 다들 내무반에서 따뜻한 잠을 청할 때쯤 그만 굴립니다.

그제야 졸병은 씻지도 못하고 밥도 못 먹고 고참들 깰까 봐 조심조심 무장 해제하고, 침낭 속으로 들어가 소리 없이 울지요. 그 모습을 보고 있노라면 정말이지 전 그 녀석이 자랑스러웠습니다. 아무 사고 없이 춥다는 말 한마디, 무섭다는 말 한마디 안 하고 돌아와서, 침낭에서 소리 죽여 울고 있는 그놈이 세상 누구보다 자랑스러웠지요. 저뿐 아니라 모두들 그렇게 그놈을 자랑스러워했을 겁니다. 그러나 누구 하나 칭찬하지 않고 누구 하나 수고했다는 말을 아꼈어요.

잠시 후 그렇게 침낭에서 소리죽여 우는 우리의 자랑스러운 이병 나부랭이를 조금 전에 굴리던 상병이 또 다가가, '잠자는데 왜 이리 뒤척이고 신경 거슬리게 하냐?'며 또 다시 조질듯이 밖으로 불러냅니다. 그리고는 목욕탕에 데려가 뜨거운 새 물로 받아 놓은 욕조에 몸을 담그게 해주고, 불 꺼진 취사장으로 들어가 사제 라면 하나 정성스럽게 끓여 줍니다. 계란도 하나 풀어 주구요. 다 먹기를 기다려 담배를 뽑아 주며 불을 붙여 주지요. 담배 한 대 같이 피면서 한마디 합니다.

'다음부터는 또 실수하면 목욕이고 밥이고 없어, 새꺄!'

'옛, 알겠습니다. 명심하겠습니다!'

기합 바짝 들어 라면가락 가득 찬 입으로 각 잡고 대답하며 내무반으로 들어가는 이병 뒤통수에 '수고했다. 실수도 있었지만 잘한 거 다 안다.' 이렇게 한마디 더 해줍니다. 잘 씻고 잘 먹고 자기 침낭 속에 들어가려는 순간 침낭 안에 초코파이 더미가 보이고, 초코파이 하나하나에 같이 매복 들어갔던 고참들이 '다 처먹고 자라' '졸라 빠져가지고는' '똑바로 해, 짜샤' '다음엔 더 잘해라'라고 써두곤 했었지요."

시우의 말이 끝나자 실내는 조용해졌다. 군 생활을 해보지 않은 남자인 조철구의 얼굴에는 감동의 표정이 떠올랐다. 긴 이야기를 마치고 시우는 와인으로 입을 축였다.

"난 애국이 뭔지 매국노가 뭔지 아직 실감이 나진 않아요. 하지만 휴전선 최전방에서 함께 지냈던 그 친구들을 버릴 수는 없어요. 그냥 그게 전부예요."


밤늦도록 팽팽한 긴장 속에서 이야기를 나누던 일행은 새벽녘에야 곯아떨어졌다. 시우는 오랜만에 마신 술로 인해 머릿속이 셀로판 종이를 구겨 넣은 듯 지끈거렸다. 이마를 짚으며 눈을 떠보니, 재희가 근심스러운 표정으로 시우를 내려다보고 있었다.

창으로 비쳐 들어오는 아침 햇살로 인해 재희의 얼굴이 자세히 보이지는 않았지만, 어제보다는 훨씬 밝은 표정이었다. 오랫동안 고문과 폭행을 당하며 더럽고 역겨운 철창에서 지내다가, 간밤에는 뜨거운 목욕도 하고 다시는 먹을 수 없으리라 생각했던 정상적인 음식들도 먹고 나니, 끝도 없어 보이던 절망의 나락에서 낙하를 멈춘 것 같은 느낌이 들었을 것이다.

그 중에서도 하우진이 자신과 함께하면 죽거나 수용소로 보내지도 않고 이런 정상적인 일상을 유지하게 해준다는 말을 희망의 동아줄로 판단한 듯 보였다.

주변을 둘러보니 실내에는 재희와 자신밖에 없었다. 그제야 시우는 재희의 어깨를 끌어 당겨 키스했다. 부드럽게 안겨오는 재희의 동그란 어깨와 따스한 가슴을 다시 몸으로 느끼자 시우의 마음도 까마득하던 절망 속에서 희망의 불빛이 보이는 느낌이었다. 재희의 가슴 안에 동그랗게 켜져 있던 작은 백열등 전구가 시우의 가슴속으로 옮겨와 따스한 불을 밝혔다.

"다 어디 간 거지?"

재희의 입술에 한 번 더 가볍게 키스하며 물었다.

"조금 전에 군인들이 와서 영민 오빠랑 철구 오빠를 데리고 갔어."

"또 고문하러 데리고 가진 않았겠지?"

시우의 표정이 불안해졌다.

"그런 것 같지는 않아. 아마 확실하게 귀화시키려고 따로 따로 면담을 하는 것 같아."

재희의 말대로 그 시간에 부대의 별관 각각 다른 방에서 안영민과 조철구는 군관들과 면담을 하고 있었다. 면담이라고는 하지만 지금까지 받아 온 정치 학습의 효과가 실제로 얼마나 습득되었는지, 사상은 정말로 바뀌었는지 테스트하는 과정이었다.

그러나 이곳으로 오기 전에 있었던 무자비한 고문이나 억압은 느껴지지 않았고, 가능하면 회유하여 같은 편으로 사용하려는 느낌이 들었다.

조철구와 면담하는 군관은 시종일관 미소 지으며 만족해 했다.

안영민과 면담하는 군관의 표정은 내내 어두웠으나 끈기 있게 안영민을 설득하려고 했다.

한동안 기다려도 아무도 오지 않자, 재희는 주방을 둘러보고 원두를 찾아내어 커피를 갈아 커피를 끓였다. 한국에서 쉽게 볼 수 있는 원두커피가 이곳에서도 역시 비치되어 있다는 건 두 사람에게 신기한 일이었다.

식탁에 앉아 오랜만에 둘만의 시간을 갖게 되자 나른한 평화가 감돌았다.

"아 이 시간이 영원했으면 좋겠다."

재희는 두 손으로 감싼 커피 잔에 코를 대고 코끝에 감도는 커피 향을 맡으며 중얼거렸다.

"우리 둘만 있으니까 참 좋다. 근데 왜 우리 둘만 남겨 두었을까?"

"아마 나를 설득하라고 시간을 줬겠지."

시우가 침울한 목소리로 대답했다.

"이런 기회를 줘서 다행이네."

재희는 커피 잔을 식탁에 놓고 시우 곁에 바짝 다가와 앉았다. 그동안 하고 싶었지만 할 수 없었던 이야기를 속사포처럼 쏟아냈다.

"자기야. 우리 여기서 버티지 말고 협조하는 척하다가 기회를 봐서 탈출하자. 수용소에 일단 들어가면 시체가 되어야 나올 수 있다고 하잖아. 더구나 북한에 살고 있어서 우리보다 북한 지리를 잘 알고 있는 사람들도 탈북에 실패하는 판에, 우리가 어떻게 수용소 들어가면 탈출할 수 있겠어? 그래도 수용소에 가지 않고 밖에 있으면 브로커를 만날 기회도 있을 것이고, 최악의 경우에는 이들의 눈에 잘 들어서 이중간첩이라도 되어, 일단 이곳을 빠져 나갈 수도 있을 것 아냐?"

"…"

시우가 아무 대답도 하지 않자 재희는 더욱 애가 탔다.

"더구나 난 여자라서 들어가자마자 심하게 당할 거라구. 난 상상만으로도 패닉 상태에 빠질 것만 같아."

시우는 재희의 얼굴을 마주 보았다.

"종류는 다르지만 나도 두려워. 네가 우진 형이랑 같이한다고 해도 너를 나무라거나 만류할 수는 없어. 하지만 내 마음이 쉽게 동조되질 않

아. 시간 좀 줄래? 변할지 안 변할지 모르지만."

짧지만 고뇌 서린 시우의 말에 재희는 그 마음이 읽혀서 가슴이 먹먹해졌다. 나 말고 누가 시우의 마음을 이렇게 다 읽을 수 있을까. 재희는 말없이 시우의 품에 안겼다. 시우는 재희를 힘껏 안았다.

재희는 마시던 커피 잔을 정리하고 거실을 가로질러 현관문 쪽으로 걸어갔다. 잠겨 있을 거라 여기고 밖으로 나가 볼 생각도 하지 않고 있다가 무심코 문을 열어 보자 문이 부드럽게 열려 깜짝 놀랐다.

문손잡이를 잡은 채 재희가 시우에게 손짓했다. 두 사람은 문밖으로 나갔다. 마당에는 잔디가 깔려 있고 큰 관사 건물을 높은 담이 비잉 둘러싸고 있었다. 마당 끝 쪽에는 보초병이 두 명 서 있었지만, 문을 열고 나온 두 사람을 힐끗 보기만 했을 뿐 제지할 생각은 없어 보였다. 보초병이 서 있는 정문 밖으로 멀리 큰 부대시설이 보였다.

장교 휴양소답게 부대와는 그리 멀리 떨어져 있지 않았다. 주변은 고요했다. 가끔 들려오는 군부대의 구령소리 외에는 새소리조차 들리지 않는 고요함이었다.

한낮의 햇볕은 꽤 따가웠다. 그러나 두 사람은 뜨거운 햇살에 몸을 맡기고 말없이 서 있었다. 이 대기 위에 펼쳐진 무한의 햇살을 한동안 구경도 제대로 하지 못했었다. 얇은 옷을 통해 느껴지는 뜨거운 햇살이 눈물겹게 고마웠다. 태양은 우리가 보이지 않아도 제대로 뜨고 지고 있었고, 대지는 그 열기를 품고 강력한 생명력을 이글거리고 있었다. 달라진 것은 우리가 놓여 있는 좌표뿐이었다.

똑같은 햇살 똑같은 대지 위였건만, 그 위에 서 있는 두 사람은 다른 인간이 되어 버린 느낌이었다. 이 이질적인 상태와 뜨거운 햇살로 약간의 현기증을 느낄 만큼 혼미해진 정신이 두 사람을 녹이고 있을 때, 멀리서 자동차 소리가 들려왔다.

자동차 소리는 주변이 고요하여 더욱 명료하게 들렸다. 그 엔진 소리는 요 며칠간 들려오던 거칠고 투박한 트럭이나 군용차의 거친 엔진 소리가 아니었다. 부드럽고 원활하여 듣기만 해도 속도감이 느껴지는 경쾌한 엔진 소리였다.

소리는 점점 가까워지더니 정문 밖으로 자동차 모습이 드러났다. 까만색 세단은 중형급 BMW였다. 멍하니 보고 있는 두 사람 앞에 세단이 멈추며 문이 열렸다.

"마침 나와 있었네. 타! 같이 가자."

차 문을 열고 나온 사람은 네이비블루의 넥타이에 깔끔한 회색 싱글 수트를 입은 하우진이었다. 시우와 재희는 놀란 표정으로 서로 얼굴을 마주 보다가 자석에 이끌리듯 차 앞으로 걸어갔다.

우진의 옆자리에는 어제의 그 여인, 최은아가 앉아 있다가 환한 미소로 맞아 주었다. 재희는 가볍게 눈인사를 교환했다.

"어디로 가는데요?"

경쾌하게 차를 유턴으로 돌리는 우진에게 재희가 물었다.

"우리 집. 정확하게 말하면 부모님의 집이지."

두 사람은 놀랐지만 입을 다물었다. 하루이틀 전만 해도 간첩 혐의로 고문을 받던 위치였는데, 하룻밤 사이에 보위부 장교의 의형제로서 그의 부모 집으로 간다는 건 너무 급격한 변화였다.

고급 세단이었음에도 도로 상황이 열악해 승차감은 최악이었다. 앞좌석의 두 사람은 이런 도로에 익숙해서인지 승차감이 그리 나쁘다고 생각하지 않는 것 같았다. 그렇게 한 시간쯤 달렸을 때 도시가 보였다.

"저기가 안주시예요."

앞에 앉아 있는 최은아가 알려주었다. 안주시는 그리 큰 도시는 아니었지만 평안남도와 평안북도의 경계를 가르고 있는 대령강을 끼고 발달된 조용한 소도시였다. 그리고 평양과 신의주를 잇는 중간 지점의 요충지였다.

"여기서 두 시간 안 되는 거리에 평양시가 있지. 여기는 국경과 평양의 중간 지점쯤 될 거야."

우진이 부연설명을 했다.

저택은 도시의 중앙을 살짝 벗어나 강이 내려다보이는 숲 가운데 있었는데, 정문에 있는 초소에는 군인들이 두 명 지키고 있다가 하우진의 세단이 들어가자 격렬한 자세로 경례를 했다.

정문을 통과하자 붉은 벽돌로 지은 커다란 2층 저택이 보였다. 넓은 잔디밭을 배경으로 아담한 연못이 있었고, 정원의 나무들은 정원사가 따로 있는지 잘 정돈되어 있었다. 정문을 지키는 보초 군인들만 아니면 저택 어느 곳에서도 이곳이 북한이라는 느낌은 찾아볼 수 없었다.

현관에 차를 세우고 거실로 들어서자 50대 중후반으로 보이는 부부가 나란히 거실 소파에 앉아 있었다. 하우진이 이미 시우와 재희에 대해 말을 해두었는지, 두 사람이 공손하게 인사를 하자 미소로 맞아 주었다. 하우진의 아버지는 육군 중장이라고 했는데, 실내 가운만 걸친 모습은 변두리 마을의 마음씨 좋은 아저씨 같은 느낌이었다.

하우진의 어머니 역시 집안에서 조신하게 내조하는 전형적인 가정주부의 모습이어서 시우와 재희는 내심 안도의 숨을 내쉬었다. 보위부 중장이라면 북한에서는 나는 새도 떨어뜨리는 자리라고 알고 있어서 두려왔는데, 막상 만난 느낌은 그야말로 친척집 어른을 만난 느낌이었다. 하우진도 차가운 인상에 비해 부모님들과 좋은 관계로 보였는데, 심부름하는 사람들 두엇 빼고는 다른 가족들이 보이지 않았다.

정원과 집 주변을 산책한 후 식사를 위해 둥근 식탁에 둘러앉은 우진의 가족과 시우, 재희, 5명의 모습은 얼핏 보면 다정한 한 가족의 모습이었다. 우진의 부모들 역시 2남 1녀의 남매를 둔 다복한 부모같이 두 사람에게 따스하게 대해 주었다.

집안일을 돕는 여자들에게 식사 준비를 지휘하던 최은아까지 합석하고 식사가 시작되었다. 식사를 하며 가벼운 대화를 나누고 있는데, 전화벨이 울리며 하우진의 아버지에게 급한 호출이 왔다. 김정은이 긴급 소집을 한 것이다. 하우진의 아버지는 식사 도중에 다급하게 정장 군복을 갖추고 황급히 달려 나갔다.

시우는 육군 중장인 하우진의 아버지가 긴장된 모습으로 허둥지둥 달려가는 모습을 보자, 김정은의 위세가 얼마나 강력한지 실감할 수 있었다. 그야말로 김정은의 말 한마디면 지금의 이 단란한 식사는 물론 가족 전체가 삽시간에 먼지 속으로 날아가 버릴 수도 있다는 것을.

그러나 이러한 긴급 호출은 종종 있는 일인지 하우진의 가족들은 곧 평온하게 식탁으로 되돌아갔다. 하우진의 어머니는 재희를 마음에 들어 했다. 싹싹하고 겸손하게 대화의 핵심을 짚어 명석한 답변을 하는 재희가 사랑스러웠을 것이다. 게다가 북한에서는 접하기 어려운 남한의 유머 이야기를 해줄 때는 하우진과 함께 소리 내어 웃기도 했다. 하우진의 어머니가 재희와 가까운 모습을 보일 때면 최은아의 안색이 어두워졌다. 하우진의 어머니와 대화를 나누고 있는 재희도 최은아의 표정 변화를 느낄 수 있을 정도였다.

식사를 마친 후 우진은 시우와 재희를 데리고 집안 구경을 시켜 주었다. 1층에는 많은 손님을 맞을 수 있는 큰 거실과 주방에 방이 3개, 2층에는 역시 큰 거실과 작은 방이 3개 있었다. 모든 방에는 언제라도 숙박할 수 있도록 침구가 잘 정돈되어 있었다.

지하로 내려가니 놀랍게도 풀장이 있었다. 큰 규모는 아니지만 가족들이 넉넉하게 사용할 만한 작지 않은 크기였다. 풀장 곁에는 작은 홈바가 있었고, 홈바의 술 창고에는 코냑이 가득 들어 있었다.

우진은 자연스레 하우스투어를 시키며 그가 향유하고 있는 부와 힘을 과시하고 있는 것이다. 이 집안의 호화스러운 모든 것들이 시우와 재희를 향해 손짓했다. 너희들 눈으로 보아라. 너희가 손만 내밀면 잡을 수 있는 것이다. 시우와 재희는 북한의 특권층이 잘살 거라 상상은 했으나, 상상을 뛰어넘는 사치스러움에 경악했다.

집안을 다 구경시킨 하우진은 풀장 곁의 홈바에 앉아 시우와 재희에게 코냑을 따라 주었다.

"철구 형이랑 영민 형은 어디에 있어요?"

시우는 하우스투어가 다 끝나도록 오지 않는 두 사람이 궁금했다.

"영민 형이랑 철구는 여기 오지 않을 거야. 여긴 너희 두 사람만 특별히 초대한 거라구."

우진은 부드러운 표정으로 미소 지었다.

"걱정 마. 영민 형도 우리에게 협조하기로 결정할 것 같아. 철구는 이미 나와 함께하기로 약속해서 교육을 받고 있고, 영민 형도 마음 바꿀 것 같으니, 다행스러운 일이야."

\*\*\*

그 시간에 안영민은 정치 학습을 마치고 휴양관으로 돌아가려는데 학습을 시키던 군관이 술병을 들고 와 한 잔 권했다.

"잘 부탁합니다. 안 선생. 우리 중대장 동무가 기대를 많이 하시는 것 같은데 실망시키지 마십쇼."

군관의 표정에는 약간의 비굴함이 느껴졌다. 아마도 안영민이 마음을 바꾸지 않으면 정치 학습을 시킨 군관에게도 책임을 묻기 때문일 것이다. 안영민은 씁쓸한 마음으로 잘 알겠다며, 이곳을 빨리 빠져 나가고 싶은 마음에 권하는 술을 한 입에 털어 넣고는 휴양관으로 돌아갔다.

휴양관 거실에 아무도 보이지 않아 방문을 열어 보니, 조철구는 자기에게 배당된 방에서 마음 편하게 일찌감치 자고 있었다. 아마도 마음대로 목욕도 할 수 있고 잠자리도 편해진 탓에 그동안 밀린 잠을 자고 있는 것 같았다. 안영민은 조철구의 단순하고 선 굵은 저런 배포가 부러웠다. 하긴 조철구는 이미 그들과 함께하기로 했으니 마음에 걸리는 일도 없을 것이다.

시우와 재희는 우진이 데리고 나간 것으로 보였다. 우진이 두 사람에게는 각별한 관심을 갖고 있는 것 같더니, 아마도 시우를 세뇌시키려고 데리고 나갔겠지. 안영민은 머리를 절레절레 흔들며 목욕탕으로 가서 뜨거운 탕 안에 몸을 담갔다. 몸을 담그고 눈을 감으니 생각할수록 지금의 현실이 막막했다.

신문사에서는 이미 송금을 했을 텐데 나는 국경에서 더욱 먼 곳으로 이송되어 유배되어 있고, 신문사에서는 자신의 행방조차 알 수 없을 터였다. 뜨거운 물에 몸을 담근 탓인지 군관이 따라 준 술이 갑자기 오르는 건지 몸이 뜨거워졌다. 안 기자는 몸을 일으켜 물기를 닦고 침대로 들어갔다.

매트리스에 몸을 던지고 눈을 감자 갑자기 하체가 불끈거렸다. 허허. 오랜만의 술과 목욕 기운 때문이리라 생각하면서도 안 기자는 스스로에게 민망했다. 사지에 떨어져 이제 겨우 사람다운 대접을 받은 지 하루 만에 이런 마음이 들다니.

그러나 안영민이 스스로 수치스러워하는 마음과는 달리 한번 불붙은 성욕은 더욱 거세게 타올랐다. 당황스러워 찬물이라도 다시 끼얹으려고 일어서다가 안영민은 어찔 현기증을 느꼈다. 천정이 빙그르르 돌았다. 그 순간 퍼뜩 드는 생각. 군관이 준 술에 뭔가를 탔구나.

어지러워 매트리스에 얼굴을 묻으려는데 조심스런 노크소리가 들리고 곧 문이 열렸다. 어지러운 눈을 억지로 부릅뜨고 쳐다보니 침대를 향해 걸어오는 젊은 여성의 모습이 거꾸로 보였다. 안영민은 깜짝 놀랐다. 얼굴이 거꾸로 보이는 와중에도 알아볼 수 있는 그녀의 얼굴은 안영민이 취재하려고 했던 그녀 임소연이었다.

그 혼미한 정신 속에서도 안영민은 믿을 수가 없었다. 임소연이라니. 설혹 이놈들이 나에게 미인계를 사용하려고 들여보냈다 하더라도, 난 하우진이나 이놈들에게 임소연을 취재하러 온 거라는 말은 한 적이 없다. 누군가가 밀고했다는 말인가?

"많이 취하셨나 봐요."

여인이 다가와 안영민의 어깨에 부드러운 손을 얹자 휘발유에 불을 붙인 듯 안영민의 몸이 달아올랐다. 하지만 안영민은 마지막 이성을 쥐어 짜 여인의 손길을 뿌리쳤다.

"저리 가요. 난 취한 게 아니오."

그러나 여인은 물러나지 않았다. 그녀 역시 이 방으로 들여보내졌을 때는 본인이 선택할 수 없는 임무가 있었을 것이다. 그 임무를 제대로 수행하지 못하면 이 여인은 또 어떻게 될 것인가. 안영민의 호흡이 점점 가빠 왔다. 그들이 바라는 건 결국 내가 이렇게 허물어지는 것이다. 그들이 좋아하게 만들 순 없다. 그것이 내가 버틸 수 있는 마지막 제동 장치고 내 마지막 자존심이다. 난 그들을 혐오한다. 그들의 야만성과 비인간성을 증오한다.

하지만 내가 거절하면 이 여자는 어떻게 되는 건가. 그리고 이 여자를 안으면 또 어떻게 될 것인가. 어디선가 이 장면을 녹화하고 있겠지. 나중에라도 내가 거역할 기미만 보이면 공개하겠다고 하겠지. 아니면 약점을 잡아 정신 교육을 시킨 후 다시 나를 남한으로 보내서 이중간첩으로 사용할지도 모를 일이지.

그동안 약효가 정점에 달했는지 안영민의 뇌리에 불길이 확확 달아올랐다. 더 이상 상황 판단을 할 수 없게 되었다. 새빨간 정염이 뇌기능을 마비시켰다. 안 기자는 여자를 끌어안았다. 여자는 적극적으로 안겨 왔지만 생기가 느껴지지 않았다. 새빨간 정염의 불길 사이로 국장과 나누었던 마지막 말이 떠올랐다.

"호랑이를 잡으려다 잡히지는 말라구."

\*\*\*

하우진은 두 사람과 함께 풀장에서 수영도 하고 소시지를 구워 바비큐도 먹으며 즐거워했다. 시우는 연 이틀 술과 음식들을 먹으며 세상 밖에는 아직도 이런 맛이 존재하고 있구나 하는 생각에 안심이 되기도 하고, 대비되는 자신의 현실에 비참해졌다. 이런 식사를 앞으로 내 인생에 다시 즐기게 될 수 있을까? 희박한 희망이었다. 우진은 어두운 얼굴의 시우에게 코냑을 따르며 장난스러운 표정으로 물었다.

"시우야. 우리집에 뭔가 좀 이상한 점 없냐?"

"좋기만 한데요. 난 놀랐어요. 이렇게나 좋은 집일 줄은 상상도 못 했어요. 더구나 지하에 개인 풀장이라니."

"아니, 그 말 말고 이 큰집에 부모님이랑 나만 덩그러니 살고 있어서 집이 텅 빈 것 같아 하는 말이야. 게다가 나는 파견 근무를 많이 하는 편이라 두 분만 계셔서 집이 더 썰렁해."

우진은 내친 김에 자신은 외아들이라며 두 사람과는 친동생처럼 지내고 싶다고 했다.

"지금 남조선은 자유의 범람으로 엉망이잖아. 솔직히 말해서 망하기 일보 직전 아니냐? 아무리 일부의 깨어 있는 자들이 깨우쳐 주려고 해도 무지몽매한 군중들은 못 알아듣지. 오히려 비웃기만 해. 어느 철학자가 말했다지? 극장에서 불이 났는데 무대에 올라가 불났다고 소리치자 아무도 믿지 않더라는 거야. 더 큰소리로 외치자 더 웃었다고. 그렇게 괜찮아, 괜찮아 하며 웃다가 모두 불타 죽었다는 거지. 세상은 그렇게 멸망할 거라고 말이야. 남조선이 그짝 아니냐?"

재회가 고개를 끄덕였다.

"이게 모두 정치가들 때문이에요. 일부러 군중들을 선동하고 판단력이 흐려지도록 호도하는 거예요. 그래 놓고 그들은 어떤 상황에서도 피한 방울 흘리지 않지요."

우진은 시우에게 물었다.

"여기서 살 생각 없냐. 나하고 친형제처럼 여기서 지내자. 내가 도와줄게."

시우는 속마음을 밝히기 어려웠으나 돌려 말했다.

"부모님이 걱정하실 거예요."

"나를 잘 도와주면 네가 남으로 가는 걸 도와줄게. 그러니 너도 날 도와다오."

"우진 형. 우리 집안은 대대로 군인 집안이에요. 하긴 남들보다 특별할 것도 없지요. 한국의 대부분 다른 집들 역시 할아버지도 아버지도 자신도 군대를 다녀온 집안이 대부분이니까요. 우리집은 조금 다를 뿐이에요. 할아버지는 한국 전쟁 참전, 아버지는 월남에서 전쟁을 치렀어요. 그런 단순한 경력 뒤에는 국가를 위해 목숨을 걸었다는 현실이 있어요. 그 두 분이 지키려던 국가를 내가 등뒤로 둘 수는 없어요. 나도 두려워요. 형이 나를 어떻게 할지. 마음으로는 형 말대로 지금의 현실을 받아들이자고 생각하면서 입 밖으로 생각을 말하려고 하면 '노'라는 말이 나와요. 나도 이 상반된 상태를 어떻게 해야 할지 모르겠어요."

시우는 잠시 말을 끊었다.

"그냥 본능적으로 북한에 속해서 살 수는 없을 것 같아요."

우진은 고개를 끄덕였다.

"월남전에 참전했던 아버지가 적과 마주치면 총을 먼저 쏘라고 했지? 그건 힘을 잡았을 때 행사하라는 말이야. 네게 힘이 주어졌을 때 그 힘을 꽉 잡아. 힘은 목숨을 유지시켜 주지. 단 적시에 행했을 때 말이야. 내가 지금 그 힘을 너에게 주겠다고 하는 거야. 그 기회를 놓치지 마."

우진은 시우의 어깨에 팔을 걸쳤다.

"힘을 갖게 되면 지금까지 가졌던 많은 관계가 바뀌지. 약한 자들은 힘의 불균형에 의한 열등감과 두려움 때문에 떨어져 나가. 그리고 새로운 관계가 형성돼. 비슷한 크기의 힘을 가진 자들과 말이야. 그 관계는 서로의 힘이 시너지 효과를 일으켜 더욱 공고해지지. 너는 손만 내밀면 그 철옹성 같은 관계 속으로 들어올 수 있는 거야."

시우는 대답하지 않았다. 우진은 그런 시우를 이해한다는 표정이었다.

"야, 시우야. 너무 진지하고 복잡하게 생각하지 마. 위대한 사람은 많은 무리를 걱정하고 거느려야 하지만, 우리 같은 소시민은 가족들이나 주변 몇 사람만 보호하면 되는 거야. 무슨 주의니 이념이니 다 개소리라구."

우진은 술잔을 들고 재희와 시우에게 건배했다.

"나도 알아. 너희는 뛰어난 인재들이기 때문에 남한에서도 나이 들면서 상류층에 속하게 될 가능성이 높지. 하지만 너희가 마음먹기에 따라 이곳에서는 지금 즉시 상류층에 속할 수도 있어. 그 기회가 왔을 때 꽉 잡아. 사람들은 흔히 잃어버린 후에야 깨닫지. 소중한 것은 늘 그렇게 놓치곤 한다구."

우진의 말을 듣고 시우는 한참 동안 머리를 감싸 안고 있었다.

"우진 형, 이런 말 하긴 그렇지만, 우진 형이 우리와 함께 남한에서 살 수는 없을까요? 형이 우리와 처음 만났을 때 의도적인 만남이긴 했지만, 형에게 가장 가치 있는 것은 자유라고 했잖아요."

우진은 미소 지었다.

"모르겠냐? 나는 자유 이상의 것을 누리고 있어. 자유라고 다 똑같은 자유가 아니야. 법이나 상식이라는 틀에 묶여 있는 일반적인 자유와 그 틀을 초월한 자유가 있어. 너라면 어떤 것을 택하겠나? 시간을 줄 테니 잘 생각해 보도록 해. 하지만 시간은 오래 기다려 주지 않아."

시우는 고개를 숙이고 있다가 우진의 손을 잡으며 부탁했다.

"우진 형. 혹시 내가 함께하지 못하더라도 재희를 잘 부탁해요."

우진의 얼굴에 냉기가 스쳤다.

"안 될 말이야. 재희를 생각해서라도 너도 함께 달려야지. 네가 정 남조선으로 다시 가고 싶다면 어느 정도 나와 함께 일을 하다가 자연스레 남조선으로 파견되는 방법도 찾을 수 있을 거야. 나에게도 그런 정도의 기회는 줘야지. 안 그래?"

우진은 시우의 귀에 대고 나직하게 말했다.

"그리고 네가 깜빡했나 본데, 너는 이미 위대한 수령 동지 만세라고 여러 번 외쳤던 사람이야. 대남 방송에 나가서 네 발로 북조선에 들어왔으며 남조선은 사람 살 곳이 못 된다고 저주했다구."

시우의 얼굴이 창백해졌다.

"물론 그게 네 본심이 아니라는 걸 난 알아. 하지만 남조선에서 네 방송을 듣는 사람도 그렇게 생각할까. 남조선의 국정원에서도 그렇게 생각하겠느냐구. 극단적으로 말해서 너는 이미 네 조국을 배신한 매국노야."

우진은 시우의 어깨를 툭 치며 다시 목소리를 높여 쾌활하게 말했다.

"우리가 없어져도 세상은 아무 일 없다는 듯 팽팽 잘 돌아가. 너희가 남조선에 없어도 역시 남조선은 잘 돌아갈 거라구. 아무튼 잘 생각해 봐. 네가 생각을 가다듬고 다시 돌아오길 기다릴게."

세 사람이 다시 술잔을 기울이려 할 때 1층에서 소란스러운 소리가 들렸다.

"아버지가 돌아오시는 것 같은데. 너희는 마시고 있어 곧 올게."

우진은 들고 있던 잔을 비우고 1층으로 올라갔다.

우진이 1층으로 올라가 거실 옆에 있는 작은 방을 노크하자 중위 계급장을 단 부관이 살며시 얼굴을 내밀었다.

"두 사람은 마음이 돌아설 것 같습니까?"

"기다려 봐야지. 한재희는 돌아섰는데 강시우가 아직 혼란스러운가 봐."

"강시우는 말은 부드러워도 좀 완강한 것 같던데요."

우진이 얼굴을 찌푸렸다.

"제 주제를 모르고 고집을 피우고 있는 거지."

"그런데 왜 그리 이놈들을 설득하려고 하십니까? 남파 공작원들 중에도 쓸 만한 녀석들은 많이 있는데."

"원석이 다르지. 얘들은 진짜배기야. 그 경쟁 치열한 남조선에서 최고 학부 최고 학교를 다니는 수재들이고 일류 신문사의 기자야. 그러니 주변의 신임이 얼마나 좋겠냐구. 그들이 우리 공작원으로 포섭만 되면 일당백, 일당천의 힘을 발휘하게 될 거야."

우진이 담배를 피워 물자 부관이 라이터를 붙여 주었다.

"안 기자는 잘 되어 가고 있겠지?"

"예, 방금 연락 받았는데 계획대로 여자도 넣어 주었다고 합니다."

부관은 조심스레 물었다.

"조철구는 어떻게 할까요?"

"일본에서 조철구에게 생활비를 계속 송금해 줄 가족이 있던가?"

"가난한 집안 출신이라 송금해 줄 사람도 없고 야쿠자 조직에서 문제를 일으켜 피신 차 넘어온 것 같습니다."

"역시나 쓰레기 같은 놈이로군."

"재포[1]들이 다 그렇지 않습니까?"

"하긴 재포 놈들에게는 기대 걸 것도 없지. 그놈은 안 기자가 돌아서지 않으면 같이 보내 버려."

---

1 재일동포

"강시우는 어떻게 할까요?"

담배 연기를 길게 뿜어내는 우진의 옆얼굴에 얼음처럼 냉혹한 표정이 솟아올랐다

"며칠 기회를 줘봤다가 전향하지 않으면, 그땐 아깝지만 버려야지."

현관 밖에서 자동차 들어오는 소리가 들렸다. 우진은 담뱃불을 끄고 아버지를 맞으러 현관문을 열고 나갔다. 우진과 이야기를 마친 부관은 작은 방으로 다시 모습을 감췄다. 익숙한 행동으로 보아 하우진을 그림자처럼 보필하는 부관인 듯했다.

풀장 옆의 홈바에서 재희는 시우에게 화가 나 있었다.

"자기는 왜 자꾸 우진 오빠에게 어깃장을 놓는 거야? 지금은 일단 말을 듣는 척하면서 살아 남아야 할 것 아냐? 자기는 내가 수용소로 끌려가서 강간당하고 살해당하는 걸 보고 싶어?"

"왜 그런 소릴 해? 난 네가 여기 남아 있겠다고 해서 정말 다행으로 생각하고 있어. 나도 수용소로 가는 건 두려워. 마음을 바꿔 보려고 하지만 안 되는 걸 어떡해? 나도 살고 싶다구, 나도 안타까워, 나보고 어떻게 하라는 말이야?"

시우는 언성을 높이고는 곧 후회했다. 내가 왜 재희에게 화를 냈을까. 이성적으로는 재희의 말이 옳다고 생각하지만 이건 아닌 것 같았다. 어쩌면 지금까지 하우진에게 지리멸렬 끌려 다니는 못난 모습을 더 이상 재희에게 보여주고 싶지 않았는지도 모른다. 그야말로 만용의 극치였을 수도 있지만, 입 밖으로 말을 내뱉을 때 알았다. 더 이상 물러서면 시우 자신의 정체성과 존재도 허물어져 버리는 것이라는 걸. 지금까지 살아온 시간들, 경험 관계 우정 가치관들이 모두 멸실되어 버린다는 것도. 그

리고 처음 깨달았다. 우유부단하다는 말을 듣는 자신에게 이런 흔들리지 않는 감정이 있다는 것을. 그걸 애국심이라고 하는지는 모르겠지만.

두 사람의 언성이 높아지려 할 때 1층에서 사람들이 웅성거리는 소리와 함께 우진의 놀라는 목소리가 들려왔다. 몹시 놀란 목소리였다. 시우와 재희는 1층으로 뛰어 올라갔다.

작은방에 있던 부관 역시 우진의 놀란 소리를 듣고 밖으로 나오려다가 지하실 계단을 뛰어 올라오는 시우와 재희를 발견하고는 황급히 작은 방으로 되돌아가 몸을 감추었다.

현관문 밖으로 나가 보니 하우진이 방금 차에서 내린 중장을 부축하고 있었다. 중장은 무척 충격을 받았는지 하우진의 부축을 받고 겨우 발걸음을 옮기고 있었다. 거실로 들어와 소파에 앉아 물을 한 잔 마신 후에야 중장은 입을 열었다.

김정은이 갑자기 긴급 소집하는 바람에 식사 도중에 달려간 중장은 아차 싶었다. 김정은이 나이 먹은 사람의 입 냄새에 유독 민감해 가까운 곳에서 입 냄새 풍기는 것을 극도로 싫어하기 때문이다. 때문에 나이든 관료들은 김정은의 곁에 서게 되거나 옆에서 발언을 할 때는 미리 입 냄새를 제거하고도 손으로 입을 가리는 것이 거의 기본이었다.

중장은 회의 전에 화장실에 가서 입 냄새를 지우고 들어가려 했으나, 워낙 먼 거리를 달려간 탓에 입 냄새를 지울 짧은 겨를도 없이 회의에 들어가게 되었다. 불운은 겹친다고, 평소에는 의자에 앉아 회의를 했는데 김정은이 지시하는 상황을 그의 곁에 둘러서서 들어야 하는 입식 회의가 되었다. 입을 거의 틀어막다시피 신경을 쓰던 중장은 그만 트림을 하게 되어 김정은의 눈총을 받았다는 것.

"위원장 동무의 인상이 찌푸려졌어. 무척 화가 나신 것 같았다."

중장은 주머니에서 손수건을 꺼내 이마에 흐르는 식은땀을 닦았다.

"위원장 동무로부터 조금 더 멀리 서 계시지 그랬어요?"

우진이 아버지의 어깨를 주무르며 위로하듯 말했다.

"나도 그러려고 했지. 그런데 호위총국 총참모부의 김중장 녀석이 내가 입을 자꾸 가리자 눈치를 채고 나를 의도적으로 앞으로 밀어 넣은 것 같아."

"그 양반은 사사건건 아버지를 곤란하게 만드는군요."

하우진의 얼굴이 찌푸려졌다. 재희는 두 사람의 대화가 기가 막히기도 하고 어처구니없었지만, 웃을 수도 없어서 가만히 곁에 서 있었다.

"아무 일도 없으면 좋으련만."

중장은 계속 이마의 식은땀을 닦으며 중얼거렸다.

중장을 침대에 눕히고 거실로 나와서야 하우진은 두 사람의 존재를 깨달은 듯 말을 걸었다.

"아버지가 걱정 많이 되시는 것 같네."

"설마 그 일 때문에 무슨 일이야 생기겠어요?"

"위원장 동무는 가만히 있더라도 직속 부대에서 과잉 충성을 하는 놈들이 미리 대역죄를 만들어 총살시킬 수도 있지."

"그럴 리야 있겠어요?"

하우진은 가볍게 웃었다.

"그럴 가능성은 거의 없지. 아버지 쪽의 인맥이나 파워도 만만치 않으니까. 아버지가 연세 드시면서 주변 상황에 너무 과민하게 걱정하시는 거야. 하지만 스타급 사이에서는 충성 암투가 심해서 일부러 아버지를 난처하게 만들었을 수도 있지. 특히 호위총국 내에서도 총참모부가 제일 아버지를 견제하고 있다고 전에도 여러 번 말씀 하셨어."

워낙 놀랐던 때문일까. 하우진은 두 사람에게 술술 암투의 배경 이야기까지 털어놓았다. 그러다가 너무 깊은 이야기를 했다 싶었는지 하우진이 입을 다무는 순간, 침실에서 중장 곁을 지키며 간호하던 최은아와 하우진 어머니의 비명소리가 들렸다.

"아, 아버지가 숨을 안 쉬어!"

비명소리와 동시에 세 사람은 침실로 뛰어 들어갔다. 중장은 호흡을 멈춘 채 침대에 누워 있었다.

"아버지!"

하우진은 울부짖으며 아버지의 몸을 흔들었다. 그때 재희가 날카로운 목소리로 외쳤다.

"아버지를 흔들지 마!"

중장 곁으로 황급히 다가온 재희는 하우진을 뒤로 밀쳤다. 중장의 팔을 잡고 맥을 짚어 본 재희는 얼굴이 창백해졌다.

"맥박이 멈췄어."

하우진의 어머니는 실신하며 그 자리에 쓰러지고 하우진의 얼굴도 하얗게 탈색되었다.

"어서 이리 와! 아버지를 침대에서 내려야 해."

재희가 하우진을 향해 외치자 하우진은 얼이 빠진 듯 재희의 말을 따라 아버지를 침대에서 바닥으로 내려놓았다.

중장을 단단한 바닥에 똑바로 뉘인 재희는 가슴뼈의 아래쪽 절반 부위에 깍지 낀 두 손의 손바닥 뒤꿈치를 댔다. 손가락이 가슴에 닿지 않도록 주의하면서, 양팔을 쭉 편 상태로 체중을 실어서 환자의 몸과 수직이 되도록 가슴을 압박했다. 실습 시간에 배운 가슴압박 소생술을 하려는 것이다. 가슴압박은 분당 100~120회의 속도와 약 5cm 깊이로 강하고 빠르게 시행한다. 하나, 둘, 셋…, 서른, 하고 세어 가면서 규칙적으로 시행해야 한다. 재희의 이마에 굵은 땀방울이 흘러 내렸다. 30회 정도의 압박을 가한 뒤 재희는 우진을 불렀다.

"우진 오빠! 어서 아버님께 인공호흡을 해!"

우진은 재희가 시키는 대로 따라했다. 중장의 머리를 젖히고, 턱을 들어올려 기도를 개방시켰다. 머리를 젖혔던 손의 엄지와 검지로 환자의 코를 잡아서 막고, 입을 크게 벌려 중장의 입을 완전히 막은 후, 가슴이 올라올 정도로 1초에 걸쳐서 숨을 불어넣었다. 숨을 불어넣을 때 중장의 가슴이 부풀어 오르는지 눈으로 확인한 재희는

"그만! 입을 떼고 코도 놓아 줘. 불어넣은 공기가 배출되어야 해!"

하고 소리쳤다. 하우진의 이마에서도 땀이 흘러내렸다.

"다시 한 번!"

우진은 땀을 닦을 틈도 없이 다시 한 번 인공호흡을 시행했다. 이후로는 다시 재희가 가슴압박 소생술을 시키고, 하우진의 인공호흡이 반복되었다. 30회의 가슴압박과 2회의 인공호흡이 계속되었다. 두 사람의 얼굴은 시뻘겋게 달아오르고 땀을 비오듯 흘리는 통에 온몸이 땀범벅이 되었다. 저런다고 이미 멈춘 호흡이 돌아올까. 옆에서 안타깝게 지켜보는 사람들의 주먹에도 땀이 뱄다. 그리고 일순간 재희의 높은 목소리가 터져 나왔다.

"숨이 돌아왔어!"

중장의 입에서 거의 들릴듯 말듯한 신음소리가 흘러나왔다. 실신했던

우진의 어머니는 재희의 손을 잡고 하염없이 눈물을 흘렸다. 재희는 우진 어머니의 손을 다독이듯 잡아 주었다.

"아직 안심하긴 일러요. 후속 조치를 취해야 해요."

"병원으로 모셔야겠지?"

우진이 다급하게 물었다. 재희는 우진의 눈을 마주보며 뭔가 생각하는 듯했다.

"아버님께 경쟁 상대가 있다면서요?"

"갑자기 그건 왜?"

"아버님께 경쟁 상대가 있다면 심장마비 왔다는 것이 약점이 될 수도 있어요. 건강하고 아무 일도 없었던 것처럼 지내야 해요."

하우진은 망치로 머리를 맞은 듯 잠시 멍하니 있었다.

"병원에 가지 않으면 다른 방법이 있나?"

"지금 호흡이 정상으로 돌아오신 걸 보면 최악의 사태는 넘겼어요. 상황을 봐가면서 초반 조치만 확실히 하면 안정되실 것 같아요. 상태를 지켜보다가 병원에 가도 늦지는 않을 거예요."

"그럼 지켜보는 수밖에 없는 건가?"

"이럴 때 내 배낭이 있으면 좋은데. 그 안에 구급약이."

우진이 반색했다.

"있어. 부대에 보관 중이야."

"아, 다행이다. 어서 갖고 오세요."

우진이 부하를 시켜 신속하게 배낭을 가져왔다. 재희는 가방 속의 약을 신중히 골라 중장의 입에 넣어 주었다.

"아버님, 우선 이걸 천천히 씹으세요. 삼키시면 안 돼요. 씹어야만 흡수가 빨리되어 좋아지실 거예요. 심장마비라고 너무 걱정하지 마세요.

결국은 혈액 순환이 문제이니까요. 이 약이 고비를 넘게 해줄 거예요."

중장은 재희에게 모든 것을 맡겼다는 듯 어린아이처럼 고개를 끄덕이고는 약을 꼭꼭 씹어서 침과 함께 삼켰다. 재희는 컵에 든 물을 중장의 입에 대고 조금만 마시게 하고는 약을 또 한 알 입에 넣어 주었다.

"천천히 꼭꼭 씹으세요. 좋아지실 거예요."

재희가 미소 지으며 말하자 중장은 신뢰 가득한 표정으로 고개를 끄덕였다. 중장의 호흡이 천천히 정상을 되찾자 재희는 우진을 구석으로 데리고 가 작은 목소리로 물었다.

"사실 저 약이 지속적인 효과는 없어요. 하지만 아버님이 심리적으로 안정은 되실 거예요. 조용히 약을 좀 구해 올 수 있지요?"

우진이 고개를 끄덕였다.

"어떤 약?"

"가능하면 소문나지 않게 절친한 사람을 통해서 일단 니트로글리세린을 구해 오세요. 이 약을 구해 오면 우선 걱정은 하지 않아도 될 거예요."

우진이 뛰어 나가려 하자 재희가 불러 세웠다. 재희는 펜을 달라고 하여 약 이름을 몇 가지 적은 후 우진에게 건네주었다.

"나한테 약이 좀 있긴 하지만 이 약들은 금방 구해지지 않을지도 모르니 미리 주문해 두세요. 내가 그 약으로 치료를 해보고, 그래도 회복이 안 되면 그때 병원에 가도 될 거예요."

"알았어. 빨리 다녀올게."

"잠깐. 하나만 더. 이 약을 누가 쓸 거냐고 물어보면 어머니가 쓰실 거라고 말하세요. 어머니가 뭔가에 놀라신 것 같다고."

다급한 상황인데도 불구하고 침착하면서도 신속하게 상황을 풀어 나가는 재희의 태도를 보며 황급히 돌아서는 우진의 눈동자가 흔들렸다.

\* \* \*

안영민은 곁에 누워 있는 여자를 물끄러미 쳐다보았다.
"뭘 그렇게 뚫어져라 보세요?"
여자는 자신을 물끄러미 보고 있는 안영민의 시선이 부끄러운 듯 이불을 얼굴까지 뒤집어썼다.
"당신 임소연 맞지?"
"날 어떻게 알아요?"
여자는 깜짝 놀라 이불을 젖히고 얼굴을 내밀었다.
"맞구만."
안 기자는 정말로 기가 막혔다. 이놈들은 내가 임소연 취재 나왔다는 사실을 어떻게 알고 이 여자를 나에게 안긴 것일까?
"방송에서 많이 봤지. 남한에서도 봤고. 당신 북한에서 보내는 대남 방송 화면도 봤어."
임소연은 입을 다물었다. 표정에는 말 못 할 복잡한 감정이 담겨 있었다. 아마도 이 방에 녹화 장치가 숨겨 있어서 그럴 거라 여겨져 안영민은 더 이상 말을 시키지 않았다. 잠시 후 임소연이 몸을 일으켰다.
"나 먼저 씻을게요."
임소연이 화장실로 들어가려 하자 안영민이 잽싸게 화장실 문을 잡았다.
"잠깐만! 나도 같이 씻고 싶어."
여자가 뭐라 답하기도 전에 안영민은 화장실 문을 열고 들어가 안에서 잠갔다. 당황해 하는 임소연을 뒤로 두고 안영민은 샤워를 틀었다. 샤워 줄기가 제법 세차게 나오며 물소리도 크게 들리자, 안영민은 임소연 가까이 다가갔다.

"임소연 씨. 놀라게 해서 미안해. 여기서는 놈들이 말을 못 들을 거야. 그러니 내 말을 똑바로 들어요."

임소연은 불안한 표정으로 고개를 끄덕였다.

"임소연 씨. 당신이 남한에서 강제로 납치되어 온 것 다 알아요. 그리고 북한 방송에 나와서 스스로 입북했다는 말도 억지로 한 거라는 것도."

임소연의 표정에 공포의 빛이 서렸다.

"아니에요. 난 내 발로 북조선에 들어온 거예요. 여긴 내 조국입니다."

"이봐, 임소연. 정신 차리고 내 말 똑바로 들어!"

안영민은 임소연의 어깨를 강하게 움켜잡았다.

"여기가 어떤 곳인지 당신은 나보다 더 잘 알 거야. 그리고 당신은 남한 생활을 해봤으니 그 차이점도 잘 알겠지? 당신 여기서 살 수 있겠어? 이 지옥 같은 곳에서!? 내 말 알아듣겠어?"

임소연은 고개를 끄덕였다.

"그러니 앞으로 나하고 잘 지내는 척하면서 탈출할 기회를 잡자구. 난 남한의 신문기자야. 당신이 나를 이곳에서 탈출하도록 도와주면 당신은 남한에서 스타가 되는 거라구. 당신 남한 매스컴의 위력 느껴 봐서 잘 알지? 나하고 같이 탈출하자."

임소연의 표정이 흔들렸다.

"당신은 한번 탈북했었기 때문에 나보다는 훨씬 코스도 잘 알고 상황 파악을 잘할 수 있을 거야. 지금 당장 가자는 것이 아니라, 몇 달이 지나더라도 우리에 대한 감시가 좀 소홀해졌을 때를 골라 탈출하자구. 알겠어? 혹시 나하고 떨어져 있게 되더라도 이 말은 잊지 말고 꼭 기억해둬. 언젠가는 같이 탈출하자는 약속."

임소연은 고개를 끄덕였다.

"자, 이제 샤워한 것처럼 몸을 적시고 나가자구."

안영민은 임소연을 안고 키스했다. 하룻밤에 만리장성을 쌓는다고 했던가. 맨정신에 부드럽게 감겨 오는 임소연의 육체는 감미로웠다. 다시 한 번 욕정이 일었으나 임소연은 살그머니 빠져나갔다.

"너무 오래 있으면 의심 받을 거예요."

방으로 나온 임소연은 옷을 챙겨 입은 후 안영민의 목을 안고 오랫동안 키스를 했다. 마치 할 말이 많은데 키스로 대신하려는 듯. 키스를 마친 임소연은 안타까운 표정으로 가벼운 목례를 하고 문을 열고 나갔다. 임소연이 나가자 안영민은 침대에 털썩 누웠다.

고등학교 시절의 영민은 아나키스트가 되고 싶었다. 무슨 특별한 이상이 있거나 이념이 있어서가 아니고 그 저항이 멋져 보여서. 플라스틱 모형 권총을 아나키스트처럼 가슴에 품고 다닌 적도 있었다. 그런데 현대의 아나키스트는 권총도 구할 수 없고 멋진 중절모도 어울리는 시대가 아니었다. 많이 아쉬웠다. 그래서 펜을 들기로 했다. 펜은 칼보다 강하다니 폼 나잖아. 그리고는 언제나 정의의 편에 서기로 결심했다. 그런데 늘 줄 선 곳이 불의의 편이었다. 권력 앞에 고개 숙였고, 돈 앞에 미소 지었다. 그게 현실이었던 거지. 그러니까 불의가 정의였다. 여기 와서 총이 펜보다 훨씬 강하다는 걸 새삼 깨달은 거지. 그뿐이다. 안 기자는 천정을 노려보다가 혼잣말에 마침표를 찍듯이 덧붙였다.

"결론은 난 겁쟁이에 허영만 가득한 똥 덩어리야. 강한 척 으스대는 삼류 인간. 플라스틱 권총을 찬 아나키스트."

그러나 이제 바늘 같은 희망이라도, 임소연이라는 불꽃 하나 켜놓은 셈이다. 물론 시간이 얼마나 걸릴지는 모른다. 생각보다 엄청나게 늦거나 어쩌면 의외로 빨리 기회가 올지도 모른다. 하늘이 돕는다면 기회는 남아 있다. 침대에서 벌떡 일어난 안영민은 새로운 희망에 두 주먹을 불끈 쥐었다. 정의는 이긴다. 아니, 불의였나?

\* \* \*

하우진의 아버지는 재희의 신속한 응급 처치와 해박한 약학 지식으로 인해 정상적인 회복세에 들어섰다. 중장이 회복되도록 며칠씩이나 잠도 제대로 못 자고 밤샘 간호하는 재희의 핼쑥한 모습에 가족들은 감동했다. 자칫 조금만 늦었어도 생명이 위독했거나 뇌의 산소공급 부족으로 장애가 왔을지도 모른다는 재희의 설명에는 하우진의 가족 모두 깊은 감사를 표했다. 중장도 자신을 간호하는 재희의 손을 잡으며 고마워했다.

"너는 내 생명의 은인이고 복덩어리다."

부인도 재희를 예뻐하며 우진에게 말했다.

"어디서 이런 복덩어리 아가씨를 데리고 왔니? 마치 아버지 위독할 때 하늘이 보내 주신 것처럼 때맞춰 나타나다니."

중장은 과격한 움직임만 아니면 일상생활을 할 수 있을 만치 빠른 속도로 회복되었다. 재희는 중장의 집에서 완전히 귀인 대접을 받게 되었다. 하우진도 재희를 대하는 태도가 눈에 띄게 부드럽고 살가워졌다. 재희가 하우진에게 시우는 어디 있느냐고 묻자, 다른 교육관에 있다고

말해 주었다. 그전처럼 고문도 하고 그런 곳이냐고 묻자

"그런 곳은 아니지. 나하고 의형제를 맺은 사이인데. 조금 약한 곳으로 보냈으니 잘 적응할 거야. 나도 아까워하는 사람이니까 정치 학습을 더 시킨 후에 내 편으로 만들어야지."

\* \* \*

"안영민은 포섭됐나?"

부대 사무실에 나타난 하우진의 질문에 부관은 약간 난처한 표정을 지었다.

"왜 대답을 못 해? 여자를 들여보내지 않았나?"

"여자와 동침까지는 확실히 했는데, 그게 여자보고 같이 탈출하자고 했답니다. 여자의 태도가 수상해서 족쳤더니 불었습니다."

"하잘것없는 애국심인가, 자존심인가."

우진은 비웃었다.

"강시우는?"

"휴양관에 같이 있는데 여전히 묵묵부답이라고 합니다."

"모두 간부 탄광으로 보내. 거기서 고통을 맛보면 좀 달라지겠지."

며칠 전만 해도 강시우를 아끼는 발언을 하던 하우진이 강시우도 함께 보내라고 하자 부관이 다시 물었다.

"강시우도 함께 보냅니까? 간부 탄광은 폐쇄하기 직전이라 설비도 없고 언제 허물어질지 모르는데요."

"그러면 할 수 없지. 그놈들 운이 거기까지인 거지."

"알겠습니다. 즉각 시행하겠습니다."

명령 복창을 하며 돌아서 나가는 부관의 머리에는 하우진이 강시우의 죽음을 기다리는 것은 아닌가 하는 생각이 스쳤다.

\* \* \*

험준한 산길을 군용 트럭이 털털거리고 달리고 있다. 길이 험해서 바퀴가 떨어져 나갈듯 차가 요동쳤다. 트럭 짐칸에는 안영민과 조철구, 강시우가 양 손을 묶인 채 서로 등을 대고 타고 있었다. 트럭을 타고 한 번씩 이동할 때마다 일행은 상상을 뛰어넘는 변화를 겪었다. 이젠 자포자기의 심정뿐이었다.

거의 두 시간 가량 요동치며 달리던 트럭이 깊은 산골에 정차하자, 군인 한 명이 트럭 위로 올라와 포승줄을 풀어 주었다. 산골이어서 그랬는지 트럭에서 내리자 초겨울의 싸늘한 한기가 느껴졌다. 석탄을 캐는 탄광이라 주변의 모든 것이 까만색으로 뒤덮여 있었다.

총을 멘 군인 두 명이 입구에서 일행을 향해 총을 겨누고 있었고 군인의 지시에 따라 작은 초막 같은 건물로 들어가니 후끈한 열기가 얼굴을 덮쳤다. 초막 가운데에 낡은 드럼통 허리를 반으로 잘라 그 안에 석탄을 넣어 때고 있었다. 워낙 고지가 높은 지역이라 난로 없이는 견디기 어려울 터였다.

난로 옆에는 군인이 두 명 더 있었다. 안과 밖에서 일정한 시간 동안 교대하며 근무서는 것으로 보였다. 일행을 태우고 온 트럭이 사라지자 주변은 정적이 깔렸다. 가끔 불어오는 바람소리만 초막 지붕을 스치고 지났다. 시우 일행이 온다는 걸 미리 연락받았는지 초막 안의 군인들은 별 말이 없었다. 손짓으로 일행에게 무릎 꿇고 나란히 앉으라고 했다.

군인 중 한 명이 큰 깡통에 물과 옥수수 가루를 붓고 불 위에 올렸다. 물이 끓으며 옥수수 가루가 부풀어 죽처럼 부글부글 끓어올랐다. 군인은 낡은 양재기에 옥수수죽을 한 그릇씩 담아 주었다. 배고팠던 일행은 넘어가지 않는 옥수수죽을 남기지 않고 다 먹었다. 식사를 마치자 다시 무릎 꿇고 앉게 한 후에 탄광 작업에 대해 설명해 주었다. 3명이 한 조가 되어 하루에 8시간씩 교대로 작업을 하는데, 하루에 굴을 1미터씩 파야만 책임량을 완성하는 것. 작업량을 완수하지 못하면 하루에 한 시간씩 작업 시간이 늘어난다고 했다.

8시가 되자 탄광 입구로 데리고 갔다. 잠시 후에 석탄을 실어 나르는 수레가 굴에서 나왔다. 탄을 실은 수레에는 세 사람이 매달려 있었다. 온몸이 새까맣게 석탄을 뒤집어쓰고 있는 사람들은 얼굴조차 알아볼 수가 없을 정도였다. 석탄 차는 넓이 1미터, 길이 1미터 50 정도 되는 직사각형 손수레만 한 크기였으나, 바퀴는 탄광에 깔린 선로 위를 다닐 수 있는 기차 바퀴 모양이었다. 순전히 사람의 힘으로만 밀어서 선로 위를 이동시키는 수레였다.

교대 작업자들은 지친 모습으로, 새로 나타난 사람들에게는 관심을 갖거나 인사할 기운도 없는 듯 막사로 걸어갔다. 군인들은 싸늘한 저녁 공기 속에서 사람들을 빨가벗겨 몸수색을 한 후 교대시켰다. 굴속에서 뭐 훔쳐 나올 게 있다고. 나중에 알고 보니 갱내에서 폭파 작업을 할 때 간혹 터지지 않은 불발탄이 남게 되는데, 그 폭약을 감춰 나와 다른 곳에 사용하거나 폭발 사고를 일으킬까 봐 몸수색을 한다고 했다.

탄광에는 다른 여벌 장비도 없는 듯, 방금 나온 사람들이 벗어 놓은 낡은 안전모와 삽 곡괭이를 시우 일행에게 넘겨주었다. 이 장비들로 교대하는 사람들에게 돌아가며 사용시키고 있을 만큼 이 탄광은 원시적인 채굴 작업을 하는 것이다.

 탄광일이라고는 전혀 해보지 않은 시우 일행은 도대체 어떻게 해야 할지 알 수 없었으나, 섣부른 질문을 하다가 또 구타당할 우려가 있어 묵묵히 시키는 대로만 따라했다. 그들이 벗어 놓은 안전모를 쓰고 삽과 곡괭이를 잡는 순간 시우 일행의 손과 얼굴에는 석탄이 시꺼멓게 들러붙었다. 그나마 안전모와 삽은 상식적인 장비였으나 '간드레'라고 불리는 조명 장치는 처음 보는 낯선 것이었다. 간드레는 캔 맥주 크기의 철제 원통으로 중간 부분을 돌려 분리할 수 있었고, 그 안에 카바이트와 물을 조금 붓고 다시 결합시킨 후 상단에 붙은 작은 구멍에 불을 붙이면, 카바이트가 물과 섞이며 뿜는 가스로 인해 불이 켜지는 구조였다.

 바람이 조금 강하게 불면 불이 꺼질 것 같아서 이름 그대로 불꽃이 간들간들하였으나, 그 모양 때문에 간드레라고 부르는 것은 아니었고, '캔들'의 일본식 발음이 그대로 굳어져 간드레라고 부른다는 걸 나중에야 알게 되었다. 북한 탄광 중에서도 거의 폐광 수준으로 방치된 이곳에서는 간드레 사용도 과분한 일이었다. 굴 안에서의 작업을 밝히기 위한 간드레라고는 하지만, 빛이 워낙 약해서 햇빛에서는 거의 불빛도 보이지 않고, 중심 부분의 불꽃만 약간 파르스름하게 느껴질 뿐이었다. 과연 이 정도의 불빛만으로 굴 안에서 작업을 할 수 있을까 싶었다.

 군인들이 시키는 대로 간드레에 불을 다 붙이고 나자 산 아래 마을 쪽에서 한 노인이 낡은 자전거를 끌고 올라왔다. 70세도 넘어 보일 만큼 얼굴에 주름투성이인 노인은 처음 보는 시우 일행에게 주름에 덮여 잘 보이지도 않는 미소를 보이고는, 군인들이 서 있는 커다란 자물쇠가 잠긴 나무 상자 앞으로 걸어갔다. 노인이 다가가자 군인들은 약간 긴장한 태도로 총을 시우 일행에게 겨누며, 군인 중 한 사람은 조심스레 허리춤의 열쇠로 나무 상자를 열었다. 나무 상자 안에는 폭약이 여러 개 들어 있었다. 폭약을 한 번도 본적 없는 시우 일행도 한눈에 알 수 있을 만큼, 폭약은 단순하게 생긴 원통형 몸매에 심지를 둘둘 감고 있었다. 심지는 원래 분리되어 있지만 보관을 위해 감아 둔 것이라 여겨졌다.

노인이 익숙한 자세로 폭약을 스무 개쯤 집어 들자, 군인이 다시 한 번 천천히 숫자를 다시 확인하고는 노인에게 고개를 끄덕였다. 노인은 폭약을 보자기에 싸들고 탄광 입구를 향해 걸어갔다. 군인이 시우 일행에게 노인을 따라가라고 눈짓했다. 노인은 탄광 입구에 세워져 있는 빈 석탄 차에 올라탔다. 군인들이 시우 일행에게 명령했다.

"밀고 들어 가."

세 사람은 군인들이 시키는 대로 노인이 타고 있는 석탄 차를 굴 안으로 밀고 들어갔다. 갱도는 들어가는 길목이 약간 가파른 오르막 경사였는데, 아마 석탄을 무겁게 싣고 나올 때 쉽게 나올 수 있도록 그렇게 설계된 듯했다. 시우는 입구에서 멀어질수록 점점 어두워지는 굴의 어둠에 공포를 느꼈다. 경사를 밀고 올라가느라 미처 돌아보지 못했던 뒤를 돌아보니 어느새 들어온 입구는 손바닥만 한 크기로 줄어들고, 그만 한 크기의 빛만이 멀리서 들어오고 있었다. 나머지 다른 곳에서는 일체의 빛이 들어올 곳이 없었다. 별안간 밖으로 도망가고 싶었다. 숨 막히는 어둠속으로 걸어 들어간다는 것 자체가 너무 두려웠다. 노인이 갖고 있는 폭약을 빼앗아 군인들을 제압하고 도망가고 싶었다. 일행의 얼굴에 공포의 표정이 떠오르자 노인이 낮게 웃었다.

"무섭지? 점점 어두워지니까."

일행은 아무 말도 하지 않았다.

"내가 갖고 있는 이 폭약을 빼앗아 이걸로 군인들을 죽이고 도망가고 싶다는 생각이 들지?"

속마음을 찔린 시우 일행은 대꾸도 하지 않았다. 노인은 점점 짙어지는 어둠속에서 중얼거리듯 말했다.

"그렇게는 안 돼. 나를 인질로? 소용없어. 내가 먼저 나가지 않으면 군인들이 입구에서 기다리다가 모두 쏴 죽일 거야."

노인은 킬킬거리며 웃었다.

"나까지 그냥 다 죽여 버릴 걸?"

노인은 담배를 꺼내 성냥불을 붙였다. 성냥불이 눈부시게 밝았다. 그러고 보니 노인과 이야기하는 동안 이미 탄광 입구의 빛이 거의 보이지 않게 되었다. 간드레 불빛도 보일듯 말듯할 뿐이었다.

"이렇게 완벽한 암흑 속엔 처음 들어와 볼 거야. 어두워지니까 답답하지?"

노인은 위로하듯 담담하게 말했다.

"방법 하나 알려줄까? 지금부터 속으로 100을 셀 동안 눈 꼭 감고 탄차만 밀고 들어가 봐. 그러면 조금 견딜 만해질 거야."

벌써 답답함을 느끼던 세 사람은 거역할 수 없는 유일한 선지자 노인의 말을 따라 눈을 감았다. 한 발자국씩 발을 내딛을 때마다 세어 가며 백까지 센 시우가 눈을 떴을 때, 밖에서는 보이지도 않던 간드레 불빛이 환하게 탄광의 검은 벽을 비추고 있었다. 한 걸음 뗄 때마다 간드레 불꽃이 흔들려 벽이 일렁거렸다. 영화나 뉴스에서 보던 탄광은 군데군데 전깃불이 선로를 비추곤 했지만, 이 탄광은 전혀 불빛이 없었다. 네 사람의 가슴에 달린 네 개의 간드레 불빛만이 칠흑 같은 암흑속의 유일한 빛이었다.

어디선가 바람결이 느껴지면서 쉭쉭 공기 새는 소리가 들렸다. 호스를 통해 막장까지 산소를 공급하는 컴프레셔의 공기 들어오는 소리였다. 간드레 불빛이 바람결에 흔들리며 위태위태하게 간들거렸다. 보통의 촛불이라면 바람결에 꺼졌을 텐데, 카바이트 가스에서 뿜어져 나오는 약한 용접기 불꽃 같은 파란색 불꽃은 간들간들하면서도 꺼지지 않았다. 간드레 불꽃의 흔들림 따라 시커먼 탄광 벽이 유령처럼 흔들렸다.

탄광 벽에는 1-2미터 간격으로 통나무가 세로로 괴어져 있었고, 양쪽 통나무 위로 같은 굵기의 통나무가 가로질러 얹혀져 탄광의 천정을 버텨 내고 있었다.

"저 통나무 틀을 동발이라고 하는 거야. 원래는 1미터에 하나씩 동발을 세워야 탄광이 무너져 내리지 않는 건데, 사이사이 동발을 빼내는 바람에 어떤 곳은 10미터 가까이 동발이 없는 곳도 있지."

10미터라니. 이 무거운 천정을 10미터나 받쳐 주지도 않는단 말인가. 언제 무너져 내려도 이상하지 않은 상태가 아닌가. 시우 일행이 듣기에는 소름이 오싹 돋는 말을 노인은 아무렇지도 않게 내뱉었다. 자신도 우리와 함께 이 굴에 갇혀 있는 주제에.

"위험할 텐데 왜 그렇게 동발을 빼내는 거예요?"

조철구가 묻자 노인은 오랜 광부 생활로 인해 굳어 버린 기관지에 붙은 가래를 뱉어 내려고 힘겨운 기침을 오래 하더니 가쁜 숨을 몰아쉬며 간단하게 대답했다.

"해보면 알게 돼."

선로 위를 구르는 탄차의 진동으로 인해 천정을 받치고 있는 동발 사이에서 굵고 잔 돌가루들이 투두둑 떨어져 내렸다. 탄차가 커브를 트는 부분에서는 진동이 더욱 커지면서 무너져 내리는 흙무더기와 자갈들도 더 많아졌다. 금세라도 무너져 내릴 것 같은 두려움에 시우는 몸을 떨었다.

이대로 입구가 막혀 버리면 우리는 암흑 속에서 그대로 죽는 것이다. 여간해서는 놀라지 않던 조철구의 표정에도 두려움이 떠올랐다. 자신의 배짱이나 싸움 실력으로는 전혀 대항할 수 없는 종류의 두려움이었을 것이다. 시계도 없고 시간을 대비시켜 볼 만한 빛도 없는 상태에서 얼마나 멀리 탄차를 밀고 들어갔는지도 모를 즈음, 눈앞에 막장이 나타났다. 막장을 보는 순간 시우는 왜 사람들이 이곳을 막장이라 부르는지 알 것 같았다. 말 그대로 그곳은 더 이상 나갈 곳도 들어갈 곳도 내려갈 곳도 없는 막장이었다. 그냥 길의 끝, 지구의 끝이었다.

그 와중에 시우는 재희가 함께 오지 않게 된 것을 다행이라 생각했다. 물론 지금 재희의 상황도 이 상황 못지않게 힘들고 고통스럽겠지만, 그래도 여기보다는 나을 것이다. 여긴 말로만 듣던 지하 지옥이었다.

노인은 느릿느릿 탄차에서 내렸다. 막장 오른쪽 구석에는 암반을 뚫는 시커먼 착암기가 석탄 가루를 뒤집어쓴 채 기대져 있었다. 노인은 착암기 바로 앞에 세워진 동발을 두들기며 시우에게 말했다.

"바로 이 앞의 동발 보이지? 자네들 앞에 나간 사람들이 저 동발에서 이 동발까지 일을 한 거야. 그래야 이 사람들이 일을 한 실적을 한눈에 알 수 있는 거지. 아무리 일을 많이 해도 동발을 세우지 않으면 작업으로 인정해 주지 않아. 그러니 자네들도 오늘 무슨 일이 있어도 앞으로 1미터를 파내고 동발을 한 틀 세워야만 하는 거라구."

노인은 시우 일행이 알아들었는지 확인도 하지 않고, 숙숙거리며 여기저기서 공기가 새고 있는 파이프를 착암기에 연결하고는 막장에 구멍을 뚫기 시작했다. 꽉 막힌 막장에서 바위에 구멍을 뚫는 착암기의 소음은 머리가 흔들릴 만큼 엄청났다. 안영민이 옷자락을 찢어 귀를 틀어막자 조철구와 시우도 따라했다. 그래 봤자 별 차이도 없었지만.

가뜩이나 약한 간드레 불빛에 착암기 끝의 돌가루가 안개처럼 피어오르자 한 치 앞을 분간할 수 없었다. 말도 필요 없고 착암기 소리 외에는 아무 소리도 들리지 않는 막장에서 세 사람은 무슨 일을 어찌해야 할지 몰라 가만히 쪼그리고 앉아 노인의 모습을 지켜보았다. 입을 벌리면 흙먼지가 한 주먹씩 입으로 들어올 것 같은 먼지 속에서도 노인은 꽤나 능숙하게 폭약을 설치해서 깨뜨려야 할 바위를 골라 구멍을 뚫고 있었다. 탄광 일을 전혀 모르는 시우 일행의 눈에도 노인의 작업 기술은 오랜 세월 익혀 온 노련함이 느껴졌다.

대략 20개 정도의 구멍을 뚫자 노인은 다시 한 번 섬세하게 구멍을 뚫은 위치를 살피고는, 그 구멍에 폭약과 심지를 하나씩 꽂았다. 노인은 고개를 돌려 시우 일행을 보고 싱긋 웃은 후 담배를 피워 물었다. 이 흙먼지 속에서 담배라니. 그야말로 막장이라 먼지 한 톨 밖으로 나갈 수 없는 공간에서 숨을 쉬면 모두 폐 속으로 들어가 박혀 버릴 텐데.

노인은 담배를 두어 번 빨더니 담뱃불을 폭약의 심지에 갖다 댔다. 심지에서 불꽃이 튀며 타들어 갔다. 그제야 시우는 왜 담뱃불을 붙였는지 이해했다. 저런 불꽃 때문에 보통의 성냥불은 맥도 못 추고 꺼져 버릴 터였다. 심지는 격렬하게 불꽃을 튀며 빠른 속도록 타들어 갔다. 바로 눈앞에서 폭약을 향해 타들어 가는 심지를 보며 시우는 겁이 덜컥 났다. 노인은 스무 개의 심지에 불을 다 붙이고는 다시 한 번 꺼진 심지가 없는지 살핀 후에야 시우가 있는 곳으로 신속히 다가왔다.

"어서 피하라우. 저기 꼬부라지는 벽 뒤에 숨어서 귀를 꼭 막고 있어야 해."

시우 일행은 막장 반대쪽으로 허리 숙인 채 달려 나가 노인이 멈춘 자리에서 벽에 바짝 붙어 귀를 막았다. 잠시 후, 땅을 울리는 폭음소리가 들리고 막장에서 폭발한 진동이 굴을 가득 채우고 퍼져 나오며 시우 일행의 고막을 치고 몸을 흔들며 지나갔다. 간드레 불빛이 순식간에 꺼져 버렸다.

이어 입구 쪽의 천정과 벽에서 폭파의 여파로 돌무더기가 우르르 쏟아져 내리는 소리가 들렸다. 입구가 막히면 시우 일행은 꼼짝없이 갱내에 갇혀서 죽을 수밖에 없는 일. 더구나 자신의 코앞에 있는 손조차 보이지 않는 암흑. 눈을 뜨고 있었는데도 어둠이 각막에 들러붙은 암흑 속에서 유일한 입구 쪽 천정이 무너져 내리는 소리를 듣는다는 건 상상 이상의 공포였다. 아직도 남아 있는 폭발음의 진동과 압박 때문에 귀에서 이명이 울렸다. 위험을 알리는 비상 사이렌처럼 울려 대는 이명의 뒤로 성냥 불빛이 켜지고 노인의 침착한 목소리가 들려왔다.

"간드레에 불을 붙여야지."

성냥 불빛은 기적이었다. 암혹 속에 무존재로 녹아 버렸던 육체와 존재들이 갑자기 형태를 띠고 나타났다. 암흑은 모습뿐만이 아니라 생각까지도 까만 무존재의 상태로 녹여 버리는 것 같았다.

"군인들이 성냥도 안 주지?"

"예."

"자네들 군기 잡느라고 안 주는 거야. 이런 곳에서 불 꺼지면 일을 어떻게 하라구, 쯧쯧."

노인은 주머니를 뒤적거려 비닐봉지에 싸여 있는 성냥을 한 곽 꺼내 주었다.

"군인들이 보면 자네들도 혼나지만 나도 혼나니까 절대 있는 티 내지 말구, 나갈 때는 굴속에 숨겨 두었다가 꼭 필요할 때 굴 안에서만 사용하도록 해."

시우는 노인이 주는 성냥을 받으며 목이 메었다. 이 작은 성냥 한 곽이 이리도 큰 감사를 느끼게 하다니. 세 사람은 노인이 알려주는 대로 작업을 진행했다. 노인이 폭파시킨 막장엔 무너져 내린 돌과 석탄 덩어리가 쌓여 있었다. 우선 세 사람이 힘을 합해 탄차에 가득 돌과 석탄 더미를 실었고, 안영민은 남아서 흙을 긁어 모으는 작업을, 조철구와 시우는 탄차를 밖으로 밀고 나르는 작업을 하기로 했다. 노인은 발파 작업까지만 하면 책임이 끝나는지 세 사람에게 작업 진행 요령을 설명해 주고, 철구와 시우가 밀고 나가는 탄차 뒤에 함께 매달려 밖으로 나갔다. 노인은 8시간 후 시우 일행이 작업을 마칠 때쯤 다시 출근해서 다음 조와 함께 폭파 작업을 해준 후 다시 퇴근하는 것이다. 그러니까 탄광의 하루 작업은 무너져 내린 흙을 다 실어 내가고 동발을 세운 후, 다음 조에서는 폭약 작업을 다시 시작하는 방식의 반복이었다.

탄차를 밖으로 밀고 나와 석탄을 쏟아 내리고 있는 시우에게 군인들이 다가와 찌그러진 그릇에 담긴 옥수수죽을 주었다. 점심을 굴 안에서 일하며 먹으라는 것. 흙먼지와 폭약 먼지, 석탄 부스러기가 가득한 갱내에 앉아 세 사람은 흙먼지가 지겁지겁 씹히는 옥수수죽을 먹었다. 옥수수죽은 오래된 옥수수 가루로 끓였는지 가축 사료 같은 냄새가 진동했으나 고된 노동으로 심하게 허기진 세 사람은 말없이 옥수수죽을 싹싹 핥아먹었다. 이런 옥수수죽이라도 좀 더 먹었으면 좋겠다고 시우는 생각했다.

옥수수죽을 먹고 몸은 늘어졌으나 하루 작업량을 마치지 못하면 다음날부터 작업 시간이 한 시간씩 늘어난다는 말을 들은 터라, 세 사람은 천근만근 늘어지는 몸을 이끌고 계속 일을 했다. 탄차를 밀고 나가자 군인이 일과를 마칠 시간이 되었다고 다음 탄차 밀고 나올 때 세 사람 모두 같이 나오라고 일러주었다. 마지막 동발을 세우고 나와야 하는데, 동발이 어디 있느냐고 묻자 군인은 눈을 부라리며 총을 겨누었다.

"아가리 닥치고 알아서 하라우!"

벌써 며칠째 동발이 없어 세우지 못하자 작업 시간은 자꾸 늘어갔다. 옥수수죽 한 그릇만 먹고 하루에 8시간씩 일하는 것도 버티기 힘든데, 며칠째 동발을 세우지 못하자 하루에 11시간을 일하게 된 것. 옥수수죽도 두 끼분을 한꺼번에 주고 막장에서 먹으며 일하라고 했다. 며칠 사이에 시우 일행은 눈에 띄게 수척해지고, 체력은 비참할 정도로 고갈되었다. 이대로 가다가는 쓰러져 죽을 것 같았다.

동발을 세우고 싶어도 동발이 없으니 일은 하나마나 작업 시간은 살인적으로 늘어만 가는 것. 참다못한 시우 일행은 아예 일을 포기하고 동발을 찾아 갱내 구석구석을 샅샅이 뒤졌다. 그러나 동발은커녕 비슷한 나무토막조차 눈에 띄지 않았다. 기진맥진한 세 사람은 막장에 주저앉았다. 한참 동안 힘없이 벽에 기대 앉아 있던 시우가 이대로 죽을 수는 없으니 군인들에게 다시 한 번 상황을 설명하고 도움을 요청하자고 했으나 조철구는 고개를 저었다.

"씨알도 안 먹히는 소리야. 군인들이 뭐가 아쉬워서 우리말을 들어주겠어?"

"다른 방법이 없잖아요."

"다른 방법… 있기는 있어."

고개를 꺾어 무릎 사이에 묻고 있던 안영민이 입을 열었다. 그러나 방법을 알아냈다는 그의 표정은 어둡고 침통해 보였다.

"형 표정을 보니 좋은 방법은 아닌 것 같은데."

조철구가 기대도 안 한다는 말투로 대꾸했다.

"어떤 방법인데요? 좋은 방법은 아니더라도 이대로 죽는 것보다는 낫지 않겠어요?"

시우의 말을 들은 안영민은 잠시 그대로 앉아 있더니 바지를 툭툭 털고 일어섰다. 간드레 불꽃이 펄럭였다.

"쓸 만한 게 3개쯤 있어. 따라와."

안영민은 입구 쪽을 향해 한참 걸어갔다. 1미터 간격으로 세워져 있는 동발이 듬성듬성 보이더니, 아예 동발은 보이지도 않고 암벽만 보이는 곳도 있었다. 세상에 이런 곳이라면 언제 무너져도 이상할 게 없잖아. 이곳을 수십 번 지나면서도 탄차를 밀고 다니느라 눈여겨보지 못했던 것뿐. 지옥문을 하루에도 수십 차례 지나 다녔던 것이다. 안영민을 뒤따라가던 시우와 조철구는 새삼 소름이 끼쳤다.

"여기야."

시우는 안영민이 손으로 짚은 동발을 보고 깜짝 놀랐다. 그것은 방금이라도 무너질 것처럼 10미터 이상을 동발 하나 없이 암벽만 있는 장소에 겨우 버티고 서 있는 동발이었다.

"아니 영민 형!"

시우는 너무 놀라 말을 꺼내지 못했다.

"영민 형, 이건 아닌 것 같아요. 그걸 빼면 무너질 것 같은데."

좀처럼 놀라지 않는 철구도 눈을 둥그렇게 떴다.

"앞의 조 사람들이 여기 암벽을 믿고 자꾸 동발을 빼내서 자기들 작업한 자리에 박는 바람에 이 모양이 된 거야. 이러다가 언젠가는 무너져 내리겠지."

"그걸 알면서도 빼려구요?"

"그럼 어떡하라구? 이대로 매일매일 한 시간씩 더 일하다가 쓰러져 죽으려구? 이 굴 안에서?"

안영민의 눈에서 광기같이 불안정한 눈빛이 번들거렸다.

"그래도 이건 아닌 것 같아요. 형, 진정하세요."

"이렇게 계속 일을 더 많이 하다간 죽을 것 같아. 나는 살고 싶어."

영민이 동발을 붙잡고 뒤흔들자 동발이 떠받치고 있던 위쪽의 흙무더기가 우르르 무너져 내렸다

"영민 형, 이건 미친 짓이에요. 이건 사는 방법이 아니라 죽는 방법이에요."

철구가 영민의 팔을 잡고 만류했다.

"미친 짓이라구? 그래 미쳤지. 다 미쳤어! 우리도 하나 빼고 다른 조도 하나씩 빼면 하루에 3개씩 빼는 거야. 언젠가는 무너질 것이 너무나 뻔해. 이게 미친 짓이 아니고 뭐야!"

영민은 철구의 팔을 뿌리치며 악을 썼다.

"이건 러시안 룰렛이야. 방아쇠를 한번 당길 때마다 죽을 확률은 점점 늘어나. 난 방아쇠를 당기고 싶지 않아. 그렇지만 다른 놈들이 방아쇠를 자꾸 당기고 있잖아. 그러면 우리도 당겨야지!"

영민은 건들거리는 동발을 붙잡고 흔들었다. 잔돌과 흙무더기가 우르르 영민을 향해 쏟아져 내렸다. 영민은 광소를 터뜨렸다.

"하하하하, 이렇게 건드리면 우리가 죽는 걸 알면서도 자꾸 빼내는 거야. 마치 보드게임하듯이 아무 생각도 없이. 우리도 보드게임하듯 동발

을 빼내자구."

"하지 마세요 형! 무너져요!"

시우가 들러붙어 만류했으나 영민은 이미 이성을 잃은 듯 시우를 발로 걷어찼다. 동발이 금세라도 쓰러질 듯 흔들렸다. 철구가 달려가 영민의 턱을 후려갈겼다. 영민은 입술이 터지며 옆으로 쓰러졌다. 철구는 영민의 멱살을 틀어쥐고 소리쳤다.

"이 새끼야. 뒈지려면 너나 뒈져. 총 맞아 죽으나 깔려 죽으나 죽는 건 마찬가지지만, 당장 죽는 건 아니잖아. 한 시간, 단 십분이라도 더 살아 있어야 기회가 오든지 말든지 할 거 아냐! 넌 기다리는 여자나 있지. 난 아무도 기다리는 사람이 없어. 하지만 이대로 죽는 건 아니잖아. 뭔가 사람값을 하고 죽어야지. 이렇게 쓰레기처럼 살다 죽는 게 다야? 그게 우리가 받은 인생의 가치냐구!"

피를 토하는 듯한 절규를 듣던 영민은 철구를 뿌리치고 미친 듯이 입구를 향해 달려갔다.

"안 돼, 형! 교대 시간도 아닌데 굴 밖으로 나가면 그대로 총으로 쏴버린대요!"

시우는 영민의 뒤를 쫓아 달렸다. 조철구도 시우와 함께 달렸다. 달려가는 길은 어둡고 철길 사이에는 자갈이 깔려 있어 여러 번 넘어졌다. 앞서 달리는 영민은 어디서 그런 힘이 솟아났는지 도저히 두 사람이 따라 잡을 수 없었다. 눈앞에 손바닥만 하게 보이던 굴 입구의 빛이 점점 더 커졌다. 시우를 추월하여 영민을 잡으려던 조철구가 침목에 발이 걸려 쓰러졌다.

영민은 이미 입구에 거의 가까워졌다. 손바닥만 하던 밖이 보이며 눈부신 햇빛 사이로 군인들이 달려오는 모습이 보였다. 군인들은 입구를 향해 멈춰 서더니 총을 겨누었다. 시우는 있는 힘을 다해 달려가 영민을 향해 몸을 덮쳤다. 영민의 옷자락이 손에 걸리며 영민이 앞으로 고꾸라졌다.

세 사람이 쓰러진 입구에서 군인들의 목소리가 들려왔다. 저 간나새끼들 탈출하려던 거야? 그런 것 같진 않은데. 아니긴 뭐가 아니야? 도망가려다가 우리를 보고 멈춘 거구만. 골치 아픈 놈들인데. 그냥 쏴버릴까? 철커덕 다시금 총을 장전하는 소리가 들렸다. 더 큰 사고 내기 전에 죽여 버리자구. 올 때부터 재수 없는 놈들이었어. 군인들은 쓰러진 세 사람 가까이 다가와 머리에 총을 겨누고 움막으로 몰고 갔다. 세 사람을 움막 바로 옆 구덩이로 차넣은 후 총의 안전장치를 풀었다. 시체 처리하기 알맞은 크기의 웅덩이였다.

\* \* \*

관사 앞에 검은 승용차가 멈추며 하우진 부자가 함께 내렸다. 집안에서 일하던 하우진의 어머니와 최은아가 반갑게 뛰어나가 두 사람을 맞아들였다. 중장은 건강한 모습으로 현관을 들어서며 재희부터 찾았다. 자기 방에 있던 재희는 중장이 부르는 소리를 듣고 거실로 나갔다. 현관까지 마중나간 자신보다 재희를 먼저 찾는 중장의 모습을 보며 은아의 표정이 내내 어두웠다. 재희는 중장을 방으로 모시고 들어 가 침대에 눕힌 후 팔목을 잡고 심박 수를 점검하고 혈압을 재고는 미소 지었다.

"중장님, 혈압도 안정적이고 아주 좋아요. 오늘 어지럽지도 않으셨지요?"

중장은 섭섭한 표정으로 재희의 말을 끊었다.

"얘야, 오늘은 또 중장님이 뭐냐? 그냥 계속 아버지라고 불러라. 너는 남조선에서 고아였다면서? 우리를 아예 친부모처럼 생각하고 함께 지내도록 하자꾸나."

중장이 말을 마치기 전에 은아가 링거를 준비해 들고 들어오다가 중장이 하는 말을 듣고는 얼굴이 굳어졌다.

"언니, 고마워요."

재희는 은아에게 환한 미소를 보낸 후 링거를 받아들고 중장의 팔에 링거를 꽂았다.

"아버님이라 부르게 허락해 주시니 그렇게 부르긴 하겠습니다만, 아버님 곁에는 친딸보다 더 좋은 며느님이 되실 은아 언니도 있는데, 욕심도 많으셔요."

"하하하, 그러냐? 내가 복이 많기는 하다. 좋은 며느릿감도 있고 딸도 생겼으니."

두 사람의 대화를 들으며 은아의 표정이 누그러졌다. 재희를 보는 은아의 눈길에 고마움이 담겨 있었다.

링거를 꽂은 중장이 잠든 모습을 보고 재희는 자기 방으로 들어갔다. 중장이 안정되기까지 밤낮으로 곁에서 간호한 탓에 지쳐 있던 재희는 침대에서 설핏 잠이 들었다. 잠결에 가슴이 답답해 눈을 떠보니 하우진의 얼굴이 코앞에 있었다. 아버지와 함께 퇴근한 우진은 샤워를 마친 후 가운만 걸친 모습으로 재희를 누르고 있었다.

"우진 오빠! 무슨 짓이야!"

"가만히 있어."

"무슨 짓이야! 소리 지를 거야."

하우진은 손으로 재희의 입을 막았다.

"네가 힘으로 나를 막을 수 있을 것 같아?"

지금까지 신사적인 모습을 일관되게 견지하던 하우진이 급격하게 태도를 바꾼 것은, 오늘 회의 중에 곧 남한으로 파견되어 외화벌이를 하는 공작원의 임무를 맡았기 때문이다. 하우진이 공작원 활동을 위해 남한으로 침투하는 것이 한두 번은 아니었지만 이번엔 상황이 달랐다. 재희와 함께 지내는 시간이 길어질수록 재희의 용모와 태도에 점점 매료되기도 했고, 아버지를 치료하는 과정에서 보여준 재희의 침착함과 영민함이 더욱 하우진의 마음에 부채질을 했다. 이 여자다 하는 느낌이 들었던 것이다.

이번에 남파되면 얼마나 남조선에 머물게 될지 모르지만, 그동안 재희에게 어떤 변화가 생길지 알 수 없는 일. 시우라는 놈을 탄광에 처박아놓긴 했지만 무슨 일이 벌어질지는 모를 일이다. 게다가 재희 같은 미모라면 내가 멀리 있는 동안 어느 녀석이 손을 뻗칠지도 모른다. 재희의 곁에서 떨어지기 전에 내 여자로 만들어야만 한다는 위기감이 있었다.

재희는 정신이 아득했다. 이대로 무너지고 마는구나 싶었다. 깊은 정글에서 늑대에게 짓밟힌다고 해서, 살려 달라고 소리친다고 해서 누가 내 편을 들어 줄 것인가. 생존을 위해 하우진을 돕겠다고 굴복했지만, 이렇게 살아도 되는 것일까. 더구나 내게는 시우가, 그 바보 같고 순진하기만 한 시우가 나를 기다리고 있는데.

재희는 있는 힘을 다해 하우진의 몸을 밀쳤으나 꿈쩍도 하지 않았다. 하우진의 손길이 재희의 가슴을 더듬으려는 순간 재희는 마지막 힘을 모아 자신의 입을 막고 있는 우진의 손바닥을 깨물었다. 우진이 짧은 비명을 뱉으며 손을 떼는 순간 재희는 몸을 비틀어 침대 밑으로 떨어져 내려 벌떡 일어섰다. 눈에서 새파란 불꽃이 쏘아져 나왔다. 재희는 독기 서린 눈으로 나지막이 소리쳤다.

"너 개새끼냐! 이게 무슨 짓이야!"

"뭐? 개새끼? 말 다했어?"

손을 물려 화가 난 우진이 험상궂은 얼굴로 다가왔다.

"개새끼 맞지. 이게 사람이 할 짓이야?! 내가 개야? 지금 암캐하고 흘레하겠다는 거야? 우진 오빠는 발정난 수캐야?"

"이게 정말!"

"네 아버지의 생명의 은인을 죽일 셈이냐?"

피를 토하는 것 같은 재희의 기세에 우진이 주춤했다.

"계속 이러면 혀 깨물고 죽어 버린다. 내가 자살하면 네 아버지가 너를 어떻게 생각할까? 지금의 심장상태로는 그 충격을 견디지 못할지도 몰라. 내가 죽으면 아버지는 병원에 가서 치료 받아야 하고, 그러면 경쟁자들에게 약점이 된다는 건 누구보다 잘 알고 있잖아. 그런데 왜 스스로 패가망신의 길을 택하려는 거지? 네 아버지가 무너지면 너희 가족이 모두 몰살된다는 걸 너는 몰라?"

속사포처럼 쏘아 대는 재희의 말에 우진은 냉정을 찾는 것 같았다. 무엇보다 이렇게나 완강한 재희의 저항은 전혀 예상하지 못한 표정이었다. 재희도 감정을 억누르고 어깨를 들썩이며 숨을 몰아쉬었다.

"우진 오빠는 세상의 모든 것을 힘으로 얻을 수 있다고 생각하나 본데, 난 그런 부류를 증오해. 물론 힘으로 제압당하는 여자들도 있겠지. 난 그런 부류가 아니야. 그런데 왜 우진 오빠에게 매달려 있는 줄 알아?"

재희는 말을 하면서 감정이 격해지자 눈물을 줄줄 흘렸다.

"난 죽는 게 두려워. 고통스러운 것도 두려워. 그래서 우진 오빠에게 매달려 있는 거야. 그런 나를 이렇게 대할 수 있어? 나를 강간하려면 할 수 있겠지. 그래서 행복할 것 같아? 난 어떨 것 같아? 자괴감과 비참함에 빠져 겨우겨우 버티고 있다가 결국은 죽는 게 낫다고 생각하고는 죽어 버리겠지. 아니, 그때도 죽는 게 두려워 못 죽을지도 몰라. 하지만 내 생명이 스스로 불길을 끌지도 모르지. 너무 비참해서."

재희는 어깨를 들썩이며 흐느꼈다.

"나를 이렇게 비참하게 만들어서 뭐하려고 그래? 왜 나를 창녀 취급 하려는 거야?"

우진은 아무 말 없이 서 있었다. 죄책감과 미안함과 아쉬움과 그리고 다시 한 번 재희를 범하고 싶은 마음이 소용돌이쳤다. 재희는 흐느낌을 겨우 멈추고 우진을 똑바로 쳐다보았다. 눈물에 젖은 그녀의 얼굴이 처연하게 아름다웠다. 함부로 대할 수 없는 기품이었다.

"그래도 난 이 순간에도 우진 오빠의 체면을 생각해서 소리 지르지 않고 있는 거야. 내가 지금 나만 생각하고 필사적으로 소리쳐 봐. 우린 모두 엉망이 되는 거야. 오빠도 나도 아버님도 어머님도. 그걸 바라는 건 아니겠지?"

우진은 재희를 마주 보며 낮게 가라앉은 쉰 목소리로 말했다.

"시우 때문이냐? 시우를 못 잊어서 그러는 거라면 내가 시우를 살려 줄 수도 있다."

우진의 말을 듣고 재희는 냉소 지었다.

"그게 무슨 소리야? 그건 호의도 아니고 동정도 아니야. 바꿔 말하면 우진 오빠가 마음만 먹으면 시우를 죽일 수도 있다. 그거 협박 맞지? 왜 나 때문에 시우가 죽어야 하는데? 시우가 없으면 내가 오빠를 좋아하게 될까 봐? 그 정반대의 경우가 될 거라고는 생각 못 해?"

"그렇게 복잡하게 생각하고 싶지 않다."

우진이 내뱉듯 대답하자 재희는 낮게 쏘아붙였다.

"우진 오빠는 우월한 자리에서 냉혹하게 내려다보며 언제라도 나를 조정할 수 있다고 생각하니 좋겠어요."


은아는 중장의 머리맡에 새로 끓인 보리차를 두고 나오다가 링거가 다 되어가는 걸 보고 재희를 부르러 거실로 나왔다. 바꿔 들고 나온 보리차 그릇을 주방에 두고 재희 방으로 가서 노크하려던 은아는 방안에서 들려오는 두 사람의 대화를 듣고 몸이 굳었다.

대화가 끝나고 우진이 나오려는 기척이 느껴지자 은아는 재빠르게 주방 구석으로 몸을 숨겼다. 재희의 방문이 열리고 우진이 거실로 나와 빠른 걸음으로 자기 방을 향해 갔다.

은아는 주방 벽에 등을 기댄 채 그대로 주저앉았다. 짐작은 했지만, 우진이 그렇게 변하고 있다고 느끼고 있었지만, 재희에게 저렇게까지 노골적으로 나올 것이라고는 상상조차 못 했었다. 은아는 뜨거운 눈물이 흐르는 얼굴을 두 손으로 감싸안았다. 숨이 막힐 만큼 울음이 솟구쳤지만 소리를 내어서는 안 된다. 재희에게 이런 모습을 보이는 것은 참을 수 없는 굴욕이다. 어서 일어 나 내 방으로 가자. 내 방에서 이불을 뒤집어쓰고 울더라도 어서 일어나야 해. 그러나 다리에 힘이 들어가지 않았다. 기를 쓰고 힘을 주려고 눈을 뜬 은아의 얼굴 앞에는 재희의 얼굴이 가까이 다가와 있었다. 재희의 눈에도 은아와 같이 뜨거운 눈물이 흐르고 있었다.

"언니. 다 들은 거야?"

은아는 말없이 눈물을 흘렸다. 재희는 은아 앞에 주저앉았다.
"언니. 우진 오빠를 그렇게 사랑하는구나. 언니가 우진 오빠를 사랑하는 만큼 나도 사랑하는 사람이 있어. 나도 그 사람 없으면 살 수 없어."

자기 방으로 들어간 우진은 책상에 놓인 술병을 들고 천천히 잔을 채웠다. 코냑의 짙은 향기를 코로 음미하던 우진은 단숨에 술잔을 비웠다. 주먹을 불끈 쥐고 한참이나 화를 달래다가, 이대로 물러설 수는 없다는 생각이 들어 다시 재희의 방문을 열고 들어갔다. 그러나 재희는 보이지 않았다.
혹시나 싶어 아버지의 방문을 살며시 열어 보니, 재희가 아버지의 머리맡에 앉아 체온을 점검하고 있었다.
우진은 방문을 소리 없이 닫고 자기 방으로 돌아갔다. 아버지를 간호하고 있는 모습을 보니 불처럼 달아올랐던 욕정이 사그라졌다. 그래. 내가 마음먹으면 데리고 놀 여자는 얼마든지 있다. 그 여자들 중에서 저런 여자를 내가 만날 수 있을까? 재희는 내가 신분이 상승할수록 나를 빛나게 해줄 수 있는 여자야. 저런 여자를 놓칠 수는 없어. 진심으로 내게 굴복하도록 만들어야 한다. 그러기 위해서는 조급해 하지 말고 이번 남한의 외화벌이 공작에서 임무 수행을 성공하는 것이 우선이다. 방향을 잃은 짐승처럼 뒷짐을 지고 방안을 오락가락하던 우진은 결심한 듯 전화기를 들었다
"예, 형님. 접니다."
부관과 개인적인 용무로만 사용하는 폰에서 부관의 목소리가 들려왔다. 이 전화를 사용하는 개인적인 관계에서는 계급 대신 형님과 아우로서 대화를 나누고 있었다. 이런 관계는 여러 해 전부터 남한으로 함께

파견되어 공작 활동을 벌이면서 굳어진 일종의 습관이었다.

"우리가 남조선에 파견되기 전에 할 일이 하나 있어."

"말씀하십시오, 형님."

"그놈을 그곳으로 보내 버려."

"그놈이라면, 시우 말씀입니까?"

"그래."

"간부 탄광에 그대로 두면 언젠간 매몰되어 죽을 텐데요. 손을 더 쓸 필요가 있을까요?"

"그래서 보내려는 거야. 그놈이 죽으면 내가 죽였다고 재희에게 원망을 들을 테니, 그곳으로 보내서 폐인을 만들어 버려. 죽음보다 못한 곳에 가서 얼이 빠져 폐인이 되어야지. 죽어서는 안돼."

"알겠습니다, 형님."

"그리고 나중에 폐인이 된 그놈 모습을 재희가 보게 되면 스스로 그놈을 포기하게 되겠지. 재희에게는 현실을 제 눈으로 보고 다른 선택이 없다는 걸 철저하게 알려줘야 해."

\* \* \*

벌써 몇 시간을 달렸는지 모른다. 시우 일행을 태운 낡은 트럭은 금세라도 엔진이 꺼질 것같이 헐떡거리면서도 용케 멈추지 않고 밤새 어두운 밤길을 달렸다. 시우 일행은 짐짝처럼 트럭 뒤칸에 묶여 실려가고 있었다. 간부 탄광에서 갑자기 트럭에 태워진 채 저녁도 굶고 실려가고 있는 것이다. 몇 시간 전, 간부 탄광에서 군인들은 시우 일행을 금세라도 죽일듯이 웅덩이에 처넣고는 총을 겨누었었다. 그럴 때 갑자기 움막에

서 전화벨 소리가 나더니 전화 받으러 달려간 군인의 겁에 질린 목소리가 들려 나왔다.

"실수 없이 시행하겠습니다. 옛! 즉각 실행하겠습니다!"

전화 받고 나온 군인의 표정을 본 다른 군인들도 경직된 표정이 되었다. 군인들은 총을 거두고 자기들끼리 모여 수군거리더니, 잠시 후 어디선가 달려온 트럭에 시우 일행을 실어 보냈다.

"우리는 또 어디로 가는 겁니까."

"뭘 사사건건이 물어 보냐! 이 간나새끼."

안 기자가 묻는 말에 군인은 발길질로 대답했다. 다른 군인들도 뒤에서 비아냥거렸다.

"지옥으로 간다, 새끼들아. 여기가 그리울 거다."

트럭이 출발하자 안 기자는 발길질에 터진 입술의 피를 핥으며 이를 부득 갈았다.

"개새끼들. 어째 하나같이 짐승 같은 놈들뿐이냐."

"어쨌거나 여길 떠나니 속 시원하네요. 아무리 지옥이라도 여기보다 더하겠어요?"

조철구가 안 기자를 달래듯 중얼거렸다.

"그런데 누구 전화길래 군인들이 그렇게 경직된 자세로 받았을까요?"

"누군가 우리 운명을 파리 목숨처럼 희롱하고 있는 놈이겠지."

안 기자가 냉소적으로 중얼거렸다. 세 사람은 누구의 지시로 전화가 왔는지 짐작이 갔지만, 아무도 그 이름을 입에 올리지는 않았다.

"그나저나 전화가 조금이라도 늦게 왔으면 우린 다 죽었을 것 아닌가. 죽였다 살렸다 우리가 희롱당하고 있는 것 맞기는 맞네. 젠장!"

조철구는 고개를 설레설레 저었다. 공포에 질린 안영민과 지쳤다는 표정의 조철구를 보며 시우는 오히려 위로가 되었다. 다 약하다. 맏형으로서 든든한 버팀목이던 영민 형도, 죽음을 두려워하지 않던 철구 형도 서서히 숨통을 옥죄는 이런 지긋지긋한 상황에는 두려울 수밖에 없는 것이다. 사람들은 그걸 참으며 주변사람들을 위해, 자신을 위해 스스로 용기를 내며 그렇게 서로 살아가는 것이다. 나만 약한 것이 아니었다. 다 약하다.

그나저나 이번 트럭은 또 어디로 향하는 걸까? 트럭을 한 번 탈 때마다 일행은 늘 예상 밖의 장소에 내려지곤 했었다. 놈들이 말한 것처럼 정말 지옥일까? 거리가 먼 것인지 차가 느린 것인지는 몰라도, 트럭은 끝도 없이 털털거리며 달려갔다. 조철구가 투덜거렸다.

"지옥이라 그런지 되게 머네."

"죽이려면 빨리 죽여 주든가."

지친 기색이 역력한 안 기자도 중얼거렸다. 시우도 같은 심정이었다.

"우리가 어디로 가고 있는 걸까요."

"탄광 아니면 수용소겠지. 지옥이라고 한 걸 보면 수용소 같기도 하고."

세 사람은 도저히 새벽이 올 것 같지 않은 한밤중에 유령 같은 몰골로 웅얼거리고 있었다. 세상의 누구 하나도 그들의 운명에 관심 없이 버려진 느낌. 혹은 누군가가 악마 같은 집요함으로 점점 더 깊은 어둠속으로 밀어 넣는 느낌. 두 느낌이 합하여 절망의 나락으로 끝없이 떨어져 내리는 것 같았다. 실상 그들의 모습은 이미 지옥에 떨어진 유령이었다. 극심한 배고픔과 피로에 지쳐 심하게 흔들리는 트럭에서도 선잠이 들었던 일행은 그들을 인솔해 간 군인들의 목소리에 잠이 깼다.

"빨리빨리 내려! 뭣들 하는 거야. 이 새끼들!"

트럭의 호로를 젖히고 갑자기 바늘처럼 찔러 들어오는 눈부신 아침 햇살에 눈을 제대로 뜨지도 못한 채 트럭에서 내린 그들의 앞에는 온 사방이 높은 산으로 둘러싸인 마을이 펼쳐져 있었다. 집들은 한 줄로 연결되어 있는 집단 가옥의 형태였고, 산꼭대기에는 멀리서도 보일 만치 촘촘하고 살벌한 철망이 이중 삼중으로 둘러쳐져 있었다.

시우는 처음에 수용소에 온 줄 알았다. 그러나 군인들끼리 하는 말을 듣고는 곧 그곳이 수용소가 아니라 검덕 탄광이라는 걸 알게 되었다. 할아버지가 반평생을 포로로 잡혀 있었던 바로 그 검덕 광산. 시우의 가슴속에서 뜨거운 것이 치밀어 올랐다.

아마도 이곳을 위성사진으로 내리 찍으면 일반 마을처럼 생겼을 것이다. 그런데 주변은 온통 철책으로 둘러막혀 있고, 철책 주변으로는 삼엄한 경비를 펼치고 있었다. 말이 광산이지 지역 전체가 커다란 수용소였다.

검덕 광산은 조선시대부터 광석을 채굴한 곳, 역적들이 귀양 와 후손까지 살던 곳이다. 문득 할아버지가 해준 말 중에 "검덕 광산은 들어가는 길은 있어도 나가는 길은 없다."는 말이 떠올랐다. 한번 들어오면 대대손손 여기서 살아야 한다고 했다. 이곳이 마을의 형태를 띠고 있는 것은 그런 사람들의 후손과 가족들이 촌락을 이루고 있기 때문일 것이다. 시우도 그들과는 과정이 다르지만 결국은 할아버지의 대를 이어 이곳에 있게 된 것이 아닌가. 문득 여기서 도무지 나갈 방법이 없을 것이라 생각되니 눈앞이 아뜩했다.

할아버지가 이곳에 왔을 때는 숙소도 없었다고 했으나, 주변 야산에는 수많은 집단 주거 형태의 건물과 돌을 쌓아 만든 초라한 움막집들이 있다. 시우 일행은 북대천이라는 하천 상류의 넓은 공터에 있는 예전에 광산문화회관으로 사용했다는 커다란 건물에 구금되었다. 말이 회관이지 내부 공간만 덩그러니 비어 있는 큰 창고일 뿐이었다. 할아버지와 함께 국군 포로들이 지은 것이라고 했는데, 할아버지가 이야기하던 시절과 크게 달라지지 않은 것 같았다.

회관 안에는 이미 북한의 여러 곳에서 잡혀온 듯이 보이는 사람들이 기죽은 모습으로 여기저기 서로의 눈치를 보며 모여 있었다. 그 중에는 전에도 이곳에 있던 사람들이 몇몇 있어서 검덕 광산에 처음으로 잡혀와 두려움에 떨고 있는 사람들에게 낮은 소리로 검덕 광산에 대한 이야기를 해주고 있었다. 시우 일행도 끼어들어 귀를 기울였다.

"그래도 수용소보다는 낫지."

검덕 광산에 20년 넘게 있다가 탈출했으나 다시 잡혀왔다는 사람의 첫 마디였다. 수용소 이야기가 나오자 의외로 여러 사람이 자신도 수용소에 있었다고 입을 열었다. 처음엔 놀랐으나 그만큼 조금만 입을 잘못 놀리면 누구나 언제라도 수용소로 갈 수 있다는 방증이라고 생각되어 등골이 오싹했다. 그들의 말에 표현된 수용소는 말 그대로 지옥이었다. 자신도 언제 어느 때 가게 될지 모른다는 불안감 때문이었을까. 주변 사람들은 그들을 둘러싸고 수용소 생활에 대해 꼬치꼬치 캐물었다.

"경비 서는 사람들이 많습니까?"

"한 개 수용소를 지키는 인원은 보위부 경비대를 포함, 대략 2천 명 가까이 됩니다. 22호 관리소는 5만 명을 수용했는데, 본부에 두 개 중대가 항상 예비대로 폭동이나 진압용으로 있고, 외곽에는 각 중대별로 초소가 있는데 6개 중대가 있습니다. 그리고 대공 중대가 또 따로 있고요."

"한 개 중대 인원은 얼마나 되는데요?"

"중대 인원은 140-150명 되죠. 그래서 경비대 무력만 1천 200명 가까이 있었습니다."

정치범 수용소에 있는 수감자는 매일 정해진 작업량을 채우기 위해 보위원들이 강하게 요구하지 않아도 스스로 높은 강도의 노동을 할 수밖에 없는 구조로 돼 있다고 했다. 옆의 사람이 거들었다.

"먹는 건 옥수수를 아주 조금 줘요. 못 먹는 배추 떡잎을 주워다 소금에 절인 것을 국으로 끓여 그걸 먹고 살아야 해요. 그렇게 먹으니 먹고 돌아서면 배가 고파요. 영양이 부족하니까 배는 튀어나오고, 살은 빠지고 기운도 없고 그러면서 도급을 주는 거예요. 그 일거리를 다 해내지 못하면 밥을 절반으로 자르는 거예요."

"수용소는 소금과 옥수수가 기본 식량인데 보통 500-600g 주게 돼있죠. 이걸 다 먹어도 영양실조가 걸릴 텐데, 중간에서 이것저것 떼고 나면 300-400g밖에 안 됩니다. 그걸 먹고 일하니 살 수 있겠어요? 식량 조절을 못 하는 사람들은 한 달 중 절반은 굶게 되는 거예요. 그래서 굶어 죽는 거예요."

"우리가 여기 온 건 그나마 다행이라고 생각해야겠네."

그들의 말을 듣고 있던 조철구가 기가 막힌다는 듯 시우의 귀에 대고 중얼거렸다. 그러나 철구는 아직 검덕 광산의 실체를 전혀 모르고 한 말이었다.

사람들의 이야기는 끝이 없었다. 검덕 광산은 특급 기업소로서 전국적으로 첫째가는 유색 금속 광산이라 작업 실적을 유지하기 위해서라도 식량은 수용소보다 나을 것이었다. 하지만 식량 문제만으로 따지자면 그렇게 볼 수도 있겠으나, 검덕 광산은 사상의 용광로라 불리울 만치 혹독한 곳이었다. 국가적으로 미움을 받아 추방된 예전 고위 간부들에게 사상을 단련시키려고 이곳에서 막노동을 시키거나 아주 낮은 하급 사무원이나 잡부 일을 시키는 예가 많았다. 지난 시기 많은 일을 해서 공을 세웠던 사람도 김일성, 김정일 눈에 한번 잘못 보이면 예외가 없었다.

북한의 방호상은 북한에서 학생들의 교과서에도 영웅으로 소개되었던 사람이지만 종말에 가련한 신세가 되었다. 그 밖에도 중앙당 주요 직책에 있던 많은 사람들이 검덕 광산에 밀려 내려와서 혁명화 노동을 했다. 이처럼 김일성 주석에게 잘못 보이면 지난날 그 어떤 혁명 업적이 있었다 하더라도 혹독한 처벌을 받고 추방되어 고초를 겪었다.

한때 중앙당 조직 비서를 하던 박금철이 검덕 광산에 와 오래 주재하면서 광산 생산 전반을 지도했던 적이 있다. 박금철은 그 당시 김일성 주석 다음가는 권위 있고 신망 높은 존재로 알려졌으며, 혁명 투쟁 경력도 많다고 전해졌다. 그러던 그가 검덕 광산 노동자들이 높은 생산 계획 과제를 수행하는 데 매우 힘들어한다는 제기를 받고는 노동자들을 혹사시키지 말고 적당히 하라고 지시했는데, 그 말이 김일성에게 통보되어 얼마 후에 곧 철직 해임되었다.

검덕에서는 삼수와 갑산이 멀지 않아 걸어서 왕래하는 사람도 있었다. 옛날 조선시대 조정에서 역적으로 몰린 신하들이 삼수와 갑산 지방으로 정배살이 귀양살이로 많이 보내졌기 때문에, 아직도 '삼수갑산'이라는 말이 고생길이라는 뜻으로 남아 있는 것이다. 지금도 그 시절과 비슷하게 정치적으로 눈 밖에 난 사람들이 검덕 광산에 밀려온다. 일반적으로 한 번 처벌 대상으로 내려온 사람들은 웬만해서는 복원되기가 힘들고, 본인뿐만 아니라 자손들까지 피해가 갔다. 죄명이 높은 경우에는 그의 친척, 형제, 4촌, 8촌까지 사회적·정치적으로 매장된다고 전해지고 있다. 검덕 광산에 추방된 것은 그나마 다행이고, 많은 옛 간부들이 영영 돌아오지 못할 정치범수용소로 끌려간다.

1960년대 중반에는 검덕 광산에도 일본에서 '귀국 동포' 세대가 여럿이 왔다. 처음에 귀국 동포가 온다고 할 때 주민들에게 일본에서 차별과 굶주림으로 빈궁하게 살던 동포들이 오게 되니 물질적으로 어려운 그들의 경제생활을 많이 도와줘야 한다고 했다. 그래서 그들이 경제적으로 매우 빈곤할 줄 알았는데, 막상 귀국 동포들을 보니 검덕에 살고 있는 사람들보다 훨씬 풍족한 생활 밑천과 가전제품들을 가지고 왔다. 때문에 검덕의 원래 주민들은 선전하던 내용과 너무 차이 나는 것에 격분했고, 비로소 처음으로 자본주의 사회인 일본의 생활수준을 다소나마 짐작할 수 있었다.

물론 재일 동포들이 때로는 민족적 차별의 설움을 받고 지내기는 했겠지만, 경제적으로는 분명 북한 주민보다 우월했다. 그랬던 그들도 북한에 와서는 결국 가져온 많은 물품들을 내다팔아 식량을 사고 생활에 보탬하면서 나중에는 본바닥 주민처럼 빈곤해졌다.

이 부분의 이야기를 듣던 조철구의 얼굴에는 역시 그랬구나하는 커다란 실망감이 내비쳤다. 두 번 아버지로부터 버림받고 마지막 어버이 품마저 실망하는 모습에 시우는 철구의 어깨에 가만히 팔을 둘렀다. 사람들은 입을 모아 말했다. 북한 정치와 생활에 적응하려면 오직 묵묵히 조심조심, 시키는 대로 하는 것이 가장 현명한 보신책이다. 말 한마디 실수로 한 생을 돌이킬 수 없이 화를 입게 되는 것을 수없이 보았다. 검덕 지구에 배치된 사람들 중에는 불만 불평을 하다가 어디론가 끌려간 사람들이 있었다. 정치범 수용소에 간 것으로 보이지만, 아무도 그의 행방을 알려고도 말하려고도 하지 않았다. 그것이 북한 사회에 적응하고 살아가는 유일한 자구책이라는 것을 체득으로써 깨달을 수 있기 때문이라고 했다.

사람들이 주고받는 이야기를 들을수록 시우 일행은 표정이 어두워졌다. 안 기자는 깊은 한숨을 내쉬다가 문득 생각났다는 듯 시우에게 물었다.

"너희 할아버지가 여기 계셨었다구?"

"예, 국군 포로로 40년 넘게 잡혀 계셨대요."

"40년이라…."

조철구가 헛헛 허탈한 웃음을 내뱉었다.

"그럼 우리도 40년을 살아야 하나. 40년 지나면 우리 몇 살 되는 거지?"

"할아버지는 탈북하셔서 그나마 40년이지만, 아직도 여기 남아 있는 분들은 70년 가까이 될 거예요."

"70년? 그러면 내 나이 100살이 넘네."

안 기자는 계속 절망스러운 감정에 젖어 있었다. 시우는 한편으로 검덕 광산에 오게 되었으니 할아버지의 친구를 만날 수도 있지 않을까 하는 실낱같은 희망이 스쳤으나 검덕의 생활은 그리 호락호락하지 않았다.

해발 600미터라 가을인데도 추웠다. 깊은 골짜기엔 얼음 어는 곳도 있었다. 숙소가 많이 헐어 비바람이 들이치는데도 재료도 주지 않아 대원들은 강변의 갈대를 베어오기도 하고 나무를 잘라 기둥을 세우며 비

바람을 막았다.

시우 일행과 비슷한 시기에 도착한 사람들은 건설대원이라는 호칭으로 분대, 소대, 중대, 대대로 군대식 단위로 형성되어 곧장 작업에 투입되었다. 이후의 일상은 가혹했다. 맡겨진 임무는 선광장에서 나온 진흙 같은 광석인 정광을 70-80킬로씩 삽으로 파서 가마니에 담고 포장하는 일. 하루 종일 옮기고 차에 퍼 담는다. 매일 소대 당 하루 할당량을 주고 초과 달성을 강요당한다. 할당량을 달성하지 못하면 무서운 추궁이 들어왔다. 추궁이 두려워 무리한 작업을 하다 보니 사고가 너무 많아, 거의 매일 희생자 사망자가 속출했다. 예전엔 더 심했는지 한때는 피 묻은 광석은 캐지 말라는 지시까지 내려왔었다고 한다. 죽은 자의 피가 묻어 있었기 때문이다.

광산 사고는 주로 발파 사고, 낙반 사고, 가스질식 사고 등이 기본. 그런 가혹한 상황에서도 김일성 당시 소위 현지교시라는 것이 내려와, 한 해 연간 10만 톤이던 아연 생산량을 30만 톤으로 올리라고 하였으니, 그 노동 강도는 물론이거니와 희생자와 사망자로 인해 피에 물든 광석이 적지 않았을 것이다. 지금도 등이 휠 만큼 고통스러운 작업 현실인데, 할아버지 당시는 이 3배 이상의 노동을 했다면, 그 고통은 상상도 할 수 없을 지경이었을 것이다.

날이 갈수록 조철구는 점점 말이 없어지고, 안영민은 입만 열면 너무 힘들어 죽고 싶다고 했다. 어떤 때는 갱도 구석에 쪼그리고 넋 놓고 앉아 있다가 감시원에게 죽도록 매를 맞기도 했다. 어떤 때는 야생 앵초나 대마가 있을 것이라면서, 산에서 독초라도 찾아 섞어 먹고 안락사하는 방법이 없을까 하며 막사 주변 야산을 빙빙 돌곤 했다. 시우와 조철구가 찾아 나서면 언덕 구석에서 울고 있기도 했다. 우울증이 온 것 같아 자살할까 봐 시우는 늘 안영민이 안 보이면 불안했다.

* * *

그동안 재희는 우진의 가족으로부터 더 큰 신뢰를 받게 되었고, 우진의 가족과 은아의 관계에 대해서도 조금 더 알게 되었다. 우진의 어머니와 은아가 함께 자주 외출하는 이유가 여성 동맹의 간부직을 맡고 있는 우진 어머니를 돕기 위한 것이고, 은아의 부모님이 여성 동맹의 고위 간부라는 사실도 알게 되었다. 말하자면 하우진과 은아는 서로의 가문을 위한 정략 약혼의 관계인 것이다.

하우진이 남파되었다. 공작원의 남파 작전이라서인지 최측근인 부관과 두 사람만 중장께 와서 인사하고 떠났다는데, 재희는 보지도 못했다. 그만큼 은밀하게 떠난 것이다. 우진의 모습이 눈에 띄지 않아도 부대 근무가 바쁜 모양이라고 생각했던 재희는 어느 날 은아가 정원에 쓸쓸히 앉아 있는 모습을 보고서야 우진이 떠난 사실을 알았다. 은아에게는 가슴 아픈 긴 시간의 이별이겠으나, 재희에게는 다행스러운 일이었다.

우진의 아버지를 간호하면서 머리맡에 앉아 일상적인 이야기를 주고받게 되면서 재희에게는 실낱같은 희망의 창문이 열리게 되었다. 간혹 중장이 마주한 현안들에 대해 푸념삼아 내놓은 말에 재희가 적절한 조언을 해주었고, 그 결과 크고작은 문제들이 잘 해결된 탓이기도 했다. 그렇게 되자 중장은 간혹 연설문도 짜달라고 부탁하고, 서류 정리를 재희에게 부탁하기도 했다. 서류 작업에 컴퓨터가 있으면 좋겠다고 하자, 중장은 하우진의 방 열쇠를 주며 그 방에서 작업을 하라고 했다.

우진의 방에서 서류 작업을 하려고 컴퓨터를 켠 재희는 깜짝 놀랐다.

인터넷 연결이 되는 것. 남한에서 사용하는 것보다는 속도가 현저히 느렸으나, 보위부 직통선이라 그런지 세계를 향한 창문이 그곳에 열려 있었다. 즉시 인터넷에 연결해 남한의 소식을 알아보고 싶었지만 재희는 미칠듯이 뛰는 심장을 억누르며 한동안 워드 작업만 하면서 컴퓨터의 속성을 하나씩 점검해 나갔다.

특별히 다른 장치는 없었고 방문 기록과 쿠키를 삭제하면 자신이 남한과 접속한 기록이 안 보인다는 걸 알게 되고서도 재희는 인내심을 발휘하여 꾹 눌러 참곤 했다. 구글 맵으로 시우와 갔던 상항첨두화도 가보고 싶고, 시간 전당포도 가보고 싶었지만 이것도 참지 못하면 아무것도 해낼 수 없다고 다짐하며 이를 악물었다.

하루는 우진의 책상 서랍을 열어 보다가 아래쪽 서랍에 핸드폰이 있는 걸 발견했다. 무심코 발신 신호를 눌러 보니 신호가 갔다. 황급히 전화기를 끄고 나온 재희는 미칠듯이 뛰는 가슴을 겨우겨우 억눌렀다. 통화가 가능한 것이다. 세상을 향한 창문을 하나 발견한 것이다.

날씨가 점점 차가워지며 눈발이 날리는 날도 있었다. 남한의 겨울보다 춥기는 했으나 그리 확연하게 추운 것 같지는 않았다. 하루는 우진의 방에서 서류 작업을 마치고 나오는데, 그날따라 조금 일찍 들어온 우진의 어머니와 은아가 그 모습을 보았다.

"네가 왜 그 방에서 나오니. 잠겨 있을 텐데?"

우진의 어머니가 의아한 표정으로 물었다.

"아버님 서류 작업을 도와드리고 있어요. 아버님이 열쇠를 주셨어요."

재희는 손에 들고 있는 서류를 들어 보였다. 우진의 어머니가 반색했다.

"그래? 네가 아주 기특하구나. 우리집 복덩어리야. 안 그래도 우진이

가 남조선에 파견 나가면서 '우리에게 큰 도움이 될 사람입니다. 아버지 개인 비서관으로 우리집에 파견 근무를 시키는 건 어떻겠습니까?' 하더라. 아마 아버지가 벌써 지시했을 거다."

사랑 가득한 시선으로 재희의 등을 토닥거리는 우진 어머니의 표정과는 반대로 은아의 표정이 굳어졌다. 재희는 우진 어머니에게 고개를 저었다.

"아니에요. 은아 언니가 정말 복덩어리지요. 어머님도 잘 모시고 우진 오빠랑 정말 잘 어울리는 짝이잖아요."

"그래, 네 말이 맞다. 내가 좀 덜렁거리는 성격이라 여맹에서 가끔 실수를 하는데, 은아가 그때마다 조용히 뒤처리를 잘 해주어서 고맙지 뭐니. 아버지는 좀 괜찮으시냐?"

"오늘은 기분이 아주 좋으셔요. 어서 들어가 보세요."

우진의 어머니와 은아가 방으로 들어가자, 중장은 두 사람과는 간단히 인사만 하고 재희와 서류 이야기를 한참 나누었다. 그걸 보고 은아는 조용히 밖으로 나갔다. 서류 이야기를 마치고 밖으로 나왔으나 거실에는 은아의 모습이 보이지 않았다. 밖으로 나가자 은아는 추운 날씨에도 정원 벤치에 앉아 멍하니 하늘을 보고 있었다. 재희는 은아의 방에서 코트를 들고 나가 은아의 어깨에 조용히 덮어 주었다. 은아는 어깨를 움찔했으나 다시 하늘을 올려다보며 움직이지 않았다. 재희도 말없이 은아의 옆에 나란히 앉았다

"언니가 보고 있는 하늘이 우진 오빠 있는 남쪽이네."

"그래, 우진 씨가 보고 싶어."

은아는 재희가 우진 어머니에게 한 말에 마음이 풀린 건지 부드럽게 대답했다. 은아는 누구에게 시집가도 좋은 아내가 될 거라고 생각하게

만드는 여자였다. 그래서 재희의 눈에는 외골수로 우진을 사랑하고 있는 은아가 더 애틋하게 보였다.

"그런데 언니, 우진 오빠는 왜 남한에 간 거예요?"

"자금 조달 때문이라고 들었어. 유엔 제재 때문에 중앙당에서도 자금 회전이 어려워져, 직접 자금 확보를 하러 간 거래. 남조선 유흥가에서 마약을 판매하면 외화벌이도 되고 남조선 청년들도 파괴시키고 일석이조라고."

재희는 오싹 소름이 끼쳤다. 남조선 청년을 파괴시키다니. 더구나 온화한 은아의 입에서 그런 말이 아무렇지도 않게 흘러나온다는 것이 더욱 전율스러웠다. 남한은 이들에게 그냥 적일 뿐인 걸까? 이런 마음으로 통일이 가능하긴 한 걸까?

"그런 일이 쉬울 리가 없을 텐데 어떻게 하려고 그러지요? 단속도 심할 텐데."

"기존 조직이 이미 수년 전부터 판매 루트를 형성하고 있다고 들었어. 그런데 이번엔 경제 제재 때문에 위험을 무릅쓰고 좀 더 많은 양을 거래시키려고 하는 것 같아. 어차피 이판사판이겠지."

재희는 이를 꼭 물었다. 이미 수년 전부터 조직이 있다니. 이건 이미 전쟁이 아닌가.

"그런 얘기 재미없다, 무서워."

재희는 말을 돌렸다. 은아에게 하고 싶던 이야기를 더 늦기 전에 해야 한다. 초겨울의 풍경은 쓸쓸했다. 그 쓸쓸한 풍경을 보고 있는 두 여자의 모습도 쓸쓸해 보였다. 두 여자의 마음속에는 풍경보다 더 차가운 바람이 불고 있었다.

"사랑이란 건 참 어긋나길 잘하는 것 같아. 은아 언니는 이렇게 기다리는데 우진 오빠는 멀리 떠나고. 나는 이렇게 기다리는데 시우는 어디 있는지도 모르고. 왜 우리만 슬퍼해야 하는 거지?"

무릎에 턱을 괴고 가만있던 은아가 물었다.

"시우? 같이 있던 남자?"

재희는 고개를 끄덕였다.

"사랑하니?"

"목숨만큼."

"결혼할 거야?"

"응."

"못 하게 되면?"

"꼭 할 거야."

"그래도 못 하게 되면?"

은아의 압박하는 질문에 재희는 은아의 얼굴을 보았다.

"그러면 내가 살 수 있겠어?"

재희의 눈동자에 까만 눈물이 고였다.

"그렇게 사랑하니?"

"은아 언니가 우진 오빠 사랑하는 만큼."

이번엔 은아가 고개를 돌려 재희를 보았다.

"나도 그런 것 같니?"

어쩌면 은아는 재희의 입을 통해 자신의 마음을 확인하고 싶었는지도 모른다.

"언니, 우진 오빠를 다른 사람에게 빼앗긴다면 살 수 있겠어? 나도 그래. 시우가 살아 있는 한 나는 누구도 사랑할 수 없어. 시우를 구하는 걸 도와줘. 난 우진 오빠 절대 사랑하지 않아. 나도 언니를 도울게. 여자 마음 여자가 안다잖아."

"…"

"언니, 시우가 죽지 않도록 도와줘. 그래야 나도 희망을 가질 것 아냐? 시우가 살아 있어야 내가 시우와 결혼할 수 있잖아. 그러니 시우가 어디 있는지 좀 알려줘."

자신의 손을 꼭 잡고 눈물로 호소하는 재희를 말없이 보고만 있던 은아가 결심한 듯 입을 열었다.

"약속할게. 너도 약속할래?"

은아가 무얼 약속하라는지 재희는 알고 있었다. 은아는 진작부터 이 말을 하고 싶었을 것이다.

"약속할게. 시우 외에 다른 남자가 내 마음에 들어오는 건 불가능한 일이야. 언니 가슴속에 우진 오빠만 있듯이 나에겐 시우밖에 없어."

그날 이후로 재희와 은아는 심정적으로 가까워졌다. 그러나 바라는 바는 같지만 보는 방향은 다르다. 각자의 방식으로 사랑을 쟁취하려는 것일 뿐, 동질성을 공유하기엔 지난 세월들이 너무 다르다. 한시적 동지인 셈이다.


중장의 건강이 회복되며 정상적인 업무를 보게 되자 업무량이 늘어났다. 재희에게 조금씩 가벼운 업무를 상의하던 중장은 이젠 거의 대부분의 서류 정리를 재희에게 맡기게 되었다. 때로는 내부의 경쟁자들 몰래 수집한 첩보나 윗선에 직접 보고할 만한 것들은 부대의 직원보다는 재희에게 맡기는 것이 보안상 걱정이 없기도 한 탓이었다.

신임은 날로 두터워 갔다. 결국 재희는 중장의 개인비서 격으로 신분이 안정되었고, 외부적으로는 은아와 함께 여맹의 홍보 활동에 조금씩

참여하게 되었다. 여맹으로 통칭되는 북한의 '민주여성동맹'은 '맹원들의 사상교양을 통해 정치의식과 문화수준을 높이고 사회주의 건설에 근로 여성들을 동원하는 것'을 주 업무로 삼고 있다. 말하자면 집에서 가사를 하는 여성들을 노동 현장으로 내모는 일. 남한 출신 이라는 성분의 약점이 재희의 성장에 방해 요인이 될 터이지만, 오히려 재희는 그 점을 이용해 전면에 나서지 않고 뒤에서 보이지 않는 협조만 하며 안전하게 지낼 수 있게 되었다.

여맹의 외부 활동이 없는 날은 우진의 방에서 주로 중장의 서류 작업을 돕거나 통계자료들을 정리하곤 했는데, 무엇보다 다행스러운 것은 컴퓨터를 공개적으로 사용하게 된 점이었다. 덕분에 가끔 중국의 인터넷망을 이용하거나 우회하여 남한의 소식을 접할 수 있었다. 마음으로는 언니와 오빠에게 메일도 보내고 싶고 시우 네 가족에게도 짧은 연락이라도 하고 싶었지만 꾹 눌러 참았다. 인터넷망을 검열하고 있는 특수 감찰대가 있다는 사실을 알고 있는 재희는 절대 자신의 주변이나 개인 정보에 관련된 곳은 접속하지 않았다. 다만 광범위한 일반 뉴스를 통해 정보를 취합하여 주변의 상황을 유추해 보는 방법으로 만족하기로 했다.

어느 날 통계자료를 빌미로 인터넷에 접속한 재희의 눈에 남한의 마약에 대한 기사가 들어왔다. 최근에 대학가를 중심으로 마약이 대량 유통되고 있다는 기사. 마약의 대부분이 '어름'이라는 북한산 마약이라는 내용도. 재희는 입술을 깨물었다. 저 마약 중에 많은 부분을 하우진 일당이 풀고 있을 터였다. 그런 내용을 대한민국 정보당국이 모르고 있는 걸까? 왜 적극적으로 마약을 제거하지 않는 걸까. 신문에는 수사를 확대하고 있다고는 하지만, 정말 제대로 수사를 하기는 하는 걸까?

중국의 아편전쟁이 떠올랐다. 아편을 제공한 영국의 죄가 근본 이유이긴 하지만, 그 아편을 이용하여 국민들이 폐인이 되든 말든 돈만 벌면 된다며 양심을 버렸던 반인륜적인 동족들이 더 야비하고 잔인한 인간들이다. 역사책에나 나올 일들이 현실에서 벌어지고 있었다. 그 얌전하던 김영선도 마약 중독이 되었는데, 그 애도 북한 공작원의 수작에 걸려들었다고 말할 수도 있겠네.

마약에 대해 계속 검색하던 재희의 눈에 '여대생 마약 투약 혐의로 구속'이라는 기사가 뛰어들었다. 이니셜만 표기되었지만 한눈에도 재희의 학교였다. 눈이 둥그레진 재희는 연속 검색을 하여 최 모 양이라고 적혀 있는 여대생의 이름이 같은 과 후배인 최수미라는 사실을 파악해 냈다. 재희에게 시우를 만난 미팅을 주선해 준 후배였다. 세상에! 이런 일이 현실로 일어나다니.

후배 김영선이 마약 때문에 구속된 탓에 김영선의 대타로 미팅에 끌려갔던 재희. 마약 중독된 영선이를 함께 걱정했던 수미가 마약 투약 혐의라니. 어찌 이런 공교로운 일이 일어날 수가 있을까. 갑자기 재희의 머리에 번개같이 스치는 불길한 예감. 영선이는 몰랐다 치더라도, 수미에게는 하우진이 최근에 고의적으로 접근한 건 아닐까? 내가 이곳에 납치되었을 때 압수당한 학생증과 핸드폰에서 수미와 연결된 정보를 알아내기란 간단한 일이었을 것이다. 과민한 상상일 수도 있겠으나 재희는 여러 가지 정황으로 미루어 하우진의 고의적인 접근이라고 생각할 수밖에 없었다. 믿고 싶지 않은 추리이지만 그게 정말로 사실이라면. 새삼 하우진의 냉혹한 방식에 치가 떨렸다.

며칠 후 재희는 최은아로부터 시우가 검덕 광산에 있다는 소식을 들었다. 재희가 깜짝 놀라자 은아는 "그래도 수용소보다는 낫다고들 한

대." 하며 입을 다물었다. 잠시 말을 아끼던 은아는 "검덕 광산은 사상의 용광로라고 불리는 곳이야. 아마도 그곳에서 시우의 사상이 바뀌면 다시 불러 오려고 그랬는지도 모르지." 하며 하우진이 그렇게 지시한 것 같다고 말했다.

그날 밤 재희는 잠을 이루지 못했다. 시우가 어디선가 고생하며 엄격한 사상 교육과 세뇌 교육을 받고 있으리라 짐작하고는 있었지만 검덕 광산이라니. 틀림없어. 하우진이 작정하고 검덕으로 보낸 것이다. 하우진은 시우의 할아버지가 국군 포로로 잡혀 수십 년간 검덕에서 포로 생활을 했던 걸 시우로부터 들어 알고 있다. 이것은 대를 이은 저주를 주는 것이다. 재희는 우진의 잔혹함에 치를 떨었다. 죽이고 싶었다.

물론 나는 이 모든 것이 하우진의 뜻에 의해 진행되는 짓이라고 생각하고 있지만, 그런데 왜 은아 언니는 하우진이 그렇게 지시한 것 같다고 짚어 말해 주었을까? 자기가 사랑하는 남자인데. 그렇게 말을 하는 것이 더욱 더 내가 하우진을 미워하게 될 거라고 생각했기 때문일까? 그랬다면 그 계획은 대성공이야.

어쨌든 시우가 아직 무사해서 다행이지. 재희는 자신을 이해시키려고 했다. 그러나 분노를 억누를 수 없었다. 시우가 광산으로 가다니. 아무 죄도 없고 아무 불만도 없이 평화로운 나날을 보내던 평범한 20대 청년이 아닌가. 북한을 공산주의라고 혐오한 것도 아니고, 북한을 증오했던 건 더더욱 아니다. 오히려 할아버지 사건이 벌어지기 전에는 북한에 대해 다른 나라 일처럼 관심도 없었던 시우였다. 게다가 군복무 시절엔 휴전선 너머 망원경으로 보이는 자기 또래의 북한군 병사들에게 연민을 느끼던 가슴 따뜻한 청년이었다.

그런 청년을 납치하여 지옥 같은 탄광에 집어넣다니. 더구나 시우 할아버지가 포로로 잡혀 있던 바로 그 광산으로 보내다니. 하우진은 내가 용서하지 못하겠어. 어떻게 해서든 상응하는 대가를 치르게 해주고야 말겠어. 재희는 피가 나도록 입술을 깨물었다.

\*\*\*

11월에 들어서며 검덕에는 가끔 눈발이 흩날렸다. 매서운 찬바람이 산등성이를 타고 내려와 앙상한 몸을 흔들고 지나갈 때마다 사람들은 진저리를 쳤다. 선광장에서 일하던 시우 일행은 광산 일에 조금씩 적응되며 탄광 안으로 배치되었다. 이미 금세라도 무너져 내릴 것 같던 간부 탄광에서 며칠이나마 막장에서 일을 해보았던 일행은 굴 안으로 들어가야 한다는 말에 몸을 떨었으나, 검덕 광산은 달랐다. 허리를 잔뜩 수그리고 들어가야 했던 간부 탄광에 비하면 검덕 광산은 허리를 곧추 세우고도 머리가 닿지 않을 만큼 넓어서, 입구에서부터 숨이 턱 막히는 중압감은 없었다. 하지만 갱도만 조금 넓을 뿐 검덕 광산은 북한에서 가장 오래되고 가장 큰 광산인 만큼 갱도가 아주 길어, 수십 리는 들어가야 막장에 도달할 정도로 깊고 위험했다. 간부 탄광이 단편적으로 깜짝깜짝 놀라게 하는 곳이었다면, 검덕 광산은 시간이 갈수록 갱도 안의 공기가 쇳덩어리로 변해 짓누르는 듯이 무시무시한 압박감을 주는 몸서리쳐지는 곳이었다.

검덕 광산은 납, 아연 같은 광물을 채취하는 곳으로 전쟁 중에도 이 광산은 멈추지 않을 만큼 중요한 자원의 보고였다. 일제강점기 이후 수십 년 동안 채굴했으니 매일매일 점점 깊이 들어가는 형편이었다. 갱도는 2-3천 미터 지하에 있고 갱내에는 악취와 발파 가스가 차 있어 늘 머리가 아프다. 이런 위험하고 유해한 상황에서 광석을 쇠광차에 실어 밀고, 운반, 채굴, 착암까지 하는 힘든 일은 그야말로 하루하루 생명을 깎아먹는 일이었다. 밖에서는 눈이 펄펄 내려도 깊은 지하막장에 들어가서 있으면 땀이 흐르고 숨이 막힌다. 한참 일하고 나면 땀도 더 이상 나지 않고 염기가 밴 피부가 쓰릴 정도로 따가웠다. 그럼에도 불구하고 광산에서 잠시도 밖으로 나오지 않고 며칠씩 버티는 사람들도 있다. 그렇게 열심히 일하는 이유는 당원이 되기 위한 것.

북한에서는 신분, 출생 배경 등이 사람을 평가하는 가장 중요한 기준이다. 그래야 자식들도 떳떳하다. 그 말은 당원이 아니면 사회적으로도 버림받고 떳떳한 생활을 하지 못한다는 말. 그래서 젊은이들은 당원이 되기 위하여 매우 힘들고 어려운 일터에 자진 동원하여 화선 입당을 꿈꾼다. 화선 입당은 신분 상승의 입구로서 출신 성분이 좋지 않거나 입당할 조건이나 자격이 미달인 이들이 어려운 상황에서 기적을 이루면 노동 현장에서 입당 심의하여 입당시켜 주는 입당 절차이다.

1960년도에는 소위 천리마 운동이라는 생산경쟁 운동이 있었는데, 이 운동에서 모범을 보인 사람은 우선적으로 당원이 될 수 있다고 선동하였다. 그러다 보니 광부들은 깊은 갱내에서 침식을 하며 며칠씩 연근에 연근을 하기도 했다. 갱도 안에는 허름한 식당도 있고 앉을 수 있는 휴게소도 있지만 햇빛을 며칠씩 보지 못하니, 몰골의 처참함이 이루 말할 수 없었다. 말 그대로 지하에서 살고 있는 좀비의 형상과 모습 그대로였을 터이다.

그 시기에 많은 광부들이 희생당했고 살아남은 이들은 규폐증, 관절병 등 고질병에 걸려 오래 고생하며 지옥 같은 삶을 이어가야만 했다. 그런 마음으로 현장에서 일하다 죽음을 당하는 경우에는 죽어 가면서도 당원이라 불러 달라며 순직하는 사람도 있었다.

　주변 사람들은 시우 일행이 고등교육을 받은 사람이라는 걸 알게 되자 자신들의 앞날에 대한 문제 등을 상담하곤 했다. 특히 안 기자의 세심하고 분석적인 의견은 상당한 신뢰를 얻어서 사람들이 많이 따르게 되었다.
　한동안 우울증에 빠져 죽을 것같이 보이던 안 기자는 그런 추종 세력이 생기자 기운을 차리는 듯 보였다. 그들 중에는 국군 포로의 자녀들도 상당수 있었다. 하지만 그들 사이에서도 편이 갈리며 차츰 남의 작은 잘못을 안전 군관에게 보고하는 밀고자가 생겨나기 시작했다. 자기가 당하지 않기 위해서는 남을 먼저 몰아붙여야 했다. 이것이 바로 북한이 파놓은 함정이었다. 자아비판은 인생을 파괴시키며 서로를 못 믿게 만들고, 반복적인 세뇌를 통해 자기들이 쳐놓은 그물망에 걸려들게 하는 방법이었다.
　그러다 보니 자신들의 출신 성분이 신통치 않은 판에 시우 일행의 편을 들다가 공연히 화를 당하거나 공산당 입당 기회를 놓칠까 봐 사람들이 점점 멀어져 갔다. 뿐만 아니라 터무니없는 중상비방을 하는 사람들까지 늘어나며 시우 일행의 작업까지 방해하는 바람에 시우 일행이 일을 점점 못 하게 되자 비판의 화살이 돌아오기 시작했다.
　시우 일행은 급격한 환경 변화와 말 한 마디에도 목숨이 왔다 갔다하는 첨예한 상황에 지쳐 가며 점점 입을 다물게 되고, 극도로 사람들과의 접촉을 피하게 되었다. 안영민은 우울증이 다시 도져 혼자 중얼거리기도 했고, 조철구는 반대로 점점 말이 없어졌다. 하루에 열 마디도 안 하는 것 같았다. 그나마 제일 대원들과 큰 마찰 없이 지내던 시우조차 얼굴에서 웃음기가 완전히 사라졌다.

그 와중에 독사라고 불리는 관리 반장 노인이 가장 악랄했다. 독사 노인은 특히 남한에서 온 사람들에게는 저주스러울 만치 악랄하게 행동했는데, 가장 최근에 온 시우 일행에게는 그야말로 독사같이 냉혹한 학대를 계속 가해 왔다. 관리 반장은 은퇴한 후에도 80이 넘은 지금까지 극성 분자처럼 광산에 출근하여 남한 출신 대원들을 골라 가며 엄청난 가혹 행위를 하기로 악명 높은 영감이었다. 시우와 철구 역시 독사영감으로부터 심한 구타를 당해 생긴 상처가 한두 개가 아니었다.

연말이 가까워 오자 전 대원을 집합시켜 광산 주변을 청소시켰다. 다음날 여맹에서 위문공연을 온다고 했다. 대원들은 반가워하기는커녕 입 밖으로 내지는 못했지만 모두 못마땅해 했다. 단지 휴식시간을 잠시 빼앗기는 것뿐이라면 그나마 다행이지만, 보나마나 여맹의 여성 당원들이 나와 김정은 찬양 노래 몇 곡 부르고 생산성을 혁명적으로 증산시키자며 선동할 것이 뻔했다. 그리고 위문공연이 끝난 후 몇 달간은 충성을 증명하기 위하여 증가된 실적을 보고하려면 작업 강도가 등이 휠 만큼 더 강해질 것이기 때문이었다.

유명 인민배우도 온다는 소문도 있고, 광산회관 앞에 설치된 울긋불긋한 플래카드와 색색의 조화 송이들이 분위기를 띄웠으나, 사람들의 표정은 회색빛 하늘처럼 침울했다. 몇 달 안에 또 과로로 인한 사망자가 급격히 늘어날 것이었다.

다른 대원들과 마찬가지로 시우 일행도 점점 더 몸이 쇠약해져 갔다. 영양가 없는 옥수수죽으로 겨우 끼니를 연명하는 데다가, 힘겨운 노동과 호흡조차 고통스러운 지하 갱도의 환경은 그들의 생명을 좀벌레처럼 갚아먹고 있었다. 더구나 늑막염 증상이 있는데도 치료할 길이 없는 시우의 건강은 폐인직전까지 떨어져 내렸다. 위문공연 후의 후유증을 생각하면 세 사람 중의 한 사람은 쓰러지지 않을까 염려스러웠다.

공연이 있는 날, 아침 조로 작업에 들어간 시우 일행이 굴 밖으로 나온 것은 저녁 무렵. 지쳐 쓰러질 것 같은 발걸음으로 공연 장소인 광산회관으로 가려는데, 보위원이 시우를 불러 세웠다. 안영민과 조철구도 함께 가려고 하자, 두 사람은 공연을 보러 가라고 보냈다.

작업이 끝난 후 보위원이 부르는 일은 처음 있는 일이라 두 사람은 불안한 표정으로 시우를 지켜보다가, 어쩔 수 없이 뒤돌아보며 떠났다. 시우도 아무 말 없이 떠나는 두 사람의 뒷모습을 바라보았다. 광산회관을 향해 걷는 두 사람의 어깨로 눈이 내려앉았다. 마음은 의외로 담담했다. 고개를 들자 하얀 눈송이가 얼굴 위에 내려앉았다.

보위원을 따라 사무실로 걸어가는 시우의 뒷모습을 돌아보던 영민이 걱정스럽게 물었다.

"시우가 저대로 사라지는 건 아닐까?"

"그런 소리 말아요, 영민 형. 시우가 잘못한 게 뭐 있다구."

"우리가 뭐 잘못한 게 있어서 여기 잡혀온 거냐? 저놈들이 죽이려고 맘먹으면 그날로 우린 죽는 목숨인 거지. 난 그렇게 죽긴 싫어."

철구는 말없이 하얗게 마른 입술을 다물었다. 안영민의 동공이 공포로 인해 크게 벌어지며 몸을 떨었다. 철구는 영민의 어깨를 안아 주었다.

"걱정 말아요, 형. 시우는 아무 일 없을 거예요."

"설혹 오늘 아무 일 없다고 하더라도, 우리는 앞으로 수십 년을 이 탄광에서 짐승처럼 살아야 하는 거잖아. 아니, 죽을 때까지라고 해야겠지. 우리 앞엔 늙은 몸으로 시커먼 탄광에서 쓰러져 죽는 절망만 입을 벌리고 기다리고 있다구."

"신문사에서도 알고 있으니 한국 정부에서도 힘을 좀 써줄 거예요. 나는 몰라도 영민 형은 돌아갈 수 있을 거라구요."

"정부? 흥."

영민은 냉소했다.

"우리나라에 정부가 있기는 한 거야? 나라를 위해 목숨을 걸고 전쟁터로 나간 10대 소년병들을 80이 넘은 노인이 될 때까지 50-60년이나 국군 포로로 방치해 두는 나라가 나라냐구! 역대 정부 중에 하나라도 그런 정부가 있기나 했는지 알아? 그러니 나 같은 기자 나부랭이 한 놈쯤 죽든 말든 관심이나 갖겠어?"

철구는 묵묵히 듣고만 있었다. 구구절절 옳은 소리였다. 남조선 정부는 왜 자국민을 구하는 일에 이리 냉담한 것일까? 더구나 나라를 구하기 위해 어린 학생의 신분으로 총을 들고 싸우다 잡힌 국군 포로들이 아닌가. 국군 포로들은 도대체 누구를 위해 목숨을 걸었던 것일까? 남조선 정부의 행태는 야쿠자 조직보다 못한 짓이 아닌가. 오야붕의 지시대로 꼬붕이 목숨 걸고 싸우다 감옥에 들어가면 오야붕은 그 가족들을 보살펴 주고, 꼬붕이 출옥하면 그 보상으로 지위를 올려 주어 보답하곤 한다. 물론 우리 오야붕처럼 부하의 단물을 다 빨아 먹고 쓸모가 없어지자 죽여 버리려는 오야붕도 있지만, 남조선 정부가 그런 쓰레기 짓을 하고 있다는 말인가? 오야붕이 꼬붕을 죽이려한다면, 꼬붕은 살기 위해서 오야붕을 떠날 수밖에 없다.

이럴 때 영민 형이 남조선을 버리고 북조선에 귀화한다고 해서 어찌 남조선 정부가 뭐라고 할 수 있겠는가. 나는 이놈들이 이용가치가 없다고 판단해서 귀화를 받아 주지 않지만, 영민 형은 귀화하는 것이 낫지 않을까. 누가 알아주지도 않는 고집만 안 부리면 기자 출신이라서 꽤 대접도 받을 수 있을 것 같은데. 직선적이고 단순한 철구의 사고 회로로는 비정한 대한민국 정부의 행태를 이해할 수 없었다. 그리고 그런 조국을 위해 맹목적으로 목숨 걸고 버티는 시우와 영민의 처신에 대해서도.

광산회관에는 공연을 보기 위해 동원된 대원들로 가득했다. 석탄 광산과는 달리 아주 시커먼 모습은 아니었지만, 씻기조차 힘겨운 대원들은 작업 후 그대로 끌려오다시피 참석하여 좀비들의 관람석이 되어 버렸다. 누구의 모습에서도 위문공연에 대한 기대를 읽을 수 없었다. 다만 다행스러운 일은 여러 사람이 모인 훈기로 인해 초겨울의 추위가 조금 덜 느껴졌다는 점. 바꾸어 말하면 공연 중인 회관 내부에도 난방은 제대로 하지 않았다는 사실.

장황한 개회 연설이 끝나고 합창 공연이 시작되는 동안 안영민은 두 눈을 꼭 감고 앉아 있었다. 허수아비 짓을 하는 공연을 보고 싶지도 않았거니와, 자신의 현재 상황과 너무나 동떨어진 위문공연단의 모습에 분노가 치밀었기 때문이었다. 뭐가 저리 좋다고 방긋방긋 가식적인 웃음을 짓고 즐거운 듯 노래를 하고 있는 건지. 이곳 사람들은 숨만 붙어 있다 뿐이지 다 죽어 가고 있는데.

시우는 어찌되었을까? 벌써 수용소로 끌려가고 있는 걸까? 아니면 전향하지 않는 불순분자라고 이미 총살형을 당한 것은 아닐까? 다음 차례엔 나도 저렇게 불려가는 것은 아닐까. 어쩌면 지금 당장 내 이름을 부를지도 모른다. 시우보다 내가 하우진의 속을 더 긁어 놓았기 때문에 분명히 나를 죽일 것이다. 그런데 왜 시우부터 죽이려는 걸까? 아니면 우리 세 사람 각자 따로 따로 불러서 처형하려고 하는 짓일까? 이렇게 죽기는 싫다. 살려 줘! 난 죽기 싫어. 제발 나를 살려 줘. 살려만 준다면 어떤 짓이라도 할 거야. 안영민의 입에서 당장이라도 비명소리가 터져 나오려는 순간, 무대 위 사회자의 목소리가 들려왔다

"다음은 우리가 고대하던 아리따운 배우 임소연 동무가 인사드리겠습니다!"

관중석에서는 독려에 의한 함성과 박수소리가 터져 나왔다. 임소연의 이름을 듣고 안영민은 눈을 번쩍 떴다. 무대에서는 화려한 조명이 번쩍거리고, 조명의 중앙에 임소연이 만면에 미소를 가득 띠고 손을 흔들고 있었다. 임소연은 꾀꼬리 같은 목소리로 노래를 한 곡 부른 후 관중들을 향해 소리쳤다.

"우리 모두 위대하신 수령님 품에서 행복합니다. 만세!"

관중들도 따라 만세를 불렀다. 안영민은 벌떡 자리에서 일어났다. 놀란 조철구가 영민을 만류했으나 영민은 앞으로 뛰어 나가며 소리쳤다.

"나도 위대하신 수령님 품에서 행복하고 싶습니다. 위대하신 수령님 만세! 조선민주주의인민공화국 만세!"

만세 부르며 함성을 외치는 관중들의 의자 사이로 안영민은 달려 나갔다. 무대에 있던 임소연이 영민을 발견하고는 경악의 표정을 지었다. 영민은 임소연을 향해 달리며 소리쳤다.

"임소연 동무, 나야! 안영민이야! 조선민주주의인민공화국 만세!"

관중들이 놀라 웅성거렸다.

"저놈 잡아! 저 반동새끼!"

"어서 막아! 무대로 달려간다!"

안영민을 향해 무장 경비대원들이 총을 뽑아 들고 우르르 달려갔다.

보위부원은 시우를 보위부 검덕 사무실로 데리고 갔다. 다른 인원들은 사무실을 비우라고 지시를 받았는지, 공연을 보러갔는지 사무실은 텅 비어 있었다. 보위부원은 시우를 책상 앞에 앉혀 놓고는 말 한 마디 하지 않은 채 문 밖으로 나갔다. 시우는 본능적으로 이제 마지막인가 보다 싶었다. 몸도 아프고 작업 능력이 현저히 떨어지자 이제 폐기 처분 하려는 것이겠지. 분노할 힘도 이 상황을 도피하고픈 기력도 없었다. 어떤 일이 닥쳐올지 현실과 시간의 힘 앞에 온몸을 던져 놓고 기다리기만 했다.

실내엔 난로를 피우지 않았는데도 바깥 기온이 내려간 탓에 유리창엔 김이 조금씩 서리기 시작했다. 공연이 시작되었는지 회관 쪽에서는 간혹 박수소리가 들려오곤 했다. 회관의 불빛이 멀리 보이는 창밖으로는 눈이 흩어져 내리고 있었다.

그래, 이맘때였다. 재희가 졸라서 노래방에 갔었지. 서울 거리를 고운 눈발이 먼지처럼 반짝이며 흩날리는 밤이었다. 시우와 함께 노래방을 다니기 시작한 재희는 올드 팝에 유난히 흥미를 가졌다. 올드 팝에는 꽤나 의미심장한 가사가 많네, 하면서. 그 말을 듣고 시우가 캔자스의 '더스트 인 더 윈드'를 불러 주자, 재희는 뜬금없이 눈물을 펑펑 흘렸다.

눈을 감아요.
모든 것이 순식간에 사라져 버려요
우리는 모두 허공 속의 먼지일 뿐

매달리지 말아요
땅과 하늘 외에 영원한 건 없어요

그저 사라져 버릴 뿐
　　우린 모두 바람 속의 먼지일 뿐

　노래를 끝까지 부른 후에야 시우는 재희의 눈물을 보았다. 시우는 아차 싶었다. 어린 시절 고아원 앞에 버려졌던 재희에게는 이 노래 가사가 자신의 처지를 연상시켰을 것이다. 허공 속의 먼지 같은 인간들 중에서도 부모에게서 버려진 신세. 먼지보다 못한 신세라고.
　"이 노래 너무 슬프다. 우리가 바람 속의 먼지라니."
　시우는 재희를 따뜻하게 안아 주었다.
　"넌 먼지가 아니라 내 우주야. 네가 전부라구."

　재희가 문을 열고 들어서고 있었다. 열린 문 사이로 공연장의 박수소리가 좀 더 선명하게 들려왔다. 시우는 재희의 얼굴을 멍하니 보았다. 열려 있는 문 뒤로는 눈발이 안개처럼 흩날리고 있었다. 시우를 본 재희가 눈물을 흘리며 다가왔다.
　"후…"
　시우는 씁쓸하게 웃었다. 이제 헛것이 보이기 시작한 건가. 바로 이 정경. 안개처럼 흩날리던 눈. 초겨울의 차가움. 모든 것이 먼지처럼 부질없어 보이던 짧은 순간. 그리고 재희의 눈물. 재희의 얼굴이 눈앞에 크게 다가왔다. 선명하게도 보이는군.
　"얼굴이 그게 뭐야?"
　재희의 목소리가 목이 메었다.
　"왜 이렇게 상했어?"
　재희의 영상은 더욱 가까이 왔다. 영상은 손을 뻗어 시우의 얼굴을 만졌다. 재희의 손길에서 따스한 체온이 느껴지자 시우는 깜짝 놀랐다. 시우는 영상을 향해 중얼거렸다.

"이거 진짠가."

"그게 무슨 소리야? 진짜냐니?"

재희의 눈에서 눈물이 주룩 흘렀다.

"나야, 재희. 한재희."

시우는 재희의 출현이 믿어지지 않았다.

"은아 언니 알지? 하우진 곁에 있는 여자. 그 여자랑 같이 온 거야."

재희는 차근차근 시우에게 자신이 오게 된 과정을 설명했다. 시우가 검덕에 있다는 말을 듣고 은아에게 부탁해서 여맹의 고위 간부인 은아 엄마가 검덕의 위문공연을 주선한 것. 그리고 은아에게 위문공연단의 관리와 점검을 맡겼고, 재희는 은아의 보조 임무로 따라올 수 있었다는 것. 여맹의 위력을 무시할 수 없는 보위부원들이 은아의 부탁을 듣고 시우를 사무실로 데려다 놓았다는 것. 재희의 설명을 들으며 시우는 조금씩 현실을 이해할 수 있었다. 눈앞의 영상이 실물이라는 것도.

"이제 알겠지?"

시우는 고개를 끄덕였다. 재희는 억지로 미소를 지으며 시우의 마음을 풀어 주려는 듯 시우의 코를 눌렀다.

"이거 누구 꺼야?"

시우는 한참 말이 없다가 들릴듯 말듯 대답했다.

"내 꺼."

"내 꺼 아니구?"

"이런 폐품을 네가 가져서 뭐하겠어."

재희의 눈에 다시 눈물이 고였다.

"그럼 이건?"

자기 코를 누르며 묻자 시우는 담담하게 대답했다.

"네 꺼."

재희는 그만 두 손으로 얼굴을 감싸 안았다. 손 사이로 눈물이 타고 흘렀다. 잠시 그대로 있던 재희는 눈물을 닦고 결연한 표정으로 시우를 마주 보았다.

"똑바로 들어. 난 네 꺼야."

재희는 이를 악물었다.

"그리고 너는 내 꺼구."

묵묵히 앉아 있는 시우를 보며 재희는 하우진에 대해 새삼 이를 갈았다. 가슴이 답답해 두 사람 다 말없이 앉아 있었다.

"어디가 아픈 거야? 몸이 너무 상했잖아."

"숨 쉬기가 곤란해. 갱내 공기도 나쁘고."

"그렇게 지내다가 쓰러지기 전에 지금이라도 전향하는 게 어때? 그러다 기회를 잡는 게 낫지 않아? 우선 살아야지."

"그렇게 사는 건 내게 의미가 없어. 나머지 인생이 너무 처참할 것 같아."

"살아 보지도 않고 어떻게 알아?"

"그리고 전향한다고 해서 우진 형이 나를 그대로 둘 것 같아?"

"우진 형이라구? 그까짓 자식이 무슨 형이야, 그런 놈이."

재희는 깊은 한숨을 쉬었다. 한동안 생각에 잠겼던 재희는 또박또박 한 마디씩 힘주어 말했다.

"어느 순간 나는 엄마를 이해하게 됐어. 나를 버린 걸 원망할 이유가 없다고 말이야. 방법만 다를 뿐 사람은 늘 누군가를 버리잖아. 네가 지금 나를 버리고 있는 것처럼."

"널 버린 건 아니야. 왜 그런 소릴 해?"

"그렇다면 보여줘."

재희는 시우의 손을 꽉 잡았다.

"나는 하우진 곁에서 자리 잡으면 어떻게든 자기를 지키다가 탈북 기회를 잡아 보려 했는데, 자기 모습을 보니 그전에 죽게 생겼네. 잘 들어. 자기가 여기서 죽지 않고 탈출하는 것이 나를 버리지 않는다는 증거야. 꼭 탈출해. 언제가 될지는 모르지만 나도 꼭 자기를 찾아갈 거야. 그러니 나를 꼭 기다려야 해."

"난 하루하루가 살얼음인데 그런 약속을 어떻게…."

"나는 안전한 것 같아? 기억해 둬. 나는 깊은 바다에 빠진 잠수정 같아. 자기가 보이지 않는 호스로 이어진 유일한 산소 공급원이야. 자기가 없으면 난 죽어. 날 잊지 마. 바다 속에 있어서 보이지 않는다고 날 버리지 마. 자기가 탈북을 포기하는 건 나를 버리는 거야."

시우의 두 손을 맞잡고 재희가 간곡히 이야기하는 도중에 광산회관 쪽에서 커다란 함성과 박수소리와 비명이 터져 나왔다. 곧이어 밖에 대기하던 보위원이 다급하게 뛰어 들어왔다.

"여맹원 동무. 어서 오시랍니다. 긴급 상황이 벌어져서 즉시 철수해야 한다고 합니다."

"무슨 일인가요?"

"자세히는 모르겠는데, 큰 사고는 아니지만 만약을 위해 빨리 떠나야 한다고 합니다."

재희는 안타까운 모습으로 자리에서 일어서며 시우에게 다짐하듯 한 마디 했다.

"내 말 알겠지? 세상에 끝이란 없어. 순간순간 새로 시작할 뿐이지."

시우가 숙소로 돌아오자 조철구가 마치 죽은 사람이 돌아온 듯 반갑게 맞아 주었다. 영민의 모습이 보이지 않아 물었더니 광산회관 공연 도중에 있었던 상황을 설명해 주었다. 안영민이 무대 위의 임소연을 향해 소리치며 달려가자, 경비대와 보위원들이 안영민을 잡으러 달려갔다. 그 모습을 보며 놀란 표정으로 어쩔 줄 몰라 하던 임소연이 마이크를 들고 무대 아래로 내려와 안영민에게 마주 달려갔다.

"안 기자님.!"

보위원이 잡으려 하자 임소연은 안영민의 손을 잡고 함께 만세를 불렀다.

"수령님 만세! 조선민주주의 인민공화국 만세!"

안영민도 임소연의 손을 맞잡고 목이 터져라 소리쳤다.

"수령님 만세! 조선민주주의 인민공화국 만세!"

이 장면을 감동적인 연출로 생각한 청중들은 자리에서 일어서며 열렬한 박수와 함성으로 두 사람을 맞이했다. 보위원들은 어떻게 된 상황인지 몰라, 언제라도 연행할 수 있도록 주위를 둘러싸고만 있었다. 임소연은 노래를 부르며 안 기자의 손을 잡고 무대 위로 올라갔다. 이때 무대 뒤에서 수십 명의 합창단이 올라와 두 사람을 에워싸고 전원이 합창하며 극적인 장면을 연출했다. 그 합창단을 이끌고 나온 여자 중 한 사람이 재회를 무척 닮았다는 철구의 말을 시우는 못들은 척 넘겼다.

"그래서 영민 형은 어떻게 됐는데요?"

"검덕 경비대와 보위부원들이 주변만 둘러싸고 있었는데, 여맹의 보위원들이 달려와 임소연과 영민 형 두 사람을 호위하고 데리고 갔어. 그리고는 서둘러 검덕을 떠났어."

철구는 걱정스러운 표정으로 시우에게 물었다.

"영민 형이 여맹의 보위원들에게 보복당하는 건 아닐까? 설마 총살당하는 건 아니겠지."

시우는 잠시 생각하다가 대답했다.

"그렇지는 않을 거예요. 영민 형이 여맹에 가서 조사를 받게 되겠지만, 임소연에게 달려 나간 걸 봐서는 전향해서 살기로 마음먹은 것 같으니, 죽이지는 않을 거예요. 여기 계속 있게 되면 영민 형은 정말로 병이 나서 죽거나 우울중으로 자살할지도 몰라요."

"하긴, 전향해서라도 일단 사는 것이 현명할 수도 있지만, 이놈들이 마음 변해서 안 받아 줄 수도 있잖아. 나는 내 발로 걸어 들어왔는데도 이놈들이 내쳤잖아."

안영민의 안위가 걱정스러워 어두운 표정이던 철구는 재회가 다녀갔다는 말을 듣고 무척 놀라는 표정이었다. 더구나 재회가 은아를 통해 검덕 위문단을 구성하여 오게 만들었다는 말을 듣고는 감탄을 금하지 못했다. 철구가 한숨을 쉬었다.

"너는 끌려가고 영민 형도 잡혀가고, 정말 막막하더라. 나 혼자 이 지옥에서 어떻게 살아가나 싶고. 그런데 야, 이거 기 죽어 살겠니?"

"왜요?"

"아까 그 여자가 진짜 재회라면서? 대단하다. 너는 재회가 위문단까지 만들어서 찾아오고, 영민 형은 애인 만나서 검덕을 떠나는데, 애인 없는 나는 이게 뭐가?"

하하. 시우는 오랜만에 작게 소리 내어 웃었다. 그리고는 이어지는 철구의 말에 가슴이 뭉클해졌다.

"나는 여기서 당장 죽어도 기억해 줄 사람도 없네."

시우는 철구의 손을 꼭 잡았다.

"형 곁에는 내가 있잖아요. 비실거리는 동생이지만 없는 것보다는 낫겠지 뭐. 혹시 형과 헤어지게 되더라도 내가 꼭 형을 기억할게. 내가 형을 구할 수 있으면 꼭 구해 줄게."

철구의 눈에는 표현하기 어려운 감정이 서렸다. 그리곤 이내 퉁명스럽게 한 마디 뱉었다.

"숨 쉬기도 힘겨워하는 녀석이 나를 구해 줘? 꿈 깨라, 야. 내 속이나 썩이지 말고."

\* \* \*

재희가 다녀간 후로 시우의 마음엔 격랑이 일었다. 재희의 말은 하나도 틀린 것이 없었다. 세상에 끝이란 없다. 매 순간 새로 시작하는 것뿐. 마지막 희망은 탈북뿐이다. 이 지옥에서 벗어나야만 해. 새로 시작해야 해.

하지만 내가 할 수 있는 건 아무것도 없다. 의지만 있으면 무엇이든 할 수 있다고 잘난 척했던 것은 얼마나 철부지 짓이었던가. 나를 이루고 있는 내 뇌세포에 담겨 있을 몇 그램의 지성, 사람들을 끌어들였던 따뜻한 인품, 부드러운 미소 같은 것들은 평화가 보장된 상태라야 가치가 발휘되는 것들이었다. 이곳처럼 광폭한 폭력이 모든 질서를 좌우하는 곳에서는 휴지 한 장의 가치도 없다. 내가 지금까지 누렸던 감정적 허영과 사치는 그 평화를 지켜 주는 누군가에 의해 주어진 것들이었다.

그 평화는 대부분 휴전선을 지키고 있는 군인들에 의해 지켜진 것들이었다. 내가 복무할 때는 왜 그런 것들의 가치를 몰랐을까? 왜 사랑하는 이들을 지키고 있다는 자부심을 갖지 못했을까. 군대 생활은 계주를 할 때 바통을 이어받는 것이었구나. 나라의 평안과 안전을 위해 전 국민이 함께 달리는 계주. 나는 바통을 받고 있는 힘을 다해 달렸었던가? 나에게 박수갈채가 안 쏟아진다고 대충 달리고 말았던 건 아닐까?

달리다 쓰러질 수도 있다. 국군 포로들이 그런 경우일 것이다. 그러나 쓰러진 선수를 질타하지 말고 일으켜 세워 같이 달려야 한다. 그들은 운동장에 쓰러져 50년 이상 방치되고 있는데, 학생들도 선생님도 교장 선생님도 다 외면하고 있다. 그들이 쓰러진 곳을 피해 빙 돌아다니면서 그들이 없다고 생각하고 있다.

이건 정말 말도 안 되는 상황이야. 도대체 어디부터 잘못된 것일까? 나도 스스로 행동을 해야 해. 누구도 나를 일으켜 세워 주지 않는다. 그러나 시우에게는 불꽃이 튀어 오르질 않았다. 그럴 체력이 고갈되어 버린 것이다. 아침에 눈뜨는 일도 힘겨웠고, 막장까지 수십 킬로미터를 오가며 일을 할 때는 헛구역질이 날 만큼 고통스러웠다.

어느 날 시우는 갱도에서 작업 도중 정신을 잃고 쓰러졌다. 재희가 다녀간 지 1주일도 지나지 않아서였다.

시우가 눈을 떴을 때 재희의 얼굴이 보였다. 손을 내밀어 얼굴을 만지려 하자 재희는 매정하게 손을 뿌리치며 차가운 목소리로 말했다.

"정신 차렸으면 약 먹어요."

재희의 목소리가 아니었다. 조금씩 시야가 뚜렷해지자 시우는 병실에 누워 있고, 재희 또래의 간호사가 자신의 얼굴을 보고 있다는 걸 알게 되었다. 얼굴이 갸름한 미인 형이었으나 차갑고 도전적인 표정이었다.

"자, 정신 차리고 약 먹어."

간호사 옆에 있던 철구가 시우를 부축했다. 갱도에서 갑자기 실신한 시우를 철구가 업고 병원으로 온 것. 약을 먹는 시우에게 간호사가 물었다.

"숨 가쁘지 않아요?"

"요즘 가슴이 좀 아프고 숨이 가빠요."

"늑막염 초기 증상이네요. 몸 관리 잘하세요."

간호사는 별 다른 이상이 없으니 퇴원하라고 했다. 늑막염 초기 증상이라면서 약 몇 알 쥐어 주고는 아무런 조치도 없이 퇴원하라니. 시우와 철구는 어이없었으나 병실을 나올 수밖에 없었다. 복도에도 환자들이 가득하고, 복도 바닥에 누워서 진료를 기다리거나 쓰러져 자고 있는 사람들도 있었다. 약품도 부족하지만, 탄광 지역 특성상 크고작은 사고가 끊이지 않아 병원은 언제나 만원이었다. 그러니 지금 당장 죽는 병도 아닌 늑막염 초기 환자 정도는 손댈 여력이 없는 것이다.

병원에서 준 약을 다 먹었어도 시우의 증세가 호전될 기미는 보이지 않았다. 오히려 조금씩 더 증세가 심해지는 것을 느껴 철구 몰래 병원에 가보았지만 꾸준히 투약해야 할 항생제가 부족하기 때문에 줄 수가 없다고 했다. 공연히 걱정만 끼칠까 봐 시우는 병원에 다녀온 사실을 철구에게 말하지 않았다. 가슴의 통증은 점점 더 심해졌다.

안영민이 떠난 후로 두 사람은 더욱 친근해졌다. 누구 하나 믿을 수 없는 이곳에서 서로 없어서는 안 될 존재가 된 것이다. 가끔 시우가 열이 오를 때면 철구가 곁에서 물수건을 이마에 얹어 주는 등 정성스레 간호해 주곤 했다. 투사처럼 강건해 보이는 남자가 물수건을 얹어 주고 자신을 보살피는 모습을 보며 시우는 이 거친 남자에게 이런 면이 있었

납치 299

나 싶어 놀라곤 했다.

"형은 야쿠자 같지가 않아."

시우의 말을 듣고 철구는 피식 웃었다.

"난 지금까지 야쿠자 생활해 온 중에서 요즘이 제일 야쿠자 같은 느낌인데?"

철구의 진심이었다. 어린 철구는 야쿠자 생활을 하게 되면서 막연하게 의리와 신뢰라는 것이 야쿠자의 가장 큰 덕목이라고 믿고 있었다. 그런 신뢰를 바탕으로 오야붕을 따랐고, 목숨을 걸고 오야붕의 곁을 지켰다. 그런 하루, 자신의 목을 겨누고 날아온 오야붕의 비수. 그 비수와 함께 찔러 들어온 녀석들은 모두 철구와 함께 오야붕의 잔을 받은, 피로 맺은 의형제였다. 짧은 순간 차라리 그들의 칼을 받고 죽어 버릴까 싶은 생각이 들 만큼 엄청난 충격이었다.

하지만 분노가 충격을 극복했다. 조직 내에서는 당할 자가 없던 철구의 칼끝에 그들의 뜨거운 피가 비산하였고, 얼굴에 튀는 그들의 피를 맞으며 철구는 눈물을 흘렸다. 이게 아닌데. 난 왜 자꾸 바라지 않는 방향으로 인생을 살게 되는 것일까? 눈앞에 오야붕의 공포에 질린 얼굴이 보였다. 심장을 찌르려다가 어깨를 찔렀다. 왜 죽이지 못했을까? 시우도 그런 마음으로 전향하지 않는 걸까? 해준 것도 구해 줄 생각도 없는 나라를 배신하지 않는 것은. 철구는 연민을 담은 표정으로 시우를 보았다.

"내 눈에는 너야말로 야쿠자 같다. 그냥 길바닥에 널려 있는 야쿠자 말고, 의리와 신의를 목숨처럼 여기는, 내 가슴속에 품었던 야쿠자."

"그럼 나도 철구 형처럼 문신해야 하는 거 아냐?"

철구가 피식 웃었다. 시우가 신기한 듯 따라 웃었다.

"형 웃는 얼굴 오랜만에 본다. 아니 처음 보는 건가?"

"그래, 내가 잘 안 웃지. 나에게서 점점 그런 인간적인 면들이 사라지고 있어. 두려움도 공포도 기쁨도. 난 그냥 물질이 되어 가는 것만 같아 두려웠어. 너하고 이야기하고 있으면 밀랍인형 같던 차가운 내 몸에 체온이 깃들고 피가 도는 것 같아. 네가 곁에 있다는 것만 해도 내겐 소중해. 우리 헤어지지 말자."

철구의 말에 시우는 선뜻 대답하지 못했다. 자신의 몸은 하루가 다르게 악화되고 있다. 치료할 방법도 길도 없다. 기적이 일어나지 않는 한 서서히 죽어 갈 수밖에 없는 것이다.

\* \* \*

하우진은 심한 갈증에 눈을 떴다. 침대 주변에는 어제 마신 술병이 몇 개 흐트러져 있고, 사이드 테이블 위에는 작은 주사기가 두 개 뒹굴고 있었다. 우진은 옆에 엎드려 자고 있는 여자를 힐끗 보고는 천천히 침대에서 빠져 나와 찬물을 한 잔 마셨다. 우진은 탁자에 놓인 여자의 핸드백을 열어 학생증을 꺼내 잠시 들여다보고는, 알몸으로 엎드려 있는 여자의 등에 놓고 핸드폰으로 사진을 찍었다. 제법 여러 장의 사진을 찍는 동안에도 여자는 정신 못 차린 채 자고 있었다.

우진은 옷을 챙겨 입은 후 여자의 학생증을 자신의 지갑에 넣었다. 지갑 안에는 다른 학생증도 몇 장 눈에 띄었다. 호텔 방을 나가기 전 주머니에서 작은 약봉투를 꺼내 사이드 테이블에 놓고 조용히 문을 열고 사라졌다.

제법 높이 솟은 해가 호텔 창문의 커튼을 뚫고 들어오도록 여자는 깨어날 줄 몰랐다. 머리맡의 전화기에서 벨이 계속 울리자 그제서야 여자는 손을 뻗어 전화를 들었다. 옆방에 있던 김영선이었다.

"수미야, 문 좀 열어 줘."

이불을 둘둘 말고 일어난 최수미가 객실 문을 열어 주자 영선이 들어왔다.

"노크를 아무리 해도 안 열어 주길래 전화했어."

"미안해. 아직도 정신이 좀 멍해."

"걔가 얼음 좀 주고 갔니?"

영선이 의자에 힘없이 앉으며 물었다.

"몰라 눈 뜨고 보니 없어졌네."

수미는 몸에 둘렀던 이불을 젖혀 버리고 가슴을 두들겼다.

"답답해 죽겠어. 숨 막혀. 약 있니?"

"나도 없는데. 저녁때나 만날 수 있을 거야."

"저건 뭐야?"

영선의 말에 수미가 책상 위의 약봉투를 보았다.

"그거 두고 간 모양이네. 치사하게, 좀 넉넉히 주고 가지."

영선이 약봉투를 집어 들고 투덜거리자 수미가 다급히 약 봉투를 빼앗아 약을 꺼내 신용카드로 잘게 부셔서 코로 흡입했다. 그 모습을 보던 영선이 우울한 표정으로 말했다.

"너 요즘 나보다 더 심해진 것 같아. 너무 하지 마."

수미가 몽롱해진 시선으로 영선을 보았다.

"그놈들이 내게 유독 강하게 쓰는 거 같아. 어제도 술에다 심하게 탔나 봐. 이젠 약효가 떨어지면 죽을 것 같아."

영선은 눈 감고 누워 있는 수미를 보며 마음이 괴로웠다. 마약 사범이 된 자신을 친구들이 모두 외면할 때 수미만은 곁에 있어 주었다. 그런 친구를 자신이 마약 중독이 되도록 끌어들인 것이다. 학생의 신분이며 초범이라 집행유예로 끝났지만 영선은 쉽게 마약을 끊을 수가 없었다. 이를 악물고 약물을 끊으려 했으나, 어떻게 알았는지 최근에 자신에게 접근한 마약 공급책이 주는 약은 가격도 비싸지 않고 약의 순도가 높아 효과가 좋은 바람에 그만 다시 손을 대기 시작한 것이다.

약에 점점 빠져 들어가 이젠 도저히 끊을 수 없을 만치 중독되자, 하우진이라는 공급책은 어떻게 알았는지 동급생인 최수미를 데리고 나오라고 시켰다. 수미를 클럽에서 만난 첫날부터 하우진은 약을 사용한 것이다. 영선은 눈을 감고 누워 있는 수미의 손을 꼭 잡았다. 미안해. 이렇게까지 될 줄은 몰랐어. 이제 우린 어떻게 되는 거지. 영선의 눈에서 뜨거운 후회의 눈물이 흘러내렸다.

그 시각, 하우진은 사복 차림의 부관과 홍대 근처 해장국집 구석진 자리에서 해장국을 먹고 있었다.

"강북 쪽은 결산 들어왔냐?"

뜨거운 국물을 후후 불며 하우진이 물었다.

"예. 강남은 진작 손 털었고, 강북 쪽 애들도 다 털었답니다. 수도권 남쪽은 오늘까지 털 수 있답니다."

"오늘 밤 공급할 건 준비돼 있겠지?"

"며칠간 공급 분량은 충분합니다."

"남쪽 애들은 썩은 놈들뿐인가 봐. 이번 갖고 온 분량이 엄청난데 이렇게 불티나게 팔리다니. 몇 해 전만 해도 이렇게까지는 아니었는데. 조선에 애국해 주는 셈이니 좋은 일이긴 하지만."

하우진은 국밥 그릇을 들고 홀홀 국물을 마셨다.

"그나저나 걔는 마음에 드십니까? 요즘 그애하고만 지내시던데."

하우진은 냅킨으로 입가를 닦으며 씨익 웃었다.

"최수미? 꿩 대신 닭이지. 재희가 말을 듣지 않으니 대신 친구라도 건드려 보는 것뿐이야. 재희하고는 비교가 안 되지."

"그런데 최수미가 재희의 친구라는 건 어떻게 알아 냈어요?"

"재희 핸드폰 친구 목록 중에 제일 먼저 있더라. 어떻게 접근하나 궁리하다가, 혹시나 싶어 구매자 리스트 중에서 재희 학교 학생이 있나 찾아보니 김영선이 나타났고, 그 다음엔 식은죽 먹기였지. 허무할 정도로 쉽게 무너지더라."

식당에서 걸어 나오는데 하우진의 전화벨이 울렸다. 걸려온 전화번호를 본 우진이 의아한 표정이 되었다. 하우진이 전화기를 켜자 전일봉의 낮은 목소리가 들렸다.

"긴급 보고드릴 일이 생겨서 전화드렸습니다."

며칠 만에 들어온 정보에 의하면, 안영민 기자가 임소연의 설득으로 북조선으로 전향하였다는 것. 하우진의 아버지를 사사건건 걸고넘어지는 호위총국 총참모부의 김 중장이 여맹과 협력하여 안영민을 적극 밀어 주고 있다는 것. 미모의 임소연과 기자 출신인 안영민이 곳곳을 다니며 남조선을 맹비난하고 충성을 맹세하며 인기몰이를 하는 바람에 김 중장의 입지도 더욱 탄탄해지고 있다는 내용들이었다.

그렇게 인간적으로 대접하고 회유해도 안 듣던 놈이 김 중장에게 붙어? 속이 뒤집어지는 소식들이었으나 냉정을 잃지 않던 하우진은 전일봉의 마지막 말에 그만 이성을 잃고 말았다.

"한재희가 여맹 위문공연단의 점검 책임을 맡고 검덕 광산에 갔다가 강시우를 만났다고 합니다."

"사실인가? 정확한 정보야?"

"예, 확실한 정보입니다."

하우진의 이마에 힘살이 불그러졌다. 전화기를 잡은 손이 떨렸다. 한동안 전화기를 붙들고 입을 다물고 있던 하우진이 낮은 목소리로 입을 열었다.

"없애 버려."

"예? 누구를요?"

"누구겠어?"

잠시 침묵이 흘렀다.

"사고로 가장해서 죽일까요?"

"아니, 네가 직접 시체까지 처리해. 재희에게는 남조선으로 탈북한 것처럼 보이게 시체가 절대 발견되지 않도록."

"잘 알겠습니다."

\* \* \*

검덕 광산에는 작업 인원이 많아 조를 자주 바꾸어 일하게 된다. 오늘은 철구와 다른 조가 되어 다행이었다. 작업장 가는 길에 숨이 가빠 밭은 기침을 하다가 피가 섞여 나오고 가슴이 찢어지는 듯 아팠다. 철구가 이 모습을 보지 않아 다행이었다. 시우는 작업 도중 감시원의 눈을 피해 보일듯 말듯 뻗어 있는 작은 갱도로 들어갔다.

검덕은 역사가 깊은 광산이라 마치 큰 나무가 곁가지를 무성하게 뻗듯이 주갱도 말고도 곁으로 갈라진 작은 갱도가 수도 없이 많았다. 광맥을 따라 조금 파들어 가다가 광맥이 끊기고 더 이상 나오지 않으면 그 길은 폐쇄되는 것. 감시원의 눈을 피해 쉬고 싶을 때면 그런 곳에 은신하는 사람들이 간혹 있었는데, 들키는 경우에는 매우 혹독한 형벌이 가해지는 통에 사람의 발길이 끊긴 지 오래였다. 몸이 점점 쇠약해지며 가끔 죽어 버릴까 하는 생각이 들 때마다 들어가 죽으려고 점찍어 두었던 곳이었다. 아직까지 폐쇄시키지 않은 것이 의아할 만큼 위태로운 곳. 샛길인 데다가 수십 년 전의 옛날식 굴착 방식으로 파들어 간 곳이라 갱도도 좁아서 고개를 숙이고 들어가야만 했다.

안으로 들어갈수록 주갱도에 설치된 전구 빛이 약해지면서 안전모에 붙은 헤드 랜턴의 불빛이 없으면 아무것도 보이지 않는다. 시우는 갱도의 끝까지 계속 들어가 막장에 닿았다. 다시 밭은 기침이 터져 나오며 피가 섞여 나왔다. 시우는 이곳에서 죽기로 결심했다. 이곳은 아무도 들어오지 않은 곳이니 나를 발견하지 못할 것이고, 나는 미라처럼 되어 버리겠지. 재희와 철구 형은 한동안 나를 찾겠지만, 내 시체를 찾지 못하면 결국은 내가 탈북했을 것이라 희망적인 생각을 하려고 애쓸 것이고, 그것으로 됐어.

내 나이 스물여섯. 많은 나이는 아니지만 어린 나이도 아니야. 아까워하거나 슬퍼하지 말자. 더 이상 좋아질 희망이 없는 상황이라면 이것이 옳은 결정이야. 시우는 주저앉아 벽에 등을 기대었다. 마음이 평온해졌다. 마지막으로 주변을 찬찬히 둘러본 시우는 헤드 랜턴을 껐다. 간부 탄광처럼 또 다시 각막에 들러붙는 암흑이 시우를 감쌌다. 절대 암흑과 절대 고요, 그리고 절대 절망만이 시우를 둘러쌌다. 흐릿해지는 의식과 함께 시우의 존재도 서서히 암흑 속으로 흩어지기 시작했다.

그런데 그게 뭐였지? 뭔가 글자가 보였던 것 같은데. 헛것을 본 걸까. 불을 켜볼까. 몸이 안 움직여. 벌써 죽어 가는 건가. 불을 켜야 하는데.

손가락 하나 움직일 수 없는 무기력감과는 달리 암흑 속에서 정신은 점점 더 선명해졌다. 마치 눈을 뜨고 앞을 보는 것처럼 주변이 다 보였다. 시우가 기대앉은 벽의 맞은편 벽에는 어렴풋이 세 글자가 새겨져 있었다. 저게 누구 이름이지, 낯익은 이름인데.
 순간 발작적인 기침이 터져 나오며 가위에 눌렸다 깨어나듯 굳어졌던 몸이 움직였다. 시우는 한 손으로 기침이 나오는 입을 막으며 한 손으로는 헤드 랜턴의 불을 켰다. 갑자기 밝아진 막장 안에서 헤드 랜턴의 불빛은 맞은편 벽을 비췄다. 그곳에는 수십 년 전에 새겼을 이름 석 자가 보일듯 말듯 남아 있었다.

 강영철.
 할아버지의 이름이었다.

 숙소로 돌아온 시우는 철구에게 그날 있었던 일은 이야기하지 않았다. 갱도에서 나오다가 독사에게 들켜 무슨 수상한 짓을 했느냐며 몽둥이로 십여 대를 맞아 어깨에 피멍이 들었다는 말도 하지 않았다. 하지만 시우의 정신은 어느 때보다 맑았다. 할아버지의 흔적을 발견한 것이다. 죽어 가던 시우의 정신에 맑은 산소가 공급된 것 같았다.
 다음날부터 시우는 작업이 끝나면 몰래 그곳에 들어가 한동안 앉아 있다 나오곤 했다. 그곳은 할아버지와 시우 둘만의 공간이었다. 시우는 할아버지의 이름을 손으로 어루만지며 이 글을 새길 때의 할아버지는 어떤 심정이었을까 상상했다. 그때와 달라진 건 아무것도 없다. 시간이 흘렀을 뿐. 그러나 여기선 시간이 흐르지 않는다. 고여 있다. 나는 할아버지가 되었다. 아니, 나는 할아버지다. 나는 강영철이다. 이질감이 없다. 그 시간 속으로 내가 녹아들어 갔다. 나는 소년병이었고 치열한 전투가 벌어졌었다.

19살의 소년은 무서웠을 것이다. 상대방에 대한 증오, 원한, 적개심 같은 것과는 거리가 멀던 신혼 초의 어린 신랑은 나라가 시키는 대로 총을 메고 전장으로 나갔다. 소년의 머리 위로, 얼굴 주변으로 총탄이 날아오고, 바로 옆에 있던 전우는 창자가 튀어나와 피를 흘리며 죽어 간다. 사방에서 귀가 터질 것 같은 총성과 대포소리가 터져 나오고, 머리 위에서는 폭격기들이 포탄을 소나기처럼 쏟아 붓는다. 눈을 꼭 감고 무조건 방아쇠를 당긴다. 눈을 떠보니 온몸이 피투성이가 되어 포로가 되어 있었다. 그리고 이 땅굴에 버려진 것이다. 이 암흑의 시간과 공간 속에.

매미는 단 2주의 생애를 위해 애벌레로 7년간을 땅속에서 지낸다고 했다. 완벽한 어둠. 자신의 손조차 보이지 않는 암흑. 몸이 존재하는 것 같지 않은 공허 속에서. 할아버지는 애벌레로 40년을 견디고, 매미가 되어 자유를 획득하셨다. 나는 어떻게 될까. 자유를 포기하고 이대로 죽으면 매미보다 못한 목숨이다. 할아버지는 40년 동안 나보다 더 심한 병에 걸렸을 때도 있었을 것이고, 나보다 더 고통스러운 일도 있었을 것이다. 수십 년 전의 탄광이니 환경은 훨씬 더 열악했을 것이다. 그런데 할아버지는 끝내 탈북하여 자유를 획득하셨다.

나도 이겨 내야만 한다. 소년병이었던 할아버지보다 7살이나 더 성숙한 나이이고 환경도 더 나쁘지 않다. 용기를 내지 못했던 사람들, 혹은 기회가 없었던 사람들은 아직도 매미처럼 암흑 같은 땅 속에 억류되어 있다. 60년을 넘어 70년이 다 되어 가도록. 그들은 죽을 때까지 고국을 그리워하며 이 땅에서 숨져 갈 것이다. 그러나 할아버지는 드넓은 창공으로 날아올랐다.

시우는 헤드 랜턴의 불을 켰다. 할아버지가 이름을 새기던 그때의 마음으로 나도 이름을 새기자. 그리고 내 손자에게는 결단코 이런 곳에 이름을 새기는 비극이 되풀이되지 않도록 해야만 한다. 그러기 위해서는 이곳을 벗어나야만 한다. 시우는 갖고 온 숟가락을 꺼내 할아버지 이름 옆에 자신의 이름을 새기기 시작했다. 벽은 생각보다 훨씬 단단해 여간해서 새겨지지 않았다. 글씨를 새기면서도 기침은 점점 더 자주 나왔다.

강시우, 이름 중 두 글자를 새기고 마지막 글자를 거의 다 새겨 가는데, 갑자기 시우의 등뒤로 몽둥이가 날아와 어깻죽지를 내리쳤다. 비명을 지르며 시우가 엎어지자 사정없이 몽둥이찜질이 가해졌다. 양 팔로 머리를 감싸 보호하며 올려다보니 관리반장 독사 영감이었다.

"이 간나새끼, 작업은 안 하고 무슨 개수작이냐?"

또 몽둥이가 날아왔다. 그러나 독사 영감도 연로한 나이에 갑작스런 힘을 써서인지 곧 숨을 헉헉거리며 매질을 멈추었다. 그리고는 시우가 무슨 짓을 했는지 살피더니, 할아버지 이름 옆에 강시우라고 새긴 이름을 발견했다.

"이 간나새끼도 강 씨로구나. 너 강영철이란 이름하고 무슨 관계냐?"

독사는 무서운 표정으로 멱살을 움켜쥐었다. 시우가 아무리 영양실조 상태라 하더라도 20대인 한창 나이인데 저항할 수가 없을 정도였다. 도저히 80대 노인의 힘이라고는 믿어지지 않았다.

"너 이 새끼! 이 반동 영감하고는 무슨 관계야? 어서 불라우."

남한 출신 대원들에게 유독 악마처럼 구는 이 영감의 표정으로 보아서는 할아버지 이야기를 하면 반동의 손자라고 직결 처형이라도 할 것 같

있다. 하지만 마음 한구석에는 혹시 할아버지를 아는 사람일지도 모른다는 실낱같은 희망이 떠올랐다. 그렇다면 할아버지의 친구를 찾는 단서가 생길 수도 있지 않을까. 하지만 말 한마디에 목숨이 위태로울 수도 있다.

독사 영감은 시우의 멱살을 틀어쥐고 벽으로 강하게 밀쳤다. 노인치고는 엄청난 악력이었다.

"어서 불어. 저 영감하고는 무슨 관계냐?"

이래 죽으나 저래 죽으나 죽기는 마찬가지다. 그럴 바엔 정면으로 돌파하는 것이 상책이라는 판단이 섰다.

"우, 우리 할아버지예요."

"뭬이야? 정말이야? 그놈이 네 할아버지라구?"

"예, 이것 좀 놔주세요, 켁켁."

독사 영감은 놓아 주기는커녕 더욱 강하게 벽으로 밀어붙였다.

"네 할아버지 올해 몇 살이냐?"

"88세입니다."

"네 할아버지는 어디 있어? 죽었나 살았나?"

"나, 남한에 살아 계십니다."

독사 영감은 무섭게 노려보았다. 핏발이 선 눈이었다.

"너 내가 누군지 아니?"

"관리반장님…."

"그거 말고!"

독사가 무슨 말을 원하는지 알 수 없어 시우는 입을 다물고 독사 노인을 쳐다봤다. 무섭게 일그러진 노인의 얼굴이 코앞에 있었다. 이대로 시우를 죽여 버릴 것 같았다.

"네 할아버지가 누군가 북한에 친구가 있었다는 말은 하지 않더냐?"

북한? 지금 이 노인이 북조선이라 하지 않고 북한이라고 했나?

"어서 불어!"

노인은 시우의 머리통을 벽에 대고 찧었다. 머리통에서 불이 번쩍 튀는 것 같았다.

"친구 한 분이 있다고 했습니다."

망설이는 시우를 보고 영감이 다시 소리쳤다.

"누구야? 그 이름이 뭐냐구."

"이름은 잘 기억나지 않지만, 성은 서 씨라고 기억합니다."

정말로 이름이 기억나지 않았다. 조금 전까지도 그 이름이 떠올랐었는데. 공포가 너무 심하면 기억해 내는 능력이 증발해 버리는 걸까? 예전에 할아버지가 친구와 총격이 벌어졌을 때는 나보다 더한 충격 상태였을 테니, 할아버지가 그 상황을 기억해 내기 어렵긴 했겠다는 생각이 스쳤다.

"내가 서가다."

시우는 눈을 크게 뜨고 독사 영감을 쳐다봤다. 그 눈에는 말로 형언할 수 없는 감정이 이글거리고 있었다. 이분이 할아버지 친구일 수도 있겠다. 아니면 정말로 교활한 함정일지도 몰라. 이곳은 도저히 누구 하나 믿을 수 없는 곳이니까.

"이름은 기억나지 않냐? 혹시 한 글자라도?"

시우는 고개를 저었다. 노인은 시우를 뚫어져라 보며 입 밖으로 중얼거리듯 한 글자를 내뱉었다.

"남."

시우는 전기에 감전된 듯 마지막 한 글자가 떠올랐다.

"마지막 글자는…, 현."

노인의 헤드 랜턴 불빛이 머리에서 이마를 거쳐 눈과 코를 지나 손으로 더듬듯이 시우의 얼굴을 낱낱이 읽어 내려갔다. 노인은 시우의 어깨를 두 손으로 꽉 쥐었다. 눈에서는 금세라도 눈물이 떨어질 것 같았다. 얼굴은 시뻘겋게 달아올라 있었다.

"닮았어. 그 느낌이 그대로야."

서 노인은 갑자기 시우의 멱살을 잡고 미친 듯이 흔들었다.

"왜 또 여길 왔어! 네 할아버지가 왔던 것만으로도 억울한데, 왜 손자까지 여길 왔냐구? 이 새끼야!"

서 노인이 시우를 붙잡고 흔들자 시우는 갑자기 발작적으로 기침을 했다. 기침을 막은 손 사이로 피가 섞여 나왔다. 서 노인의 눈이 화등잔만큼 둥그레졌다.

\* \* \*

눈을 뜨자 저번에 보았던 간호사의 얼굴이 보였다.

"좀 괜찮아요?"

간호사는 시우의 겨드랑이에 체온계를 꽂았다. 옛날식 수은 체온계였다. 서 노인이 병원으로 데리고 온 것이라 생각했으나 정신을 가다듬고 둘러보니 가정집이었다.

"여긴 우리집이고 얘는 내 손녀딸이야. 병원에서 보조의료 일꾼으로 일하고 있는데 좀 와달라고 했다."

이름은 서미영이라고 했다. 체온계를 뽑아 점검하는 서미영의 표정에는 변함이 없었다. 할아버지의 소개에도 목례조차 없이 차가운 표정이었다. 서미영은 주사기를 꺼내 시우에게 놓으며 처음으로 입을 열었다.

"죽을 병은 아니니까 걱정 마세요. 늑막염 초기 증상이라 항생제를 투여하면 좋아질 거예요."

병원에 없다던 항생제를 어떻게 구했을까 싶었지만, 의료 일꾼들끼리는 자신들을 위한 응급 의약품 정도는 구할 수 있는 것 같았다. 다량으로 확보하기는 어렵겠지만.

숙소에 돌아와 철구에게 서 노인의 집에서 치료 받은 이야기를 하자, 자기 일처럼 기뻐했다. 눈에 띄게 수척해 가는 시우의 모습을 보고 걱정도 많이 했을 터였다.

서 노인은 주변의 시선을 의식해서인지 주위에 사람이 있을 때는 시우에게 눈길도 주지 않았다. 그러나 작업 시간이 끝난 후에는 미영이 몰래 갖다 주는 약과 함께 어디서 구했는지 모를 토끼나 오리 고기도 갖다 주었다. 덕분에 시우의 건강은 눈에 띄게 좋아져 갔다. 일과가 끝나면, 고된 중에도 사람들의 눈을 피해 서 노인의 집으로 가기도 하고, 서 노인이 건너오기도 했다. 서 노인은 시우와 철구를 친손자들처럼 다정하고 따뜻하게 보살펴 주었다. 서 노인의 손녀 서미영조차 할아버지의 변화에 놀란 표정이었다. 도대체 독사라는 별명과는 너무 다른 태도 때문에, 한 번은 철구가 서 노인에게 유독 자신들에게 왜 그리 독사처럼 못 살게 굴었느냐고 물었다가, 서 노인의 답변에 숙연해지고 말았다.

"너희를 유독 못 살게 군 것이 아니라, 간혹 남한에서 월북한 놈들을 보면 독사처럼 굴기는 한다. 그건 지금도 똑같아. 우리가 목숨 걸고 지켰고 국군 포로가 되어 평생을 포로 생활하면서도 지킨 조국 대한민국을 버리고 온 놈들은 인간도 아니지. 그 소중하고 고귀한 자유를 버리고 이곳에 와? 진주의 가치를 모르는 돼지에게는 사람의 정을 줄 필요가 없어. 돼지를 돼지로 대접하는 것뿐이야."

서 노인은 시우 할아버지에 대해서도 꼬치꼬치 물었다. 헤어진 지 수십 년이 되었으니 궁금한 점도 많았을 것이다. 시우 역시 할아버지가 서 노인을 총으로 쏜 상황이나 할아버지가 전일봉에게 습격당한 사건에 대해 물어보고 싶었지만, 너무 민감한 이야기라서 일상적인 이야기만 하면서 조심스레 기회만 보고 있었다.

"우리 할아버지는 건강하게 잘 지내고 계세요."

"지독한 친구로군. 그 길을 혼자서 넘어가 살아 있다니. 게다가 저 닮은 새끼까지 낳고…."

"우리 할아버지가 징집되어 가실 때 집에서 벼락 결혼을 시켰대요. 대가 끊기면 안 된다고. 그래서 아버지가 태어나신 거구요."

"너희는 여행 왔다가 납치됐다구? 여행 갈 곳이 많았을 텐데 왜 하필 이쪽으로 왔나?"

"사실은 할아버지가 친구 분을 만나서 꼭 할 말이 있다면서 소식이라도 알아보라고 하셨거든요."

"나한테 할 말이라."

서 노인의 표정이 지난 시간을 회상하며 착잡하게 변했다.

"브로커도 많은데 왜 손자를 보내? 위험하게. 니 할아버지가 노망이라도 난 게냐?"

"사실은 오래 전부터 브로커를 통해서 할아버지께 돈을 계속 보내셨던 것 같던데요?"

"뭐라구? 난 돈 받은 적 한 번도 없는데."

"꽤 오래 전부터 보내신 것 같았어요. 우리 할아버지는 마음속 깊이 할아버지를 그리워하고 한시도 잊지 않으셨던 것 같아요."

"나를 한시도 잊지 않았다구?"

서 노인은 잠시 눈을 감았다.

"네 할아버지와 나는 서로 목숨처럼 아꼈다. 그런데 네 할아버지는 나를 두고 혼자 도망가 버렸지. 그때 일을 생각하면 수십 년이 지난 지금도 가슴이 찢어지는 것 같다. 용서할 수 없어."

"저는 어려서 어른들의 우정은 잘 모르지만, 할아버지가 그랬을 때에는 피치 못할 사정이 있었을 거예요. 꼭 두 분이 만나서 오해를 풀게 되었으면 좋겠어요."

서 노인은 고개를 끄덕였다.

"네 할아버지가 자식 농사를 잘 지었구나. 넌 할아버지를 사랑하냐?"

"누구나 다 그렇지 않나요?"

"그래야지, 그게 정상이지. 하지만 여기선 달라. 여긴 사람 사는 세상이 아니야. 특히 수용소는 말할 수도 없지."

서 노인은 북한 수용소에 있는 부모와 자식 간의 참상을 이야기해 주었다. 북한 정치범 수용소는 한번 들어가면 죽을 때까지 나올 수 없는 완전 통제 구역과 일정 기간이 지난 후 사회로 복귀하는 혁명화 구역으로 나뉜다. 당에서는 부모들과 함께 수용소 생활을 하게 된 많은 어린 아이들에게 부모 때문에 너희가 고생한다고 세뇌를 하니까 가장들이 자식들에게 궁지에 몰려 죽은 경우가 많다. 아이들이 어른들의 밥을 빼앗아 굶어 죽기도 하는 가족 폐륜 행위가 일어나는 것.

어떤 경우는 아이들이 아버지를 몰아붙여서 아버지가 거의 죽었는데, 나중에 아이들이 커서 보니까 그게 아니었다는 사실을 깨닫게 되기도 한다. 수용소라는 곳이 죄를 지은 당사자뿐만 아니라 아이들도 수용소에 수감해서 가족을 증오하게 만드는 것이 북한만 가진 굉장히 반인

륜적인 범죄 중 하나일 것이다.

　서 노인의 집에서 긴 이야기를 주고받다가 다른 이의 시선을 피해 가며 숙소로 돌아가는 밤길. 산등성의 철조망 주변엔 감시등이 환하게 켜 있지만, 숙소 주변엔 가로등도 컴컴하여 잘 살피며 걸어야 했다. 좁은 길을 시우의 뒤에서 따라 걷던 조철구가 갑자기 시우의 팔을 잡아당기며 건물 뒤로 숨었다. 놀란 시우가 웬일이냐고 물으려 하자, 철구는 굳은 표정으로 검지를 입술에 갖다 댔다. 주변은 쥐죽은 듯 고요했으나, 잠시 후 시우가 걸어왔던 길 뒤쪽에 보일듯 말듯 빠른 속도로 희미한 그림자가 사라지는 것이 보였다.
　"봤니?"
　"자세히는 못 봤어요."
　"누군가 우리를 미행하는 것 같아. 얼마 전부터 느꼈는데 오늘 확실해졌네."
　"나는 전혀 못 느꼈는데요."
　"나는 평생을 공격하고 공격당하며 살아 온 놈이잖아."
　철구는 침착한 목소리로 말했다.
　"앞으로 조심해야겠다. 누군지 모르지만 움직임이 보통이 아닌 걸."
　서 노인의 도움으로 시우와 철구는 가끔 검덕 광산에서 6~7킬로 떨어진 룡양 광산에도 노동 지원을 나가 철로를 주설 수리하는 일에 동원되었다. 대부분 암반 지형이라 땅을 고루기도 힘들고, 위험한 발파 작업이 연일 계속되어 24시간을 3교대로 쉬지 않고 하는 힘든 일이지만 지하 수십 킬로 밑으로 내려가는 일에 비하면 천국이었다.
　그곳에서도 사상교양은 지속적으로 진행되었다. 당과 수령을 위해 충성을 다해야 한다는 사상교양은 사람들의 정신을 근본적으로 개조시키려는 듯 집요하게 계속되었다. 사상 교육을 하면서도 노동을 많이 하라고, 모범적인 행동을 실천하라고 강요한다. 노동과 학습에 충실한 건설 대원에게는 간혹 부대장의 감사 표창도 나오고, 명절에는 모범 대원을 선발해 내무상 표창도 수여하는 당근책을 쓰기도 한다. 말 안 듣는 사람들에게는 담화 사업이라고 해서, 간부들로부터 끈질긴 설득과 위협이 있다. 그래도 바뀌지 않으면 갑자기 보이지 않는다든가, 광산보다 더 가혹한 정치범 수용소로 끌려갈 수도 있다. 이런 이야기가 남의 이야기가 아닌 것이다. 언제라도 시우와 철구에게 다가올 수 있는 현실이었다.

서 노인의 손녀 서미영은 말이 적은 아가씨였다. 필요한 경우 외에는 거의 입을 열지 않아 가까워지기 어려웠다. 그러나 서 노인과 시우가 남한 이야기를 할 때는 귀를 쫑긋하고 들었다. 특히 남한의 젊은이들이나 대학 이야기를 할 때는 서 노인 곁으로 바짝 다가와 호기심이 가득하여 듣곤 했다. 시우가 대학생이었다는 이야기를 듣고는 남한의 대학교에 대해 질문을 하기도 했다. 성적이 좋으면 장학금으로 공부할 수도 있고 늦은 나이에도 얼마든지 입학할 수 있다고 하는 말에는 한숨을 내쉬기도 했다.

그 모습을 본 서 노인은 미영이 학업 성적도 우수하고 뛰어났으나 국군 포로의 혈통이라서 성분이 좋지 않아 의대는커녕 간호대도 들어갈 수 없었다고 미안한 표정으로 설명했다. 그러나 워낙 성적이 좋았던 터라 겨우 1년제 간호학교라도 나올 수 있었는데, 그나마 6개월 제 간호사 양성소 출신하고는 다르다고 했다.

할아버지의 말을 들으며 미영은 씁쓸한 미소를 지었으나 할아버지를 원망하는 표정은 아니었다. 오히려 이야기하는 서 노인을 측은한 시선으로 보기도 했다. 미영의 부모가 있을 텐데 보이지 않아 궁금했으나 물어보지는 않았다. 상처를 건드릴까 염려스러웠기 때문이다.

그러던 어느 날, 서 노인은 어디서 구했는지 옥수수술을 두 병 들고 와 이야기를 풀어 놓았다. 그것은 서 노인이 시우의 할아버지와 함께 겪었던 고난이지만 앞으로 시우와 철구가 걷게 될 바로 그 길이었다. 시우와 철구는 자신들에게 다가올 이야기라 생각되어 침통한 마음으로 귀 기울였다.

한국 전쟁 때 포로가 된 국군 포로들은 종전과 함께 포로 교환을 하기로 약속되었다. 그러나 북한 측은 젊은 국군 포로들을 탄광 노동력으로 사용하기 위해, 억류하고 있는 국군 포로가 없다는 것을 주장하려고 포로수용소라는 이름을 없애고, 부대 이름을 만들어 국군 포로들을 탄광 지역으로 분산 수용했다.

1701부대는 함북 아오지 탄광을 비롯하여 은덕 탄광, 오봉 탄광.

1702, 1703부대는 함북 회령과 학포 탄광 등으로.

1704, 1705부대는 함북 하면 탄광과 기타 주변으로.

1706부대는 평남 성천 광산, 1707, 1708부대는 함남 룡양 광산과 검덕 광산으로.

1709부대는 함북 고건원 탄광과 온성 탄광으로.

그밖에도 16개 지역으로 각각 분산 배치되었다.

귀국 길이 막힌 국군 포로들은 죽지 못해 북한에 억류돼 있으면서 참으로 많은 일을 했다. 일만 잘하면 차별 없이 대해 준다고 했기에 그 말 믿고 모든 노력을 했지만, 뜻을 이룬 사람은 거의 없었다. 노년기에는 더더욱 천대와 멸시를 당하며 서글픈 나날뿐이었다. 정년퇴직이 되어 떠날 무렵 검덕에서 유능한 기능공이나 기술자로 선발되었던 동료 대부분은 고된 노동에 지쳐 사망했다. 수많은 국군 포로들이 그렇게 바라던 소망, 고향으로 돌아가겠다는 꿈을 끝내 이루지 못하고 한 많은 세상을 떠났다.

1987년 가을에는 아주 큰 사고가 있었다. 더 많은 생산을 하라고 수시로 재촉하던 때였다. 광석을 나르던 조구차가 엉켜 움직이지 않자 운반 갱 갱장이 급한 마음에 많은 폭약을 조구 밑에 장약하고 폭파시켰다. 깊은 갱내 좁은 구간에서 많은 폭약을 터트린 결과, 발파 가스로 인해 갱내에서 일하던 대부분의 노동자가 일시에 질식했다. 그들을 구하기 위해 결사대를 조직해 구출에 나섰지만, 20여명이 질식 사망하는 대사고가 되었고, 부상자도 여러 명이 발생했다. 중앙에서 직승기(헬기)까지 날아왔지만 이미 때가 늦었다.

이렇게 한 사람의 공명심으로 인해 노동자들이 억울하게 희생되는 사건을 비롯하여, 오랫동안 광산에 종사하면서 재해 사고로 인명이 희생되는 것을 숱하게 보았다. 그건 일부 지도 일꾼들이 상부에서 보장하라는 생산 과제만 중요시한 탓이다. 자신의 공명을 앞세워 노동자들을 혹사시키거나 위험한 곳에 내몰기도 했다. 국군 포로들을 사람이 아니라 소모품으로 취급했던 것이다.

"이젠 여기저기 흩어진 국군 포로들이 대부분 80이 넘었을 텐데 몇 명이나 살아남았을지."

서 노인은 옥수수술의 기운을 빌어 힘들고 긴 이야기를 천천히 풀어냈다.

"내가 정년퇴직할 때까지 무사히 맡은 일을 할 수 있었던 건 묵묵히 어려움을 지켜 준 아내가 있었기 때문이야. 아내는 허약한 체질이라 미영 애비인 아들 하나 낳고는 병이 걸려 오랫동안 병석에 누워 있었지. 게다가 우리가 박복해서인지 미영이 부모인 아들과 며느리를 우리보다 먼저 보내게 되어서 아내는 하루하루를 눈물로 보냈다. 그러다 결국 내 곁을 떠났지."

한 가정에 몰아닥친 비극에 대해 시우는 할 말을 잃었다. 아들 부부가 먼저 떠나다니 그런 충격이 또 있을까?

"네 할아버지도 집사람을 잘 알고 있지. 실은 네 할아버지 덕분에 맺어진 사이라고 할 수도 있다. 아내가 죽었다는 소식을 알면 많이 슬퍼할 게다. 사실 네 할아버지와의 문제도 집사람과의 일이 발단이 되었다고 할 수 있지."

서 노인은 할아버지 이야기가 나오자 말을 멈추고 옥수수술을 마셨다. 시우는 할아버지의 이야기를 기다렸으나 서 노인은 입을 닫았다. 시우는 서 노인의 심정이 이해되어 말머리를 돌렸다.

"오래 전에 정년퇴직을 하셨다면서 왜 아직도 관리 반장 일을 하세요? 좀 쉬셔야지요."

"아들은 제 아내가 미영이를 임신하자 태어날 미영이를 위해서라도 공산당원이 되어야 한다며 화선 입당하겠다고 열심히 일하다가 탄광에서 죽었어. 쉬지도 않고 자지도 않고 몇 달씩 굴 밖으로 나오지 않고 갱도 안의 휴게소에서 먹고 자고했으니 몸이 견딜 수가 있었어야지. 아들이 떠난 지 얼마 되지 않아 며느리도 집단 노동에 동원되어 트럭을 타고 가다가 그만 낭떠러지로 굴러 떨어지는 사고를 당해 죽고 말았다. 그래서 슬하엔 어린 미영이밖에 안 남았지.

정년퇴직을 하면 배급이 줄어들기 때문에 가만히 있다가는 아픈 아내의 치료비도 댈 수 없고 어린 미영이랑 굶어 죽을 수밖에 없었지. 나는 비밀리에 돈이 나올 구멍이 있긴 하지만, 직업도 없으면서 돈을 함부로 썼다간 당장 보위원에게 발각될 테니 그럴 수도 없고. 때마침 탄광 사무실에서 갱도 관리를 좀 해달라고 연락이 왔어. 검덕은 오래된 광산이라 옛날 사람이 아니면 갈래갈래 나 있는 샛길 갱도를 구석구석 알 수가 없거든. 그런 곳에서 물이 새는지 가스가 찼는지 붕괴 조짐이 있는지 늘 살펴보는 것이 내가 맡은 일이었지. 물론 내가 근무를 한다고 해도 젊은 사람들만큼 배급을 주는 건 아니지만, 감춰 둔 돈을 사용할 수 있는 숨구멍이 트이는 거지. 그래서 미영이를 키울 수 있었다."

서 노인이 애틋한 시선으로 옆에 앉은 미영을 쳐다보았다. 미영은 못 들은 척 서 노인의 옷을 꿰매고 있었다.

"그렇게 고생하시면서 손주 따님을 참 곱게 잘 키우셨습니다. 간호사가 되었으니 보람도 크시겠습니다."

평소에 과묵하던 철구가 웬일로 괜스레 벌게진 얼굴로 더듬거리며 말했다. 미영이 바느질하느라 내리깔고 있던 눈을 들어 흘기듯 철구를 보았다.

"그래, 우리 미영이 참 곱게 컸지. 지 엄마도 이뻤지만, 지 할미를 많이 닮았어."

"예, 검덕에서 제일 곱습니다."

철구가 또 한 번 맞장구를 치자 미영이 손끝을 바늘로 찔렀는지 어깨를 움찔했다. 이번엔 괜히 시우의 얼굴이 벌게졌다.

"이렇게 만난 것이 보통 인연이 아니니 너희가 친남매처럼 잘 지내면 좋겠다."

"예, 알겠습니다."

"시우 네가 올해 몇 살이냐?"

"스물여섯입니다."

"그럼 내 동생이네."

말 한마디 없던 미영이 툭 튀어 들었다.

"몇 살인데?"

시우의 질문에 미영의 나이가 궁금했던 철구의 귀가 쫑긋했다.

"스물일곱. 누나라고 불러."

미영이 시우에게 명령조로 말했다.

"한 살 차이가 무슨 누나야?"

"누나 맞지. 쌍둥이는 몇 분만 먼저 나와도 형이라고 하잖아. 한 살이면 큰누나뻘이지."

철구가 턱도 없는 말로 끼어들었다. 큰누나뻘이라니. 아, 철구 형, 왜 이래 정말.

그날 이후로 서 노인의 집에 갈 때마다 철구가 더 서둘렀다. 세수도 유난히 오래 하고 뜬금없이 피부가 거칠다는 말도 했다. 시우가 부러 늑장부리면 주먹으로 군밤을 주거나 억지로 잡아 끌기도 했다. 세 사람의 대화도 친숙하고 부드러워져서, 서 노인이 없을 때는 좀 더 개인적인 대화도 많이 나누게 되었다.

탄광 작업이 끝나면 이런 시간을 가끔 갖게 되긴 했지만, 시우와 철구의 일상은 여전히 고통스럽고 힘들었다. 지하 30킬로의 막장에 들어가 녹초가 되어 작업을 끝내고 나오면 밤 12시가 되도록 사상 교육과 자아비판이 이어지기 때문에, 숙소에 들어오면 비몽사몽으로 하루가 끝난다. 말하자면 시우와 철구를 둘러싸고 있는 건 여전히 광대하고 끝을 짐작할 수 없는 절망과 고통의 사막이었고, 서 노인의 집이 호흡을 근근히 유지할 수 있는 유일한 오아시스였다.

　그날은 마침 미영의 퇴근시간과도 맞았고 서 노인이 갱내 산소공급 파이프 수리를 하게 되어 늦게까지 일하는 바람에 시우와 철구, 미영 세 사람만 함께 있게 되었다. 겨울이 으슥하여 눈이 하얗게 내리는 밤이었다.
　집밖에는 차가운 삭풍과 눈보라가 휘몰아쳤지만 세 사람이 둘러앉은 작은 방은 따스하고 설레는 공기가 가득했다. 마치 밤바다에 표류하고 있는 작은 배처럼 느껴지는 30촉 전구의 불빛이 눈물겹도록 행복했다. 세 사람은 둘러앉아 윷놀이도 하고 돌을 주워와 공기놀이도 했다. 난생처음 여자들의 놀이를 하는 철구의 표정은 에곤 쉴레의 자화상 그대로였다. 윷놀이와 공기를 하다 지루해지면 종이에 숫자를 써서 뒤집어 맞추는 단순한 놀이도 했다.
　철구와 미영은 편이 되어 시우를 골탕 먹였고, 두 사람이 팔뚝 맞기를 하게 될 때면 살살 때리다가 시우에게는 있는 힘을 다해서 팔뚝을 내려치기도 했다. 철구가 미영의 팔뚝을 잡게 될 때는 두 사람 사이에 튀는 뜨거운 스파크를 차마 눈뜨고는 볼 수 없었다. 투덜대는 시우를 향해 두 사람은 한 패가 되어 놀렸고, 시우는 부러 더욱 심통을 부렸다. 사심 없이 터져 나오는 웃음소리가 밖으로 새나가지 않게 눌러 참으며 밤은 점점 깊어 갔다.
　이까짓 공기놀이와 숫자 뒤집기가 이렇게 재미있었다니. 남한에서 범람하는 수많은 게임이 이보다 더 즐거울 수 있을까? 컴퓨터를 켜기만 하면 접할 수 있는 수백 수천 종의 PC게임들, 스마트폰을 들면 깔려 있는 수백 수천 종의 게임 앱들을 매일 보면서도 할 게임이 없다며 투덜댔었는데.

미영이 화장실에 가겠다며 일어섰다. 이곳은 집집마다 화장실이 있는 것이 아니라, 여러 가구에서 공동으로 사용하는 공중 화장실을 사용해야만 한다. 당연히 화장실은 주택가의 후미진 곳에 자리 잡고 있어, 밤이면 여성들이 화장실에 가기 무서워했다. 아마도 집집마다 밤이면 요강을 사용할 테지만, 오늘은 미영이 요강을 사용할 수는 없을 터였다. 미영은 일어서며 시우에게 눈짓했다. 화장실에 같이 가달라는 것이다. 시우는 모른 체 외면했다. 미영이 시우 곁에 다가와 시우의 겉옷을 집어 주며 재촉했다.

"야, 누나가 화장실 가는데 보호해 줘야지."

"싫어 안 가. 나도 무서워."

"사내가 뭐 무서워? 계집애같이. 너 말 안 들을래?"

"아, 나도 무섭다니까 왜 그래. 눈 많이 오니까 이거나 뒤집어쓰고 어서 갔다 와."

시우는 벌떡 일어나 자기 겉옷을 미영에게 뒤집어 씌워 주며 버럭 소리 질렀다. 미영이 무안했는지 입을 삐쭉하더니 문을 쾅 닫고 나갔다. 미영의 뒷모습을 안쓰러운 시선으로 보던 철구가 시우에게 볼멘소리를 했다.

"누나가 무섭다는데 좀 따라가 주면 안 되냐? 눈치도 없는 놈아."

시우가 철구에게 다가가 겉옷을 집어 주었다.

"누가 눈치 없는 놈인지 모르겠네. 어서 옷 걸치고 따라 나가봐. 형보고 같이 가달라고 하기 무안하니까 괜히 나한테 생트집 부린 거라구."

"야야, 너보고 같이 가자고 했는데 내가 어떻게 나가냐?"

"어유, 정말 눈치 하나는 절벽이라니까."

시우는 철구를 문 밖으로 밀어내고 문을 닫아 버렸다. 문 밖으로 나와 잠시 망설이던 철구는 화장실 쪽으로 길게 나 있는 미영의 발자국을 따라가다가 눈이 둥그레졌다. 또 하나의 발자국이 방금 지나간 미영의 발자국 위에 겹쳐 나 있었기 때문이다. 커다란 남자의 발자국이었다. 철구는 지체 없이 화장실을 향해 달려갔다. 눈보라 속으로 저만치 검은 그림자가 보였다. 미영의 뒤를 바짝 따라가는 검은 그림자의 손에서 희미한 가로등에 반사되어 번쩍이는 섬광이 보였다. 칼을 뽑아 든 것이었다.

"엎드려, 서미영!"

철구는 있는 힘을 다해 몸을 날려 검은 그림자를 덮쳤다. 철구의 벽력같은 소리에 놀라며 몸을 엎드린 미영이 앞으로 쓰러지면서, 검은 그림자는 미영을 찌르지 못하고 철구에게 발을 잡힌 채 옆으로 한 바퀴 굴렀다. 철구가 몸을 일으키려는 순간 어깨에 불로 지지는 듯한 통증이 느껴졌다. 검은 그림자의 일격이 철구의 어깨를 찌른 것이다.

"철구 오빠!"

검은 그림자는 벌떡 일어나 다시 미영을 공격하려다 미영의 비명소리를 듣고는 낭패한 듯이 흠칫했다. 그 순간 철구가 몸을 일으키며 검은 그림자의 얼굴에 주먹을 날린 후 휘청이는 녀석의 얼굴에 쓴 마스크를 잡아당겼다. 검은 그림자는 마스크가 벗겨진 채로 몸을 돌려 어둠속으로 달아나 버렸다. 철구가 아는 얼굴이었다.

다행히 철구의 상처는 깊지 않았다. 두터운 겉옷 덕분이기도 했지만, 언제 칼이 날아올지 모르는 야쿠자 생활 동안 몸에 밴 동물적인 반사신경이 도움이 되었을 터이다. 살다 보면 아무리 나쁜 경험도 이토록 약이 되기도 하는 법이다. 삽시간에 벌어진 사건이었고 미영의 비명소리도 외마디로 짧았던 탓에 이웃들도 눈치 채지 못했다. 어깨에 피 흘리며 들어오는 철구를 보고서야 시우는 그 사건을 알 수 있었다. 눈은 더욱 거세게 쏟아져 두 남자의 격투로 흐트러진 주변을 조용히 덮어 주었다.

상처를 치료하기 위해 상의를 벗으라는 미영의 말에 철구는 한사코 벗지 않다가, 미영의 호통에 할 수 없이 벗었다. 철구의 몸엔 온통 문신 투성이였다. 뜻밖의 위치에 펼쳐진 명화의 파노라마에 잠시 입을 벌리고 있던 미영의 첫 마디가 철구에게 상처를 주었다.

"깡패였잖아!"

그로부터 거의 한 시간가량을 철구는 변명했다. 숙소로 돌아와서도 철구는 미영을 습격한 남자에 대해 입을 다물었다. 마스크 속의 얼굴은 전일봉이었다. 그리고 그가 노린 것은 미영이 아니라, 미영이 걸치고 나온 옷의 주인인 시우였음이 분명했다. 일봉은 시우로 착각하고 미영을 습격한 것이다. 하우진의 마음이 변한 것일까? 왜 시우를 죽이려는 걸까. 아마도 재희를 자기 여자로 만들려고 시우를 없애고 싶은 것일 게다. 음모의 세계에 익숙한 철구의 머리는 사태를 비교적 정확하게 읽어 냈다.

철구는 시우에게 전일봉의 얼굴을 봤다는 말은 하지 않기로 마음먹었다. 일봉의 숙련된 칼솜씨는 칼부림에 익숙한 철구의 눈에도 예사 솜씨가 아니었다. 마음 약한 시우에게 말해 봐야 걱정만 늘어날 뿐, 뾰족한 대책이 생길 리가 없다. 철구는 혼자 다짐했다. 시우 곁에서 잘 지켜 줘야겠어.

다음 서 노인의 집에 갈 수 있던 날은 미영이 당직 근무라서 서 노인만 집에 있었다. 철구는 무척 실망했으나 시우는 서 노인의 이야기를 집중해서 충분히 들을 수 있었다. 앞으로도 탈북할 기회가 영영 오지 않는다면, 광산에서 퇴직한 후의 서 노인의 행보가 자신들의 미래가 될 것이 아니겠는가.

시우는 자신의 앞날에 대한 이야기를 미리 듣는 심정으로 서 노인의 이야기에 집중했다. 눈이 발목까지 쌓이는 밤, 희미한 백열등 전구 밑에서 서 노인의 이야기를 들으며, 시우는 어느새 자신이 서 노인이 되어 버린 듯이 이야기에 빠져들었다.

서 노인의 퇴직 후에 함께 고생하던 동료들의 안타까운 이야기가 들려왔다. 어느 누가 갱내에서 일하다 사고로 죽었다. 누구는 심한 상처를 당해 앓고 지낸다. 등의 이야기. 혹시라도 고국 대한민국으로 돌아갈 날만 평생 기다리며 노동에 시달려 왔는데, 어느덧 나이가 장년을 지나 노년이 되었고, 이렇게 허무하게 하나둘씩 떠나고 있었다.

10년이면 강산이 변한다고 했다. 설마 그때까지도 문제가 해결되지 않을 거라고는 생각하지 않았는데, 어느덧 강산이 7번 변할 70년이 되어 간다. 그럼에도 불구하고 국군 포로 문제는 전혀 해결되지 않았고, 사람들은 지치고 늙은 채로 노역에 시달리다 세상을 떠났다. 이런 슬프고 억울한 죽음이 이 시간에도 북한에서는 계속되고 있는 것이다.

북한에서 가장 절실한 것이 식량이다. 정년퇴직 후에 식량을 하루 600g 공급해 주는 것은 크게 기대되는 일이었다. 대부분의 퇴직자는 하루 식량 공급이 300g이니, 600g이면 두 배를 받는 것이다. 때문에 북한 근로자들 모두 정년퇴직 후에 식량 공급 600g 받기를 간절히 소망한다. 그 때문에 퇴직을 몇 년 앞두고 있는 사람들 사이에서는 "600 벌이는 하셨습니까?" 하는 것이 인사말이었다.

서 노인은 매월 56원의 연금과 식량 600g을 받았다. 그러나 북한의 식량 사정이 급격히 어려워지면서 그것도 유명무실해졌다. 생활필수품도 제대로 공급되지 않고 더욱 어려워졌다. 생필품이나 식량, 과일, 채

소까지 국정 가격을 정해 놓고 근로자들의 월급도 상품을 기준해서 제정된 듯했다. 주민들의 수요에 맞게 모든 상품이나 식량이 국정 가격에 의해서 공급되고, 상점망에 나온다면 그나마 월급으로 구매할 수 있을 것이다. 그러나 상품이 충분히 공급되지 않아 구입할 기회가 거의 없었다. 야매 시장에 밀매 거리가 있지만, 지나치게 높은 가격 때문에 그것은 더 이용하기 힘들었다.

당시 북한에서 배급으로 공급해 주는 백미 1kg 가격은 8전이며 잡곡은 kg당 6-7전으로 규정되어 있었다. 100전이 1원이다. 그런데 시장에서 밀매되면 백미 1kg이 그 당시에 80원까지 했으니, 국정 가격의 천 배가 된다. 살인적인 가격이었다. 운동화 한 켤레 국정 가격이 5원인데 시장 밀매 가격은 100원 이상이고, 계란 하나가 17전이지만 암거래는 5-6원이었다. 서 노인의 연금 월 56원이면 많이 받는 수준인데, 시장에 가서 백미 1kg이나 운동화 한 켤레 살 돈이 못 되었다. 그러니 그 현금으로는 생계를 유지할 수가 없다.

하지만 권세와 직위가 높은 간부들이나 유통 부분에 친근한 인연이 있는 사람은 국영 상점망에 나오는 국정 가격 상품을 구매할 수 있었다. 그러니 고위 간부와 서민들의 생활은 하늘과 땅처럼 점점 벌어질 수밖에 없는 것이다. 지금은 북한의 상품 가격이나 월급도 많은 변화가 있다고 하지만, 그 당시에는 같은 화폐를 쓰면서도 직위나 신분에 따라서 상품을 사 쓸 권한이 있는 자와 암거래되는 밀매 상품을 사야 하는 일반인 사이에는 돈의 가치가 전혀 달랐다. 국영 상점망에 다소나마 나오는 상품들은 간부용이기 때문에 다들 간부 상점이라고 인식했다. 그외 주민들은 산에서 자체 부업 농사를 하여 물물교환으로 상품을 거래하기도 했다. 식량은 화폐보다도 유통력이 있다. 한 마디로 식량은 만능

화폐라 할 수 있었다. 간부들이 이용하는 국영 상점망 상품이 뒷문을 통해서 나오면 돈이 된다.

그러다 보니 북한에서는 온갖 부정행위와 비리, 뇌물 거래가 판을 쳤다. 병원 의사들은 허위 진단서를 발급하면서 뇌물을 받고, 철도 직원들은 차표를 빼돌려 밀매하고, 노동을 취급하는 노동과 직원들은 직장에 새로 배치되는 자들에게 좋은 부서에 배치해 주겠다며 뇌물을 받고, 일부 당 간부들은 당원이 되기를 갈망하는 청년 처녀들을 유혹해서 온갖 뇌물을 받거나 불륜 관계까지 조성한다. 자기 위치에서 할 수 있는 모든 권력을 이용하는 것이다. 때문에 '안전원은 안전하게, 당 간부는 당당하게, 보위부는 보이지 않게 해먹는다'는 말이 공공연히 떠다녔다. 권력을 가진 자들이 그만큼 갖가지 방식으로 주민들을 착취하고 자기 이익을 도모한다는 것이다.

검덕 광산의 안전원들 역시 예외가 아니다. 전반적으로 생활이 어렵다 보니 많은 사람들이 법규를 위반하거나 절도 행위를 하는 사건들이 벌어진다. 혹은 직장을 이탈해서 며칠씩 자유주의 장사를 해보는 자도 있고, 그 밖의 온갖 크고작은 사건들이 수시로 발생한다. 광산 안전부에서는 이들을 모두 체포하고 억류해, 극히 엄중한 범죄만 제외하고 죄가 가벼운 범죄자들은 집단 통솔을 했다. 즉 한 달에서 6개월씩 무보수로 다양하게 부려먹으며 일을 시키는 것.

그 중에서 반장을 선출해 사람들을 인솔하고 안전부에서 운영하는 농업 부업지에 끌고 가 일을 시킨다. 또 일부는 안전 부서나 직원 가정에 연료로 땔 화목을 운반하게 했다. 그러다 보면 죄인들의 가정에서 가족들이 하루라도 빨리 나오게 하려고 온갖 뇌물을 가져와 안전원들에게 바친다. 때문에 안전원들은 이중 삼중으로 뇌물을 받아 풍족한 생활을 한다.

80년대까지는 식량이 그런대로 공급되었지만, 1990년대 들어서 혹독하게 악화되었다. 국가 실정을 모르는 서민들은 며칠만 참고 견디면 조금이라도 더 식량을 공급해 주겠지, 설마 백성들을 굶어 죽게 하겠는가, 하면서 초근목피로 연명도 해보고 온갖 방법을 동원해 보지만, 그것도 며칠뿐이었다. 완전히 끊어진 것은 아니지만 전에 공급한 것에 비하면 절반 정도였다. 그것도 지역적으로 배정되며 공급 과정에 모순과 비리가 많다 보니 힘없고 떳떳한 직장이 없는 사람들은 더 많이 희생되었다. 심지어 인민군에 간 병사 중에서 영양실조에 걸려 집에 회복하러 오는 일도 있었다.

인민군 군대가 주둔해 있는 주변 마을이나 주변 농장에서는 편한 날이 없었다. 농장의 돼지, 염소, 토끼, 온갖 것이 도난당하고 과수원은 과일이 남아나지 않는다고 했다. 북한 사람들이 개인이나 공동 재산을 훔치러 보낼 때 쓰는 말이 '어디 가서 공작 좀 하라'는 것이다. 이처럼 식량 도둑질은 아주 흔한 일이다. 설사 농장이나 가정에서 가축과 곡식을 도난당했다 해도 신고조차 하지 않는 경우가 많았다. 인민군대 공작대가 와서 털어가는 것을 뻔히 알기 때문이었다. 도난당했다고 제기해도 관리 소홀로 도리어 역 추궁을 받는 것을 두려워했다. 그래서 북한에는 "인민의 군대가 인민의 것을 좀먹는데 무슨 문제냐?"라는 자조적인 말까지 떠돌았다.

식량 공급의 우선순위는 요직에 있는 자들이 최우선, 다음은 외화벌이를 하는 직장, 또는 철도 기관사, 교원, 의사 등이있다. 그것도 가족에게는 공급하지 못하고 본인에게만 한 달에 50-60% 정도를 공급한다.

그러다 보니 일반 근로자나 퇴직자 부양 가족들에게는 공급 차례가 오지 않는다. 이렇듯 식량 배급이 차차 중단되면서 2-300만 명의 주민들이 굶어 죽었다는 소문이 돌았다. 서 노인 주변에서도 죽는 사람을 수시로 볼 수 있었다. 굶주림으로 이웃들이 비참하게 죽어 가는 사태 때문에 예전엔 의식주 문제라고 하던 것을 언제부턴가 식의주라고 고쳐 부르고 있었다.

농장 근방에 붙어 있는 구호들 중에 '쌀은 곧 사회주의다'라는 구호도 나붙게 되었다. 사람들은 모든 힘을 동원하여 비탈 밭을 일구고 채소와 호박, 옥수수를 심었다 그것마저 통제가 심해지고, 설사 심는다 해도 비료가 없이는 제대로 수확하기 어려웠다. 북한 경제가 이렇듯 어려워지다 보니 무연탄마저 공급이 끊겨 연료 화목도 자체적으로 해결해야 했다. 영하 30도가 흔한 추운 날씨에 식량 못지않게 연료난이 생활의 커다란 부담이 되었다.

퇴직하게 되면 자유를 부여해 생활에 어려움을 겪는 식량이나 연료를 조금이나마 자급자족할 수 있게 해줘야 되는데, 퇴직 전과 별 차이가 없었다. 오히려 늙어서 퇴직한 사람들에게는 정규화 생활에 반드시 참가하라고 강하게 통제하고, 엄격한 교육을 강요하여 심신이 시달렸다. 그들은 "혁명하는 사람은 죽는 순간까지도 학습을 해야 하며 정치조직 생활에 참가해야 한다."고 강조했다.

일주일 생활하는 동안 정해진 학습에 참가하고 강연회 등 기타 정치 행사 주생활총화에 참가하고, 잡다한 사회동원 노동 등 주간마다 반복되는 행사에 참가하다 보면, 자유롭게 움직일 수 있는 날이 거의 없다. 하지만 이 모든 행사에 빠짐없이 참가해야 한다. 그리고 자신이 받은 연금이나 소득에 따라 맹비는 매월 납부해야 한다. 먹을것을 좀 구하려

군내를 벗어나고 싶어도 조직의 승인 하에 여행증을 신청해야만 움직일 수 있다. 그러나 특별한 경우가 아니고서는 여행증이 발급되지 않기 때문에 부득이한 일이 아니면 신청도 하지 않는다. 그러다 보니 많은 북한 사람이 식량난으로 굶주리고, 결국 굶어 죽는 사람이 수도 없이 발생하기 시작했다.

"약간 과장하자면 하룻밤 눈뜨면 다음날 아침에 동네 사람 중 한 사람이 굶어 죽어 있는 거지."

서 노인은 처연한 이야기를 담담하게 이어 갔다. 그에게는 분노할 힘도 한탄할 반항심도 없어 보였다. 그런 상황들이 앞으로도 계속 이어질 것이고, 자신도 어느 순간 그 상황을 받아들여야 한다는 짙은 체념이 묻어 있었다. 시우는 조심스레 물었다.

"할아버지는 그 고통 속에서 탈북하려는 생각은 안 해보셨어요?"

"왜 안했겠니, 했지. 여러 번 했지. 수도 없이 고민하다가 어린 미영이를 포대기에 업고라도 가려고 실행 직전까지 갔었는데, 탈북하려다 실패한 국군 포로를 만나게 되었어."

목숨 걸고 천신만고 끝에 중국 땅으로 탈출한 국군 포로는 중국의 한국 영사관에 들어가 탈북한 국군 포로라고 밝혔다. 그러나 한국 영사관에서는 국군 포로를 반기고 환영하기는커녕, 신원을 확인할 길이 없다며 국군 포로의 귀국을 허용하지 않았다. 국군 포로는 영사관에서 거부하는 바람에 고국으로 갈 방법이 없어 다시 돌아왔다는 것이다. 통탄할 일이었다. 서 노인은 탈북을 포기한 이유를 한 마디 덧붙였다.

"그뿐만 아니라 들리는 말에 의하면, 설혹 대사관에서 받아들여 고국으로 돌아간다 해도, 안기부에서 간첩 혐의 받고 고문당하고 죽는 사람도 있다고 하더라."

시우는 고개를 저었다.

"아니에요. 안기부에서 조사는 하겠지만 고문하고 죽이고 그러진 않을 거예요. 탈북해서 잘살고 있는 탈북인들이 많이 있는 걸요."

"그래, 나도 그렇게 생각하고 싶다. 하지만 주중 한국대사관의 태도를 보아서는 고국에서 우리를 환영한다는 말은 믿어지지가 않는구나. 그건 젊은이들의 경우이고, 막상 나라를 지키기 위해 인생을 바친 늙은 국군 포로들은 그들에게 귀찮은 존재일 뿐인 것 같아. 역사 속에서 사라져 잊혀진 퇴물들이 다시 나타나는 것이 귀찮은 거겠지."

\* \* \*

"어서 나와. 뭘 그리 꾸물대냐."

철구는 벌써 옷을 다 챙겨 입고 마당에 나가 서 있었다. 서 노인의 집에 갈 때가 되면 철구는 풀방구리 드나드는 쥐처럼 가만히 있질 못했다. 이번에는 철구 작업 조 마치는 시간과 미영의 퇴근시간이 맞아서 어깨를 치료해 준다고 오라고 했다는 것. 시우는 일부러 늑장을 부리며 투덜거렸다.

"형, 혼자 가면 안 돼? 어차피 내가 가봤자 방해만 되잖아. 미영이 손목도 못 잡고…."

"너 죽을래? 미영이가 뭐야 누나지. 빨리 안 나와?"

"그런데 그 어깨 아직도 치료해? 일부러 상처 덧나게 하는 건 아니지?"

"아직도 아파. 빨리 가자니까."

일부러 찔러 본 시우의 농담에 얼굴이 벌게지는 철구를 보며 생각했다. 수상해.

　미영에게 치료받는 철구는 행복해 보였다. 철구의 상처를 치료한다는 핑계로 바짝 붙어 앉아 도란도란 이야기 나누는 미영의 얼굴 역시 행복해 보였다. 처음엔 시우의 존재를 의식해서 조심스레 행동하더니, 이제는 시우 앞에서도 스스럼없이 둘이 서로 농담도 하고, 대놓고 둘이 나가서 한동안 안 들어오기도 했다. 눈보라가 휘날리는 바람 찬 들판에서 무슨 짓을 하고 있는지 원.

　철구는 마치 이대로 귀화해서 살려고 마음먹고 지내는 듯이 보였다. 세상 어디라도 미영이만 있으면 된다는 것일 테지. 그 모습을 보며 시우도 마음이 흔들렸다. 사실 뭐 그리 큰 희망이 있다고 버틸 것인가. 당장이라도 재희에게 연락하여 북한으로 전향한다고 하면, 나도 저렇게 지낼 수 있지 않을까? 나도 세상 어디라도 재희만 있으면 행복할 것 같다. 제한된 사랑이기는 하지만, 어느 사랑이라고 완벽한 자유가 있겠는가. 두 사람의 모습을 보며 이런저런 생각을 하고 있는 시우에게 미영이 뜬금없는 소리를 했다.

　"네 할아버지 나쁜 사람이냐?"

　"무슨 소리야? 우리 할아버지가 얼마나 좋은 분인데."

　"그런데 왜 우리 할아버지는 네 할아버지 이야기만 나오면 찾아가서 죽여 버린다고 하지?"

　"뭐? 우리 할아버지를 죽이겠다고? 그런 말씀을 하셔?"

　"나도 몰라. 어떤 때는 니네 할아버지를 몹시 보고 싶어 하는 것 같기도 하고, 어떤 때는 죽여 버리겠다고도 하고. 두 분 사이에 뭔가 우리가 모르는 사연이 있겠지."

　그 말을 툭 던지고는 둘이 눈을 맞추더니 옷을 껴입고 밖으로 나갔다. 미영과 철구가 밖으로 나간 지 꽤 되었는데도 들어올 기미가 보이지 않자, 시우는 무료해지기 시작했다. 손바닥만 한 방에는 작은 장롱과 서랍 달린 장식장이 있고, 책이라고는 미영이가 보고 있는 간호에 관련된 서적이 두어 권 있을 뿐이다. 방에서 뒹굴거리다 푸시 업을 해보니 미영이 꾸준히 갖다준 약을 복용한 덕인지 몸이 가뿐해졌다.

지루해진 시우는 잘 사용하지 않는 듯 굳게 닫혀져 있는 마루 건너편 방을 열고 살그머니 들어가 보았다. 방안에는 큰 궤짝이 놓여 있고, 생활 잡동사니들 조금 빼고는 다른 물건들은 거의 없었다. 궤짝 문에는 자물쇠가 걸려 있었는데, 워낙 낡은 탓에 조금 힘주어 당겨 보니 힘없이 열렸다. 뚜껑을 열고 안을 들여다보던 시우는 깜짝 놀랐다. 궤짝 안에는 사람의 해골이 한 개 들어 있었다. 놀란 시우가 궤짝 뚜껑을 닫고 뒤돌아서는 순간 언제 돌아왔는지 시우의 앞에는 서 노인이 서 있었다.

"봤나?"

시우는 몸이 굳어 아무 대답도 질문도 할 수 없었다. 서 노인은 한동안 말없이 서 있더니 낮은 목소리로 입을 열었다.

"그 해골이 네 할아버지가 탈북할 수밖에 없었던 이유이기도 하다."

시우는 긴장했다. 이 해골이 할아버지와 서 노인 사이의 얽힌 이야기를 풀어 주는 열쇠라는 걸까. 이 해골은 누구일까. 재희와 내가 납북 당하면서까지 밝히고 싶었던 비밀이 이 해골과 관련된 것인가? 시우의 가슴이 격렬하게 뛰었다. 서 노인은 작은 방 문을 닫고는 안방으로 건너가자고 했다. 자리에 앉은 서 노인은 지난 시간들을 회상하며 감정이 북받쳤는지 눈을 감았다. 잠시 후 눈을 뜬 서 노인은 결심한 듯 입을 열었다.

"그때는 내가 결혼하기 전이었다. 당시에 너희 할아버지와 나의 최대

관심사는 어떻게 하면 이곳을 탈출하여 조국 대한민국으로 돌아갈 수 있을까 하는 한 가지뿐이었다. 그러나 탈북을 하려면 무엇보다 돈이 필요했고, 더구나 중간에 안전원이나 보위원에게 체포될 경우를 대비해서라도 뇌물로 사용할 돈은 꼭 필요했다. 하지만 끼니를 제대로 때우기도 힘든 상황에서 무슨 방법으로 그리 큰돈을 장만한다는 말인가. 그럴 때 우리 귀에 들어온 소문이 있었다.

한국전쟁 때 한국을 도와 전투를 하던 미군 병사들의 유골을 중국 브로커를 통해 미국 측에 넘기면 비싼 가격으로 팔 수 있다는 것. 유골 한 구에 10만 불이라는 소문도 있고 5만 불이라는 소문도 있었다. 당시 북한 화폐 기준으로 미화 10만 불이면 중소형 아파트 100세대 정도를 살 수 있는 가치였다. 지금으로 말하자면 북한산 로또라고 표현할 만했다.

유해 1구에 10만 달러라는 기준은 어떻게 생겼느냐. 미국은 1996년부터 북한에 장비와 인원을 보내 공동으로 미군 유해 발굴 작업을 진행해 225구의 시신을 발굴했지만, 2005년 북핵 문제로 관계가 악화되자 작업이 중단되었다. 미국 측은 발굴 지원 인건비와 경작물, 수목 훼손비, 토지 복원비, 헬기 임차료 등의 명목으로 북측에 2,200만 달러를 지불했다. 결국 유골 한 구 찾는 데 10만 달러씩 북한에 지불한 셈. 그 소문을 들은 북한 주민들은 미군의 전사자가 가장 많았던 장진호와 운산 일대에 몰려들어 유해를 발굴하기 시작했다.

우리도 그곳으로 가고 싶었으나 탄광에 묶여 갈 수가 없는 몸이었다. 그러나 전투는 북한 땅 곳곳에서 벌어졌으니 운산에서 그리 멀지 않은 이곳이라고 해서 미군의 유해가 한두 구라도 없겠느냐 싶어, 우리는 작업이 끝나고 시간 날 때마다 인근 계곡과 고지를 헤매고 다녔다. 가능성은 거의 없었으나 탈북할 자금을 만들기 위해서는 무엇이라도 해야만 했다. 하지만 역시 미군의 유골을 찾는다는 건 우리의 희망 사항일 뿐이었다. 거의 3년 가까이 인근의 산과 계곡을 샅샅이 뒤졌지만, 결국 우리는 그것이 꿈일 뿐이라는 결론을 내렸고, 실낱같은 탈북의 희망이 꺼지면서 삶의 희망도 사그라지고 말았다.

그러는 사이 북한 당국은 국군 포로들을 영구히 묶어 두기 위해 정책적으로 배필을 정해 주기 시작했다. 네 할아버지는 남한에 이미 결혼한 부인이 있다고 완강히 거부하는 통에 내게만 배필을 정해 주었는데, 내가 너무 여자를 몰라 수줍음을 타는 통에 잘 진행이 되지 않았다. 여자와 둘이만 만나야 뭔가 진행이 될 텐데, 나는 여자와 단둘이 만나는 것이 두려워 늘 네 할아버지와 셋이 함께 만나곤 했다.

그러던 어느 날, 약속 시간에 약속 장소로 갔더니 그 여인과 네 할아버지가 언제부터 만났는지 막걸리를 마시고 있었고, 내가 온지 모르는 네 할아버지가 그 여인을 안으려는 장면을 목격하게 되었다. 눈에서 불꽃이 튀는 것 같아 나는 단숨에 달려가 네 할아버지의 턱에 주먹을 날렸다. 여자의 비명이 뒤따랐으나 나는 네 할아버지를 계속 때렸다. 네 할아버지는 '이놈아, 네가 바보같이 머뭇거리는데 내가 좀 꼬득이면 안 되냐.'며 마주 덤볐지만 나중엔 지은 죄가 있어서인지 반항도 하지 않고 그냥 맞고만 있었다."

"우리 할아버지에게 그런 면이 있었나 봐요."
시우가 놀란 표정으로 서 노인에게 물었다.
"나도 그렇게 생각했지."
서 노인은 쓴웃음을 지었다.
"나중에 아내가 된 그녀의 이야기를 들어 보니, 내가 하도 소극적으로 자기를 대하기에 네 할아버지에게 내 질투심을 자극해서라도 적극적이 되게 만들어 달라고 부탁했다는 거야."

"어르신들의 젊은 시절도 우리와 별반 다른 게 없군요."

시우도 덩달아 쓴웃음을 지었다.

"그 사건을 계기로 나는 아내와 결혼하게 되었고, 네 할아버지는 그날의 복수라면서 신혼 첫날밤에 나를 묶어 놓고 발바닥을 무척 많이도 때렸지.² 결혼을 하게 되자 나는 북한 정권의 계략대로 신혼의 재미에 빠져 탈북할 마음이 사라져 버렸다. 지옥 같은 국군 포로 생활 중에서 가장 행복했던 시기였다. 그동안 네 할아버지는 탈북을 재촉하지 않고 묵묵히 내 곁을 지키고 있었다. 신혼 때는 신혼의 친구를 위해서, 첫 아기를 임신했을 때도, 아들을 낳았을 때도, 함께 탈북할 상황이 안 된다는 걸 이해해 주고 있었던 거야. 지금 생각하면 네 할아버지 심정이 어땠을까 싶다. 참 내가 무정한 놈이었지.

아들이 어느 정도 자라 걸어 다니게 되자 네 할아버지가 탈북 이야기를 다시 꺼냈고, 그제서야 나는 정신이 번쩍 들었다. 내 가족들을 데리고 조국으로 돌아가고픈 마음이 다시 생겨 우리는 또 미군 유골을 찾아 다니기 시작했다. 그렇게 유골을 찾아 헤매다 보니 아들이 결혼할 나이가 되어 버리더구나, 허허.

그날도 야간 조 작업을 마치고 나와 한숨도 눈을 붙이지 못한 채 새벽부터 해가 저물도록 헤맸지만 헛걸음이었다. 유골도 못 찾고 20여년을 허송세월하고, 내 가족을 평생 이 지옥에서 살게 해야 한다는 생각에 순간적으로 깊은 절망에 빠진 나는 눈앞에 보이는 낭떠러지로 발길

---

2  옛날엔 첫날밤 신랑의 발바닥을 때리는 풍습이 있었음

을 옮겼다. 더 이상 살고 싶지 않았다. 내 이상한 낌새를 느낀 네 할아 버지가 나를 부르며 달려왔지만 나는 낭떠러지로 발을 내딛었다. 급히 달려와 나를 잡으려던 네 할아버지도 나를 잡고 발이 미끄러지며 그만 함께 떨어지고 말았어.

잠시 후 정신을 차려 보니 네 할아버지가 나를 내려다보고 있었다. 절벽에서 떨어져 내리며 암석과 가시넝쿨에 찔려서인지 얼굴과 온몸이 피투성이였지만, 네 할아버지는 웃고 있었다. 그러더니 나를 껴안고는 마구 큰소리로 껄껄 웃다가 금세 눈물을 펑펑 흘리며 통곡을 하는 것이었다. 나는 네 할아버지가 떨어진 충격으로 돌았다고 생각했다. 걱정스러운 내 표정을 본 네 할아버지는 발치에 있던 무언가를 들어 내 눈앞에 디밀었다. 해골이었다.

'우리가 찾았어. 우리가 해냈다구.'

하지만 나는 반신반의였다. 미군의 시체를 우리가 찾아냈다는 것이 믿어지지 않았다. 미군의 유해가 돈이 된다는 말이 돌자 사람들은 땅을 파헤치다가 아무 유골이나 보이면 브로커들에게 미군의 유해라고 속이는 바람에, 브로커들은 인식표가 없는 유해는 구입하지 않았다. 그러니 유골을 발견해도 인식표가 없으면 증명이 안 되는 것이다. 내 표정을 본 네 할아버지는 주먹에 꼭 쥐고 있던 미군 인식표를 보여주었다. 우리가 결국 미군의 유해를 찾은 것이다."

"이 유골이 그럼?"

서 노인은 고개를 끄덕였다.

"하지만 더 놀라운 건 그 다음이었다. 네 할아버지가 실성한 사람처럼 울었다 웃었다 했던 그 이유."

시우는 긴장하여 귀를 곤추 세웠다.

"아유, 추워."

갑자기 방문이 열리며 미영과 철구가 한 무더기의 찬바람과 함께 몸을 떨며 들어왔다. 두 사람이 들어오자 서 노인은 입을 다물었다. 시우는 다음 이야기가 너무 궁금했으나 서 노인이 말을 멈춘 데는 이유가 있으리라 생각되어 가만히 있었다.

"어디들 갔었냐? 이 추운데."

서 노인이 묻자 미영이 뾰루퉁한 표정으로 대답했다.

"추워 죽겠는데 자꾸 동네 한 바퀴 돌고 오자고 해서 빙빙 돌다 왔어요. 한 바퀴만 돌자더니 세 바퀴는 돌았나 봐. 으, 추워."

철구의 얼굴이 벌개졌으나 추위 때문만은 아닌 것 같았다. 미영이도 그렇지. 정말 춥기만 했으면 그만 들어오면 될 터인데 세 바퀴나 돌도록 따라 다니다니.

"좋을 때다."

시우가 빈정거리자 철구의 손바닥이 시우의 뒤통수를 세게 후려쳤다.

다음 날, 광산에서 작업을 하는 동안에도 어젯밤 하다 만 이야기가 머릿속에서 빙빙 돌아 시우는 실수를 여러 번 했다. 이야기를 하다 멈춘 서 노인의 마음도 그랬는지 점심시간이 되자 시우를 찾아와 주먹밥을 같이 먹자고 했다. 서 노인은 할아버지의 이름이 새겨져 있는 갱도로 시우를 데리고 가 주먹밥을 먹으며 간밤의 이야기를 이어 갔다. 할아버지의 이름이 새겨진 갱에서 서 노인의 이야기를 듣고 있으려니 할아버지와 함께 듣는 기분이 들었다.

"내가 놀란 것은 네 할아버지의 등뒤로 보이는 풀밭 때문이었다. 거기엔 앵초가 무더기로 자라고 있었다. 그곳은 누군가 비밀로 키우던 양귀비 밭이었는데, 키우던 사람이 죽었는지 행방불명이 되었는지, 오랫동안 방치한 때문에 잡초와 함께 양귀비가 무성하게 자라고 있었다. 브로커를 찾아야 하고 팔기 어려운 미군 유해 한두 구가 문제가 아니었다. 돈이 무더기로 쌓여 있는 것이나 마찬가지였고 써도, 써도 계속 돈이 자라나는 화수분이었다. 나도 네 할아버지처럼 울다 웃다 결국은 둘이 얼싸안고 대성통곡을 했다. 이제 수십 년 만에 겨우 탈북할 수 있는 첫 발을 내딛은 것이다.

흥분이 가라앉고 주변을 둘러보니 사방이 절벽이었고, 절벽 사이 한 귀퉁이에는 악마 같은 가시넝쿨이 빽빽하게 자라고 있어 사람이 도저히 찾아 들어올 수 없는 천연의 요새였다. 우리가 낭떠러지에서 떨어지지 않았다면 절대 찾아낼 수 없는 곳이었다. 우리는 가시넝쿨을 겨우겨우 헤치고 나와 다시 철저하게 입구를 막아 두었다. 손과 팔뚝이 가시넝쿨에 찔리고 찢겨 피가 철철 흘렀으나, 하나도 아프게 느껴지지 않았다.

우리 둘은 몰래 앵속을 자르고 말려서 조금씩 사람들에게 팔아 돈을 모았다. 앵속은 북한 사람들에게 진통제 역할은 물론 소화제도 되고 진정제 역할도 하는 만병 통치약으로 인기가 높았다. 한꺼번에 팔면 소문이 날까 봐 절대 사람들이 눈치 채지 못할 만큼의 분량만 거래하며 차근차근 돈을 모으기 시작했다."

서 노인의 이야기를 들으며 시우는 그제야 서 노인의 집이 다른 집보다 양식도 넉넉하고 가끔 옥수수술도 마시며 크게 부족함이 느껴지지 않았던 이유를 알 수 있었다. 서 노인은 담아온 물로 목을 축였다.

"그때 탈북을 했으면 되었을 텐데, 자금은 마련되었으나 부모를 잃은 젖먹이 미영이를 안고 갈 수는 없는 노릇이었다. 우리는 또 미영이가 조금 더 자랄 때까지 기다리기로 했다. 나는 아들과 며느리가 죽는 바람에 어린 미영이를 혼자 키우고 있는 아내가 안쓰러워, 조심해서 써야 할 돈으로 중국 밀수품 선물을 많이 사주기 시작했다. 그것이 화근이 되고 말았지. 내 씀씀이를 눈여겨 살피던 보위원이 어느 날 밤 네 할아버지와 나를 보위부 사무실로 불렀다.

보위원은 서 노인의 씀씀이를 지켜봤다면서 배급만으로는 절대 그런 큰돈을 사용할 수 없다며 출처를 밝히라고 했다. 산에서 약초를 캐다 팔았다고 말했으나 보위원은 코웃음 쳤다. 우리가 끝까지 버티자 보위원은 조용히 협조해 주려고 했더니 안 되겠다며, 보위부로 끌고 가 고문을 해야 불겠냐며 다음날 보위부 사무실로 나오라고 했다.

공식적으로 보위부에 끌려가면 엄청난 고문을 견디지 못할 게 뻔하고, 다른 사람들은 다 퇴근시키고 보위원 혼자만 심문하는 것이 다른 마음을 품고 있는 것 같아, 결국 앵속 밭에 대해 실토하고 말았다. 그때부터 보위원은 다달이 상납을 받기 시작했는데, 공돈을 받다 씀씀이가 점점 커지더니 우리에게 트집을 잡기 시작했다. 앵속 밭이 있다는 건 거짓말이고, 우리보고 뭔가 도둑질을 한다는 것. 그렇지 않으면 앵속 밭을 알려 달라고 했다. 이제 와서 거절할 수도 없는 일이라 앵속 밭 입구까지 같이 가자, 보위원은 권총을 꺼내 들었다.

'셋으로 나누기보다는 혼자 갖는 게 아무래도 남는 장사겠지. 너희들은 그만 죽어 줘야겠어.'"

서 노인은 지난 시간을 기억해 내기가 힘겨운지 숨을 몰아쉬었다. 어쩌면 지금부터 할아버지가 서 노인을 총으로 쐈다는 상황의 실체가 드러날 수 있을 것 같아 시우는 온몸을 긴장하고 귀 기울였다.

"그리고는 총성이 세 발 울렸지."

서 노인은 숨을 헐떡였다. 시우는 서 노인의 손을 잡았다.

"할아버지, 힘드시면 그만 이야기하셔도 돼요. 나중에 이야기해 주세요."

서 노인은 고개를 가로저었다.

"그 다음은 어찌된 일인지 자세히 기억이 안 나. 정신을 차려 보니 나는 총을 맞고 피투성이였고, 보위원은 총에 맞아 쓰러져 죽어 있었다. 그런데 총은 보이지 않았어."

"우리 할아버지는요?"

"네 할아버지는 없었다. 총만 들고 나를 버리고 도망 간 거지."

갱도를 타고 점심시간이 끝나는 종소리가 들렸다. 서 노인은 한숨을 내쉬고는 비틀거리며 자리에서 일어났다.

"이야기 좀 하려니 시간이 쏜살같이 지나가는구나. 다른 이들이 이상하게 생각하기 전에 얼른 나가자. 나중에 또 이야기하기로 하고."

그러나 서 노인은 그 다음 이야기를 하지 않았다. 작업 시간이 엇갈려서 자주 만날 수 없었던 탓도 있지만, 서 노인이 그 다음 이야기가 기억나지 않을 수도 있었다. 시우도 다음 이야기를 독촉하지 않았다. 독촉하지 않았다기보다 시우 역시 망설여졌다. 막상 세월 속에 묻혀 있던 진실을 꺼낸다는 것이 두려웠기 때문이다. 할아버지는 왜 친구를 버리고 혼자만 탈북한 것일까? 더구나 친구를 쏘고.

차가운 겨울이 깊어 가며 새해를 맞이하게 되었다. 검덕 광산에서도 그날만은 하루 쉴 수 있었다. 시우와 철구는 서 노인의 집에 초대되어 갔다. 미영이 부침개도 붙이고 어디서 구했는지 과일도 조금 상에 올렸다. 옥수수술을 두어 순배 돌리고 약간 불콰해진 분위기가 되자 서 노인은 한탄스럽게 입을 열었다.

"나이를 먹어 가니 정말로 몸이 하루가 다르구나. 이제 나이 한 살 더 먹으면 아흔 살이 코앞이다. 이러다간 내 조국 대한민국에 가지도 못하고 이곳에서 죽을 것만 같구나."

"할아버지, 왜 그런 말씀을 하세요. 오래오래 사셔서 통일을 보고 고향땅도 밟으셔야지요."

할아버지의 약한 말에 미영이 새침해졌다. 서 노인은 인자하게 미영의 등을 쓰다듬었다.

"그래, 나도 오래 살아서 진심으로 내 고향땅을 밟아 보고 싶다. 나이를 먹을수록 사무치게 고향이 그리워져. 하지만 통일이 그리 쉽게 되겠니?"

미영은 애틋한 시선으로 서 노인의 눈을 가만히 응시하더니 힘찬 어조로 말했다.

"할아버지, 우리 탈북할까요?"

그 한마디가 기폭제가 되었다. 시우는 말할 것도 없고 철구는 미영이 간다면 지옥이라도 같이 갈 태세이니 볼 것도 없다. 서 노인 역시 앞장서서 갈 판에, 손녀가 간다고 하면 망설일 이유가 없다. 서 노인으로서는 평생을 목 놓아 기다리던 순간이 아니었던가. 미영은 다짐하듯 한 사람 한 사람에게 물었다.

"시우는?"
"갈 수만 있다면 가야지."
"철구 오빠는?"
"네가 간다면…."

철구의 얼굴이 또 벌게졌다. '지구 끝까지라도'라는 말이 생략되었겠지. 갑자기 재희가 걱정되었다. 같이 탈북할 방법은 없을까? 그러다 생각을 바꾸었다. 재희는 나보고 탈북하라고 했다. 내가 이곳에 계속 잡혀 있다면 오히려 재희의 탈북에 방해가 될 수도 있을 거야. 내가 사라지면 재희는 좀 더 마음 편하게 기회를 잡을 수 있을지도 몰라. 어떻게 해서라도 재희는 기회를 노리고 있다가 탈북할 거야. 시우는 재희가 검덕에 와서 했던 말을 떠올렸다.

"자기가 여기서 죽지 않고 탈출하는 것이 나를 버리지 않는다는 증거야. 꼭 탈출해. 언제가 될지는 모르지만 나도 꼭 자기를 찾아갈 거야. 그러니 나를 꼭 기다려야 해."

재회를 생각하느라 입을 꾹 다물고 있는 시우를 보며 서 노인은 한숨을 내쉬며 말했다.

"네 할아버지가 살아 있다니 꼭 가서 그놈 얼굴을 봐야겠다!"

"시우 할아버지 만나면 죽이신다면서요?"

미영이 묻자 서 노인은 고개를 끄덕였다.

"그래, 죽여도 내 손으로 죽여야지. 그냥 넘어갈 수는 없다. 배신자를."

시우는 서 노인의 말에 왜냐고 묻지 않았다. 서 노인의 어조에는 할아버지에 대한 증오보다는 회한의 느낌이 강했다. 할아버지가 자신에게 총을 쏜 사실은 모르는 것 같았다. 자신을 향해 총을 쐈다는 할아버지의 말을 들으면 어떻게 변할까? 시우는 차마 그 말을 꺼내지 못했다. 다행히 탈북에 성공한다면 한여름의 플라타너스 나무그늘처럼 군데군데 지워진 두 노인의 기억의 그림자를 퍼즐 맞추듯 맞출 수 있겠지. 지금 이 순간 시우가 할 수 있는 건 침묵뿐이었다.

탈북을 결심했다고 해서 즉시 탈북할 수 있는 건 아니다. 현실적인 방안이 있어야 한다. 그 후로 일행은 모일 때마다 여러 가지 탈북 방법을 상의했다. 각자 알고 있는 정보를 다 꺼내어 모아 보니 지금까지 탈북에 성공한 경로는 하늘, 바다, 땅에 모두 있었다. 전투기를 타고 귀순한 경우가 있는데, 비행기가 없어서 불가능. 바다? 바다가 가까우니 바다도 가능성이 있어 보였다.

서 노인의 흐릿한 기억을 더듬어 보자면, 1987년 1월에 김만철 가족은 청진항에서 50t 급 청진호를 몰래 탈취한 뒤 일가족 11명을 태우고 동해 한복판까지 도주했다. 엔진이 고장 나는 바람에 일본의 야마모토 근처에서 표류하다가 일본 후쿠이 외항에 도착했다. 그리고 한국으로 망명 성공. 하지만 그 후로 북한 당국은 어선 통제와 보안 강화로 바다 길을 막아 버렸다. 하늘도 바다도 가능성은 제로. 남은 것은 결국 육로뿐이다. 그러면 육로는 어떻게 갈 수 있을까? 결론은 중국을 오갈 수 있는 브로커가 있다면 가능한 일이었다. 이 역시 미영이 돌파구를 마련했다.

미영은 남한에 대해 놀랄 만큼 많이 알고 있었다. 남한의 노래도 많이 알고 남한의 드라마도 많이 본 것 같았다. 젊은 여성들이 알고 있어야 할 어떤 부분은 시우보다 더 잘 알고 있었다. 철구는 그런 미영이 신기한 모양이었다.

미영은 친한 친구 중 하나가 중국을 오가며 보따리장수를 한다며, 그 친구 덕분에 남한의 음악이나 드라마가 담긴 유 에스비를 여러 개 구할 수 있었다고 했다. 미영은 그 친구를 만나 도움을 청하겠다고 했다. 꿈처럼 비현실적이고 불가능하게만 여겨졌던 탈북 기회가 어느 순간 코앞으로 바짝 다가왔다.

\* \* \*

재희는 이마의 땀을 닦고 허리를 폈다. 정월 손님맞이를 하고 중장 부부는 손님들과 함께 나갔다. 친지들과 함께 지내며 밤늦게나 돌아올 것 같았다. 손님들이 먹고 나간 식탁을 집안일 돕는 여자들을 지시하며 함께 치우고 나니 오후가 훌쩍 넘어갔다. 재희는 여자들에게 수고했다고 일찍 퇴근시킨 후 바깥마당을 정리하고 있는 은아를 도와주기 위해 마당으로 나갔다. 마당은 깔끔하게 정리되어 있었으나 은아가 보이지 않았다. 은아를 찾으러 집 뒤쪽으로 돌아가자, 뒷마당 벤치에 멍하니 앉아 있는 은아의 모습이 보였다. 벤치에 앉아 있기에는 추운 날씨였다. 재희는 은아의 등뒤로 다가가 가만히 안았다. 은아가 돌아보고는 미소 지으며 옆에 앉으라고 했다.

"언니, 우진 오빠 생각하는 거지?"

은아는 말없이 미소 지었다. 친척들이 모두 모이는 신년 모임에 우진이 없으니 은아는 즐거울 리가 없을 터였다. 은아의 집에서도 바쁠 텐데 은아는 우진의 집에서 신년맞이를 하고 있는 것이다. 그 애틋하고 불안한 마음이 읽혀져 재희는 은아가 가엾었다.

"언니, 남한 노래 하나 가르쳐 줄까?"

은아는 무슨 싱거운 소리냐는 표정으로 웃으며 물었다.

"남조선 반동 노래 알려주려고?"

"아니야. 아이들 동요인데 내가 제일 좋아하는 노래야."

재희는 헛기침을 두어 번 하고는 '섬집 아기' 노래를 불렀다.

　　엄마가 섬 그늘에 굴 따러 가면
　　아기가 혼자 남아 집을 보다가
　　바다가 불러주는 자장노래에
　　팔 베고 스르르르 잠이 듭니다

"좋지, 언니?"

"응, 참 좋다. 따라 부르기도 쉽고."

"이거 2절도 있는데 2절이 더 좋아. 난 가끔 외롭거나 얼굴도 모르는 엄마가 그리우면 2절부터 불러."

    아기는 잠을 곤히 자고 있지만
    갈매기 울음소리 맘이 설레어
    다 못 찬 굴 바구니 머리에 이고
    엄마는 모랫길을 달려옵니다

"왠지 슬프다. 야."
은아의 표정이 울상이 되었다.
"난 이 대목이 너무 좋아. 아기는 아무 탈 없이 자고 있는데, 엄마는 괜히 걱정이 되어 바구니도 다 못 채우고 모랫길을 달려오잖아. 어릴 땐 이 노래 부르며 많이 울었어. 난 달려올 엄마도 없는데 말이야."
"우진 씨도 다 못 찬 굴 바구니라도 좋으니 그냥 달려오면 좋겠다."
오랜만에 은아는 우진에 대한 감정을 솔직하게 입 밖에 내었다.
"춥다, 들어가자."
은아는 일어서며 재미있는 생각이 났다는 듯 재희의 손을 잡아끌었다.
"섬집 아기 같은 우진 씨 사진 보여줄까?"

중장 부부는 밤늦게나 돌아올 것이고 일하는 여자들도 보낸 후라 정문을 지키는 보초병 외에는 큰 집 안에 재희와 은아뿐이었다. 그런 호젓한 분위기 때문이었는지 은아는 우진 엄마의 방에 들어가 앨범을 꺼내서 재희에게 보여주었다.
"어머, 우진 오빠 사진 되게 많네."
"우진 씨 보고 싶을 때면 어머님 방에 몰래 들어와서 보곤 했어."

은아는 손으로 입을 가리며 웃었다. 앨범은 거의 우진의 사진이었다. 어린아기 때부터 학생 시절을 거쳐 군인이 될 때까지의 많은 사진이 가득했다. 재희는 우진의 아기 시절 사진을 손가락으로 누르며 놀리듯 말했다.

"요 녀석이 은아 언니 속을 그렇게 썩이는 거구나."

은아가 까르르 웃었다. 은아의 웃음소리를 들으며 앨범을 넘기던 재희의 얼굴이 백짓장처럼 하얘졌다. 우진이 장교로 취임할 당시 임관 기념으로 선후배 동료 군관들과 함께 찍은 사진이었다. 그 동료들 중에 그 자리에 있어서는 안 되는 사람의 얼굴이 눈에 띄었다. 재희는 자신의 눈을 믿을 수 없어 눈을 부릅뜨고 자세히 보았다. 군인 모자를 쓰고 있어 이마 위로는 보이지 않지만 틀림없는 그 얼굴이었다. 재희는 떨리는 목소리로 은아에게 물었다.

"언니, 이 사람 누구예요?"

"응, 그 사람. 고등학교 때부터 우진 씨 직속 후배야. 완전 단짝. 둘이서 대남 공작도 잘 이끌어서 함께 훈장도 받고 한 사이야."

"아직도 살아 있어요?"

"그럼, 당연하지. 지금은 부관이야 우진 씨 부관. 이번 대남 공작에도 같이 갔을 걸."

이럴 수가. 입에서 비명소리가 나올까 봐 재희는 입술을 악물었다. 몇 가지 풀리지 않던 수수께끼가 이 사진 한 장으로 풀렸다. 그러고 보니 우리를 계속 한 방에 가둬 둔 것도 이상했어. 게다가 나중에 알고 보니 국경 경비대 근처의 강은 깊고 넓어서 맨몸으로 강을 건너 탈출하는 건 애초에 불가능한 일이었지. 재희는 이를 갈았다. 이놈을 결코 용서하지 않을 거야. 우리를 이렇게나 우롱하다니.

\*\*\*

　미영의 친구 이름은 혜정이라고 했다. 김혜정. 북한과 중국 국경을 넘나들며 자칫하면 목숨을 잃을 수 있는 밀무역을 하는 아가씨라서 꽤나 몸집도 크고 험상궂으리라 생각했는데, 뜻밖에 키도 작고 몸집도 자그마한 애교투성이 아가씨였다.
　아마도 혜정이 밀무역을 할 수 있는 원동력은 다른 이들 같은 기민성이나 과감성이 아니고, 사람의 마음을 녹일 수 있는 애교 덕분이 아닌가 생각되었다. 그녀의 목소리에는 언제나 애교가 철철 넘쳤다. 곁에만 있어도 아이스크림처럼 달콤했다.
　그녀의 말에 따르면 중국 가는 길은 어려운 노정이라 확실히 갈 수 있을지는 담보할 수 없다고 했다. 미영이 처음 부탁했을 때는 적극적으로 안내하겠다고 하더니, 혜정은 어느 순간 뒤로 몸을 빼는 것처럼 느껴졌다. 아마도 서 노인의 나이가 워낙 많아 걱정스럽기도 하고, 생각보다 인원이 많아서 그런 것 같다고 미영이 걱정했다. 차일피일 날짜를 미루며 망설이는 혜정에게 서 노인은 앵속 밭을 주겠다고 했다. 그 말을 들은 혜정은 코웃음 쳤다. 그런 밭이 있을 수가 없다는 것.
　"그런 앵속밭이 있다는 걸 누가 믿겠어요. 아무리 급해도 거짓말 좀 작작 하시라요."
　서 노인이 벽장 속에 지금까지 모아 온 잘 말린 앵속과 줄기 잎새들을 보여주자 혜정은 눈이 휘둥그레졌다.
　"그 밭이 정말 있는 거예요?"
　"이걸 보면 모르겠나? 내가 이걸 쓸 곳이 있나? 돈이 필요하지도 않고 많이 팔려고 하다간 보위원에게 걸려들 테고. 이제 이걸 이용해서 탈북하게 되었으니 내가 바랄 게 뭐 있겠나."

"이 밭이 어디 있어요?"

"우릴 중국에 데려다 주면 그곳에서 알려주지."

"중국에 도착하기만 하면 분명히 알려주시는 거지요?"

혹하고 달려드는 혜정에게 서 노인이 쐐기를 박았다.

"물론이지. 내가 이 생지옥에 다시 올 이유가 없으니까. 다만 어떤 수단 방법을 써서라도 우리를 중국에 도착시켜 줘야만 한다. 중국에 도착하기 전에는 절대 그 장소를 알려줄 수 없어. 실패하면 앵속 밭은 내 무덤 속으로 같이 들어가는 거야. 거긴 내가 알려주지 않으면 누구도 찾을 수 없어."

"알았시오. 내가 꼭 성사시켜 보겠시오."

그녀의 눈에서 광채가 돌았다. 그도 그럴 것이, 그녀의 마당밭이라면 앵속밭에서 나는 아편을 위험을 무릅쓰고 중국까지 갖고 나가지 않아도, 북한 내에서만도 불이 나게 팔려 나갈 테니 순식간에 부를 축적할 수 있을 것이다. 더구나 중간에 발각된다고 해도 이 정도의 물량을 갖고 있다면 혜정의 수단을 발휘하여 뇌물로 사용해 법망을 빠져 나가는 건 쉬울 터였다. 북한을 떠나고 싶을 때는 마지막으로 많이 들고 나가 중국에 내다 팔면 될 터이고. 그렇게 계산이 서자 그녀는 적극적으로 변했다.

"그런데 길은 확실히 알고 있는 거지?"

"아, 그럼요. 내 손바닥같이 알아요. 한두 번 다녔겠어요?"

"그 길 말고 중간에 보위부와 안전원에게 걸리지 않는 길 말이야."

"그건 하늘에 맡겨야지요."

"뭐라구?"

"걱정 마시라요. 나도 일생에 한 번 온 이 기회를 놓칠 수는 없다구요. 나도 목숨 걸고 부딪혀 보겠어요."

큰소리는 쳤지만 혜정이 생각해도 이 인원으로는 만만치 않은 장도라고 생각되었는지 굳은 표정으로 덧붙였다.

"그나저나 각오 단단히 하시라요. 나도 어지간히 여우라서 어디서 뇌물을 잘 먹고 어디서 안 먹는지 웬만한 구멍은 파악하고 있지만, 혹시라도 가다가 실패하면 곧바로 죽음이에요."

혜정과 상의한 결과는 육로 중에서도 기차를 이용하는 방법이었다. 물론 자동차도 없었거니와, 있다 하더라도 휘발유를 공급하는 일도 그렇고, 중간 중간의 검문소를 통행중도 없이 통과한다는 건 불가능한 일이었다. 물론 기차에서도 통행중 검사를 하지만, 사람 사이로 피한다거나 움직일 수 있는 여유 공간이 있는 기차가 훨씬 안전하다는 것이 혜정의 판단이었다. 그 다음 혜정의 걱정은 시우와 철구가 너무 건강해 보인다는 점이었다. 혹시 중간에 통행중이 없다고 발각되었을 때 약을 구하러 중국 국경 근처로 간다고 변명을 하기 위해서라도 좀 약해질 필요가 있다는 것. 시우와 철구는 좋은 생각이라고 동의했다.

한 번의 실수는 곧바로 죽음과 직결되기 때문에 서둘지 말고 철저히 준비하기로 했다. 더구나 이른 봄이라 아직 강 주변은 살얼음이 얼어 있어서 노인이 건너다가 심장마비 올 수도 있으니, 수온이 조금 더 올라가는 초여름을 탈출 시기로 잡았다. 탈북하는 데 따로 무슨 준비가 필요할까 싶었는데, 막상 준비를 시작하니 이것저것 소소한 일들이 생각보다 많았다. 북한에서 최고의 뇌물로 사용할 수 있는 담배도 소문나지 않게 모아야 하고, 비상식량을 좀 마련하려고 해도 주변에서 눈치채지 못하게 조금씩 구입해야 하고, 그런 식품들조차 제 때 구입하기 어려워 며칠씩 기다려야 했다. 미영은 그동안 병원 약품 담당자를 통해 앵속과 교환하여 비상약품들을 구입해 왔다.

그러다 보니 순식간에 봄을 지나 여름의 문턱으로 들어섰다. 탈북 계획은 차근차근 진행되었으나 가장 걱정인 것은 시우와 철구의 살이 빠지지 않는 것이었다. 두 사람 모두 환자 노릇을 하려면 병색이 좀 느껴져야 하는데, 오히려 탈북의 희망을 갖게 되자 눈동자에도 생기가 돌고 움직임에도 힘이 넘쳤다.

그렇게 고된 광산 일을 하면서도 몸이 축나지 않는 또 다른 이유는 알게 모르게 미영이 챙겨 주는 음식 때문이었다. 몸이 약하게 보이더라도 만약의 경우에 밤새워 산길을 가는 경우도 발생할 테니, 체력을 지켜야 한다는 것이 미영의 굽히지 않는 지론이었다. 시우와 철구는 만나기만 하면 미영 몰래 살 빠지는 방법을 강구하느라 걱정이었다.

어느 날 철구는 뜬금없이 감옥에서 피부병 걸렸던 이야기를 했다. 시우는 감옥에 갔었다는 말을 미영이 들을까 봐 그만하라는 투로 손가락을 입을 대었다. 철구는 덤덤하게 말했다.

"다 알아. 전과 2범이라는 말도 했어."

둘의 이야기를 듣던 미영이 끼어들었다.

"왜 갑자기 피부병 이야기를 꺼낸 거야, 더럽게."

"바로 그거야. 말만 들어도 멀리하고 싶지? 시우하고 내가 살이 잘 안 빠지니까 피부병이나 몹쓸 전염병에 걸린 걸로 보이는 게 낫지 않을까? 감옥에서는 못된 놈들이 약한 동료를 괴롭히는 게 일상인데, 그놈들도 피부병에 걸린 놈 근처에는 가지도 않았거든."

미영이 반색했다.

"그거 좋은 생각이네. 그럼 피부병만으로는 약하니까 폐병하고 문둥병을 더하자."

"엑! 문둥병?"

시우가 기겁했다. 결론적으로 북한에 많이 발생하는 폐병과 모두 기피하는 문둥병 환자로 변장하자는 것으로 합의됐다. 그렇게 하면 검열관들도 가까이 오기 꺼려하고 동정심도 유발시킬 수 있는 이점이 있다. 그러기 위해서는 심한 피부병에 걸려 한눈에 보아도 피부가 험하게 헐어 있어야만 한다.

"그래서 나보고 문둥병 하라구?"

"아니! 철구 오빠가 더 건강해 보이니까 안전원이 아예 접근하지 못하게 문둥병 환자로."

듣고 보니 문둥병이 훨씬 안전할 것 같았다.

"내가 문둥병 하면 안 돼?"

"안 돼. 시우 넌 폐병이 딱이야."

"챙기기는 되게 챙기네."

시우가 투덜거리는 척하자 미영이 문둥병 환자 되는 게 그리 좋으냐며 웃겨 죽는다고 넘어갔다. 철구가 물었다.

"내가 문둥병이야? 그거 냄새도 날까?"

"나겠지. 마음에 안 들어?"

미영이 판잔하듯 묻자 철구는 고개를 저었다.

"아니, 그냥."

그 말을 듣고 철구는 뭔가 깊이 생각하는 것 같았다.

탄광 작업 도중 시우는 같이 일하는 광부의 아이가 산에서 놀다가 애기똥풀을 뜯어 먹고 며칠 동안 설사하는 바람에 아이가 반쪽이 되었다며 걱정하는 소리를 들었다. 시우와 철구는 신바람이 나서 다음날부터 짬만 나면 미영이 몰래 각자 애기똥풀을 찾아 뒷산을 돌아다녔다. 애기똥풀은 흔한 풀인데다 식용도 아니라서 찾기 쉽다고 했는데, 막상 찾으려니 쉽게 눈에 띄지 않았다.

그날은 아침 조 작업을 마치고 나온 터라 곧 어두워질 시간이어서 두 사람은 마음이 급해 각자 다른 산 능선을 따라 찾아보기로 했다. 이리저리 산길을 헤매던 시우는 애기똥풀을 발견하긴 했으나 너무 작았다. 주변에 더 큰 것들이 있을 것이라 생각된 시우는 시간 가는 줄 모르고 자꾸 산속으로 들어가다가, 능선이 끝나는 낭떠러지를 만나서야 날이 많이 어두워졌다는 걸 깨달았다. 서둘러 내려가려는 시우 앞에 검은 그림자가 나타났다. 전일봉이었다.

"왜 그래? 반가운 표정이 아니네. 나는 무척 반가운데 말이지."

늘 쓰고 다니던 부드러운 아저씨 가면을 벗어 던진 일봉은 본래의 싸늘하고 야비한 표정으로 빈정거렸다. 시우는 일봉을 보고 놀라면서도 마음속으로 고대하던 순간이었기 때문인지 크게 두렵거나 당황하지는 않았다. 다만 일봉이 할아버지를 칼로 찌르고 달아나며 남겼던 비린내가 느껴져 섬뜩했다.

"아주 반갑지 않은 건 아니야. 나도 언젠간 당신을 꼭 만나고 싶었으니까."

"호오, 그래? 너를 지상천국인 조선에 입국시켜 준 고마움 때문에?"

"우리집에서 송금을 했을 텐데 왜 우리를 돌려보내지 않았지?"

일봉은 얼굴을 찡그렸다.

"나도 그러려고 했는데 그럴 수 없는 사정이 갑자기 생겼어. 누군가 갑자기 보위부에 고발한 거야. 너희 중에 한 사람이 말이야."

"말도 안 돼. 우리 중에 한 사람이라니."

"그 정도만 알고 있어. 너흰 죽어도 그 사람이 누구인지 알 수 없을 테니. 그런데 왜 날 만나고 싶었다는 거지? 그걸 따지고 싶어서?"

"아니. 당신이 왜 우리 할아버지를 죽이려고 했는지 알고 싶어서."

"네 할아버지라니? 뭘 잘못 알고 있는 건 아닌가? 난 너를 포장마차에서 처음 봤는데."

일봉은 아직도 시우가 누구인지 전혀 모르는 것이다.

"시간 전당포."

시우가 천천히 입을 열자 잠시 주춤하던 일봉은 그제서야 차가운 조소를 흘렸다.

"그때 그놈이었군, 전당포 영감을 죽이려고 할 때 들어온 놈이."

"맞았어. 우리 친할아버지야. 당신은 왜 우리 할아버지를 죽이려고 한 거야?"

일봉은 대답 대신 가슴에 품었던 칼을 뽑아들었다. 30센티 가량의 날렵하고 예리한 칼이었다.

"네놈 가족은 할아버지도 네놈도 나를 귀찮게 만드는 웬수들이로군. 하우진이 너를 죽이라고 하지 않았더라도 너를 죽여야겠다."

"너는 하우진의 앞잡이지?"

"맞아. 나 혼자로서는 국경을 제 집처럼 드나들기는 불가능한 일이지. 짐작대로 난 하우진의 정보원 역할도 하면서 나름대로 내 위치를 구축해 온 거야. 가끔은 남조선에 가서 하우진의 마약 중개도 해주고 말이야."

"우리 할아버지도 하우진이 죽이라고 한 건가?"

그 말을 들은 일봉은 킬킬 웃었다.

"어차피 죽을 놈이니 속 시원히 이야기해 줄까? 비명횡사하더라도 저승길은 마음 편히 가야 하잖아? 하우진은 네 할아버지를 알지도 못해. 네 할아버지는 내가 죽일 수밖에 없었지. 나는 나름대로 남조선에서 송금 브로커 중 제일 신뢰를 받는 편이었다. 물론 대부분의 송금은 내가 가로챘지만, 아주 말썽이 생길 만한 곳은 말썽이 터지지 않을 만큼은 돈을 보내곤 했으니 탈이 없었지. 그런데 네 할아버지가 갑자기 송금이 제대로 되는 건지 친구의 존재를 확인해 달라는 거야. 스스로 죽음을 재촉한 거지."

"당신은 할아버지 친구를 찾을 생각조차 안 했던 거지? 할아버지 친구가 누군지 알기나 하는 거야?"

"그까짓 거 알아서 뭐하려구. 그럴 생각도 없었어. 두 영감 다 곧 죽을 나이니까, 그렇게 애타게 돈을 보내다가 죽으면 그만이었지. 오히려 네 할아버지에게 희망을 주었으니 내게 고마워해야 하는 것 아닌가? 그런데 영감이 망령이 난 건지 별안간 송금 확인을 하려는 거야. 몇 번 거절했는데도 집요하게. 그렇게 되면 지금까지 남조선에서 쌓아 온 송금 브로커로서의 내 명성이 어떻게 되겠어? 순식간에 망하는 거지."

"단순히 그 이유 때문에 아무 잘못도 없는 사람을 죽여?"

시우는 분노가 끓어올랐다.

"잘못이 없다니. 내게 큰 죄를 지은 거지. 사람은 다 저마다 살아가는 방식이 있는 거야. 네 할아버지는 평화스러운 내 생활을 파괴시키려 한 파렴치한 인간이라구."

일봉은 말을 끊고는 칼을 앞세우고 시우에게 다가갔다.

"이제 황천길을 좀 편하게 갈 수 있겠지?"

말을 마치자마자 일봉은 번개같이 시우에게 덤벼들어 심장을 찔렀다.

불시에 공격을 당한 시우는 피할 틈도 없었다. 본능적으로 몸을 틀어 피한 덕분에 칼날은 아슬아슬하게 심장을 피해 시우의 왼쪽 가슴에 틀어 박혔다. 불꽃같은 고통이 몸을 관통했다. 시우는 일봉의 칼 잡은 손을 오른손으로 거머쥐고 바로 코앞에 있는 일봉의 얼굴을 머리로 들이받았다.

일봉이 왼손으로 얼굴을 쥐며 주저앉는 바람에 시우의 가슴에 박혔던 칼이 빠지며 피가 솟구쳤다. 주저앉은 일봉의 얼굴을 발로 다시 걷어차고 시우는 사력을 다해 도망쳤다. 그러나 일봉은 어느새 일어나 시우의 뒤로 바짝 붙어 다시 시우의 등을 칼로 찍었다. 두 번째 칼에 찔린 채 시우는 앞으로 고꾸라졌다. 눈앞에 낭떠러지가 보였다. 이놈에게 죽느니 차라리 낭떠러지에 떨어져 죽을까 생각했지만, 몸이 이미 움직이지 않았다.

일봉이 거친 숨을 몰아쉬며 시우에게 마지막 일격을 가하려는 순간, 숲에서 튀어나온 그림자가 일봉의 뒤를 덮쳤다. 다른 산 능선을 타다가 날이 어두워지자 문득 일봉이 시우를 호시탐탐 노리고 있다는 사실이 떠올라 철구가 달려왔던 것이다. 두 사람은 한 덩어리로 엉켜 필사의 결투를 벌였다. 압록강 일대를 주름잡는 일봉과 야쿠자로서 생사의 기로에서 살아남은 철구의 결투는 우열을 가리기 힘들 만큼 순간순간이 위기였다.

이윽고 돌맹이를 들어 일봉의 얼굴을 후려친 철구가 칼을 빼앗아 들었다. 얼굴을 맞고 피범벅이 된 채 칼을 피해 도망가던 일봉은 눈앞의 낭떠러지를 보지 못하고 까마득한 절벽 아래로 추락했다. 시우는 점점 흐려지는 의식 속에서 철구가 다가오는 모습을 보며 정신을 잃었다.

급해졌다. 낭떠러지 밑의 시체가 발견되면 경비도 삼엄해지고, 자칫하면 발각되어 직결 처형을 당할 수도 있을 터이다. 다행히도 시우의 부상은 급소를 피하고 뼈도 상하지 않아, 과격하게만 움직이지 않으면 거동에는 크게 지장이 없었다. 이야기를 들은 서 노인과 미영도 다급하게 출발 준비를 서둘렀고, 혜정에게도 출발을 독촉했다. 혜정은 갑작스러운 출발에 주저하다가 앵속 밭의 미련을 이기지 못하고 출발하기로 했다. 7월 19일의 밤이었다.

막상 탈북 전날 밤이 되자 시우는 재회가 걱정되었다.

"철구 형, 일봉의 시체가 발견되면 하우진이 재회에게 복수하지는 않을까요?"

철구는 고개를 가로저었다.

"그놈이 재회는 함부로 대하지 않을 거야."

그럴 것도 같았다. 하우진은 재회를 좋아하는 것 같아 보였다. 하지만 내가 탈북을 하면 재회는 하우진의 곁에서 혼자가 된다.

"재회가 변할까요?"

"재회를 믿나?"

"예."

"그럼 됐어."

"믿지만…."

"뒷말은 필요 없어. 믿으면 믿는 거야."

재회가 한 말이 다시 떠올랐다.

"나는 안전한 것 같아? 기억해 둬. 나는 깊은 바다에 빠진 잠수정 같아. 자기가 보이지 않는 호스로 이어진 유일한 산소 공급원이야. 자기가 없으면 난 죽어. 날 잊지 마. 나를 버리지 마. 자기가 탈북을 포기하는 건 나를 버리는 거야."

 나는 지금 이 말을 나 혼자 탈북하는 변명으로 사용하는 건 아닐까? 아니면 재희는 혹시 이럴 경우를 생각해서 변명으로 사용하라고 미리 말해 준 것일까? 시우는 가슴이 찢어질 듯 아팠다.

 밤이 깊어지자 밖에서 조심스런 노크 소리가 들렸다. 혜정이 왔다. 자리에서 모두 일어서는데 철구가 작은 봉지 하나를 조심스레 품에 넣었다. 미영이 눈치 채고 물어보았다.
 "위험한 거야. 건드리지 마."
 철구는 한마디 툭 던지고 밖으로 나섰다. 일행은 모두 5명. 철구는 미영과, 시우는 혜정과 부부로 위장하기로 했다. 검덕을 제 집처럼 드나드는 혜정에게 개구멍을 찾는 일은 식은죽 먹기였다. 생각보다 수월하게 검덕을 벗어난 일행은 밤새 길을 걷다가, 조금이라도 기척이 나면 산속으로 숨어 가며 준비해 간 주먹밥을 먹으면서도 걸었다. 며칠이 지나 단천 역으로 가기 직전에 미영이 산에서 옻나무를 꺾어와 시우와 철구에게 주었다.
 두 사람의 몸에 옻나무를 비비자 순식간에 피부가 부풀어 올랐다. 그 위에 고추장과 된장을 덧발라 놓으니 영락없는 중증 피부병이었다. 미영에게도 옻이 오르면 어떡하느냐고 철구가 걱정하자, 그동안 옻나무를 수확해서 바치느라 면역이 생겨서 괜찮다고 했다. 정말로 옻나무를 꺾어 들고 왔던 미영의 피부는 멀쩡했다.

 며칠 만에 드디어 첫 번째 목적지인 단천에 도착. 여기부터가 문제다. 국경 부근까지 걸어서 간다는 건 불가능한 일이고 이곳에서 청진으로 가는 기차를 타야 하는데, 여행증이 있어야 차표도 살 수 있고 검열 단속도 통과된다. 증명서는 혜정 혼자만 갖고 있었다. 일행이 믿을 수 있는 건 혜정의 경험과 실력뿐이었다.

혜정은 보따리장사를 하며 여러 곳을 떠돌아 다녀 봐서 사람들과 접촉하는 방법이나 필요한 사람을 유혹하고 유인하는 솜씨가 뛰어났다. 복잡한 단천 역 대합실에는 수많은 여행객들이 연착되어 언제 올지 모르는 기차를 대기하느라 지쳐 맥을 놓고 있었다. 한 끼 식사도 제대로 챙겨먹지 못해 배고파하는 사람들도 많았다.

그중에는 버젓한 군복이나 안전원 복장을 하고 있으면서도 열차 길에서 식사를 제때 해결하지 못하는 사람들도 있기 마련이었다. 이런 상황을 잘 알고 있는 혜정은 피곤하게 앉아서 청진 행을 기다리고 있는 두세 명의 안전원들에게 접근했다. 혜정은 그들에게 온갖 애교와 봉사적 언어로 대화를 열었다. 그들이 몹시 배고프다는 사실을 파악한 혜정은 가까운 시장에 가서 재빨리 시원한 맥주와 푸짐한 음식을 사 가지고 왔다. 그리고는 우리 일행도 청진까지 가야 하는데 차가 언제 올지 모르니, 지금 식사나 하자며 안전원들을 초대했다.

아무리 정복에 별을 달고 있지만 생활까지 풍족하고 여유로운 것은 아니다. 특히 객지 여행길에는 그들의 처지도 일반인처럼 피곤하며 식사도 못 하고 다니는 경우가 보통이다. 그래서 때마침 말을 걸어 온 혜정의 제의에 고마워하며 그들은 일행과 합류했다. 애교 있는 혜정은 능숙한 말솜씨로 그들에게 더욱 호의를 보였다. 그리고는 틈을 봐서 자연스럽게 간절한 용건을 제기했다.

"급히 떠나다 보니 아버지와 남편 여행증을 해결하지 못했어요. 차표는 뒷거래로 구했는데, 증명서 검열이 문제네요. 좀 도와주시면 은혜는 잊지 않겠어요. 동생 부부도 심한 피부병에 걸려서 용하다는 의사 선생 찾아가야 하는데."

 안전원들은 된장과 고추장으로 범벅이 된 시우와 철구의 몰골을 보고는 동정의 눈빛을 보냈다. 그들에게는 그런 부탁 정도는 쉽게 들어 줄 힘이 있었다. 그들은 설마 일행이 검덕에서 탈출한 인물이라는 건 상상도 하지 않았을 것이다.

 안전원들은 일행과 함께 기다렸다가 밤늦게 단천 역에 도착한 청진행 개찰구까지 동행해 주었다. 그리고는 검열원들에게 이 사람들은 자기들이 데리고 가는 자들이라고 하여 일행을 무사히 통과시켜 주었다. 뿐만 아니라 "여객차에 오르면 중명서 검열을 당하기 쉬우니, 불편하더라도 화물칸에 타는 게 좋을 것"이라고 조언까지 해주었다.

 일행은 그 말에 따라 화물칸에 올랐다. 화물칸에는 이미 구석구석에 종이나 비닐을 깔고 편히 누워서 가는 사람들이 있었다. 이들 대부분이 혜정처럼 열차원이나 안전원들과 교섭해서 장거리 차를 타고 장사 다니는 불법 여행자들이었다. 일행도 그들처럼 편하게 누워 청진까지 갔다. 이어서 무산 행을 타는 문제도 뒷거래로 차표를 구하고, 비슷한 수법으로 차에 올랐다. 모든 관리들이 당장 먹을 것이 급한 처지들이라, 사소한 불법 따위는 뇌물로 모두 해결할 수 있었다. 그만큼 대부분의 북한 주민들은 하루하루의 생활이 위중하고 다급하다는 증거였다.

 접경지대 가까운 무산에서는 중명서 검열이 심하다고 했다. 그것을 알고 있는 혜정은 무산 못 미쳐 있는 작은 역에서 내렸다. 작은 역은 내리는 손님도 몇 명뿐이고 검열원도 없었지만 그곳에서 무산까지는 짧지 않은 거리였다. 다행히도 한참 걷는데 지나가는 트럭이 있어 술과 고급 담배를 주며 사정했다. 덕분에 무산 읍까지 안전하게 도착할 수 있었다.

탈출 365

무산에서 일행은 혜정이 알고 지내던 집을 찾아가 하룻밤을 쉬며 새로운 작전을 준비했다. 이제부터 가장 위험한 구역으로 들어서는 것.

며칠간의 강행군으로 서 노인은 조금만 건드려도 쓰러질듯 완연히 지친 기색이었다. 모두 걱정하는데 혜정은 오히려 그 점을 이용하자고 했다. 서 노인에게 이제는 귀도 못 듣고 몸이 아파서 말도 제대로 못 하는 체해야 한다고 했다.

무산에서도 일행이 가고자 하는 두만강 인접 마을까지는 먼 거리였고, 국경 근처라는 특성 때문에 가는 도중에는 수많은 단속 초소가 있었다. 일행의 목적지는 삼봉의 접경 마을에 사는 김 씨 집이었다. 그곳에 가는 목적은 두 남자의 치료약을 구하고 서 노인이 예전에 부탁해 둔 약초와 부족한 식량을 사는 것으로 입을 맞추었다.

일행은 무산 마을에 사는 걸로 위장하여 담배를 몇 갑 주고 나이가 비슷한 공민증을 빌렸다. 공민증엔 사진이 붙어 있지만 얼굴이 제대로 보이는 수준이 아니라서, 검열자들이 집중하는 건 주로 주소 확인이었다. 나이 든 서 노인은 무사히 여러 단속 초소에서 지나갈 수 있었으나, 젊은 남자들은 여러 번 위기에 몰렸다.

남편이 폐병 환자라고 혜정이 울면서 애교 부리며 뇌물을 주는데, 뇌물이라야 경비 초소에 있는 2-3명의 젊은 대원에게 술과 담배, 마른 오징어 몇 마리였지만 무리 없이 통과할 수 있었다. 뭐니뭐니해도 기본은 거침없는 혜정의 말솜씨였다.

그렇게 한 고비 한 고비를 넘기던 중 혜정의 표정이 굳어졌다. 이번에 거쳐야 하는 경비 초소에는 유난히 까다로운 검열자가 있는데 뇌물도 잘 안 받는다는 것이다. 운이 좋으면 교대 근무하는 다른 검열자가 있을 테니 운에 맡겨 보자고 했다. 그러나 가는 날이 장날이라고, 그 까다로운 검열자가 근무하고 있었다. 다른 곳으로 돌아갈 길도 없고 어쩔 수 없이 일행은 도살장에 끌려가는 소처럼 경비 초소로 다가갔다.

아니나 다를까. 검열자는 날카로운 눈으로 피부병이 걸렸다는 시우와 철구를 노려보더니, 옷을 벗어 보라고 했다. 속살에도 옻이 올라 있긴 하지만 그동안 많이 가라앉아서, 고추장과 된장으로 범벅이 된 얼굴과 손의 피부에 비하면 멀쩡해 보일 터였다.

두 사람이 머뭇거리자 검열자가 그런 수작에는 안 속는다며 비웃는 표정으로 철구 곁으로 다가갔다. 철구의 옷을 찢어 벗기려는 순간 검열자는 질색을 하며 코를 잡고 뒤로 물러섰다. 철구의 옷자락을 살짝 벌리는 순간 이루 말할 수 없는 흉악한 악취가 뭉클뭉클 풍겨 나왔다. 검열자가 비명 같은 소리를 버럭 질렀다.

"이게 무슨 냄새야?"

"미안합니다. 살이 문드러져서 진물이 나며 썩는 냄새요. 내 옷을 만진 손을 어서 소금물에 씻으시오. 진물에 전염되면 안 되니까."

철구가 처량하게 대답하자 검열자는 몇 발자국 더 물러섰다.

"이 새끼들 거짓말인 줄 알았더니 진짜로 문둥병이었잖아. 얼른 밖으로 나가, 이 개새끼들아."

검열자는 질색을 하며 일행을 멀찌감치 쫓아 보냈다. 단속 초소에서 멀리 지난 후에 미영이 철구에게 다가갔다.

"이게 대체 무슨 냄새야? 토할 것 같아. 갑자기 이 냄새가 왜 나는 거지?"

철구는 말없이 품에서 작은 봉지를 하나 꺼내 보였다. 출발 직전 철구가 챙기는 걸 보고 미영이 뭐냐고 물었던 봉지였다.

"똥이야."

봉지 안에는 출발 때부터 숙성된 물체가 농익어 가고 있다가 위기의 순간에 터뜨리면서 위력을 발휘했던 것이다. 철구는 재미있다는 듯 껄껄 웃었지만 일행은 모두 코를 움켜쥐었다.

검열자도 말로만 들었지 문둥병의 실체를 모르는 상태에서 충격적인 악취를 맡았으니, 놀랄 만도 했을 것이다. 아마도 지금쯤 초소에서는 소금을 뿌리며 소독하느라 난리가 났을 터이다. 사실 문둥병이 냄새가 나는지는 철구도 시우도 전혀 모르는 사실이었다. 아무튼 위기에 강한 철구였다.

*　*　*

중장의 서류를 정리하던 재회는 머리를 갸웃거렸다. 최근 군 내부 일부에 급격한 인사이동이 있었던 걸로 보였다. 그 중에는 스타급의 인사이동도 눈에 띄었는데, 전출만 잡히고 전입지의 정보가 없었다. 정기 인사이동은 아니었던 것 같은데, 군 내부에 무슨 문제라도 있는 걸까?

오전 내 서류 작업을 마치고 재회는 거실로 나와 커피를 한 잔 내리다가, 문득 며칠 전부터 은아가 안 보인다는 사실을 깨달았다. 거실에 햇살이 깊숙이 들어오는 이맘때면 둘이 앉아 커피를 마시곤 했는데. 아무리 요즘 밀려드는 서류 때문에 바빴다고는 하지만, 내가 이렇게 무심했다니. 어디 아픈가?

"커피 냄새에 이끌려 나왔다. 나도 한 잔 다오."

커피를 마시며 은아 생각을 하고 있는데 우진의 어머니가 방문을 열고 나타났다. 재회가 내려준 따끈한 커피를 마시던 우진 어머니는 혼잣말처럼 중얼거렸다.

"세상에 믿을 사람 없다더니. 은아네가 그럴 줄 누가 알았겠니."

"은아 언니에게 무슨 일이 생겼나요?"

우진 어머니는 못 할 말을 하는 것처럼 주변을 둘러보고는 낮은 목소리로 말했다.

"은아네 아버지가 남조선 정보부하고 내통을 했다는구나 글쎄. 그래서 그 식구들이 모두 수용소로 갔어. 어쩌면 사람들이 그럴 수가 있니?"

"예? 은아 언니두요?"

"그럼, 다 갔지. 하마터면 우리집도 그 반동 가족들하고 얽혀서 큰일 날 뻔했지 뭐냐? 얘, 너도 그 은아라는 이름 입에 올리지도 마라. 그 가족들이 모두 반동 분자라구."

"은아 언니네 가족이 남한이랑 내통하는 줄 어떻게 알았대요?"

"우리 우진이가 큰 공을 세웠지 뭐냐? 지금 남조선에 파견되어 외화벌이 하는 와중에 그런 첩보를 입수했다는구나. 정말 다행이지. 까딱했으면 반동 집안하고 우리 집안이 사돈 맺을 뻔했는데, 우리 우진이가 가문을 구했지."

재희의 얼굴에서 핏기가 사라졌다. 하우진이 그리는 그림이 무엇인지 한눈에 들어왔다. 하우진의 어머니는 커피 잔을 비우고 자리에서 일어났다.

"얘, 너도 은아랑 더 이상 얽히지 않은 게 얼마나 다행이니? 얼른 그런 반동 가족은 잊어버리도록 해라."

재희는 자기 방으로 돌아가는 하우진 어머니의 뒷모습을 보며 소름 끼쳤다. 얼른 잊으라니. 그녀의 표정에서는 지금까지 친며느리처럼 함께 지내 온 은아에 대한 어떤 종류의 연민도 안타까움도 찾아볼 수 없었다. 다정하게만 보이던 우진 부모가 자기 자신의 생명을 지키기 위해서라면 저 천연덕스러운 표정으로 지금까지 함께 보낸 시간들을 모두 휴지 한 장만큼의 가치도 없다고 여긴다는 사실이 공포스러웠다.

이것이 사람 사이의 관계라고 할 수 있는 걸까? 은아 언니 가족에게 그랬다면 나에게도 언제든지 그렇게 할 사람들이 아닌가.

그리고 하우진은 정말로 은아 언니의 가족이 남한과 내통했다는 첩보를 입수하기는 한 것일까? 은아 언니는 남한에 마약 판매하는 것을 외화벌이도 되고 남조선 청년들을 파괴시키는 일석이조의 효과가 있다고 말할 만큼 철저한 북한 사람이었다. 여기까지 생각이 미친 재희는 새삼스레 몸서리를 쳤다.

* * *

아침에 일찍 떠난 일행은 혜정의 두만강 접경 거점인 김 씨 집까지 꼬박 하루 종일 걸었다. 김 씨 집 동네까지 올 때쯤엔 날이 저물기 시작했다. 이곳은 접경 마을 특성상 탈북자들을 많이 보게 되어, 신고 포상을 받기 위해 어른이나 아이들까지도 감시원처럼 낯선 사람만 만나면 행처를 따지고 정체를 확인하려 들었다.

때문에 여러 번 위험에 처할 뻔했던 시우와 철구는 부스럼과 폐병을 들먹이는 혜정의 연기에 넘어가 위기를 모면하곤 했다. 게다가 한 번 사용하기 시작해 효과를 본 철구의 비밀 무기는 그야말로 특효약이었다. 검열자가 까다롭게 구는 낌새가 보일 때마다 철구는 비밀 무기를 터뜨렸다. 위기의 순간마다 어름의 늑대가 분뇨의 늑대로 돌변하는 것이었다.

어쩌다 스치는 사람들은 노인과 함께 환자를 부축해 가는 부부의 모습으로 보며 지나쳤지만, 시우는 사람과 마주칠 때마다 두려움이 밀려오곤 했다. 누군가 한 사람이 고발하기만 해도 즉각 끌려가 죽을 수밖에 없는 상황인 것이다.

천신만고 끝에 동네를 벗어나 한숨을 내쉬는 일행 앞에 여위고 냉정한 인상의 군관 한 명이 부하 2명과 함께 일행을 향해 걸어오며 멈추라고 손짓했다. 피하거나 숨을 틈도 없었다. 군관은 일행을 세운 후 통행증을 보여 달라고 했다. 통행증이 있는 사람은 혜정 혼자뿐. 그나마 일행들에게는 다른 사람들로부터 빌린 공민증밖에 없어서 공민증을 내밀었다.

통행증이 없다는 변명을 혜정이 하려고 하자 군관은 공민증을 흔들며 제지했다.

"공민증도 전부 다른 사람들 것이로군. 물론 통행증도 없을 것이고."

혜정이 내민 증명서들을 자세히 살피던 군관이 일행을 한 사람씩 천천히 살펴보았다.

"아버지는 노환에, 남편들은 피부병, 치료를 하러 가는 모양인데."

"예, 예. 가족들이 피부병도 걸리고 해서 우린 치료하러."

"탈북하려는 반동들은 잡히면 즉결 사형이야. 남조선으로 탈북하려는 건 아니겠지?"

혜정의 말을 끊은 군관의 한 마디에 일행은 새파랗게 질렸다. 군관은 일행의 신분증을 손으로 흔들다가 혜정의 손에 되돌려 주었다.

"동무들은 그런 반동들이 아닌 것 같군."

군관은 혜정의 옆을 스치며 지날 때 낮은 소리로 말했다.

"가서 잘 지내시오. 이곳 동포도 잊지 말고."

20일에 출발하여 강 하나를 사이에 두고 중국이 건너다 보이는 마을에 도착한 것은 일주일이 지난 27일이었다. 북한에서는 제2의 전승일이 있는 날이었다. 혜정이 미리 말해 놓은 덕에 김 씨는 일행을 반갑게 맞이했다.

방에는 노인 혼자뿐이었다. 혜정은 오늘 밤 중으로 이 강을 넘어가도록 도와 달라며 노인에게 부탁했다. 그리고는 가져온 술과 담배, 마른 오징어와 적지 않은 북한 돈을 노인 앞에 내놓았다. 노인의 생활은 구차해 보였다. 다행히 최근에 두만강을 건너가는 밀수꾼들에게 협조해 주면서 얼마간의 대가를 받아 연명한다고 했다. 하지만 너무 위험한 노릇이라 마음 놓고 할 수가 없다고 했다. 노인은 밤이 깊은 후에야 강을 건널 수 있을 테니, 일단 부엌 마루에 가서 누워 있으라고 했다. 일행은 노인에게 운명을 맡기고 밤이 깊어 가기를 기다렸다.

김 노인은 수시로 밖에 나가서 두만강 둑길을 걸으며 경비원들의 상황을 살펴보았다. 노인은 오랜 경험을 통해 경비원들이 어느 때 가장 피곤해 하며, 언제 초소 막에 들어가며, 얼마 정도 있다가 나오는지를 거의 파악하고 있는 것 같았다. 일행은 초조한 심정으로 그를 기다렸다. 1분이 하루처럼 긴 시간이었다. 어느덧 시간이 흘러 새벽 3시가 되었다.

노인이 조용히 와서는 나가자고 했다. 일행은 노인의 뒤를 따라 옥수수 밭 속으로 해서 한 걸음씩 강가로 다가갔다. 달빛이 은은히 비추고 있었다. 최대한 소리를 죽였지만 가볍게 바스락거리는 소리에조차 가슴이 마구 떨렸다. 강변까지 캄캄한 밤길을 한참 가다 보니, 온몸에 땀이 흐르고 팔다리가 저려 왔다. 이윽고 강둑 너머 물가 옆에 도착했다. 바로 앞에 두만강 물이 세차게 출렁이고 있었다. 어둠속으로 저 멀리 중국 땅이 아스라이 가물거렸다.

드디어 마지막 관문인 것이다. 어둠속에서 묵묵히 흘러가는 강물을 보고 있자니, 불안함 속에서도 온갖 감회가 한 순간에 스쳐갔다. 김 노인은 여기서 직선 방향으로 건너가라며 말 대신 손으로 표현했다. 이것으로 그와는 작별이었다. 그는 이제 일행과 아무런 일도 없었던 사이로 돌아가는 것이다. 일행이 모두 시체로 둥둥 물에 떠 있게 되든 성공하든.

노인이 떠난 뒤 일행은 입은 옷 그대로 물에 들어섰다. 마음은 조급했지만 첨벙거리는 소리를 내면 안 되기 때문에 한 걸음씩 조심스럽게 내딛었다. 강가 중간쯤에 들어서니 세찬 물살에 몸의 균형을 잡기가 힘들었다. 물은 점점 깊어 가고 돌도 미끄러워 자칫하면 물살에 휩쓸려 갈 것만 같았다. 순간적으로 노인이 아무 길이나 알려준 건 아닐까 하는 생각이 들었다. 그러나 혜정이 여러 번 중국을 들락거린 통로라 생각하며 불안을 달랬다.

경험이 있는 혜정과 시우가 손을 굳게 잡고 앞장서고, 철구와 미영은 서 노인의 겨드랑이를 꽉 잡아 껴안고는 비스듬하게 천천히 걸었다. 물살이 세기 때문에 도저히 직선 방향으로는 건널 수 없었다. 한 걸음 한 걸음마다 현기증이 일었다. 금방이라도 물살에 휩쓸릴 것만 같았다. 여기서 물살에 한 번 쏠려 가면 끝장이다. 혜정과 시우는 온 힘을 다해 세찬 물살과 싸워 간신히 강을 건넜다.

철구와 미영이 서 노인을 부축하며 건너오는 동안 미영이 유난히 물을 무서워하는 바람에 철구 혼자 애를 먹고 있었다. 시우가 두 사람을 돕기 위해 다시 물속으로 들어가고 있는데 갑자기 철구의 머리가 물속으로 쑥 들어갔다. 그러자 겨우 균형을 유지하던 미영과 서 노인이 물살에 휩쓸려 쓰러지려 했다.

두 사람 모두 체력이 약해 물살에 휩쓸리면 떠내려간다. 시우는 있는 힘을 다해 물살을 헤치고 나가 미영의 손을 꽉 잡았다. 미영과 함께 서 노인의 몸을 잡고 겨우 버텼으나, 철구의 모습이 보이지 않았다. 안타까운 시선으로 강 하류 쪽을 살피던 미영이 낮게 소리쳤다.

"저기 있어!"

달빛에 비치며 떠오른 모습은 머리가 두 개였다. 어둠속에서 단말마 비명 같은 목소리가 들렸다.

"이 새끼들 내가 그리 쉽사리 죽을 줄 알았니? 내가 죽을 때는 네놈들도 다 같이 지옥으로 끌고 갈 테다."

물과 달빛에 번들거리는 일봉의 모습은 돌에 맞은 얼굴의 상처로 인해 흡사 지옥에서 올라온 야차였다. 철구가 일봉의 목을 끌어안으며 낮게 소리쳤다.

"어서 건너가, 곧 따라갈게!"

두 사람은 격렬하게 물속으로 들어갔다 솟구쳤다 하며 물살에 쓸려 떠내려갔다. 두 사람 다 같이 죽더라도 절대 상대를 놓아 줄 것 같지 않은 기세였다. 그 모습을 보는 미영은 발을 동동 구르며 소리 죽여 울었다. 물속의 두 사람은 어둠속에서 점점 멀어지며 모습을 감췄다. 강물에는 처연한 달빛만 출렁거렸다. 철구가 사라지자 미영은 넋이 빠진 사람 같았다.

"울지 마, 누나. 철구 형은 불사조 같은 사람이야. 꼭 살아서 나타날 거야."

시우는 그 자리에서 움직이지 않으려는 미영을 억지로 끌고 강 건너로 올라가, 강가에 발을 딛자마자 그대로 주저앉았다.

시우는 숨을 가라앉히고 강 건너 북한 땅을 바라보았다. 서 노인도 온갖 감회가 서린 시선으로 북한 땅을 보고 있었다. 하늘과 강과 대기가 이어져 있는 그곳. 하지만 악몽의 땅. 시우는 자신도 모르게 눈물이 흘러내렸다. 아직 갈 길이 많이 남아 있지만, 그동안의 설움과 시련 많던 북한 땅과는 영원히 작별했다. 살아생전에 돌아갈 수 있을까 싶던 조국으로 돌아갈 수 있게 된 것이다.

국가를 위해 싸우다 국군 포로가 되었지만, 국가에서 해주지 못한 포로 송환을 해냈다는 감격에 일행은 서로를 얼싸안았다.

"이제 됐어요. 여기가 중국 땅이에요."

혜정이 힘주어 말하며 환하게 웃었다. 그러나 시우와 미영은 혜정처럼 밝게 웃을 수가 없었다. 미영은 철구 때문에, 시우는 재회 때문에. 서 노인은 계속 눈물을 흘리고 있었다.

중국 땅에 도착했다고 해서 안심되는 건 아니었다. 중국 공안 당국은 북한을 탈출해 온 사람들을 색출하기 위해 조선족이 사는 마을까지 순회하며 샅샅이 뒤진다고 했다. 일행은 민가를 향해 이동하는 도중에 중국 공안과 두어 번 마주쳤으나 혜정이 아는 사람들이라 무사히 넘길 수 있었다.

그들은 단속보다는 건수를 잡아 수금을 하려는 노골적인 태도였다. 혜정은 이미 적정 금액이 정해져 있다는 듯 뇌물을 건넸다. 혜정이 함께한 것이 중국 땅에서도 큰 힘을 발휘했다.

그녀를 따라 한참을 가다 보니 반듯한 집 한 채가 있었다. 혜정이 문을 두드리자 아주머니 한 분이 웃으며 반갑게 맞이했다. 일행은 젖은 옷을 벗고 아주머니가 주는 옷으로 갈아입었다. 여기는 화룡이라고 했다. 아주머니는 방 하나를 내주며 좀 쉬라고 했다. 그러나 이미 새벽녘이라 얼마 쉬지도 않아 날이 밝기 시작했다. 이곳에서도 중국 공안 성원들이 자주 순찰하기 때문에 아침식사만 하고 바로 떠나야만 했다.

일행은 주인아주머니의 친척이 있다는 연길 외진 마을까지 왔다. 거기에 도착해서야 국경과 많이 떨어진 지역이라 다소 안심은 되었지만, 그곳도 오래 있을 수는 없었다. 일행은 또 다시 이동하여 숨어 지냈다. 이렇게 수시로 거처를 옮기는 동안 일행은 한국의 친척들과 연계를 취하는 방법을 모색했다.

중국까지 오는 길은 혜정이 데리고 왔지만, 혜정도 국경과 멀어지며 중국 땅으로 들어서자 이때부터는 힘쓸 능력과 방법이 없었다. 그녀도 어쩔 수 없이 브로커들에 의해 움직일 수밖에 없는 처지였다. 언제 중국의 공안들에게 잡힐지 몰라 하루하루 불안한 나날을 보내고 있었는데, 마침내 한 중개인과 연결이 되었다.

그들에게는 서 노인이 챙겨온 미군 유해가 현찰과 다름없는 큰 미끼여서 상황은 급진전하여 며칠 후 시우는 아버지와 연결이 되었다. 아버지의 목소리를 듣는 순간 시우는 눈물이 왈칵 솟았다. 그동안의 감회를 어찌 말할 수 있으랴. 긴 통화를 할 수 없어 당장 해결해야 할 긴급한 상황만 나누고 통화를 끝냈다. 전화기를 내려놓고 나서는 한동안 멍하니 앉아 있었다. 드디어 조국 대한민국으로 돌아가는 것이다. 고국에 있을 때는 조국 대한민국이라는 단어가 촌스럽게 들릴 때도 있었는데, 지금 이 순간엔 가슴 뜨거운 고향 같은 느낌이었다. 내가 돌아갈 수 있는 조국이 있어서 다행이다. 내 조국 대한민국.

중개인들과 접촉하며 혜정과는 헤어지게 되었다. 나온 김에 함께 가자고 설득했으나 혜정은 완고했다. 앵초 밭이라는 그 큰 재산을 두고 그냥 갈 수는 없다는 것이다. 출발은 다섯 명이 했으나 이젠 서 노인과 미영과 시우 세 명만 남았다. 세 사람의 운명이 중개인들의 손에 맡겨졌다. 무엇인가 잘못되면 한국 대사관이 아니라 중국 공안에 넘겨져 다시 지옥의 북한 땅으로 끌려 들어갈 수도 있다.

애타게 기다리는 동안 시우의 아버지가 중국으로 들어왔다는 소식이 들렸다. 그때 일행이 머물고 있는 곳은 연길 어느 조용한 마을이었는데, 그곳을 떠나 아담한 호텔로 자리를 옮겨 그곳에서 아버지를 만났다. 아버지는 서 노인에게 큰절을 올리며 인사드린 후 시우를 끌어안고는 할아버지 안부를 전해 주었다.

"할아버지도 오겠다고 하셨지만 내가 극구 만류했다. 할아버지 건강이 네가 납북된 이후로 많이 약해지셨다. 할아버지 당신 때문에 네가 납북되었다면서 어찌나 자책을 하시던지."

아버지가 아는 인맥을 모두 동원하여 직접 나서서 서둔 덕분에 시우 일행은 드디어 8월 말에 연길에서 심양으로 가는 기차에 올랐다. 밤새 기차를 달려 새벽에 심양에 도착했다. 8월 30일 아침에 심양 비행장에서 비행기를 타기로 결정되어 있었다. 모두 비밀리에 진행되는 과정이라 하루 전에는 여권 확인과 출입구 확인 등의 예행연습도 했다.

비행기를 타면서도 금세 누가 뒷덜미를 덮칠 것만 같았다. 비행기가 이륙하기까지의 시간이 영원 같았다. 드디어 비행기가 이륙하고 중국 땅이 눈 아래로 보이자, 서 노인의 눈에서 눈물이 끝도 없이 흘러내렸다. 시우가 서 노인을 위로했다.

"이젠 걱정 마세요. 비행기에서 내리면 대한민국이에요."

\*\*\*

은아의 가족이 모두 수용소로 들어갔다는 소식을 들은 재희는 매일 매일이 바늘방석에 앉은 것 같았다. 은아에게 그런 짓을 했다면 하우진이 시우에게도 무엇인가 해코지를 했을 것 같았다. 시우에게 연락할 방법을 찾다가 문득 여맹의 검덕 지부가 있었다는 기억이 떠올랐다.

공손하게 재희의 전화를 받은 검덕 지부의 여맹원은 광산 사무실에 다녀와 시우와 철구가 행방불명이 되었다고 전해 주었다. 재희는 가슴이 덜컥 내려앉았다. 행방불명이라구? 그렇다면 하우진이 벌써 시우를 죽였단 말인가? 아니면 수용소로 보낸 것일까?

아니면 혹시 내가 검덕에 다녀온 후로 시우가 결심을 하고 탈북한 것일까? 탈북이 말처럼 쉽지 않을 텐데, 내가 너무 다그치는 바람에 서둘러 탈북하다가 변을 당한 건 아닐까?

재희는 가슴이 찢어지는 고통과 함께 참을 수 없는 증오심이 끓어올랐다. 어떤 상황이었든 이 모든 상황의 뒤에는 하우진이 있다. 지금 내가 할 수 있는 일은 아무것도 없는 걸까? 오랫동안 깊은 생각에 잠겨 있던 재희는 무언가 결심한 듯이 자리에서 일어섰다.

"시우 아버지 말씀이 옳았어. 적이 나를 쏘기 전에 먼저 쏴야만 하는 거야."

\* \* \*

서해 바다가 멀리 내려다보였다. 비행기에는 서 노인을 중심으로 양 옆에 미영과 시우가 타고 있었다. 시우의 아버지는 조철구의 시체라도 찾을 수 있을까 싶어 강 하류 마을의 공안 파출소나 병원을 몇 군데 돌아보고 며칠 후에 오겠다고 했다.

미영은 서 노인의 곁에 앉아 근심스러운 표정으로 서 노인을 살피고 있었다. 워낙 고령인데다 사선을 넘는 긴장을 겪은 충격이 컸던 탓에, 서 노인은 요 며칠 사이에 급격하게 몸이 쇠약해졌다. 호흡이 힘겨운지 숨소리도 거칠었다. 서 노인은 시우를 보며 물었다.

"우리나라는 아직 멀었니? 네 할아버지는 내가 온다는 걸 알고 있겠지?"

"예, 물론이죠. 공항으로 직접 나오신다고 했어요."

"비행기가 원래 이렇게 느린 거냐? 계속 그 자리에 서 있는 것 같으니."

"하하, 지금 무척 빨리 날고 있는 중이에요."

서 노인은 좁은 비행기 좌석에서 몸을 뒤척이며 힘들어했다. 지루하고 힘드실 거야. 할아버지를 일초라도 빨리 만나고 싶으시겠지. 시우는 문득 아버지가 한국에서 장만해 와 건네준 핸드폰 생각이 났다.

"할아버지, 좋은 수가 생각났어요. 우리 할아버지와 전화통화를 해보시겠어요?"

핸드폰 번호를 누르는 시우에게 서 노인이 물었다.

"내가 네 할아버지를 죽이려 한다면 어쩌려고…"

"그럴 리가 있나요? 저는 50년간 변하지 않은 두 분의 우정을 믿어요."

말은 그렇게 하면서도 시우는 서 노인에게 스피커 폰을 켠 채 핸드폰을 건넸다. 혹시라도 충격적인 대화가 오가게 되면 대화를 끊을 생각이었다.

"여보세요."

할아버지의 목소리가 들려오자 서 노인은 아무 말도 못 하고 눈물만 흘렸다. 한동안 목이 메어 말을 못 하던 서 노인이 울먹이는 목소리로

"나야, 남현이."라고 대답하자 할아버지의 엉엉 우는 소리가 전화 너머에서 들려왔다. 옆에서 듣던 미영도 눈물을 훔쳤다. 시우도 자신도 모르게 눈시울이 뜨거워졌다. 할아버지의 목소리가 들려왔다.

"내가 자네를 총으로 쏜 게 맞지? 내가 왜 그런 짓을 했을까?"

할아버지의 말을 들은 서 노인은 번개를 맞은 듯 놀라는 표정이 되었다.

"이럴 수가. 자네의 목소리를 들으니 그날 있었던 일이 구름 걷히듯 모두 떠올라. 자네가 나를 총으로 쏜 건 맞아."

"미안하네, 정말로 미안해. 내가 자네에게만 쏜 게 아니고 보위원도 죽였던 것 같은데, 왜 그런 짓을 했을까? 이 죄를 어떻게 씻으면 좋겠나."

"자네도 나처럼 그날 일을 까맣게 기억하지 못했던 것 같군. 이 사람아. 보위원을 쏜 건 자네가 아니야. 그놈이 우릴 쏘려고 하는 걸 내가 덤벼들다 그놈의 총에 어깨를 맞았고, 그 틈에 자네가 보위원에게 덤벼들어 총을 빼앗으려고 했지. 실랑이 중에 총이 발사되어 보위원이 자기 총에 맞아 죽은 거야."

"아아, 그랬었나. 그 말을 들으니 어렴풋이 기억나는군. 그런데 내가 자네를 쏜 것도 확실히 기억나. 내가 왜 자네까지 쏜 걸까?"

"나를 위해서였지. 본의 아니게 보위원이 죽었으니 우린 즉결 처형을 피할 길이 없었어."

보위원이 피를 흘리며 쓰러져 죽자 두 사람은 아연실색했다. 우선 서 노인의 출혈도 심해서 빨리 조치를 취해야만 할 상황이었다. 시우 할아버지는 갑자기 보위원이 떨어뜨린 총을 집어 들고 서 노인을 겨눴다.

"너는 부인이 있으니 여기 남아라. 그 몸으로 피신할 수도 없다. 내가 사라지면 내가 보위원을 죽이고 너도 죽이려다가 탈출한 걸로 알 거다."

그러고도 할아버지는 서 노인이 출혈을 하면서도 쫓아올까 봐 서 노인의 허벅지에 총을 쏘았다. 울부짖는 서 노인을 뒤로 하고 할아버지는 서 노인의 집으로 달려갔다. 서 노인의 부인에게 간 할아버지는 자신이 보위원을 죽였다고 말하고 친구도 나를 잡으려고 하기에 총으로 쐈다고 말하자 부인이 절규한다. 마지막 정으로 알려주는 것이니 어서 가서 친구를 구해 주라고 말하고는 할아버지는 사라졌다.

"그랬었던가. 이제 나도 그때 상황이 기억나네. 그리고 자네는 급히 달려온 부인 덕분에 무사했구만."

"무사했다니 이 죽일 놈아! 차라리 내 가슴에 총을 쏘고 가야지. 나 때문에 살인자의 누명을 뒤집어쓰려는 친구를 따라가지도 못하고 움직일 수 없었던 그 참담한 고통을 느껴 봐야만 해. 내가 얼마나 걱정했는지 아나. 저렇게 무작정 가다 보면 십중팔구 죽을 텐데. 죽음으로 달려가는 친구를 보고 있을 수밖에 없었던 그 고통을."

서 노인의 감정이 격해지는 것 같아 시우가 대화를 말리려 했다. 그러자 서 노인은 손을 저었다.

"잠시 후 인천 공항에 도착할 예정이오니 착륙할 동안 휴대폰 사용을 금해 주시기 바랍니다."

기내 방송이 나오자 시우는 서 노인의 손에서 휴대폰을 빼앗으려 했으나 서 노인이 완강히 잡고 놓지 않아 전원만 껐다. 방송을 듣고 창밖을 내다보던 미영이 외쳤다.

"한국이다! 와, 저기 빌딩들도 되게 많아."

서 노인은 또 얼마나 감개무량할까. 시우는 서 노인에게 창밖을 보라고 하려다가 깜짝 놀랐다. 서 노인의 머리가 의자 등받이 옆으로 기울어져 있었다. 심장마비로 숨을 거둔 것이다.

"할아버지!"

뒤늦게 할아버지의 모습을 본 미영이 비명을 질렀다.

"할아버지, 조금만 참으시지. 그렇게 기다리던 고국인데!"

서 노인은 70년을 기다려 온 고국 땅을 코앞에 두고 숨을 거두었다. 미영은 서 노인을 끌어안고 뜨거운 눈물을 흘렸다. 그때까지 서 노인의 손은 친구와 나누던 마지막 통화를 끊을 수 없다는 듯이 핸드폰을 꽉 잡고 있었다.

시우 어머니와 공항에 나와 기다리시던 할아버지도 서 노인의 사망 소식을 듣고 그 자리에서 쓰러져 병원에 실려가는 도중 숨을 거두었다. 수십 년을 함께 지옥 같은 탄광에서 지내다가 이제 겨우 밝은 세상에서 만난 두 친구는 결국 손도 잡아 보지 못한 채 한 날 한 시에 숨을 거두었다.

"마지막 길은 함께하셨구나."

어머니가 눈시울을 붉히며 시우의 어깨에 손을 얹었다.

\*\*\*

대공 수사관 분실.

차가운 표정으로 대한민국 대공 수사관이 시우에게 질문했다.

"북한에서 김정은 만세, 조선민주주의인민공화국 만세를 불렀다던데 사실입니까?"

"예, 그건 어쩔 수 없이."
"예, 아니오, 로만 대답하세요. 만세를 불렀습니까?"
"예."
"북한을 그렇게 찬양해서 되겠습니까?"
"찬양이 아니라 어쩔 수 없는 상황이었습니다."
"어쩔 수 없으면 조국도 배신할 겁니까?"
시우는 뜨거운 것이 울컥 치밀어 올랐으나 꿀꺽 삼키고 조용히 대답했다.
"그건 다른 이야기지요."
"북한에서 세뇌 교육을 받고 파견된 간첩이라고 판단되면 구금 생활을 하든가 다시 북으로 돌려보낼 수도 있습니다."
시우는 고요한 시선으로 한참 수사관의 눈을 응시했다.
"국포가 무슨 뜻인지 아시나요?"
갑작스런 시우의 질문에 수사관이 마지못해 대답했다.
"국군 포로를 말하려는 겁니까?"
"예, 국군 포로를 줄여서 국포라고들 하지요. 그런데 국포들은 자신들을 '국가가 포기한 인간'이라서 국포라고 한다더군요."
수사관은 입을 굳게 다물었다. 시우는 담담하게 말을 이었다.
"나는 대한민국을 떠나지 않습니다. 조국을 위해 목숨을 바친 국민을 포기하고 외면한 나라이지만, 내 조국이니까요. 나는 이 땅에서 죽을 거니까요."

증빙 서류가 부실하다는 이유로 시우 할아버지와 미영의 할아버지는 국립묘지에 함께 묻힐 수도 없었다. 70년 전의 상처 따위는 서류조차 존재하지 않는 것이다.

*　*　*

가랑비가 차분하게 내리는 영동 고속도로를 까만 세단이 날렵하게 달리고 있다. 조수석에 앉은 하우진이 카 라디오의 볼륨을 올렸다. 경쾌한 케이 팝이 차 안에 가득 찼다.

"이 노래도 죽이네. 남조선 놈들 노는 것 하나는 끝내준단 말이야."

하우진은 음악에 맞춰 고개를 까딱였다.

"오늘 올라간다고 재희에게 연락했으니, 이제 올라가면 내 여자로 만들 공작을 해야지."

"형님, 두 분 결혼하시면 제게도 한 턱 내셔야 합니다."

핸들 잡고 있는 부관이 맞장구쳤다.

"하하, 하긴 네가 일등 공신이다. 그런데 너 재희는 처음에 어떻게 알고 접근한 거냐?"

"우연히 비행기 옆좌석에 앉았는데, 이야기 도중에 명문대 생이라는 말을 듣고 납북하면 용도가 좋겠다 생각했지요. 단둥에 도착해서 접근 방법을 궁리하는데 포장마차에 들어가더라구요."

"하긴, 그 일봉이네 포장마차가 한국 사람이라면 한 번쯤 들어가고 싶게 만들어 놨지. 그래도 어찌 그리 쉽게 합석했냐. 의심은 안 하디?"

"머리 좀 썼지요. 투명인간처럼 존재감이 없다는 이야기를 만들었더니 재미있어 하면서 경계심을 하나도 안 갖더라구요. 멍청한 놈들. 담배 피는 금연 강사가 어디 있다구. 하하하, 안 기자는 게다가 메타포라나 뭐라나."

부관은 새삼 그 일이 생각 나는지 킬킬 웃었다.

"안 기자가 임소연 취재 나온 거는 어떻게 알았어?"

"제 발로 술자리에 끼어들더군요. 나중에 제 입으로 줄줄 말하더라구요. 조철구는 일봉이 포섭한 것 같았고."

"그런데 납치한 후에 일봉이 국경 수비대와 돈을 나눠 갖고는 도로 보내주려고 한 건가?"

"예, 그래서 이건 아니다 싶어서 형님께 연락드려 보위부 긴급 감찰을 요청한 거지요. 송금해 달라고 부탁하는 척하면서."

"일봉이가 네 얼굴을 모른 덕에 그놈 약점을 잡게 된 거였지. 그놈이 주제넘게 너무 나대기에 한 번 손봐 주려고 하긴 했어. 나중에 네 정체를 알고는 기겁을 하더라."

하우진은 차 시트에 기대며 껄껄 웃었다.

"뭐니뭐니해도 후명이 네가 죽은 것처럼 다른 놈 시체에 네 옷 입혀두었던 게 제일 걸작이었지."

"내가 빠져 나오려면 그 방법밖에 없었지요. 그놈들 표정을 못 본 게 아깝습니다, 하하하."

"너 정말 초능력이긴 하다. 이렇게 살아 있으니."

두 사람은 큰소리로 웃었다. 차는 빗소리를 가르며 경쾌하게 질주하고 있었다.

"이번에 올라가면 일봉이를 정리하실 겁니까?"

"그럴 필요도 없어. 며칠 전에 강 하류에서 일봉이 시체 발견했다더라."

음악이 끊기며 라디오에서 긴급 뉴스가 흘러나왔다.

"조금 전 약대생 두 명이 오피스텔 빌딩에서 추락사한 것을 발견했습니다. 두 사람 모두 마약을 투약한 흔적이 있습니다. 흔히 물뽕이라고 하는 마약으로서 성 접대를 위해 여성들에게 강요하는 마약입니다. 두 사람은 성추행을 당한 후 수치심을 이기지 못해 투신한 걸로 보여집니다만, 타살의 가능성도 남겨 두고 있습니다. 요즘 대학가에서 마약이 급증하여 당국에서 긴장하고 있습니다. 더욱이 김 모 양과 최 모 양은 명문대 출신이라서 더욱 주변을 안타깝게 하였습니다. 경찰은 자살인지 타살인지 수사 중이라고 합니다."

뉴스를 듣고 반후명이 조소를 날렸다.

"우리 떠난 후 백 날 조사해 봐라. 우린 이미 북조선으로 넘어가 있을 거니까."

"지금까지 쟤들 방에 넣어 준, 제법 잘나간다고 콧방귀나 뀌던 남자놈들 명단을 오피스텔에 두고 왔으니, 곧 개망신 당하고 사회에서 축출 당하겠지?"

하우진이 조소를 날렸다.

"그나저나 이번엔 약을 생각보다 훨씬 많이 팔았네."

"저도 놀랐습니다. 요즘은 대학가 근처랑 유흥가에선 마약 안 하는 애들이 거의 안 보일 정도가 되었더라구요."

"이젠 우리가 직접 나서지 않아도 자기들 스스로 사고팔고 하면서 기하급수적으로 늘어나겠지. 보고하려고 복사해 둔 게 있는데 이거 봐라."

〈마약 청정국 사범 증가율 통계 참조〉

대검찰청에 따르면, 마약류 사범 단속 건수는 지속적으로 늘고 있다. 마약 밀수입 압수량은 2016년 38.6kg, 2017년 35.2kg에서 2018년 298.3kg으로 크게 늘었다.

"단속된 것만 1년 동안 35킬로에서 298킬로로, 거의 열 배 가까이 늘었다. 그러니 단속에 걸리지 않고 팔려 나간 양이 얼마나 되는지 짐작이 가지? 덕분에 우리 차 뒤에는 엄청난 달러가 실려 있지만."

"이젠 동해에서 접선할 우리 어선만 타면 끝이네요. 공로 훈장이 눈앞에 보입니다."

두 사람은 통쾌하다는 듯 웃으며 악셀을 밟았다. 차량도 별로 달리지 않는 한산한 고속도로는 질주하기 딱 좋았다. 조금씩 내리던 가랑비가 차츰 굵어지며 달리는 타이어에서 빗물 가르는 소리가 경쾌하게 들려왔다. 타이어 소리가 점점 크게 들려오더니 지나치게 크게 들린다 싶어 고개를 돌아보던 하우진이 경악했다. 그들이 탄 세단 바로 뒤로 브레이크가 고장 난 듯한 10톤 트럭이 맹렬히 달려오고 있었다. 비명을 지를 사이도 없이 10톤 트럭은 엄청난 괴력으로 하우진의 세단을 밀고 도로가의 보호대를 뚫고 나가며 무자비하게 깔아뭉갰다. 형체를 알 수 없을 만치 일그러진 세단의 엔진룸에서 뿌연 김이 뭉클뭉클 솟아올랐다. 트럭 운전사가 내려와 우그러진 세단의 문틈으로 들여다보자 하우진과 반후명 둘 다 찌그러진 차만큼 손상된 모습으로 처참하게 죽어 있었다. 트럭 기사는 세단의 일그러진 트렁크에서 삐져 나온 미화가 담긴 가방을 열어 보고는 트럭으로 옮겨 실었다. 그리곤 보험회사와 경찰에 신고 전화를 한 후 아내에게 전화를 걸었다.

"나 사고 났어. 응, 보험에도 연락했어. 난 안 다쳤어. 그래, 그래, 알았어. 너무 걱정 마. 지금 택시 타고 와서 화물차 운전석에 숨겨 둔 가방 갖고 가서 잘 보관해 놔."

남자는 다리를 약간 절며 길가로 걸어가 보도블록에 걸터앉아 담배를 피워 물었다. 멀리서 백차의 사이렌 소리와 함께 번쩍이는 경광등 불빛이 달려오고 있었다.

하우진의 집 거실에는 은아가 사라진 후 집안일을 돕기 위해 새로 온 아가씨 둘이 티비를 재미있게 보고 있었다. 티비 화면에는 행복한 미소가 만면에 가득한 안영민과 임소연 두 사람의 합창이 흘러나오고 있었다.
하우진의 방에서 컴퓨터를 켜고 영동 고속도로에서 일어난 교통사고 뉴스를 본 재희는 이어폰을 꽂고 음악 파일에서 노래 한 곡을 클릭했다. 캔자스의 '더스트 인 더 윈드'였다.

눈을 감아요
모든 것이 순식간에 사라져 버려요
우리는 모두 허공 속의 먼지일 뿐

매달리지 말아요
땅과 하늘 외에 영원한 건 없어요
그저 사라져 버릴 뿐
우린 모두 바람 속의 먼지일 뿐

에필로그

"꽃은 들어왔나요?"

"겨우 하나 구해 왔어요. 새로운 꽃을 계속 구하는 것도 쉽지 않네요. 10년 동안 같은 꽃은 절대 그리지 않으시는 거예요?"

시우는 미소로 대답을 대신하고, 동네 꽃집에서 꽃을 사들고 나와 전당포로 발걸음을 옮겼다. 할아버지가 돌아가신 지 벌써 10년이 지났다. 그 후로 시간 전당포는 시우가 이어받아 운영하고 있다. 부모님도 전당포를 그만두자고 하고 좋은 직장에서도 스카우트 제의가 몇 군데 있었으나, 시우는 전당포를 고집했다.

시우는 전당포 문을 열고 1층 입구부터 3층까지 청소를 다 마친 후 전당포 안으로 들어갔다. 컴퓨터에 있는 음악 파일을 클릭하자 노래가 흘러나왔다. 시우는 음악을 들으며 책상 위의 장부를 한 번 검토한 후 조간신문을 펼쳐들었다. 사회면을 훑어보던 시우의 눈이 휘둥그레졌다.

"그동안 북한의 남북 화해 위원으로서 국군 포로 송환을 적극적으로 도와 많은 국군 포로들의 귀환에 기여해 온 북측 대표가 북한에 남은 96세의 마지막 국군 포로를 동반하고 방한하여 극적으로 망명 요청을 했다고 한다. 그는 10년 전 여대생의 신분으로 월북한 것으로 알려졌던 한재희 씨로서, 그동안의 월북설을 강하게 부인하고 납북되었었다고 해명했다. 망명한 한재희 씨는 지금 안가에 머물고 있다고 소식통은 밝혔다."

신문을 든 시우의 손이 와들와들 떨렸다. 시우는 자리에서 벌떡 일어섰다. 잠시 정신을 가다듬은 시우는 신문사의 전화번호를 찾은 후 전화기를 들었다. 숨을 고르고 번호를 누르려는데, 손님들이 전당품을 맡기는 전당포 창구로 붉은 장미 한 송이가 들어왔다. 철창 밖으로는 여성의 실루엣이 보였다. 시우는 전화기를 제 자리에 놓고 떨리는 목소리로 물었다.

"얼마가 필요하신가요?"

"10년의 지난 시간을 돌려주세요."

시우는 문을 열고 나갔다.

재희가 서 있었다.

두 사람은 말없이 마주 섰다. 지난 10년의 세월이 두 사람의 머리에 희끗한 새치가 되어 앉아 있었다. 두 사람은 말을 잃고 그렇게 마주 보고 서 있기만 했다. 그때 장바구니를 들고 1층 현관문을 열며 계단으로 들어서는 주부의 명랑한 목소리가 들려왔다.

"붕어빵 사왔어. 아직 따끈따끈해."

재희 또래의 주부는 계단을 올라오다가 재희를 발견하고 깜짝 놀랐다. 재희 역시 주부를 보고 놀랐다.

"아, 두 사람은 서로 모르지?"

시우가 재희를 인사시켜 주려고 했다.

"재희야, 한재희."

"아, 재희 씨. 말씀 많이 들었어요."

재희의 얼굴에 가는 경련이 스쳤다. 말씀을 많이 들어? 무슨 말씀? 왜 내가 그런 소릴 들어야 하지? 그러나 재희의 입에서는 마음과는 달리 변명조의 말이 튀어 나왔다.

"아, 미안해요. 난 그냥…"

재희의 마음에 격랑이 일었다. 내가 왜 미안해야 하는 거야. 그때 7살쯤 되어 보이는 사내아이가 현관문을 밀치고 달려 들어오며 주부의 치

마꼬리를 잡았다.

"엄마! 붕어빵 사온다고 했지? 나도 하나 줘."

재회의 눈이 심하게 흔들렸다. 참 씩씩하게 생긴 녀석이로구나. 7-8살쯤 되었으려나. 그래, 그동안 10년이 흘렀지. 무슨 변화가 생겼어도 놀랍지 않은 시간이야. 재희는 눈앞이 흐려 왔다. 이게 현실인 거지. 나 혼자 꿈을 꾸었었나 봐. 꿈은 언제나 날 위로해 주었으니까. 어떡하지? 이젠 잠을 자도 꿈을 꾸지 못할 것 같아.

"여기서 뭐해?"

귀에 익은 남자 목소리가 나며 현관문이 열렸다. 주부가 대답했다.

"으응, 시장 다녀오는 길에 붕어빵 사와서 식기 전에 시우 주고 가려는 중이야."

"아빠!"

남자는 꼬마가 안겨 오자 꼬마를 번쩍 들어 올려 목마를 태우려다. 재회의 얼굴을 보고는 3층까지 찌렁찌렁 울릴 만큼 크게 소리쳤다.

"아니, 이게 누구야? 재희잖아."

재회의 눈이 둥그레졌다. 들어선 사람은 하얀 앞치마를 두른 조철구였다. 철구는 반색하며 한 달음에 계단을 뛰어 올라 재희의 두 손을 힘껏 움켜쥐었다. 아야, 아파. 꿈이 아니었어. 재희도 힘껏 철구의 손을 잡았다.

"철구 오빠, 건강해 보여. 모두 무사한 것 같아 정말 다행이야."

"말도 마. 지금은 건강하지만 전부 다 죽을 뻔했었지. 난 강물에 떠내려가다가 뒤늦게 겨우 살아났어. 시우 네 아버지가 적극적으로 수소문 하지 않았으면 못 왔을 거야."

"그런데 오빠, 안 어울리게 웬 앞치마야?"

재희는 손으로 입을 가리며 웃었다. 이렇게까지 우스운 일은 아닌데 자꾸 웃음이 나왔다.

"아, 이거. 이 건물 1층 초밥집이 우리 가게야. 가벼운 일식이랑 생선회를 팔고 있어. 내가 원래 칼잡이 아니냐? 종류는 다르지만."

철구는 껄껄 웃었다. 두 사람의 대화를 듣고 서 있는 미영에게 철구가 설명했다.

"여보, 우리가 매일 이야기하던 재희야, 한재희."

미영의 얼굴에 다시 한 번 환한 미소가 떠올랐다.

"재희 씨 정말 반가워요. 시우가 얼마나 가슴 졸이며 기다렸는지 모를 거예요."

미영은 재희의 손을 꼭 잡고 흔들며 시우를 돌아보았다. 시우는 조용히 웃고만 있었다.

"참, 우리 얼른 내려가서 장사 준비해야지. 우리 내려가자구."

철구는 시우가 예전에 자신과 미영을 위해 자리를 비켜 주었던 것처럼 서둘러 미영을 데리고 내려가며 소리쳤다.

"저녁은 내가 쏠게. 최고급 생선회로 말이야. 나중에 내려와."

다시 둘이 되었다. 아무것도 보이지 않았다. 건물 밖에도 거리에도 지구 위에도 아무도 없고, 세상에는 둘만 있었다.

"나 이대로 계속 세워 둘 거야? 다리 아파."

"아, 들어가자."

시우가 꿈에서 깨며 앞장서서 허리 숙여 전당포 안으로 들어갔다. 뒤따라 허리 숙여 전당포 안으로 들어가던 재희는 허리를 펴는 순간 탄성을 질렀다.

"어머."

전당포 벽에는 재희가 머리에 꽃을 꽂은 그림이 걸려 있었다.

그 그림 옆에는 재희가 머리에 꽃을 꽂은 그림이 걸려 있었고,

또 그 그림 옆에는 재희가 머리에 꽃을 꽂은 그림이 걸려 있었다.

그림 옆에는 자꾸만 재희가 머리에 꽃을 꽂은 그림이 걸려 있었다.

그 옆에도 그 밑에도 그 위에도. 좁은 전당포 벽에는 온통 재희의 그림으로 가득했다. 책상 위에는 아직 액자에 넣지 못한 재희의 그림들이 수북하게 쌓여 있었다. 재희의 그림마다 머리에 꽂힌 꽃이 달랐다.

"이거 다 직접 그린 거야?"

"응."

재희는 웃음이 나왔다. 그래, 한눈에도 네가 그린 그림 맞아. 못 그린 그림. 어쩌면 그렇게 못 그리니. 뱅크시 벽화를 그리던 10년 전이랑 어째 그리 하나도 안 달라졌을까. 이게 정말 네가 기억하고 있는 내 얼굴인 거야? 재희의 눈에 물기가 서렸다.

전당포 벽에는 온통 못생긴 재희의 얼굴이 넝쿨에 달린 호박 덩어리가 되어 가득 걸려 있었다. 호박마다 꽃이 꽂혀 있었다.

하지만 내가 다시 봐도 내 얼굴이 맞긴 해. 그래도 왜 이렇게 못 그린 거야. 참을 수 없는 울음 같은 재희의 웃음소리가 입 밖으로 새어나왔다. 재희는 책상 위의 그림을 하나하나 들추어 보았다.

"꽃이 다 다르네?"

"너를 만날 때까지 전부 다른 꽃을 네게 꽂아 주고 싶었어."

그림의 꽃 위에 재희의 눈물이 한 방울 떨어졌다. 재희는 시우에게 다가갔다. 시우 앞에 마주 서서 한참 시우를 쳐다보았다. 손을 들어 시우의 코를 짚으며 물었다.

"이거 누구 꺼야?"

"니 꺼."

재희가 자신의 코를 가리켰다.

"이건?"

시우가 대답했다.

"내 꺼."

"응."

재희의 눈에 눈물이 담뿍 고였다. 하나도 부끄럽지 않았다. 이딴 짓. 서른여섯에 해도 하나도 안 부끄러워. 시우는 책상에 놓인 장미꽃을 집어 재희의 머리에 꽂아 주었다.

"나 꽃 꽂은 여자 된 거야?"

"그래."

시우가 대답했다.

"응, 맞아, 나 제 정신이 아니야, 지금."

시우는 재희의 어깨를 부드럽게 안았다. 시우의 손이 어깨에 닿자 마치 수도꼭지를 건드린 듯 재희의 볼을 타고 눈물이 흘러내렸다. 북한에서 10년간 얼어붙었던 심장이 녹아내리고 있었다. 그날, 눈물로 온 동네를 채우고 노아의 방주를 만든 그날처럼.

재희가 물었다.

"우리 지금 몇 살인 거야?"

"스물여섯 살."

"정말?"

시우는 재희의 눈을 들여다보았다.

"잊었어? 여긴 맡겼던 시간을 잘 보관했다가 돌려주는 시간 전당포잖아."

시우의 입술이 재희의 입술에 조용히 다가갔다. 재희의 팔이 시우의 어깨를 감쌌다. 재희는 눈을 감았다. 시우의 까슬한 입술이 재희의 부드러운 입술에 닿았다. 재희의 감은 눈 가득 샌프란시스코가 펼쳐졌다. 그제서야 시우가 전당포에 앉아 무한 반복으로 켜놓은 그 노래가 들려오기 시작했다.

샌프란시스코에 가면
잊지 말고 머리에 꽃을 꽂으세요
샌프란시스코에 가면
다정한 사람들을 만나게 될 거예요

샌프란시스코에 가면
잊지 말고 머리에 꽃을 꽂으세요
샌프란시스코에 가면
여름이면 사랑에 빠질 거예요

끝

작가의 글

정면에서 불어오는 상쾌한 바람이었다. 사람들은 이런 기분에 조깅을 하는 것일까? 제법 속도가 붙은 듯 눈 옆으로는 고층 빌딩들이 상쾌한 리듬으로 스쳐 지나고 있었다. 얼굴을 지나 귓가를 스치는 바람에서 음악 소리가 나는 듯했다. 7석 트랜지스터라디오에서 들려 나오던. 바람의 흐름에 따라 크고 작게 들리던 그 느낌. 귓가를 스치던 음악 소리에서는 노래 가사까지 진짜로 들렸다. 캔자스의 "더스트 인 더 윈드"

　　우리는 허공 속의 먼지일 뿐. 우우우~

음악 소리가 더욱 커졌다. 소리가 커지는 쪽으로 고개를 돌려보니 언제 나타났는지 스무 살 정도의 청년이 트랜지스터라디오를 손에 들고 내 오른쪽에서 어깨를 나란히 하고 있었다. 음악은 갈색 가죽 케이스에 들어있는 트랜지스터라디오에서 나는 소리였다.
"안녕?"
내가 좋아하는 음악과 함께 나타난 청년에게 마음이 끌렸다. 낯을 가리는 편인데도 불구하고 생면부지의 사람에게 이렇게 편하게 말을 걸다니. 음악 탓인가? 젊음이 온몸에 넘치고 있는 그 청년의 생기 때문인가?
"안녕하세요."
그 청년도 내가 낯설지 않다는 듯 선선하게 대답을 해왔다.
"좋은 날씨지?"
"예~ 아주 상쾌하네요. 햇살도 화사하고 바람이 아주 기분 좋아요."
"음악을 좋아하는 모양이야."
"예, 음악이라면 다 좋아요."
나도 그런데.

"내 뒤에는 아무도 안 보이던데 언제 나타난 거야?"

"정확히 말하자면 아저씨 뒤가 아니라 아저씨 위죠. 하하하."

"위? 음. 위라고 말하는 걸 보니까 내 의문에 답을 해 줄 수 있을 것 같군."

"무슨 의문이신데요?"

"사실은 말이지. 지금 우리, 앞으로 달려가고 있는 게 아니라 아래로 떨어지고 있는 거 맞지?"

"예, 맞아요."

"내 느낌이 사실이었군. 언제부터인가 내가 떨어지고 있다는 생각이 들었는데 사실이었어. 이거 충격인데. 그렇다면 우린 지금 비정상적인 상태가 아닌가?"

"아뇨. 지금이 우리의 정상 상태예요. 사람들이 착각을 하고 살아 온 거죠."

"그 말은 얼른 이해가 안 되는데. 우린 지금 아주 높은 데서 떨어지고 있는 거잖아. 맞지?"

"그렇다니까요. 아저씨가 떨어지는 속도로 봐서 아저씨가 떨어지기 시작한 빌딩은 높이가 4,805,254,323층쯤 될 거예요."

"이봐 이봐, 그게 무슨 소리야. 내가 아마 꿈을 꾸고 있는 것 같은데. 하하하. 그래도 너무 황당한 꿈이로군. 아무리 꿈이라 하더라도 그런 고층 빌딩이라니. 실감이 안 나는걸."

"그러실 거예요. 아저씨 잘못만은 아니죠. 사실은 이게 모두 뉴턴의 실책 때문이에요."

"뉴턴이라면 만유인력을 발견한 과학자 아이작 뉴턴 말인가?"

"예, 정확한 호칭은 아이작 뉴턴 경. 사과나무에서 사과가 떨어지는 걸 보고 만유인력을 발견했다고 알려져 있지요."

"그런데 그 만유인력에 무슨 잘못이라도 있다는 거야?"

"아뇨, 만유인력 자체에 문제가 있는 것이 아니고 만유인력이 잡아당기는 사과를 본 것이 실책이었다는 거죠."

"그렇다면 사과가 아니라 수박이나 파인애플이었어야 한다는 건가?"

"그런 과일이나 물체가 아니고…"

그는 잠시 뜸을 들였다.

"사람이었어야 한다는 거죠. 뉴턴이 떨어지는 사과를 보고 중력을 발견했다고 하는 바람에 많은 사람들이-인류 전체라고 해야겠지만요-만유인력은 사과만 잡아당기는 거라고 기억하게 되어 버린 거예요."

"꼭 사과만 당긴다고 생각하는 건 아닌데. 만유인력 하면 사과가 먼저 떠오르긴 하지."

"사실은 만유인력이 가장 강하게 끌어당기는 건 사과나 다른 물체가 아니고 사람이에요."

"그게 무슨 소리야. 만유인력이 사람을 가장 강하게 잡아당기다니. 인력은 사물에 균등하게 작용하는 것 아닌가."

"아저씨. 이 수수께끼 알죠? 아침에는 네 발, 낮에는 두 발, 저녁에는 세 발인 짐승이 뭐냐 하는 수수께끼."

"알지. 스핑크스가 오이디푸스에게 낸 수수께끼잖아. 해답은 인간이고."

"그렇죠. 아기 때는 네발로 기고, 청년은 두 발로, 노인은 지팡이를 짚어서 세 발이니까요."

"그런데 그게 만유인력과 무슨 관계가 있는 거야?"

"어렸을 적엔 중력을 이기지 못해서 땅에서 일어나지를 못하다가 성년이 되면 지구의 중력쯤은 가볍게 이기고 걸어 다니지요. 심지어는 비행기도 타고 행글라이더도 타면서 지구의 중력 따위는 아무 지장을 주지 못하는 것처럼 보여요. 달까지도 날아가니까요 뭐."

"흠~ 그런데 나이가 들수록 어린 시절처럼 지구의 중력을 강하게 느끼게 되고 결국은 점점 중력 쪽으로 몸을 빼앗기게 되면서 스스로의 힘으로는 버티지 못하니까 지팡이를 이용하여 버티려고 한다."

"예, 결국은 땅속으로 빨려 들어가고 말겠지만요."

"자네 말을 정리하자면 우리에게 시간이 흐른다는 건 수평이 아니고 수직형이라는 건가?"

"이해하기 쉽게 그림으로 표현하자면 그런 거죠."

"그래서 내 인생은 4,805,254,323층이라는 고층 빌딩에서 떨어지는 순간부터 시작된 거구?"

"그런 셈이죠"

"그런데 난 생전에 그렇게 높은 고층 빌딩을 본 적도 없는데 이건 너무 허구가 아닌가?"

"그동안 인지하지 못했을 뿐 엄연한 진실이죠. 우리가 흔히 볼 수 있는 도표, 아이가 태어나 일어서서 걷고 점점 앞으로 걸어갈수록 나이가 들면서 노인이 되는 그림은 편의상 그려져 있는 거예요. 사실은 집단 최면 같은 거죠. 걸어가는 데에는 우리의 의지가 작용하잖아요. 사람의 나이가 우리가 먹기 싫다고 해서 안 먹어지나요? 그러면 나이 먹기 싫으면 앞으로 걸어가지 않고 가만있으면 되는 거게요? 그러니까 나이라는 것은 탄생이라는 높은 고공에서 사망이라는 아래로 떨어지는 거라구요. 나이는 우리의 의지와는 상관없이 그냥 먹어지는 거라구요."

"그래서 땅에 도달하는 순간이 사망이라는 건가?"

"그렇죠 이제 좀 이해가 되시는 거예요?"

"어찌 보면 이치적인 것 같기도 하군. 잘 받아들여지는 건 아니지만. 그러면 지금 우리 곁을 쉭쉭 스치며 올라가고 있는 고층 빌딩들의 높이가 천문학적인 높이란 말이야?"

"그렇죠. 이제 좀 이해가 되시나 보네요. 우린 보통 달리기를 할 때 건물들이 수평으로 스쳐 지나는 경험만 해왔는데 지금은 건물들이 수직으로 지나고 있다는 것이 다른 것이죠."

"그래서 달라지는 게 뭔데."

"달라지는 건 없어요. 아직도 많은 사람들은 시간이 수평으로 흐르고 있다고 믿고 있는데 아저씨는 어느 순간 시간의 흐름을 이해하게 되었다는 거죠. 진실을 직시한다는 건 소중한 거잖아요."

"아냐, 난 아직 뭐가 뭔지 모르겠어. 너를 만나기 전에는 그저 막연하게 꿈을 꾸나 보다 싶었는데 네 말을 듣고 보니 머리가 더 뒤죽박죽이 되어 버렸어."

이때 우리 위에서 다급한 목소리가 들려왔다.

"비켜 주세요. 지금 내려갑니다!"

돌아보니 저 멀리 까마득하던 점 하나가 엄청난 속도로 사람의 형태를 이루더니 우리를 삽시간에 추월하여 급격히 낙하했다.

"안녕하세요?"

다급한 느낌의 그 목소리는 급행열차가 지나는 느낌으로 멀어지며 이렇게 소리쳤다

"그렇게 천천히 떨어지다가는 목적지에 언제 도달하려고 그러세요? 서두르세요. 인생은 짧아요."

그 외에도 한두 마디 더 한 것 같은데 끝이 흐려지며 흔적도 없이 시야에서 사라져 버렸다.

"저 사람은 뭐가 그리 급하다고 저렇게 서두르는 거지?"

"저 앞에 뭔가 자기가 해결해야만 할 일이 있다고 믿고 있는 거죠. 아니면 1등 강박증 때문에 무조건 빨리 가야만 하는 사람들도 있구요. 그런 사람들 많이 있어요."

"결국 저렇게 빨리 달려 봐야 자기 앞에 준비되어 있는 건 죽음뿐인데 말이지?"

"예."

"그런데 자넨 나보다 나이도 어려 보이는데 어떻게 이런 사실들을 알게 된 거지?"

"특별한 것도 아니죠. 사실은 아저씨도 막연하게 알고 있던 사실일 뿐이에요."

"자네 이름은 뭔가?"

"저는 이드예요."

"이드? 서구적인 이름이네."

"그러니까 저는 아저씨의 이드라구요."

"이드라면, 프로이트의 그… 설마."

"예~ 맞아요. 인간 정신의 밑바닥에 있는 원시적·동물적·본능적 요소라고 프로이트가 말을 했죠."

"그럼 자네가, 아니 네가 내 정신의 밑바닥에 있는 원시적·동물적·본능적 요소라는 말이야?"

"예, 꼭 동물적 본능이라기보다는 아주 인간적인 또 하나의 아저씨라고 할 수 있어요."

"으음 잘 모르겠어. 네가 나의 잠재된 욕망이라니. 내가 인생에 대한 과도한 욕심이라도 품고 있단 걸까. 들을수록 골치 아프네. 그런데 의문 나는 점은, 사람들이 왜 똑같은 속도로 떨어지지 않고 있는 거지? 네 말대로라면 모든 인간은 똑같은 속도로 떨어져야만 하는 것 아닌가? 너만 해도 전혀 보이지도 않다가 순식간에 빠른 속도로 내게 나타나지 않았나. 그건 임의로 속도를 조절할 수도 있다는 것 아닌가?"

"아니에요. 사람들이 임의로 속도를 조절할 수는 없어요. 내가 나타난 건 조금 전에 말씀드린 것처럼 내가 아저씨의 이드이기 때문이에요. 바꿔 말하면 나는 이미 아저씨의 마음 안에 있다가 아저씨의 무의식이 불러낸 거라구요. 하지만 사람들은 스카이다이빙에서 낙하의 속도를 조절하는 방법을 찾아냈어요. 요령은 스카이 다이빙할 때하고 똑같이 공기의 저항을 최소한으로 줄이는 자세를 취하면 속도가 빨라지고 그 자세를 그대로 유지하고 있으면 가속도가 붙어서 엄청나게 빨라지지요. 하지만 빨리 갈 수는 있게 되었지만 천천히 떨어지는 방법은 없어요."

"그런 바보 같은 짓이 있나? 빨리 갈수록 빨리 죽어 버린다는 사실을 사람들이 모르는 거야?"

"알고들 있죠. 그런데도 불구하고 사람들은 속도 자체에 취해버려서 자신의 현재 속도를 망각하게 되는 거죠. 일종의 마취 상태라고 해야 하나. 일에 빠져서 인생을 물처럼 허비하는 것하고 똑같은 이치죠 뭐. 스스로 제어하기 어려울 만큼 한번 가속도가 붙으면 멈추고 싶어도 멈출 수 없을 때도 있구요. 속도 자체에 마비가 되어서 자기가 얼마나 빨리 떨어지고 있는지 무감각 상태가 되는 경우도 있어요."

"그런데 저기 저 발아래 보이는 빌딩 옥상에는 사람들이 무척 많은 걸. 저런 곳이 가끔 몇 군데 보이던데, 우리는 떨어져 내리다가도 저렇게 옥상에서 머물 수도 있는 거야? 저기는 옥상에 수영장도 있고 비치 파라솔에 비치 체어도 있군. 완전 낙원처럼 보이는데."

"쉬고 싶으신 거예요?"

"그래. 우리 저기 가서 잠시 쉬어 갈 수 없을까? 정신이 녹초가 되어 버렸어."

"저기는 현실이 아니고 꿈이에요."

"꿈?"

"옥상에 머물러 있는 건 꿈을 꾸고 있는 거예요. 사실은 우린 단 1초도 허공중에 머물러 있지 못해요."

"그래? 결국 그런 건가. 저런 건 꿈이나 꿀 수밖에 없는 그림의 떡이라는 거야?"

"하지만 내가 아저씨에게 나타나는 것도 꿈의 한 종류이니까 우리는 잠시 저기 머물 수 있을 지도 몰라요."

"그러면 어떻게 해야 하지? 우리가 손을 잡고 동시에 구호라도 붙이면서 착륙해야 하나?"

"아뇨. 자세히 보세요. 우리가 마음먹은 순간 우린 벌써 옥상에 와 있어요. 발에 바닥이 닿죠?"

"이거 놀랍군. 바닥의 촉감이 정말 빌딩의 콘크리트 바닥 같아."

"아저씨 뭐 음료수라도 하나 드시겠어요?"

"그러고 보니 목이 좀 마른 것 같기도 하네. 뭐가 있지?"

"하하 말씀만 하세요. 아저씨가 드시고 싶은 건 다 있어요. 여긴 꿈속이니까요."

"그럼 정신 좀 나게 시원한 음료를 한 캔 줄래? 아무래도 차가운 걸

마셔야 할 것 같아."

"하하 그러실 줄 알았어요. 저도 같은 거로 마실게요."

딸칵. 캔 뚜껑을 따고 시원스레 음료수를 마시는 이드의 목젖이 세로로 힘차게 움직이는 모습은 너무 생생했다. 내 목젖을 넘어가는 음료의 냉기도 꿈이라고 생각할 수 없을 정도로 차갑고 짜릿했다.

"이드야. 아~ 이건 말도 안 돼. 정말 어지럽다. 이거 꿈 맞지? 꿈이라고 해줄래?"

"여기는 꿈이 맞다니까요. 이 옥상의 아름다운 정원과 테라스는 꿈이라구요."

"아니 그 꿈 말고 진짜 꿈. 내가 낙하하고 있는 꿈을 깨게 해 달라고."

"아저씨 지금이 꿈속의 꿈인지 아니면 꿈 밖의 꿈인지 헷갈리는 거죠?"

"제발 그만해. 이드. 네가 할 수만 있다면 어서 이 꿈을 깨게 해 줘."

"주변을 보세요. 우린 낙하하고 있죠? 이제 꿈을 깬 거예요. 옥상은 사라진 거라구요."

"아니 옥상의 꿈 말고. 낙하하는 이 꿈 말이야. 난 심각하다구. 이건 악몽이야. 제발 잠시라도 낙하를 멈추고 머물러있을 수는 없어?"

"지구의 인력이 존재하는 한 멈출 수는 없어요."

"크흐흑. 난 미칠 것만 같아. 잠시 멈추어서 뭔가를 깊이 생각해 보고 인생의 속도를 조절하고 싶어. 무작정 떨어져 내릴 것이 아니라 소중한 것을 그리워 해보고 싶어."

이드는 내 곁에서 말없이 떨어져 내리고 있었다. 이드의 손에 들려있는 트랜지스터라디오에서는 계속해서 더스트 인 더 윈드가 흘러나오고 있었다.

우리는 허공 속의 먼지일 뿐.

우우우~ 우우우~

"아저씨."

"응."

"하지만 한 가지 예외는 있어요. 나는 아직 어려서 경험해 보지 못했지만 낙하의 속도가 변화되는 경우가 있긴 하대요."

"그게 언젠데?"

"사랑이라고 하는 상태인데, 사랑이라는 바람을 타게 되면 시간을 종횡으로 날아다닐 수 있대요. 그때는 시간이 너무나 걷잡을 수 없이 빨리 가는가 싶기도 하고, 하루에 1초도 안 가는 것 같기도 하고 그렇대요. 그래서 우주에서 가장 정교하다는 시계조차도 사랑 앞에서는 그 속도를 제대로 지킬 수가 없다는 거예요. 사랑에 빠지게 되면 때로는 낙하를 멈추기도 하고 심지어는 역풍을 만난 듯 바람을 타고 위로 위로 끝없이 날아오르기도 한 대요."

"그래? 하긴, 사랑이라는 것이 그런 힘이 있긴 하지. 심지어 사랑하는 사람 앞에서는 자신이 먼지 같은 존재 같기도 하고 그냥 사랑만 있으면 다른 것은 아무렇게나 되어도 상관없다는 마음이 되기도 하고 말이야."

"야~ 사랑이라는 게 그렇게도 멋진 건가요? 얼른 해 보고 싶어요."

"하고 싶다고 해서 할 수 있는 게 아냐 사랑은. 사랑이야말로 가장 우리의 의지대로 되는 것 같아도 가장 의지와는 반대로 되는 것이기도 하지. 한마디로 사랑은 걷잡을 수 없는 태풍 같은 거야. 태풍은 전조가 있기라도 한데 사랑은 전조도 없을 때가 많아."

"그래서 시간조차 사랑 앞에서는 자리를 지키지 못하는 거군요."

"그래. 그런데 이렇게 떨어져 내리기만 하면서 사랑이라는 걸 할 기회가 내게 올 수 있을까?"

"있을 거예요 아저씨. 기운 내세요. 가끔 우리를 스치며 빨리 지나가는 사람들도 만나고 우연히 꿈의 옥상에서 사람을 만날 수도 있지 않겠어요? 사랑은 그런 강렬한 희망의 결과가 아닐까요?"

"그래, 이드. 이제 뭔가 조금 눈이 떠지는 것 같아. 떨어져 내리는 낙하의 공포에서 벗어나려고 사랑을 시작하지만 막상 사랑을 하게 되면 낙하 속도 따위는 아무런 두려움도 될 수가 없는 거야. 오직 두려운 건 사랑의 영속성뿐. 내가 온 영혼을 다 해서 사랑할 수 있는 그녀를 만날 수만 있다면 낙하의 속도 따위는 내게 아무런 의미가 없을 것 같아."

"사랑은 참 아름다운 거네요."

내 말을 들으며 이드는 감동한 듯이 잠시 조용히 있었다.

"그리고 아저씨. 낙하 속도가 느려지는 또 한 번의 예외가 있는데요. 낙하의 마지막 부분에 가까워지면 현저하게 낙하 속도가 느려진대요. 마치 눈송이가 하늘하늘 떨어지는 것처럼 말이예요. 그러면서 양옆에 도열하듯 늘어서 있는 모든 고층 건물의 유리창으로 자신이 지나온 시간들이 영화 장면처럼 비춰진대요. 그래서 낙하가 끝나는 순간이 그 유리창의 영화 내용에 따라 행복하기도 고통스럽기도 한 거래요."

아아~ 그 말은 내가 이드에게서 들은 말 중에서 가장 아름다운 말이었다.

수십만 층이 넘는 초고층 빌딩의 수십 수억 개의 유리창에 내 지난 시간들이 파노라마처럼 펼쳐지는 것이다. 난 그녀와의 사랑을 그 유리창에 비추게 하리라.

"이드. 할 수만 있다면 내 마지막 순간에 나타나서 그 유리창을 함께 봐주지 않을래? 네가 꿈꾸던, 그리고 내가 꿈꾸던 사랑의 모습들이 유리창에 떠오르는 장면을 말이야. 난 정말 아름다운 사랑을 할 거야. 난 그렇게 내 마지막 순간을 장식하고 싶어."

문득 귓가를 스치는 바람 소리가 들렸다. 고개를 돌려보니 트랜지스터라디오도 이드도 사라지고 없었다.

"안녕하세요?"

이드가 있었던 반대쪽에서 경쾌한 목소리가 들렸다. 포니 테일의 머리를 뒤로 뽑아낸 운동모자를 쓴 채 달리고 있는 그녀의 모습은 아름다웠다.

"안녕하세요. 근데…."

나를 추월하여 약간 앞서 달리려는 그녀를 따라가며 말을 던졌다.

"예?"

그녀는 고개를 살짝 돌리고 미소 지으며 내 다음 말을 기다렸다.

"지금 우리, 낙하하고 있는 것 아니죠?"

"예? 낙하요?"

아니로구나. 다행이다. 지금 우리는 수평으로 달리고 있는 거야.

"아~ 내가 당신을 향해서 멈출 수 없이 떨어져 내리고 있는 것 같아서요."

"아하하하. 내게로 떨어져 내려요? 재미있어요."

그녀는 까르르 웃었다. 웃음소리에 꽃이 피었다. 귀에 꽂은 이어폰에서는 어느새 노래가 바뀌어 경쾌하게 흘러나오고 있었다.

*샌프란시스코에 가면*

*잊지 말고 머리에 꽃을 꽂으세요*

*샌프란시스코에 가면*

*여름이면 사랑에 빠질 거예요*

아침마다 조깅을 하는 그녀를 보기 위해 3일 째 나와 본 조깅 코스. 그녀가 처음 말을 건네 왔다.

이제 시작이다.